단추전쟁

낮은산 01
키큰나무

단추전쟁

루이 페르고 장편소설 | 클로드 라푸엥트 그림 | 정혜용 옮김

2004년 1월 10일 처음 찍음 | 2017년 4월 5일 여덟 번 찍음
펴낸곳 도서출판 낮은산 | 펴낸이 정광호 | 디자인 하늘·민
출판 등록 2000년 7월 19일 제10-2015호 | 주소 04048 서울시 마포구 독막로9길 23 아덴빌딩 3층
전화 02-335-7365(편집), 02-335-7362(영업) | 팩스 02-335-7380
홈페이지 www.littlemt.com | 이메일 littlemt2001ch@gmail.com | 트위터 @littlemt2001hr
제판·인쇄·제본 상지사 P&B

LA GUERRE DES BOUTONS
by Louis Pergaud, illustrated by Claude Lapointe

Illustrations copyright©Éditions Gallimard, 1981, pour les illustrations, Éditions Gallimard Jeunesse, 1997, pour la présente édition
Full-colour illustrations copyright©Éditions Gallimard, 1981, pour les illustrations, Éditions Gallimard Jeunesse, 2003, pour la présente édition
Illustrations copyright for Korean edition©Little Mountain Publishing Co. 2004
이 한국어판에 사용된 그림에 대한 저작권은 Gallimard Jeunesse와 독점 계약한 도서출판 낮은산에 있습니다.
저작권법에 의해 보호를 받는 저작물이므로 무단 전재와 복제를 금합니다.

✽잘못 만들어진 책은 바꾸어 드립니다. ✽책값은 뒤표지에 표시되어 있습니다.

ISBN 978-89-89646-11-2 73860

단추전쟁

루이 페르고 장편소설 | 클로드 라푸엥트 그림 | 정혜용 옮김

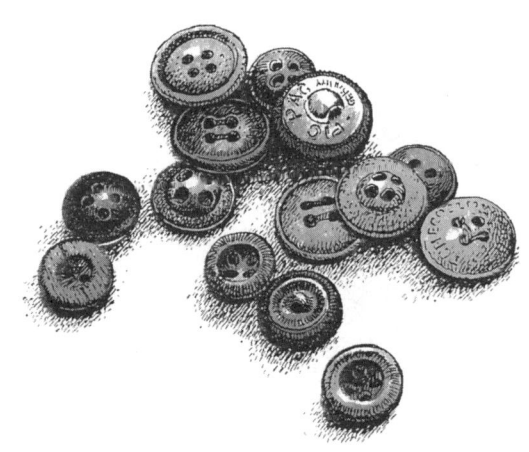

낯선산

이곳에 들어오지 말지어다,
선한 척하는 인간들, 원숭이처럼 교활한 놈들,
부풋한 위선덩어리들…….

−프랑수아 라블레

| 차례 |

1부 전쟁

선전포고 __ 10
외교적 긴장 __ 22
굉장한 하루 __ 36
첫 번째 패배 __ 50
패배의 결과 __ 62
전투 계획 __ 74
새로운 전투 __ 86
정당한 보복 __ 103

2부 돈! 돈!

군자금 __ 126
돈 없는 고통만 한 게 없다네 __ 138
땡땡과 회계 장부 __ 149
돌아온 승리 __ 161
처형대 __ 172
풀 길 없는 수수께끼 __ 180
회계에게 닥친 불행 __ 194
다른 책략들 __ 214

3부 요새

요새 짓기 __ 228
롱쥬베른느 최고의 날들 __ 242 
숲 속의 잔치 __ 255
영웅적인 시대에 관한 이야기들 __ 275
내분 __ 290
명예, 그리고 땡땡의 바지 __ 302 
약탈당한 군자금 __ 315
처벌당한 배신자 __ 328
비극적 귀가 __ 341
최후의 발언들 __ 353

작가의 말 __ 366
작품 해설 __ 368

1부 ___ 전쟁

선전포고

> 전쟁…….
> 그것은 얼마나 허황된 이유로 시작되고,
> 얼마나 하찮은 이유로 끝나는가!
> – 몽테뉴 (『수상록』 제2권, 12장)

"기다려, 큰 지뷔스."

뚱보 불로가 공책과 책을 옆구리에 끼고서 소리를 질러댔다.

"그럼 서둘러. 난 주절거릴 시간이 없단 말이야."

"뭐 새로운 일이라도 생겼어?"

"그렇다고 할 수도 있지!"

"뭔데?"

"빨리 오기나 해!"

불로는 반 친구들인 지뷔스 형제를 따라잡았고, 세 명의 아이들은 나란히 학교를 향해 걸음을 재촉했다.

시월의 아침이었다. 하늘을 휘젓고 다니는 회색 구름들이 시야를 가려서 가까운 구릉들만 눈에 들어왔고, 들판은 구슬퍼 보였다. 자두나무는 벌거벗었고, 사과나무는 잎이 누렇게 변했고, 호두나무 이파리는 천천히 넓은 원을 그리면서 날다가 조금 가파르게 떨어져 내린다 싶더니, 마치 매가 급강하하듯이 단번에 추락하였다.

대기는 축축하고 훈훈했다. 바람이 멎는가 하면 금방 다시 일곤 했다. 단조롭게 웅웅거리며 돌아가는 탈곡기는 귀청이 찢어질 듯한 소리를 내다가, 볏단을 다 먹어치우고 나면, 고뇌로 가득 찬 절망적인 흐느낌이나, 혹은 고통스러운 신음소리인 양 음산한 탄식을 내뱉었다.

여름이 끝나고 가을이 막 시작되고 있었다.

아침 여덟 시쯤 되었을 것이다. 태양은 구름 뒤에 숨어서 처량하게 떠돌고, 불안이, 뭐라고 꼭 집어 말할 수 없는 막연한 불안이 마을과 들판을 내리누르고 있었다.

농사일이 끝나고, 이삼 주 전부터 아이들이 하나 둘, 혹은 무리를 이루며 학교로 돌아오는 것이 눈에 띄었다. 가축을 몰고 다니던 아이들은 햇볕에 그을려 피부가 구릿빛을 띠었고, 가축의 털을 깎는 기계—소털을 깎을 때 사용하는 바로 그 기계—로 숱 많은 머리를 짧게 쳤으며, 무릎과 엉덩이에 천을 덧대어 기웠을망정 깨끗한 모직 바지를 입고, 아이들 말마따나 물이 빠지면서 두 손을 두꺼비 발치림 새까맣게 물들여놓는 싸구려 회색 천으로 만든 뻣뻣한 새 덧옷을 걸치고 있었다.

그날, 아이들은 길에서 늑장을 부렸고, 날씨와 계절 그리고 풍경이 안겨주는 온갖 우수에 젖어 발걸음이 무거운 듯했다.

하지만 몇몇 큰 아이들은 이미 학교에 도착해서, 학교 마당에서 신나게 떠들고 있었다. 시몽 선생님은 빵모자를 뒤통수에 걸치고 안경은 이마 위에 올려놓고, 길가로 난 문 옆에 서 있었다. 선생님은 골목 어귀를 감시하고 있다가 늑장부리는 아이들을 꾸짖었고, 어린 아이들은 도착하는 대로 모자를 벗고 선생님께 인사를 한 뒤, 그 앞을 지나 복도를 빠져나가서는 학교 마당 여기저기로 흩어졌다.

베르누아 농가의 지뷔스 형제, 그리고 그들과 길에서 만나 같이 온 풍보 불로에게는 반 친구들의 발걸음을 처지게 만들었던, 그 달콤한 우수에 젖은 기색이라고는 찾아볼 수 없었다.

이 아이들은 여느 날보다 적어도 오 분은 일찍 도착했다. 시몽 선생님은 아이들을 보자 재빨리 시계를 꺼내 잘 가고 있는지 귀에다 대보고는, 수업 시작 시간을 넘기지 않았다는 걸 확인하고 마음을 놓았다. 세 명의 친구들은 무엇엔가 정신이 팔린 듯한 표정으로, 재빨리 학교 건물을 지나, 곧바로 화장실 뒤편으로 향했다. 거기에 귀귀 영감의 집에 가려서 잘 보이지 않는 구석진 공간이 있었는데, 먼저 도착한 큰 아이들은 거의 다 그곳에 몰려 있었다.

위대한 무대뽀라고도 불리며, 대장 노릇을 하는 르브라크도 그곳에 있었다. 나무 타기 명수인 부관 카뮈도 함께 있었다. 둥지에서 피리새 알을 꺼내 오는 데 따를 자가 없는 카뮈는 이 고장에서 피리새를 카뮈라고 부르기 때문에 그런 별명을 얻었다. 라 코트 쪽에 집이 있는 강베트도 보였는데, 강베트네는 할아버지가 1848년 혁명에 가담했고, 아버지는 강경 공화주의자 강베타를 옹호했던, 뿌리 깊은 공화파 집안이었다. 또, 모르는 게 없는 라 크리크, 땡땡, 상대방을 똑바로 쳐다보려면 눈동자가 구석으로 몰리는 사팔뜨기 기냐르, 그리고 머리통이 커서 올챙이라고 불리는 테타까지, 한마디로 동네에서 힘깨나 쓰는 아이들이 모여서 심각한 문제를 놓고 의견을 나누고 있었다.

지뷔스 형제와 불로가 왔는데도 토론은 끊어지지 않았다. 방금 도착한 이 아이들도 무슨 이야기인지 아는 품이, 오래된 일에 관한 것이 분명했다. 지뷔스 형제와 불로는 곧바로 대화에 끼어들었다.
 갑자기 모두들 조용해졌다.
 동생 지뷔스 혹은 작은 지뷔스와 구별하기 위하여 큰 지뷔스라고 부르는, 지뷔스 형제 중 형이 말문을 열었다.
 "바로 이렇게 된 거야! 내가 동생하고 므늘로네 근처까지 갔을 때, 갑자기 어디선가 벨랑 놈들이 나타나서 떡 버티고 서더라고. 그러더니, 소새끼처럼 소리를 질러대며 돌을 던지고 몽둥이를 휘둘러 보였어. 그놈들이 우리보고 뭐라고 한 줄 알아? 머저리, 얼간이, 도둑놈, 돼지새끼, 물렁좆 또……."
 "물렁좆!"
 이마에 잔뜩 주름을 잡은 채, 르브라크가 되뇌었다.
 "그래서, 뭐라고 맞받아줬는데?"
 "나하고 동생은 걸음아 날 살려라 하고 도망쳤지. 우리는 둘밖에 안 되는데, 그놈들은 열댓이나 됐으니, 우리는 박살이 났을 거라고."
 "그놈들이 너희들보고 물렁좆이라고 했단 말이지!"
 이 말에 눈에 띄게 충격을 받고, 기분이 상하고, 화가 치솟은 덩치 큰 카뮈가 한마디 한마디에 힘을 주어 말했다. 지뷔스 형제가 그처럼 공격을 당하고 모욕을 받은 이유는 단 하나, 그들이 롱쥬베른느 마을에 살고, 롱쥬베른느 학교에 다닌다는 사실 때문이라는 것을 생각하면, 그 말은 그들 모두를 향한 것이었다.
 "그랬다니까."
 큰 지뷔스가 말을 이었다.

"이제 내가 하는 말 잘 들어봐. 우리가 얼간이, 양아치, 겁쟁이가 아니라면, 우리가 과연 물렁좆인가 아닌가를 그놈들에게 알게 해줘야 한다고."

"그런데 말이야, 물렁좆이 뭔데?"

땡땡이 물었다.

라 크리크가 생각에 잠겼다.

"물렁좆이라! ……좆, 그게 뭔지는 누구나 알지, 암. 모두 다 그걸 갖고 있잖아. 리제네 집 개 미로한테도 있는데. 껍질 벗겨낸 밤 같은 게 양옆에 붙어 있고. 하지만 물렁좆이라…… 물렁좆……."

"우리가 별 볼일 없는 놈들이라는 뜻인 게 분명해."

작은 지뷔스가 말을 잘랐다.

"어제 저녁에, 나르시스라고 우리 방앗간에서 일하는 사람 있잖아, 나르시스하고 노닥거리다가, 어쩌나 보려고 내가 물렁좆이라고 불러봤거든. 그런데 때마침 아버지가 그곳을 지나가던 길이었던 거야. 아버지가 그 소리를 듣더니만 그 자리에서 철썩철썩 내 따귀를 올려붙이더라고. 그러니……."

더 이상 설명이 필요 없었다.

"제기랄! 더 이상 멍청히 보고만 있을 일이 아니라고. 복수, 복수뿐이야!"

르브라크가 결론을 내렸다.

"너희들, 너희들 생각은 어떻지?"

"휘이휘이, 어서 꺼져, 이 똥싸개들아."

무슨 말을 하나 들어보려고 다가왔던 꼬마들에게 불로가 소리쳤다.

아이들 모두는, 그들 표현을 그대로 빌리자면 '만잔일치(만장일치)'로, 대장 르브라크의 생각에 찬성했다. 바로 그 순간 시몽 선생님이 문간에 나타나 손뼉을 치면서 교실로 들어가라는 신호를 보냈다. 선생님을 보자마자 아이들은 모두 맹렬한 기세로 화장실로 달려갔는데, 꼬박꼬박 생겨나는 자연스런 욕구를 돌보는 일은 언제나 마지막 순간으로 미루어두었기 때문이었다.

음모꾼들은 무심한 표정으로, 아무 일도 없었으며, 방금 전, 중대하고도 무시무시한 결정을 내린 일 따위는 없는 것처럼 조용히 줄을 섰다.

그날 아침 수업은 제대로 진행되지 못했다. 선생님은 아이들을 억지로라도 집중시키기 위해 있는 대로 소리를 질러야 했다. 아이들이 떠들어서가 아니라, 모두들 구름 위를 떠도는 듯 넋 나간 표정을 하고서는, 장차 프랑스 공화국을 책임질 젊은 시민들로서, 미터법의 역사에 대해 마땅히 표시해야 할 흥미를 전혀 내보이지 않았던 것이다.

특히 미터에 대한 정의는 끔찍하게 복잡했다. 지구 자오선의 사천만분의 일, 어쩌구어쩌구…….. 이런, 제기랄! 르브라크는 속으로 외쳤다.

그러더니 몸을 숙여 옆에 앉은 땡땡의 귀에 대고 속삭였다.

"우레카!"

대장 르브라크는 아마도 아르키메데스(기원전 3세기 그리스 과학자로 오목렌즈와 볼록렌즈를 이용해 만든 무기로 로마 함선을 물리쳤다고 함—옮긴이)가 새로운 발견을 한 뒤 기쁨에 겨워 외쳤듯이 '유레카!' 하고 말하고 싶었으리라. 옛날에, 아르키메데스라는 사람이 렌즈를 이용해 전투를 했다는 이야기를 설핏 주워들은 적이 있기 때문이다.

라 크리크가, 거기서 말하는 렌즈는 사람들이 먹는 작은 콩인 렌즈콩과는 전혀 다른 거라고 공들여 설명을 해주었는데도, 융통성 없는 르브라크는 펜

촉을 이용해 적에게 완두콩을 날리는 것은 가능하지만 그보다 작은 렌즈콩으로는 그렇게 할 수 없다고 생각하고 있었다.

"그러니까, 그 자식은 깎아버린 감자 껍질이나 떨어진 빵 부스러기만큼의 가치도 없는 녀석이로군."

대장이 말했다.

라 크리크가 아르키메데스는 거울을 이용해 엄청난 무기를 만든 학자라고 말해 주었더니 이 말만은 시골뜨기에게도 먹혀들어서, 철자법이나 수학의 매력 따위에는 뻣뻣한 반응만 보이던 르브라크에게서 감탄을 자아냈다.

그것 말고도 여러 가지 자질로 인해, 르브라크는 일 년 전부터 모두가 인정하는 롱쥬베른느의 대장이었다.

노새처럼 고집스럽고, 원숭이처럼 약삭빠르며, 산토끼처럼 재빠른 르브라크. 어떻게 돌을 던지든지 간에, 그러니까, 손으로 던지든, 노끈이나 고무줄 달린 새총을 이용하든, 아니면 나뭇가지를 이용하든 간에, 스무 걸음 떨어진 곳에서 유리창을 깨는 데 따를 자가 없었다. 백병전에서도 무시무시한 적수였다. 게다가 이미 마을 사제와 학교 선생, 그리고 산림지기에게 된통 골탕을 먹인 적이 있었다. 또 제 허벅지만큼이나 굵은 딱총나무 가지 속을 파서 근사한 물총을 만들 줄 알았는데, 여러분이 열다섯 걸음 떨어진 곳에 있다 해도 찍! 물줄기가 뻗어나가 물벼락을 내리는 그런 총이었다. 게다가 진짜 권총이랑 똑같아서 한번 쏘면 나무 탄환을 되찾을 길 없는 딱총나무 권총도 만들었다. 구슬치기로 말하자면, 구슬을 던지든 굴리든 간에 아무도 따라가지 못할 만큼 멀리까지 보냈다. 땅에 파놓은 홈에 구슬을 던져 넣는 놀이를 할 때면, 손톱으로 구슬을 날려 보내는데, 상대편 눈물을 쏙 빼놓을 정도로 귀신 같은 솜씨를 보였다. 또, 가끔씩 아이들에게 자기가 딴 구슬을 되돌려주었는데, 그 덕분에 굉장히 너그럽다는 평판을 얻고 있었다.

대장이자 동무인 르브라크가 속닥이는 소리에 땡땡은 귀를 바짝 곤두세웠고, 못된 장난을 꾸미고 있는 고양이 새끼처럼 귀를 움직거리며 흥분해서 얼굴이 벌게졌다.

땡땡은 생각했다.

'아! 아! 이제 됐어. 르브라크가 놈들에게 한방 먹일 방법을 찾아내리라 믿고 있었지!'

그러고 나서 땡땡은 공상에 빠져서, 들랑브르니 메생이니 하는 이런저런 학자들의 업적이나, 다양한 경선, 위선, 고도에 따른 측정법 등에는 도통 관심이 없었다. 아! 그래서 어떻단 말이냐, 그게 다 무슨 상관이란 말인가!

벨랑 녀석들, 무슨 꼴을 당할지 두고 보자!

젓째 시간에 배운 걸 문제로 풀겠지만, 나중에 공부하면 되겠지. 이 장난꾸러기들 모두, 선생님이 책을 덮으라고 엄명을 내린 다음에도, 어떻게든 고장 난 기억력을 때워볼 속셈으로, 안 보는 척하면서 몰래 책을 열어보는 저마다의 재주가 있다는 것을 생각해 보라. 다음 월요일에 공책을 돌려주면서 시몽 선생님이 미친 듯이 화를 내도 할 수 없다. 미리 그 생각을 할 이유가 어디 있담.

교회의 낡은 종각에서 열한 시를 알리는 종을 치자, 모두들 나가도 된다는 신호를 초조하게 기다렸다. 모두들, 텔레파시인지 뭔지 알 수는 없지만, 르브라크가 무언가 찾아냈다는 것을 눈치 챘기 때문이다.

늘 그렇듯이 아이들은 복도에서 서로 밀치고, 베레모를 뒤바꿔 쓰고, 나막신을 못 찾아 헤매고, 슬쩍 주먹질을 교환했지만, 선생님의 장엄한 개입으로 모든 것이 질서를 되찾았고, 그럭저럭 여느 때처럼 학교 문을 나섰다.

선생님이 돌아서자마자, 아이들은 갓 싸놓은 똥에 참새 떼가 들러붙듯, 모두들 르브라크에게로 몰려갔다. 그곳에서는 일개 병사들 및 어린 송사리 떼들과 함께, 열 명의 롱쥬베른느 주요 전사들이, 굶주린 사람이 음식을 탐하듯, 대장의 말씀을 빨아들일 것처럼 듣고 있었다.

르브라크는 단순하면서도 대담한 자신의 계획을 설명했다. 그리고는 저녁 때 누가 자기와 함께 가겠느냐고 물었다.

모두들 그 명예를 탐냈다. 하지만 네 명이면 충분해서 카뮈, 라 크리크, 땡땡, 그리고 큰 지뷔스로 원정대를 꾸리기로 했다. 강베트는 라 코트 쪽에 살기 때문에 늦게까지 남아 있을 수가 없었고, 사팔뜨기 기냐르는 밤눈이 어두웠고, 뚱보 불로는 네 명에 비하면 그다지 날래지 못했다.

그러고 나서 모두들 헤어졌다.

저녁 때, 삼종 기도를 알리는 종소리를 신호로, 다섯 명의 전사들이 다시 만났다.

"분필 갖고 왔지?"

르브라크가 라 크리크에게 물었다. 자리가 칠판 근처인 라 크리크는 시몽 선생님의 분필통에서 분필 두세 개를 슬쩍하는 임무를 맡았던 것이다.

라 크리크는 임무를 완수했다. 커다란 놈으로 분필 다섯 개를 훔쳐왔던 것이다. 하나는 자기가 갖고 다른 형제대원들에게 하나씩 나누어주었다. 그렇게 하면, 누구 하나가 분필을 잃어버린다 해도, 다른 대원들의 것으로 해결하면 될 일이었다.

"그럼, 가자!"

카뮈가 말했다.

원정대는 우선 마을 큰길을 따라가다가, 커다란 보리수가 있는 곳에서 벨랑 마을로 향하는 지름길을 잡아, 나막신을 울리며 밤길을 걸었다. 다섯 명의 사내아이들은 적진을 향하여 돌진했다.

"걸어서 반 시간밖에 안 걸릴 거야."

르브라크가 말했다.

"십오 분 뒤면 적의 마을에 들어설 거고 잠잘 시간 전에는 돌아올 수 있을걸."

어둠과 침묵 속에서 걸음을 재촉했다. 이 작은 부대는 여정의 반을 소화하는 동안 돌을 깔아 돋아놓은 길을 포기하지 않았는데, 뛰어갈 수 있었기 때문이었다. 하지만 적의 영토에 들어서자마자, 다섯 명의 음모꾼들은 갓길을 택했고, 남의 욕 잘하는 사람들에 따르면, 도로관리인 브레다 영감이 결코 관리하는 일이 없다는 낮은 토담 길을 걸어갔다. 벨랑 마을에 거의 다 와서, 유리창에 비친 불빛들과 개들이 위협적으로 짖어대는 소리가 더 선명해지자, 아이들은 일단 정지하였다.

"나막신을 벗자."

르브라크가 제안했다.

"벗어서 이 담 뒤에 숨겨두자고."

네 명의 전사들과 대장은 신을 벗고 신발 안에 양말을 담아, 담 뒤에 숨겨두었다. 그러고 나서 분필이 있나 확인한 뒤, 대장을 필두로 한 명씩 줄을 서서, 두 눈을 한껏 뜨고, 귀를 바싹 곤두세우고, 콧구멍을 벌름거리면서,

야간 작전 최후의 목적지인 적의 마을 성당까지 가능한 한 똑바로 이어지는 지름길로 접어들었다.

아이들은 자그마한 소리에도 주의를 기울이며, 도랑 바닥에 납작 엎드렸다가, 담에 찰싹 가서 붙기도 하고 울타리의 어둠 속을 골라 몸을 숨기면서 그림자처럼 전진했다. 유일한 근심거리는 느닷없이 초롱을 들고 밤 마실 가는 마을 주민이 나타나거나, 아니면 한잔 홀짝이다가 늦어진 여행객을 만나는 것이었다. 하지만 늘 짖어대 버릇하는, 게 농가의 똥개 새끼 한 마리만이 귀찮게 했을 뿐이었다.

마침내 성당 광장에 도착하여 종루 밑을 지나갔다.

인적은 끊겼고 침묵만이 감돌았다.

네 명의 전사들이 뒤로 물러서서 망을 보는 동안, 대장 혼자만 남았다.

르브라크는 깊이 박아두었던 분필 조각을 꺼내 들고, 한껏 까치발을 한 채, 검게 그을고 때 묻은 육중한 떡갈나무 문 위에 무엇인가를 적어나갔다. 희한한 맞춤법보다 오히려 대담하고 도발적이면서 원색적인 표현 때문에 다음 날 아침 미사 시간에 일대 소동을 불러일으키게 될 그 간결한 문구는 이러했다.

벨랑 놈드론 모두 거시기 터리나 글쩌기고 인는 놈드리다!

그러고 나서 르브라크는 '똑바로 써졌나' 보려고 천연 호롱불인 두 눈을 나무 문 위로 바짝 들이대더니, 적이 오나 망을 보고 있던 네 명의 전사 곁으로 돌아와서는, 목소리를 한껏 낮춘 채 신이 나서 말했다.

"튀자!"

이번에는 당당하게 길 한가운데를 골라서, 소리를 내지 않도록 조심하면서, 나막신과 양말을 벗어두었던 곳으로 돌아갔다.

다시 신을 신자마자, 아이들은 이제 신중함 따위는 내팽개쳐 버리고 마음껏 나막신으로 땅을 울리며 롱쥬베른느로 돌아왔고, 자신들의 선전포고가 효력을 발휘하리라는 것을 믿어 의심치 않으며 각자의 집으로 돌아갔다.

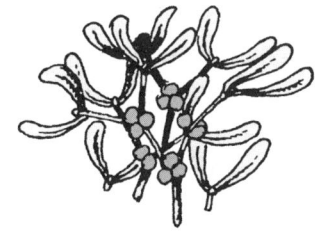

외교적 긴장

> 두 강대국의 외교관들은 모로코 문제에 대해서 서로의 의견을 나누었다.
> —프랑스와 독일 사이에 전쟁 위기가 감돌던 1911년 여름 신문에서

마을 종탑에서 미사 시작 삼십 분 전을 알리는 두 번째 종소리가 들려오자, 르브라크는 할아버지가 입던 저고리를 잘라서 만든 모직 윗도리를 걸치고, 새 모직 바지를 입고, 덕지덕지 기름을 발라서 뿌옇기만 한 반장화를 신고, 털가죽 모자를 쓰고는 마을의 공동 세탁장으로 향했다. 벽에 기대선 르브라크는 현재의 상황과 어제 작전의 대성공을 알려주기 위해서 대원들이 도착하기를 기다렸다.

저기, 프리코의 주막집 문 앞에서는 몇 명의 남자들이 곰방대를 입에 물고, 성당에 들어가기 전에 '한잔 꺾으러' 가려는 참이었다.

곧 카뮈가 무릎이 닳은 바지를 입고, 피리새 앞가슴처럼 빨간 넥타이를 매고 도착했다. 르브라크와 카뮈는 미소를 주고받았다. 뒤를 이어, 지뷔스 형제가 무언가 살피는 듯한 표정으로 나타났다. 그 다음에는 아직 소식을 접하지 못한 강베트를 비롯해, 사팔뜨기 기냐르, 퐁보 불로, 라 크리크, 게뢰이아, 봉베, 올챙이 테타가 등장했고, 곧 약 사십여 명에 이르는 롱쥬베른느의 부대원들이 총집합하였다.

전날의 주인공인 다섯 명의 아이들은 각자 적어도 열 번씩은 무훈담을 되풀이했고, 나머지 아이들은 입에 침이 고인 채로, 두 눈을 반짝이며 빨아들

이듯 이야기를 듣다가, 때로는 동작을 따라 하기도 하고, 한방 먹인 대목이 나올 때면 미친 듯이 박수를 쳐댔다.

그러고 나자 르브라크가 말했다.

"이제 우리가 물렁좆인지 아닌지 놈들도 알게 되겠지! 오늘 오후에 놈들이 라 소트 숲에 와서 어슬렁거릴 거라고. 싸움을 걸려는 수작이지. 그러니 모두 가서 맛보기로 대거리를 좀 해줘야 해.

새총이란 새총은 잊지 말고 다 챙겨와. 거치적거리는 몽둥이는 필요 없고. 오늘은 몸싸움은 안 할 테니까. 일요일 외출복을 입었으니까 조심해야 해. 옷을 더럽혀서는 안 되지. 그러면 집에 돌아가서 매찜질을 당할 테니까. 간단하게 맛만 보여주자고."

세 번째(마지막) 종소리가 기세 좋게 울려 퍼지자, 아이들은 느릿느릿 걸어서 평소의 자기 자리에 가 앉았다. 남자 아이들은 성 요셉 예배석에 자리 잡았고, 그와 대칭을 이루고 있는 성모 마리아 예배석에는 여자 아이들이 앉아 있었다.

"제기랄!"

종 밑을 지나갈 때 카뮈가 말했다.

"오늘 복사(미사를 드릴 때 신부를 돕는 사람-옮긴이)는 나지. 까마귀 같은 신부한테 욕을 얻어먹겠구나."

그러고 나더니, 친구들처럼 성수반에 손을 담글 생각도 하지 않고 복사 옷을 걸치러, 얼룩말처럼 뛰어서 성당 중앙 홀을 가로질러 갔다.

축성 순서가 되어, 성수통을 들고 신부 뒤를 따라 신자들 사이를 누빌 때, 카뮈는 자신의 형제대원들 쪽으로 눈길을 주지 않을 수 없었다. 르브라크는 불로에게 땡땡의 누이가 준 그림, 그러니까 제비꽃이거나 튤립, 그도 아니면 제라늄인 것 같은 꽃그림과, 그 밑에 적힌 '추억'이라는 글자를 보여주면서, 돈후안(유럽의 전설적인 바람둥이-옮긴이) 같은 표정으로 눈을 찡긋거리고 있었다.

그 순간 카뮈도 타비를, 그러니까 최근에 베르셀 장에서 2수짜리 계피빵을 사다가 바쳤던 다정한 친구 타비를 생각했다. 하트 모양에, 빨간색, 파란색, 노란색 굵은 설탕을 점점이 뿌리고, 보기에 정말로 완벽하기 짝이 없는 글귀 즉, 당신 발치에 내 심장을 바치니, 받아주세요. 당신 겁니다! 라는 문구로 장식을 해놓은 예쁜 계피빵이었다.

카뮈는 여자 아이들 자리로 눈길을 돌려서 타비를 찾다가 타비가 자기를 바라보고 있는 것을 보았다. 진지한 미사 시간에 미소를 보낼 수는 없었지만, 가슴이 두근거려 가볍게 얼굴을 붉히면서, 카뮈는 몸을 다시 뻣뻣하게 곧추세웠고, 성수통을 걸어놓았던 손목에는 힘이 들어갔다.

그런 움직임을 놓치지 않고 본 라 크리크가 땡땡에게 속삭였다.

"카뮈 좀 봐! 몸을 뻣뻣하게 곧추세우는데. 타비가 곁눈질하고 있는 거 보이지?"

카뮈는 속으로 생각했다.

'이제 개학을 했으니, 좀더 자주 볼 수 있을 거야! 그렇고 말고……. 근데 선전포고가 있었지!'

저녁 기도를 끝내고 나오자, 르브라크는 부대원들을 전부 소집해 놓고 대장으로서 말문을 열었다.

"가서 위에 덧옷들 걸치고, 빵 한 조각씩 들고, 라 소트 아래쪽 페피오네 채석장으로 집합!"

아이들은 날아오르는 참새 떼처럼 와르르 흩어졌고, 오 분 뒤에 하나 둘씩, 빵 덩어리를 입에 물고 대장이 지정한 장소에 모여들었다.

"길이 꺾인 곳을 넘어서 가면 안 돼."

자신의 임무를 잘 알고 있는 르브라크가 부대원들의 안전을 염려하며 당부했다.

"그러니까 놈들이 올 거라고 생각한단 말이지?"

"그놈들로서는 겁쟁이가 되기 싫다면 그래야겠지."

르브라크가 덧붙였다.

"우리 중에는 재빠른 애들도 있지만, 알다시피 엉덩이가 무거운 애들도 있다고. 알겠지, 불로! 응! 잡히면 안 된단 말이야. 주머니에 돌들을 잔뜩 챙겨둬. 마침한 돌들은 고무줄 새총이 있는 아이들에게 주고, 돌들을 잃어버리는 일이 없도록 조심해. 이제 그로 뷔송으로 올라가자."

라 소트 공유지는, 북동쪽의 퇴레 숲에서부터 남서쪽의 벨랑 숲까지 퍼져 있었는데, 길이가 약 천오백 미터, 너비가 팔백 미터에 이르는 커다란 장방형의 매립지였다. 그러니까 두 숲의 가장자리는 장방형 땅의 작은 변들인 셈이다. 공유지의 아랫부분은 돌담으로 끝이 났고, 돌담을 따라서 울타리가 둘러져 있었으며, 울타리는 또다시 두꺼운 덤불들로 싸여 있었다. 위쪽으로는 경계가 불분명했는데, 한 번도 자른 적 없는 울창한 호두나무와 개암나무 숲 사이에 흩어져 있는, 버려진 채석장들이 경계 노릇을 하고 있었다. 게다가, 공유지 전체는 덤불들, 자그마한 숲들, 혼자 있거나 여러 그루가 몰려 있는 나무들로 뒤덮여 있어서 더없이 이상적인 전투 장소를 이루고 있었다.

롱쥬베른느 마을에서부터 시작되는 돋아놓은 돌길은 장방형 땅을 대각선

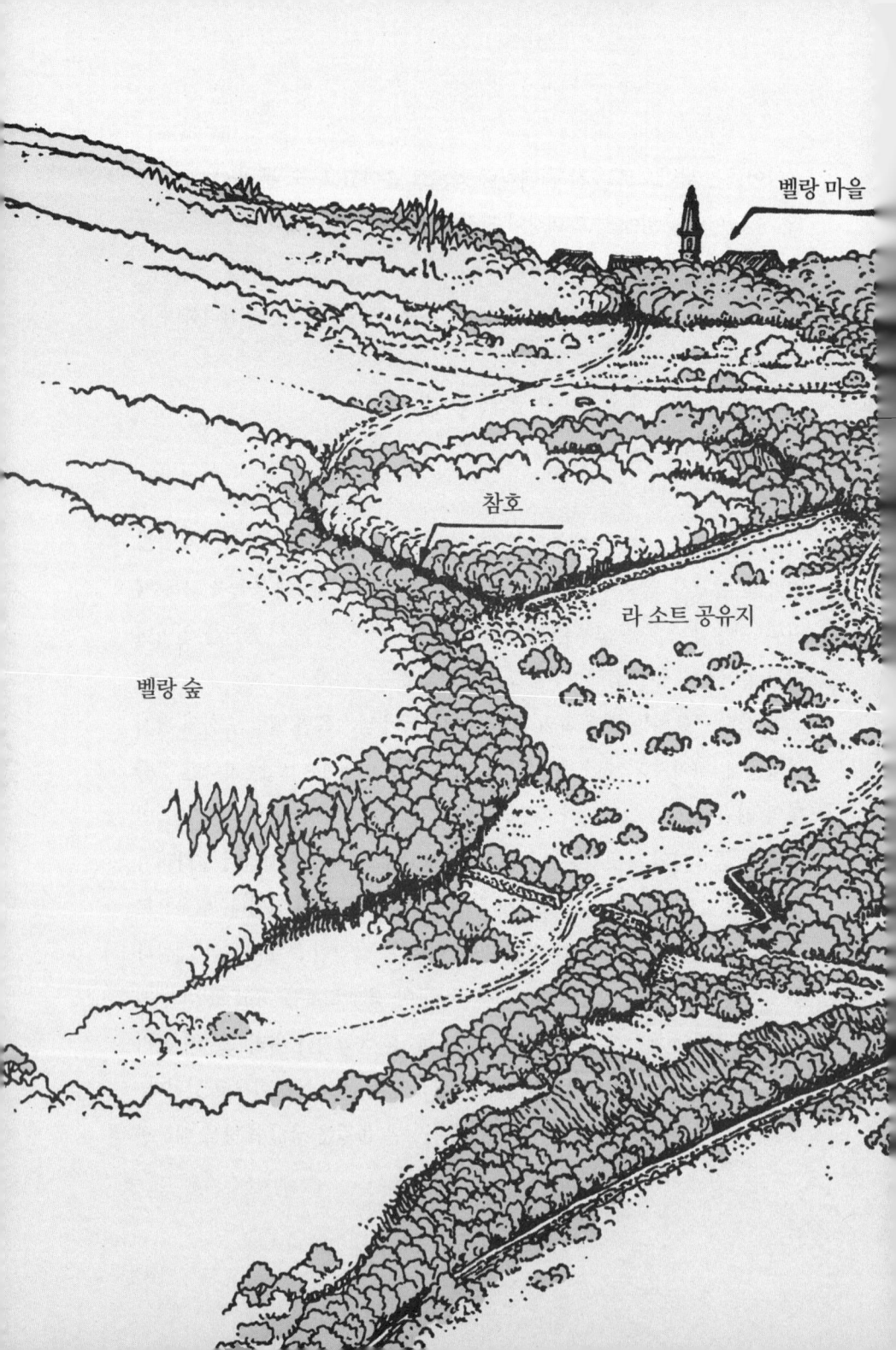

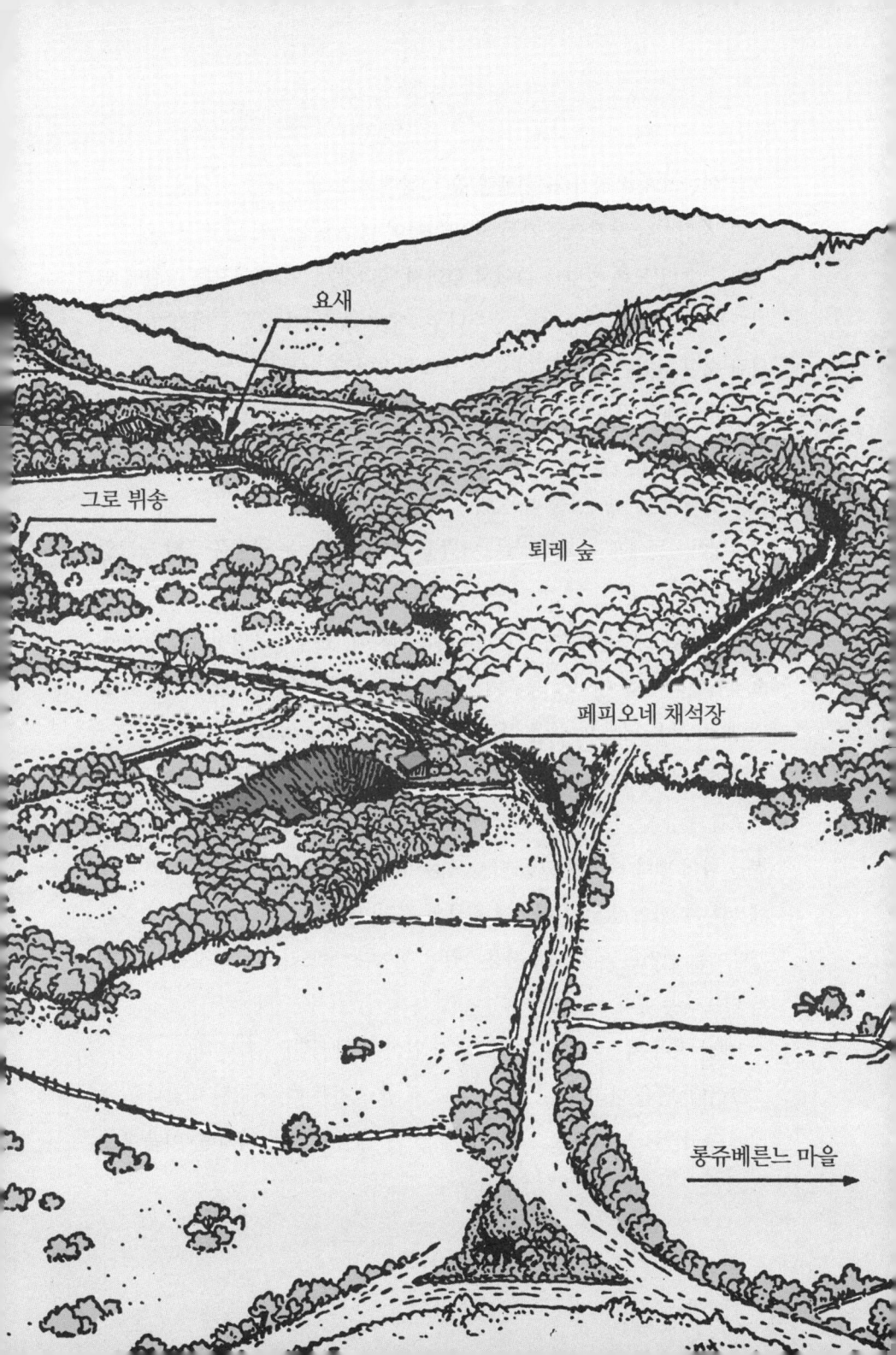

으로 완만하게 올라가다가, 벨랑 숲 어름에서 오십 미터쯤 떨어진 곳에 이르면, 사람이나 물건으로 가득 찬 마차들이 너무 힘들이지 않고 꼭대기까지 올라갈 수 있도록 방향을 틀어서 꺾어져 올라갔다. 이 꺾어지는 지점에 떡갈나무, 가시나무, 자두나무, 호두나무, 개암나무 들이 잔뜩 들어차 있는 커다란 숲이 있었는데, 바로 이 숲을 그로 뷔송이라고 불렀다.

길의 아래쪽 끝은 노천 채석장이었는데, 술이 한잔 들어가면 자기들을 사업가라고 뻐기는 휜다리 페피오와 방앗간집 로귀가 돌을 캐내는 곳이었다. 가끔 쥐새끼 아벨도 일을 하곤 했다.

사내아이들에게 이 채석장은, 바닥을 보일 줄 모르는 군수품 조달 창고일 뿐이었다.

양쪽 마을로부터 똑같은 거리를 두고 위치해 있는 이 운명적인 장소에서, 오래전부터 대를 이어서 롱쥬베른느 마을과 벨랑 마을 아이들은 서로 두들겨 패고, 욕을 퍼붓고, 돌을 던져왔는데, 가을과 겨울이 오기만 하면 전투가 되풀이되곤 했다.

보통 롱쥬베른느 아이들은 길이 구부러지는 곳까지 나아갔다. 물론 이 지점을 넘어 벨랑 숲까지 그들 마을 소유이기는 했지만, 벨랑 숲은 적의 마을에 너무 가까이 있었기 때문에 적들의 진지이자 퇴각 장소로, 그리고 쫓길 경우에는 안전한 피신처로 사용되었던 것이다. 르브라크는 그것에 늘 분통을 터뜨리곤 했다.

"맨날 적이 쳐들어온 것처럼 보인단 말이야. 제기랄!"

그런데, 빵을 다 먹고 난 지 오 분도 채 안 되었을 때, 커다란 떡갈나무 가지에 올라앉아 보초를 보고 있던 나무 타기 명수 카뮈가, 적의 숲 어름에 수상쩍은 움직임이 보인다고 알려왔다.

"내가 뭐랬어!"

르브라크가 말했다.

"자, 자세들 낮춰, 쉿! 내가 혼자 있는 줄 알게 말이야! 내 저놈들 약을 올릴 테니까! 어이! 어이! 잡아봐라! 만약 놈들이 나를 잡으려고 덤벼들면…… 그냥 휙!"

그러고 나더니 르브라크는 가시나무 밑에서 뛰쳐나가 이런 상황에 의례 사용하는 문구로 외교적인 대화를 시작하였다.

(독자 여러분은 내가 잠시 끼어들어 한마디 한다고 고깝게 보지 마시라. 이야기의 진실성을 염려하는 나로서는 궁정이나 귀부인의 살롱에서라면 입에 올리지 않을 언어를 쓸 수밖에 없다. 스승 라블레가 이미 보여준 바 있듯이, 나는 이야기를 사실대로 되살리는 것에 대해 일말의 수치심이나 양심의 거리낌을 느끼지 않는다. 물론, 우리 시대의 정치가 팔리에르나 베랑제를 프랑수아 1세와 비교할 수 없고, 내 자신을 저 유명한 라블레와 비교할 수 없는 일이며, 게다가 시대도 변했지만, 어쨌든 간에 섬세한 귀를 가진 분이나 민감한 영혼의 소유자는 지금부터 대여섯 페이지는 건너뛸 것을 권해 마지않는다. 이제 다시 르브라크한테 돌아가야겠다.)

"낯짝 좀 보자, 응? 달릴 것도 안 달린 놈아, 아무짝에도 쓸모없는 놈아, 썩을 놈아! 겁쟁이가 아니라면 거시기 털이나 긁적이는 그 상판 좀 보여보라구! 어서!"

그러자 상대편에서도 응수했다.

"어이, 천하에 더러운 놈아, 너나 어디 가까이 와보라구!"

"게 농가의 아즈텍이로군."

카뮈가 말했다.

"그놈 말고도 입비뚤이 투괼, 절름발이 방칼, 타티, 그리고 눈깜빡이 미그라 뢴느가 보이는군. 잔뜩 모였는데."

이 정보를 접수하고 나자, 르브라크가 다시 말을 받았다.

"그러니까 바로 너로구나, 똥둣간에 빠질 놈아! 네가 롱쥬베른느 전사들을 물렁좆 취급을 했겠다. 이제 우리가 물렁좆인지 아닌지 잘 알았겠지! 내가 너희들 성당 문에 적어놓은 걸 지우려면 아마 너희 놈들이 걸치고 있는 셔츠 앞자락을 다 동원해도 모자랐을걸! 너희 같은 겁쟁이들은 감히 그럴 엄두도 못 냈겠지만."

"네가 그렇게 잘났다면, 어디 가까이 와보라니까, 이 주둥이만 나불거리는 놈아! 네가 가진 거라곤 그 주둥이하고 걸음아 날 살려라 하고 도망칠 때 써먹는 그 잘난 다리몽댕이 두 개밖에 없지!"

"어디 길 절반까지라도 와보라니까, 응! 이 쓰레기 같은 놈아! 너네 집이 부자인 게 설마 너네 아부지가 소시장에서 소불알을 주물러댄 덕분은 아니겠지!"

"그러는 너는! 네놈의 집구석은 몽땅 저당 잡혀먹었다면서!"

"저당 같은 소리 하네, 이 비렁뱅이야!"

"롱쥬베른느에서는 한창 수확기에 닭들이 굶어 죽는다며?"

"벨랑에서처럼 대갈통의 이까지도 죽어 나자빠지는 그런 정도는 아니지. 그놈의 이가 굶어 죽는지 아니면 독을 먹고 죽는지는 모르겠지만."

벨랑 놈들 썩을 놈들
가는 곳마다 풍겨오네
썩은 내 썩은 내.

"우…… 우…… 우……."
대장 뒤쪽으로 숨어 있던 롱쥬베른느 전사들은 더 이상 참지 못하고 격정과 분노를 드러내며 합창을 하기 시작했다.
그러자 게 농가의 아즈텍이 응수하였다.

롱쥬베른느 놈들
똥싸개 놈들
똥 치는 놈들
악마가 물어갈 놈들.

그러자 이번에는 벨랑 아이들의 우! 우! 하는 소리가 근사하게 어우러져 길게 꼬리를 물며 자신들의 대장을 열렬하게 찬미했다.
여기저기서 쏟아져 나오는 욕설이 돌풍이 일듯 하고, 장대비가 쏟아지듯 했다. 그러자,
"열린 문짝에나 도끼질 할 놈들아!"
"고양이 꼬리로 고양이 목이나 조를 놈들아!"
기타 등등 고대와 현대를 아우르는 욕설이 서로에게 퍼부어졌다. 그리고 나자, 극도로 흥분한 양 진영의 대장들은 다시 고전적 수법으로 돌아와서,

자신들이 알고 있는 것 중 가장 황당하고 가장 야비한 비난들을 서로의 면전에 퍼부었다.

"야! 너네 어머니가 소스 대신으로 음식에 오…… 쌌던 거 알지?"

"그러는 너는, 너네 어머니가 네놈 처먹이려고 황소 불알 까는 놈보고 그거 달래서 모아갔던 건 어떻구!"

"네 아버지가 너같이 꼴 보기 싫은 놈을 키우느니 차라리 송아지 한 마리를 키우는 게 낫겠다고 말한 거 알지?

"그러는 너는? 너네 어머니가 네 누나에게 젖을 주느니 차라리 암소에게 주는 게 더 나았겠다고 말한 건 어떻고? 왜냐고? 적어도 암소는 키워놓으면 연애질이나 하러 나다니지는 않는다 이 말씀이지!"

"우리 누나? 우리 누나는 지금 버터를 젓고 계시지."

누나도 없는 녀석이 대거리했다.

"우리 누나가 똥둣간 휘젓걸랑, 그때 막대기 핥으러 와라."

"조심!"

카뮈가 경고했다.

"입비뚤이 투괼이 등장했어. 돌을 날리는데!"

자갈 하나가, 머리 위 공기를 가르며 날아왔다. 롱쥬베른느 아이들은 비웃음으로 대꾸했고, 곧이어 포물선을 그리며 날아가는 돌들이 이쪽저쪽 하늘을 뒤덮었다. 양 진영에서 입에 거품을 물고 주고받는 욕설의 물결은 점점 더 험악해지며 그로 뷔송과 벨랑 숲 사이에서 쉬지 않고 출렁였는데, 실로 이쪽이든 저쪽이든 간에 아이들이 알고 있는 욕은 엄선된 만큼이나 무궁무진하였다.

하지만 그날은 일요일이었다. 양쪽 다 나름대로 옷을 차려입은 상태였기 때문에, 일개 사병부터 대장까지, 그 누구도 위험천만한 백병전을 벌일 생각은 하지 않았다.

그래서 이날 전투는, 말하자면 서로의 관점을 교환하고, 양 진영 어느 쪽에도 심각한 부상자를 내지는 않은 포병술 위주의 전투였다고 할 수 있다.

벨랑 마을 성당에서 기도 시간을 알리는 첫 번째 종소리가 울리자, 아즈텍은 부대원들에게 퇴각 명령을 내렸는데, 아이들은 가면서도 적들에게 욕설과 돌을 던지며 마지막 도발 행위를 하는 것을 잊지 않았다.

"내일 다시 이 자리에서 보자, 롱쥬베른느의 물렁좆들아!"

"꺼져! 이 겁쟁이들!"

르브라크가 대꾸해 주었다,

"조금만 기다리라구. 그래 내일까지만 기다려. 내일 너희들이 무슨 일을 당할지 알게 될 거다, 거시기 털이나 긁는 놈들아!"

그리고는 마지막 인사 삼아, 참호를 따라서 마을로 돌아가는 벨랑 아이들에게 우르르 돌무더기를 날렸다.

롱쥬베른느 마을에서는 마을 시계가 좀 늦게 가든가 아니면 기도 시간이 조금 늦추어졌는지, 롱쥬베른느 아이들은 적들이 퇴각하는 틈을 타서 내일 있을 전투 계획을 잡아보았다.

땡땡이 기가 막힌 생각을 해냈다.

"그러니까 놈들이 도착하기 전에 대여섯 명이 숲 속에서 꼼짝 말고 기다리고 있는 거야. 손가락 하나 발가락 하나 까닥해서는 안 돼. 첫 번째로 이 근처를 지나가는 놈이 있으면 그때 그놈을 덮쳐서, 잽싸게 들쳐 업고 튀는 거야."

 아이들의 즉각적인 동의를 얻어 매복조 대장이 된 땡땡은, 전선에서 다른 아이들이 전투를 수행할 동안에, 자신과 함께 매복할 다섯 명의 대원을 가장 날랜 아이들 중에서 뽑았다. 그리고 나자 아이들은 모두 전사의 사기로 들끓고 복수에 목마른 영혼이 되어 마을로 돌아갔다.

굉장한 하루

> 패자에게 화 있으라!
> –옛 골 족 수장이 로마인들에게

월요일 아침, 교실은 지난 토요일보다도 더 엉망이었다.

시몽 선생님은 시민 교육 시간에 카뮈에게, 그저께 '시민'에 대해서 머릿속에 집어넣어 주었던 것을 되풀이해 보라고 시켰고, 그 결과 카뮈는 상냥함과는 거리가 먼 욕설을 잔뜩 들어야 했다

카뮈의 입에서는 단 한 마디 대답도 나오지 않았다. 그저 엄청나게 고통스러워하며, 기억의 끄트머리라도 부여잡으려고 애쓰고 있다는 것이 얼굴 전체에서 드러날 뿐이었다. 카뮈의 머릿속은 꽉 막혀버린 듯했다.

'시민! 시민이라!'

그나마 정신이 덜 나간 다른 아이들은 열심히 생각했다.

'이 개떡 같은 말이 도대체 뭔 소리일까?'

"저요, 선생님!"

라 크리크가 엄지에 검지와 중지를 부딪쳐 딱 소리를 내며 말했다.

그러자 시몽 선생님은,

"아니야, 자네 말고!"

하더니, 선 채로 머리통을 건들거리며 당혹스러운 눈빛을 하고 있는 카뮈에게 다시 말을 건넸다.

"자, 자네는 시민이 뭔지 모른다는 건가?"

"……."

"자네들 모두 방과 후에, 한 시간 더 남아서 공부하도록 하겠다!"

소름이 오싹하게 등줄기를 타고 내려갔다.

"이봐, 자네! 자네는 시민인가?"

무슨 일이 있더라도 대답을 듣고야 말겠다는 듯 선생님이 물었다.

"그렇습니다, 선생님!"

카뮈는 아버지와 함께 선거 모임에 갔던 일을 기억해 내고는 이렇게 대답했다. 마을 의원인 후작이 선거인들에게 한잔씩 돌리고 악수도 나누었던 그 모임에서, 후작은 아버지에게 "이 어린 시민이 당신 아들인가요? 영리해 보이는군요." 하고 말했던 것이다.

"자네, 자네가 시민이란 말이지!"

화가 나서 얼굴이 주홍빛으로 물든 선생님이 노발대발하며 말했다.

"아, 그래! 시민 좋지! 그렇다면, 시민의 자격에 대해 내게 말해 보게나!"

"아닙니다, 선생님."

시민이라는 것이 별로 마음에 들지 않은 카뮈가 결국에는 고쳐서 대답하였다.

"그럼 자네는 왜 시민이 아닌가?"

"……."

"이봐."

짜증이 난 라 크리크가 입 안에서 중얼거렸다.

"아직 거기에 털이 없어서라고 대답하라구……."

"뭐라고 그랬나, 라 크리크?"

"그러니까…… 저…… 음……."

"그래 뭔가?"

"왜냐하면 아직 너무 어리기 때문이라고 그랬습니다!"

"아! 좋아! 이제, 자네들 알겠나?"

알고말고. 라 크리크의 대답은, 말라 죽어가던 벌판에 내리는 고마운 단비처럼 아이들의 기억을 되살려내었다. 제각각으로 돌아가던 문장들, 시민의 자격에 관해 약간씩 남아 있던 이야기 등등, 넝마 같던 기억들이 서로 맞물리더니, 조금씩조금씩 빈틈이 메워졌다. 카뮈 스스로도 정신이 조금 들기 시작하면서 구원자 라 크리크에게 열렬한 감사를 느끼며 '시민'에게 제대로 된 자리를 찾아주는 데 한몫했다!

결국, 늘 그런 식으로 지나가기 마련이었다.

하지만 미터법 숙제 검사가 돌아왔을 때, 상황은 전혀 좋지 않게 흘러갔다. 그저께 다른 데 정신이 팔려 있었던 아이들은 남의 숙제를 베끼면서 단어를 바꾸어 써넣는 것을 잊어버렸고, 일주일에 두 번 있는 받아쓰기 시험이 수학적으로 증명해 주는 각자의 실력에 맞춰, 분수껏 맞춤법을 틀리게 쓰는 걸 까먹고 말았다. 아이들은 단어를 건너뛰었고, 그래서는 안 되는 곳에다가 대문자로 표기했고, 글의 의미와는 상관없이 구두점을 찍어놓았다. 특히 르브라크의 숙제는 눈 뜨고 못 봐줄 정도여서 그가 대장으로서 갖는 근심을 여지없이 보여주고 있었다.

그리하여 시몽 선생님, 얼굴은 분노로 시뻘겋게 되고, 안경 뒤의 두 눈은 어둠 속의 고양이처럼 번쩍거리며, 르브라크를 칠판 앞으로 불러내었다.

반의 다른 모든 아이들처럼, 르브라크도 숙제를 베껴 낸 것이 확실했다. 그 점은 두말할 필요도 없었다. 하지만 시몽 선생님은 최소한, 현대 교육에서는 원칙적으로 추방당한 베끼기를 통해, 그래도 르브라크가 뭔가 얻어낸 게 있는지를 알고 싶어 했다.

"미터란 무엇인가, 르브라크?"

"……."

"미터법이란 뭐지?"

"……."

"어떻게 길이를 측정하나?"

"음……."

라 크리크와 너무 멀리 떨어져 있던 르브라크는, 귀를 쫑긋 세우고, 무서울 정도로 이마에 주름을 잡고서, 막연한 개념이라도 기어해 보려고 진땀을 쏟고 있었다. 마침내, 르브라크는 어렴풋이, 아주 어렴풋이 선생님이 두 가지 이름을 말했다는 것을 기억해 냈다. 들랑브르와 라 콩다민느, 자오선 측정으로 유명한 두 학자. 불행하게도, 르브라크의 머릿속에서 들랑브르는, 레옹네 담뱃가게 진열대 뒤에서 불길을 내뿜고 있는 도기 파이프를 연상시켰다. 그래서 르브라크는, 그런 위중한 상황에 합당하게, 매우 미심쩍어 하면서도 생각나는 대로 말해 보았다.

"그건, 그러니까, 레파이프와 르똥……, 르똥입니다!"

"엥! 누구라고? 그러니까 뭐라고!"

시몽 선생님의 분노가 절정에 달했다.

"그래, 이제는 학자들을 모욕하기까지 하는구나! 배짱 한번 두둑하군, 정말이지 욕도 가지가지로 하는군! 자네, 정말이지 칭찬하지 않을 수가 없군!"

그러더니 선생님은,

"자네, 알겠지만, 자네 부친이 자네에게 신경 좀 써달라고 신신당부하셨지!"

하고 덧붙임으로써 불행하기 짝이 없는 르브라크에게 일격을 가했다.

"집에서는 손 하나 꼼짝 않는다지. 게다가 길바닥을 쏘다니면서, 머리의 묵은 때를 벗길 생각은 하지 않고 건달, 망나니짓이나 한다지. 좋아, 이보게나! 내 이제부터 자네와 자네보다 조금도 나을 것이 없는 자네 급우들을 위하여 다시 되풀이해서 말해 주는 것들을, 열한 시에 전부 암송해 보이지 못한다면, 내 경고하는데, 자네 머리통이 제대로 돌아갈 때까지, 매일 저녁 네 시부터 여섯 시까지 자네를 붙잡아두겠네! 알겠나!"

제우스신이 모든 신들이 모인 자리에서 천둥 번개를 메다꽂았다 하더라도, 그보다 더 큰 놀라움은 불러일으키지 못했을 것이다. 모든 아이들이 이 무시무시한 위협에 주눅이 들었다.

그리하여 이날만은 정신을 집중하여, 르브라크와 다른 아이들은, 가장 큰 아이에서부터 가장 어린 아이까지 모두들, 옛날 방식의 도량형들이 얼마나 불편하며 왜 도량형을 통일해야 되는지에 대하여, 화가 나서 설명하는 선생님의 말씀에 귀를 기울였다. 아이들은 속으로는 덩케르크에서부터 바르셀로나까지의 자오선 측정에 전혀 찬성하지 않았지만, 그리고 들랑브르와 메생이 사서 한 고생들을 고소해했지만, 수업이 끝나면 바로 놓여날 수 있게 사고를 치지 않으려고 조심했다. 그렇지만 카뮈, 르브라크, 땡땡, 그리고 심지어는 '진보' 옹호자인 라 크리크도, 그리고 나머지 아이들 모두, 이 소름

끼치고 무시무시한 순간을 기억하기 위하여, 적들에게 물렁좆 취급을 당할 뻔한 위험을 안겨주었던 그 빌어먹을 미터법을 사용하느니, 할아버지나 아버지처럼 자니 척이니 하는 옛날 도량형을 쓰겠다고 맹세하였다.

오후는 훨씬 차분했다. 아이들은 뛰어난 전사들이었던 선조 골 족의 이야기를 감탄해 가며 귀담아들었다. 그 결과, 르브라크와 카뮈는 물론이고, 그 어떤 아이도 방과 후에 남는 벌을 피해 갔는데, 특히 대장은 늙은 얼간이 시몽 선생님을 만족시켜주기 위해서 놀라울 정도로 애를 썼다.

이번에는 어디 두고 보자!

땡땡과 다섯 명의 전사들은 현명하게도, 점심때 집에 가서 미리 간식거리를 챙겨왔기 때문에, 다른 아이들이 빵 조각을 가지러 간 사이에 먼저 전쟁터에 도착했다. 그래서 적들이 나타나는 것을 보고 롱쥬베른느 진영에서 "무찌르자, 벨랑 놈들!" 하는 소리가 울려퍼졌을 때에는, 이미 땡땡의 내복조는 무슨 일이 벌어질지 모르는 백병전에 만반의 준비를 하고, 능숙하게 몸을 숨긴 채 편안하게 자리 잡은 상태였다.

모두들 호주머니에 잔돌들이 터질 듯이 들어 있었다. 심지어 몇 명은 모자와 손수건에다가도 돌들을 담아왔다. 새총 부대원들은 미리 무기의 매듭을 확인해 두었다. 큰 아이들은 가시나무 몽둥이나, 불에 그슬어 옹이를 매끈하게 다듬고 끝 부분을 벼른 창들로 무장하고 있었다. 몇몇 아이들의 무기는 나무껍질을 군데군데 벗겨내서 만든 유치한 문양들로 장식되어 있었다. 얼룩말의 무늬나 토인들의 문신을 닮은 초록색 하얀색 테들이 교차하는 무늬였다. 불로는, "이렇게 하면 단단하면서 아름답기도 하다구." 하고 말했는데, 아마도 불로의 취향은 자신의 창끝만큼 날카롭지 못한 모양이었다.

전위 부대끼리 욕설을 주고받고 돌팔매질을 하는 것을 시작으로, 두 진영은 전투를 개시했다.

오십 미터쯤을 사이에 두고 산개 대형으로 대치한 두 진영은, 떨어지는 돌을 피하기 위해서 덤불 뒤로 숨고, 용기 있으면 붙어보자고 이죽거리고, 욕설을 퍼붓고, 가까이 와보라고 약을 올리고, 서로를 비열한 검쟁이 취급을 하다가 돌팔매질을 시작했고, 조금 뒤 다시 그 모든 과정을 처음부터 되풀이했다.

하지만 대대적인 움직임이라고 할 만한 것은 거의 없었다. 때때로 벨랑 아이들이 밀고 들어오는가 싶으면, 갑자기 롱쥬베른느 아이들이 몽둥이를 휘두르면서 치고 나갔다. 그러나 곧 돌이 우박처럼 쏟아져 멈춰 서야 했다.

어쨌든 벨랑 아이 한 명이 복사뼈에 돌을 맞고 절뚝거리면서 숲으로 다시 돌아갔다. 롱쥬베른느 쪽에서는, 떡갈나무 위에 올라앉아서 원숭이처럼 재빠른 솜씨로 돌을 날리던 카뮈가, 벨랑 아이 하나가 던진 돌에 머리를 맞고 피를 철철 흘렸다. 카뮈는 투괼이 범인이라고 생각했다.

카뮈는 나무에서 내려와 상처에 감게 손수건을 달라고 해야 할 정도였지만, 전세는 여전히 오리무중이었다. 큰 지뷔스는 어떻게든 땡땡의 매복조를 이용해서 한 놈이라도 포로를 잡고 싶어 했다. 그래서 르브라크에게 알린 뒤, 혼자서 몰래 적의 측면을 공격하려는 것처럼, 땡땡이 있는 숲 쪽으로 숨어드는 시늉을 했다. 큰 지뷔스는 적의 움직임은 전혀 눈치 채지 못한 척하면서, 벨랑 전사들의 눈에 띄려고 애를 썼다. 큰 지뷔스는 네 발로 언덕바지 쪽으로 기어 올라가기 시작했고, 미그 라 륀느와 두 명의 벨랑 아이들이 한 놈보다는 무리가 더 우세하다고 판단하고서, 혼자 떨어져 나온 적군을 공격

할 방법을 숙덕거리는 것을 보면서, 몰래 웃었다.

큰 지뷔스가 일부러 대담하게 전진하는 동안, 세 명의 벨랑 아이들은 몸을 낮추고 다가왔다.

바로 그때, 르브라크는 적의 부대원들 정신이 자기 쪽으로 쏠리도록 맹렬한 공격에 나섰고, 숲에 숨어서 전부를 지켜보고 있던 땡땡은 매복조에게 행동에 들어갈 태세를 갖추도록 했다.

"저놈들이 곧 올 거야, 친구들. 조심하라고!"

큰 지뷔스가 벨랑 쪽 숲으로부터 여섯 걸음쯤 떨어진 곳까지 나아갔을 때, 세 명의 적군이 숲에서 갑자기 튀어나오더니 큰 지뷔스를 쫓아 질풍노도처럼 몰려들었다.

그러자 롱쥬베른느 진영의 아이는 마치 기습 공격을 당한 것처럼 휙 돌아서더니 냅다 도망치기 시작했는데, 상대방이 따라잡을 수 있을 정노로, 그리고 곧 잡힐 것만 같이 천천히 달아났다.

큰 지뷔스는 곧 땡땡의 매복조가 숨어 있는 덤불 앞을 지나갔고, 그 뒤를 미그 라 륀느와 그 졸개 둘이 바싹 쫓고 있었다.

그러자 이번에는 땡땡이 공격 신호를 내리는 것과 동시에, 다섯 명의 전사들과 함께 떨쳐 일어나, 적의 퇴각로를 차단하며 무시무시하게 소리를 질렀다.

"모두들 미그 라 륀느를 덮쳐!"

아! 모든 일이 매끈하게 진행되었다. 세 명의 적군은 예기치 못한 상황의 역전으로 공포에 질려 우뚝 멈춰 섰고, 곧 자신들의 진영으로 돌아가기 위해서 황급하게 방향을 틀었다. 두 명은 빠져나갔지만, 땡땡의 예상대로 미

그 라 륀느는 여섯 쌍의 야수의 발톱에 덜컥 채여서, 마치 꾸러미처럼 달랑 들려 롱쥬베른느 진영으로 옮겨졌고, 이들을 맞이하는 승자의 환호성과 박수소리가 요란했다.

숲으로 퇴각했던 벨랑 부대는 혼란에 빠져 있었지만, 롱쥬베른느 아이들은 포로를 둘러싼 채 소리 높여 승리를 외쳐댔다. 네 겹의 경비에 둘러싸인 미그 라 륀느는 완전히 주눅이 들어서 거의 버둥거리지도 못하고 있었다.

"어이! 친구, 딱 걸렸어."

음산한 목소리로 르브라크가 말했다.

"자, 조금만 기다리면 어떻게 될지 알게 될 거야!"

"으! 으! 으! 조금이라도 아프게 하지 마."

미그 라 륀느가 더듬거렸다.

"아, 그래? 우리를 계속 썩을 놈에 물렁좆 취급을 하게 내버려두라고?"

"내가 안 그랬어! 오! 하느님! 날 어떻게 할 건데?"

"칼을 갖다 줘."

르브라크가 명령을 내렸다.

"오! '옴마', '옴마' 뭘 자르려고?"

"귀."

땡땡이 소리 질렀다.

"그리고 코도."

카뮈가 덧붙였다.

"고추도."

라 크리크가 말을 이었다.

"불알도 잊지 말아야지."

르브라크가 한술 더 떴다.

"어디 제대로 붙어 있나 보고!"

"자르기 전에 그걸 끈으로 꼭 묶어야 해. 어린 수송아지들한테 그렇게 하잖아."

강베트가 참견했는데, 그런 작업을 본 적이 있는 게 분명했다.

"물론이지! 누가 끈 갖고 있나?"

"자, 여기 있어."

작은 지뷔스가 대답했다.

"날 조금이라도 아프게 했단 봐. 우리 '옴마' 한테 일러줄 거야."

포로가 울먹이며 말했다.

"교황이든 너네 어머니든, 난 아무 상관없어."

그 어떤 것에도 꿈쩍 않는 르브라크가 응수했다.

"그럼 신부님한테 일러준다!"

공포에 질려서, 미그 라 륀느가 덧붙였다.

"그래? 역시 관심 없다지 뭐!"

"그럼 선생님."

그 어느 때보다도 더 눈을 깜박이면서, 미그 라 륀느가 다시 말했다.

"선생님? 웃기시네! 히야! 이제 네가 우리를 위협까지 하는구나! 설상가상이군! 기다려봐, 이 더러운 놈아! 그 칼 좀 줘봐."

그러더니, 르브라크는 자루가 달린 칼을 쥐고 자신의 희생물에게로 다가갔다.

처음엔 그저 미그 라 륀느의 귀를 칼등으로 휙 그었는데, 찬 금속이 닿자 진짜로 귀가 잘렸다고 믿은 미그 라 륀느가 눈물을 쏟으며 울부짖기 시작했다. 그러자 만족한 르브라크는 그 짓은 그만두고, 그의 말대로라면, 미그 라 륀느의 옷에다가 '칼을 가는' 작업에 착수했다.

우선 덧옷. 르브라크가 깃에 달린 금속제 혹단추를 잡아채고, 덧옷 앞섶의 단추들과 소매 단추들을 잘라내고, 단춧구멍들을 줄줄이 가르자, 카뮈가 소용없어진 덧옷을 훌렁 벗겨내 버렸다. 스웨터도 같은 운명을 겪었다. 멜빵도 살아남지 못했다. 멜빵을 잘라낸 다음에는 스웨터를 훌렁 벗겨버렸다. 그 다음에는 셔츠 차례였다. 깃에서부터 앞섶, 소매에 이르기까지 단추 하나 단춧구멍 하나 빼놓지 않았다. 그 다음에는 바지에 붙어 있는 것도 다 떨어뜨려 놓았다. 등 쪽의 허리 조임 장치, 버클, 주머니, 그리고 단추, 단춧구멍 들이 칼날을 맞았다. 고무줄로 만든 양말대님은 압수하였고 구두끈은 조각조각 잘라버렸다.

"속바지는 안 입었어? 안 입었군!"

르브라크가 장딴지까지 흘러내린 바지 안을 들여다보고 확인한 뒤 말했다.

"자! 이제, 꺼져!"

르브라크는 그렇게 말하면서, 공화국의 법 아래 증오도 두려움도 없이 오로지 양심의 소리에만 복종하는 정직한 법관처럼, 마지막으로 힘찬 발길질을 등 바로 아랫부분, 그러니까 바로 거기에 한 대 날렸을 뿐이었다.

옷이 몸에 붙어 있게 해주는 거라고는 하나도 남아 있지 않은, 작고 가여운 미그 라 륀느는 조롱과 야유를 퍼붓는 적들에 둘러싸여서 울고 있었다.

"어디, 이제 날 한번 잡아보라구!"

큰 지뷔스는 빈정댔고, 상대방은 더 이상 여며지지 않는 스웨터 위에 축 늘어진 덧옷을 걸친 뒤, 바지 안에 너풀거리는 셔츠 앞섶을 집어넣어 보려고 헛되이 애를 썼다.

"이제 너네 어머니가 뭐라고 하실지 가봐."

카뮈가 마지막으로, 상처에 소금을 뿌리는 것으로 대화를 끝냈다.

어둠이 내리고 있는 가운데, 구두가 가까스로 붙어 있는 두 발을 질질 끌면서, 미그 라 뤼느는 울며, 신음하며, 훌쩍거리면서 친구들에게로 갔다. 친구들은 근심이 가득하여 그가 오기를 이제나저제나 기다리며 숲에서 망을 보고 있다가, 그를 에워싸고 그들이 할 수 있는 한의 도움과 원조를 제공했다.

저쪽에서는, 어스름에 잠겨서 분명하게 형태를 구별하기는 어려웠지만, 승리의 외침소리와 의기양양한 롱쥬베른느 아이들의 야유 섞인 욕설이 들려왔다.

마침내, 르브라크가 상황을 정리하였다.

"웅! 맛 좀 보여줬지! 그 독일놈 같은 녀석들, 이제 좀 깨달았겠지!"

그 뒤로, 벨랑 숲 어름에 어떠한 새로운 움직임도 나타나지 않았기에 이 날의 승리는 결정적으로 롱쥬베른느 아이들의 것이 되었다. 아이들은 라 소트 공유지에서부터 페피오네 채석장까지 구르듯 내려왔다.

그곳에서부터, 여섯 명씩 줄을 지어, 팔에 팔을 걸고 대장의 명령에 맞추어서 발꿈치를 울리고, 가끔씩 제자리걸음도 하다가, 가슴이 터져라 노래를 부르면서 롱쥬베른느를 향하여 떠났다. 르브라크는 옆에서 따라오며 몽둥

이를 휘둘렀고, 카뮈는 맨 앞에서 피 묻은 손수건을 몽둥이 끝에 깃발처럼
매달고 행진했다.

> 승리―여, 노래하라
> 우리를 맞아―들이누나
> 자유―여, 인도하라 우리―의 발걸음을
> 북에서 남까지 울려―라 나팔소리
> 전투의 순간―이 다가왔도다아―.

첫 번째 패배

> 놈들은 짐승을 포위하듯 내 처소를 둘러싸고, 내가 그물에 걸려들었다고 생각하고 있다. 하지만 나는 빠져나가 놈들을 처치하련다.
> —프랑스 국왕 앙리 4세 (아르마냑의 외즈 시 통치자에게 보낸 편지, 1586년 3월 11일)

그처럼 기억할 만한 승리를 거둔 뒤로는 훨씬 조용한 날들이 흘러갔다. 승리로 자신감을 얻은 르브라크와 부대원들은 계속해서 우세를 지켰고, 칼로 뾰족하게 다듬고 유리로 갈아 매끈하게 만든 개암나무 창과, 노끈을 둘둘 감은 철사줄로 날밑(칼날과 칼자루 사이에 끼워 경계를 짓고, 손을 보호하는 테―옮긴이)을 만들어 단 목검으로 무장을 하고서 무시무시한 공격을 감행하여, 적들이 우박처럼 쏟아지는 자갈을 맞아가며 다시 벨랑 숲으로 돌아가도록 만들었다.

신중해진 미그 라 륀느는 맨 뒷줄에서 알짱댔고, 두 진영 어느 쪽에서도 포로나 부상자가 생기지 않았다.

토요일의 그 사건만 없었더라도 그런 상태가 좀더 오래갈 수 있었을 것이다. 불행하게도, 토요일 아침 수업 시간에 끔찍한 일이 일어났다. 르브라크는 그럭저럭 미터법의 크고 작은 단위들은 머릿속에 쑤셔 넣었다. 하지만, 시몽 선생님이 하나의 도량형을 알면 나머지도 다 알 수 있다고 말하는 것을 듣고, 미터와는 다르게 리터는 킬로리터나 미리어리터 따위의 단위가 없다는 말은 듣지 않은 것이다.

르브라크는 학교에서 배운 리터 단위에다가, 집에서 주워들은 옛날 도량형을 온통 뒤죽박죽 섞어버려서, 결국 놓여날 가망 없이 네 시부터 다섯 시까지, 그리고 필요하다면, 그러니까 선생님이 요구하는 것들을 모두 만족스럽게 암기하지 못한다면, 그보다 더 오랫동안 남아 있게 될 형편에 놓였다.

"한번 날치기 시작하면, 시몽 선생은 정말이지 처치 곤란이라구!"

불행하게도 땡땡 역시, 큰 지뷔스, 불로와 더불어 똑같은 운명에 처하게 되었다. 용케 질문을 피해 갔던 카뮈와, 늘 공부할 내용을 알고 있는 라 크리크만이 그날 저녁 롱쥬베른느 부대를 이끌 수 있었는데, 그나마 그날 암염소를 숫염소에게 데려다 주느라고 결석을 한 강베트와, 다음 날이 일요일이어서 일찍 집에 들어가 깨끗이 씻어야 하는 몇몇 아이들 때문에 부대원 수도 줄어 있었다.

"오늘 저녁에는 가지 말아야 하는 것이 아닐까?"

생각에 잠겨서, 르브라크가 말했다.

키뮈가 펄쩍 뛰었다.

"안 간다고! 대장, 말도 안 되는 소리를 하고 있네. 나를, 이 카뮈를 뭘로 보는 거야! 우리 모두 물렁좆 취급을 당할 거야!"

마음이 흔들린 르브라크는 카뮈가 옳다는 생각을 하게 되었고, 그래서 땡땡, 불로 그리고 큰 지뷔스와 함께 벌에서 풀려나는 즉시, 전투 장소로 가기로 했다. 하지만 르브라크는 걱정이 되었다.

'정말이지 골치 아프게 되었군! 오늘처럼 운이 안 따라주는 날엔 대장인 내가 있어야 하는데…….'

카뮈는 대장을 안심시키고, 간단히 작별인사를 나눈 다음, 네 시가 되자, 전사들을 거느리고 전투 장소로 향했다.

어쨌든 새로운 책임을 맡게 된 카뮈는 머릿속에 이 생각 저 생각이 끊이지 않았고, 또 뭔지 모를 불안감에 마음을 졸이는 통에, 그로 뷔송에 도착하기 전, 미리 대원들에게 적의 눈에 띄지 않도록 몸을 숨기라는 명령을 내릴 생각을 못했다.

그런데 벨랑 아이들은 이미 도착해 있었다. 아무것도 보이지 않자 깜짝 놀란 아이들은 투괼에게 나무 위에 올라가서 정세를 파악하고 내려오라는 임무를 맡겼다.

투괼은 너도밤나무 위에 올라앉아서, 몇 안 되는 적이 방심한 채 길을 올라오는 것을 보고, 조용히 차오르는 기쁨에 겨워서 낚싯대에 걸린 모래무지처럼 온몸을 배배 틀었다.

곧 투괼은 친구들에게 적이 수적으로 열세인 데다 대장인 르브라크도 없다고 알렸다. 미그 라 륀느의 복수만을 생각했던 아즈텍은, 곧바로 작전을 짜내고 부대원들에게 설명해 주었다.

우선 아무 눈치도 못 챈 척, 평상시처럼 싸우며 전진했다가 후퇴한다. 그 다음에 다시 중간까지 전진했다가 퇴각하는 척하다가, 모두 몰려나가서 적의 진영으로 우르르 쳐들어간다. 저항하는 놈들은 들이받고, 사로잡은 놈들은 모두 체포해서 우리 쪽 진지로 데리고 온 다음, 패자의 운명을 맛보게 하는 거다.

작전이 섰다. 아즈텍이 "라 뮈리가 네놈들을 작살내러 간다!" 하고 작전 구호를 외치면, 모두 그 뒤를 따라서 몽둥이를 움켜쥐고 치고 나가는 거다.

입비뚤이 투괼이 너도밤나무에서 망을 보고 있다가 겨우 내려왔을까 말까 했을 즈음, 그로 뷔송 중앙에 있던 카뮈가 귀청을 찢는 목소리로 "벨랑 놈들을 무찌르자!" 하고 외쳤고, 그러자 평상시처럼 전투가 시작되었다.

　대장으로서, 카뮈는 지상에 머무르며 대원들을 이끌었어야 했다. 하지만 습관 때문에, 나무 위에 올라가 버릇하던 그 망할 놈의 습관 때문에, 대장으로서 마땅히 가져야 할 조심성은 뒷전으로 밀어놓고, 적의 대열에 돌을 날려 보내려고 떡갈나무 위로 올라갔다.

　정성을 기울여서 골라놓은 나뭇가지 사이에 편안하게 자리 잡자, 카뮈는 총알을 놓는 가죽대가 한가운데에 오도록 양쪽 고무줄을 조절하여 똑같은 길이로 만들고, 고무줄을 팽팽히 당겨 겨냥을 한 다음, 벨랑 진영을 향하여 돌을 날렸다. 돌은 날아가면서 나뭇잎을 찢어놓거나, 툭 소리를 내며 가지에 부딪혔다.

　카뮈는 이날도 다른 날들과 마찬가지일 거라고 생각했고, 적들이 추격해 오리라고는 전혀 예상도 못했는데, 왜냐하면, 전투가 시작된 이래로, 적들은 언제나 패하거나 아니면 도망쳤기 때문이었다.

　반 시간 동안은 모든 게 잘 되어나갔다. 임무를 완수했다는 생각과 돌팔매질이 적중했다는 생각에 마음을 놓고 있는데, 아즈텍의 고함을 신호로 벨랑 떼거지들이 무시무시한 속도와 불타오르는 사기로, 맹렬한 기세와 자신만만한 태도로, 자신의 대원들을 추격하는 것이 보였다. 카뮈는 넋이 나가서 나뭇가지 위에 올라앉은 채 단 한 마디도 할 수 없었다.

　적들이 무시무시한 소리를 질러대며 창과 몽둥이를 휘두르는 것을 보자, 수적으로 너무나 열세였던 카뮈 편 전사들은 겁에 질려서 전의를 상실한 채, 후퇴하기 시작했는데, 적군이 곧 뒤에서 덮칠 것만 같아 감히 뒤돌아볼 생각도 못하고, 무릎이 이마에 닿도록, 발뒤꿈치가 엉덩이에 닿도록 로귀 채석장을 향해 전속력으로 달아났다.

 수적으로 우세였지만 벨랑 전투원들은 그로 뷔송에 도착하자 약간 주춤거렸는데, 적의 필사적인 돌팔매질이 있을까봐 두려웠던 것이다. 하지만 돌멩이가 날아오지 않자, 곧 숲으로 들어가서 적진을 뒤지기 시작했다.

 이런! 아무것도 보이지 않았고, 아이 한 명 발견할 수 없었다. 화가 나서 궁시렁대던 아즈텍은 나무 위에 웅크리고 있던 카뮈를 찾아냈는데, 카뮈의 모습은 갑자기 사람과 맞닥뜨려서 깜짝 놀란 다람쥐 같았다.

 아즈텍은 카뮈를 발견하고는 아! 하며 승리의 탄성을 올렸다. 공격이 헛되지 않았다는 생각에 기뻐하면서 아즈텍은 포로에게 즉각 내려오라고 명령하였다.

 카뮈는 내려가면 어떤 운명이 기다리고 있을지 잘 알고 있었고, 게다가 아직 주머니에는 돌멩이가 몇 개 남아 있었기에, 나폴레옹을 보위했던 캉브론느 장군을 본받아, 차라리 죽을지언정 아즈텍에게 항복하지는 않겠다고 대꾸했다. 그때까지 욕 반 말 반 섞어가며 항복을 권유하던 아즈텍이, 대원들에게 돌을 던져서 '저 잡새를 내려오게' 하라고 명령을 내렸을 때, 카뮈는 바지 주머니를 뒤지고 있었다.

 카뮈가 미처 고무줄을 팽팽히 당기기도 전에 무시무시한 돌우박이 날아들었고, 카뮈는 양팔을 엇갈려 얼굴을 가리고 두 손으로는 눈을 가렸다.

 다행스럽게도, 많은 벨랑 아이들은 서둘러서 돌을 날리느라 목표물을 맞히지 못했지만, 그중 몇 개는 명중했다. 등짝에 딱! 머리통에 딱! 옆구리에 퍽! 엉덩짝에 짝! 다리에도 딱!

 "이 애송아, 어디 잡아봐라!"

"아! 곧 그렇게 될 거다, 이 더러운 놈아!"

아즈텍이 말했다.

정말로, 불쌍한 카뮈는 얼굴을 가리랴 상처를 문질러대랴 손이 모자랄 지경이었고, 결국 항복하려는 순간, 갑자기 돌격을 외치는 르브라크의 호령과 무시무시한 고함소리가 이 끔직스러운 상황에서 그를 구해 냈다. 귀신에 홀린 것 같았다.

천천히, 카뮈는 한 팔을 내리고, 또 한 팔을 내린 다음, 머뭇머뭇하다가, 쳐다봤더니……, 이 무슨 광경이란 말인가!

이런 끔찍한 일이! 끔찍, 끔찍, 또 끔찍! 롱쥬베른느 부대원들이 소리를 내지르며 숨이 턱에 차서 이제 막 그로 뷔송에 도착한 반면, 벨랑 숲 어름에서는 벨랑 놈들이 무리를 지어, 르브라크를 포로로 잡아가고 있었다.

"르브라크! 르브라크! 이런, 빌어먹을, 르브라크!"

카뮈가 빽빽거렸다.

"어떻게 이런 일이 일어날 수 있지? 제기랄, 제기랄, 제기랄, 천 번 만 번 제기랄!"

카뮈가 절망적으로 내뱉는 저주가 한발 늦게 도착한 롱쥬베른느 부대원들 위로 울려 퍼졌다.

"르브라크!"

땡땡이 메아리처럼 따라 했다.

"여기 없어?"

그러더니 땡땡은 설명을 하기 시작했다.

"우리가 라 소트 아래쪽에 도착했을 때, 우리 대원들이 산토끼처럼 도망가고 있는 게 보이잖아. 그래서 대장이 냅다 달려가서 아이들에게 물었지.

'정지! 어디로 가는 거지? 카뮈는?'

누가 대꾸했는지 모르겠지만, '카뮈, 카뮈는 떡갈나무 위에 있어!' 그러더라구.

'라 크리크는?'

'라 크리크? 모르겠는데!'

'걔네들을 그렇게 놔뒀단 말이지, 빌어먹을! 벨랑 놈들의 포로라! 너희들은 정말 겁쟁이구나! 전진! 가자! 전진!'

그러더니 르브라크가 '뛰어나갔고' 우리도 뒤를 쫓아서 소리를 지르면서 출발했지. 하지만 대장은 적어도 우리보다 스무 걸음은 앞서 있었으니까, 놈들이 모두 덤벼들어서 잡아간 모양이야."

"그렇다니까, 르브라크가 잡혀갔다니까! 아, 빌어먹을!"

숨이 넘어갈 것 같은 카뮈가, 나무에서 구르듯 내려오며 말했다.

"어쩔 수 없군……. 대장을 빼내와야 해!"

"놈들은 우리보다 두 배는 더 많다구."

도망갔던 아이들 중 하나가 신중하게 말했다.

"더 잡힐 수도 있는 일이라구. 우린 수가 많지 않으니까, 기다리는 수밖에 없어. 어쨌든, 놈들도 대장을 산 채로 잡아먹지는 않을 거라구!"

"그러지는 않겠지."

카뮈가 동의했다.

"하지만 단추들은! 게다가 나를 구하려다가 그랬다는 생각을 하면! 아! 이런 불행 중의 불행이! 오늘 저녁에는 가지 말라는 대장의 말이 옳았어. 늘 대장 말을 들어야 한다니까!"

"그런데 라 크리크는 어디 있는 거지? 아무도 못 봤어? 포로로 잡혔나?"

"아니야!"

카뮈가 대꾸했다.

"내 생각에는 아니야. 놈들이 잡아가는 것을 보지 못했으니까. 저 위쪽 숲으로 도망간 게 틀림없어……."

롱쥬베른느 아이들이 한탄하고, 카뮈가 절망에 잠겨 있을 때, 자고새 소리가 들려와서 아이들은 소스라쳤다.

"라 크리크다."

큰 지뷔스가 말했다.

정말 라 크리크였는데, 그는 적이 공격하는 순간에 여우처럼 숲으로 미끄러져 들어가서 벨랑 놈들의 손아귀에서 벗어났던 것이다. 라 크리크는 공유지 위쪽에서 내려오는 길이었고, 뭔가를 목격한 것이 확실했다.

"아! 친구들. 그놈들이 르브라크에게 어떤 짓을 하는지 봤어야 했는데! 잘 보이지는 않았지만, 엄청나게 패던걸!"

그러더니 라 크리크는, 영락없이 당하게 될 대장에게 옷을 수선해 입히기 위해서 대원들에게서 끈과 옷핀을 모아들였다.

실제로, 끔찍한 장면이 벨랑 숲 어름에서 펼쳐지고 있었다.

르브라크는 처음에는, 무슨 일이 벌어졌는지 전혀 이해하지 못한 채, 난리 법석을 떠는 적들에 둘러싸여 끌려갔다. 그러나, 적들이 손에 자루 달린 칼을 쥐고서 자신에게 다가오자, 마침내 정신을 추스르고 본연의 모습으로 돌아가서, 이 거시기 털이나 긁는 놈들에게 롱쥬베른느 전사가 어떤 것인지를 보여주기 시작했다!

머리로, 발로, 손으로, 팔꿈치로, 무릎으로, 허리로, 이빨로, 받고, 소리지르고, 펄펄 뛰어오르고, 따귀를 올려붙이고, 두들겨 패고, 주먹질을 하고, 물어뜯으면서, 르브라크는 맹렬하게 버둥거렸고, 요놈들은 때려눕히고, 저놈들은 물어뜯고, 이놈 눈을 밤탱이로 만들고, 저놈 따귀를 올려붙이고, 세 번째 놈은 두들겨 패며, 여기 딱, 저기 툭, 또 다른 아이를 퍽, 그러다가 그럭저럭, 겉옷 소매 반을 찢어놓으며, 마침내 적의 패거리로부터 빠져나오는가 싶자 곧바로 롱쥬베른느 쪽을 향하여 맹렬한 속도로 뛰어갔는데, 배신자 같은 놈 미그 라 뤼느가 발을 거는 바람에, 코는 두더지 굴에 박고, 두 팔은 앞으로 쭉 뻗고, 입은 헤 벌린 채, 길게 넘어져버렸다.

아야 소리를 내지를 틈도 없었다. 무릎을 짚고 일어서야지 하고 생각하기도 전에 열두 명의 사내아이들이 르브라크 위를 덮쳐서 퍽! 팍! 딱! 쿵! 탕! 사지를 붙들었고, 그동안 다른 아이 하나가 몸수색을 하고 칼을 압수하더니, 르브라크의 손수건을 꺼내어 재갈을 물렸다.

작전을 이끌고 있던 아즈텍은 공을 세운 미그 라 뤼느에게 호두나무 회초리를 주고, 상대방이 조금이라도 움직일 기미가 보일 때마다 여섯 대씩 때리라고 당부했는데, 곧 하나 마나 한 소리였다는 것이 드러났다.

르브라크는 그렇게 가만히 있을 사나이가 아니었다. 매질을 당한 르브라크의 엉덩이에는 곧 시퍼런 멍이 잔뜩 들었고, 결국에는 얌전히 있을 수밖에 없게 되었다.

"당해 봐라, 이 돼지 같은 놈아!"

미그 라 뤼느가 말했다.

"아! 네가 내 고추와 불알을 자르려고 했지. 좋아! 이제, 네놈 차례다!"

벨랑 아이들은 그런 건 조금도 잘라내지 않았다. 하지만, 단추 하나, 단춧구멍 하나, 훅단추 하나, 끈 하나도 복수심에 불타 주도면밀하게 움직이는 아이들의 손길로부터 벗어나지 못했다. 모두 다 털리고 엉덩이마저 두들겨 맞은 르브라크는 패자의 신세가 되어, 닷새 전에 미그 라 륀느가 그랬듯이 가여운 모습으로 풀려났다.

하지만 롱쥬베른느 전사는 벨랑 전사처럼 훌쩍거리지 않았다. 르브라크, 그는 대장의 영혼을 타고났다. 속으로는 노발대발했는지 몰라도 육체적 고통 따위는 전혀 느끼지 않는 듯했다. 그래서 르브라크는 재갈에서 풀려나자마자 억제할 수 없는 경멸과 생생한 증오를, 자신을 괴롭혔던 놈들을 향해 격렬한 욕설로 터뜨려버렸다.

저런! 너무 성급했나보다. 르브라크가 자신들의 손아귀에 있다는 것을 너무나 잘 알고 있는 적들은, 다시 실컷 몽둥이찜질을 하고 발길질을 잔뜩 퍼부어서 그 사실을 깨닫게 해주었다.

분노와 절망으로 터질 것만 같은 르브라크는, 초췌한 얼굴로 마침내 자기 진영을 향해 몇 발자국 옮겨놓다가, 마음껏 울기 위해서인지, 아니면 바지를 여밀 가시라도 몇 개 찾으려는 것인지, 작은 관목 숲으로 자취를 감춰버렸다.

미칠 듯한 분노가 르브라크를 사로잡았다. 르브라크는 발을 굴렀고, 주먹을 불끈 쥐었고, 이를 부득부득 갈았으며, 흙을 짓씹더니, 이 씁쓸한 입맞춤으로부터 영감이 떠오른 듯 갑자기 동작을 멈추었다.

구릿빛 석양이 반쯤 벌거벗은 나뭇가지들 사이로 차츰차츰 내려오면서 지평선 위로 넓게 번져가자, 모든 윤곽이 또렷해지며 풍경이 한층 아름다워졌다. 때마침 한바탕 불어오는 바람이 풍경에 생기를 더했다. 가축을 지키는 개들이 줄에 묶인 채 짖어대는 소리가 멀리에서 들려왔다. 까마귀 한 마리만이 잠자러 갈 시간이라고 동료들을 불러대고 있었다. 벨랑 아이들도 잠잠했고, 롱쥬베른느 아이들 쪽에서도 아무런 소리가 들려오지 않았다.

관목 숲에 숨은 르브라크는 신을 벗고(구두끈이 없으니 아주 쉬운 일이었다), 구두 안에 누더기 양말을 집어넣었다. 그 다음 스웨터와 바지를 벗어서 신발을 둘둘 말고, 다시 겉옷으로 싼 뒤 네 귀퉁이를 묶어서 작은 꾸러미를 만들었다. 르브라크가 걸친 거라고는 바람에 앞섶이 펄럭이고 있는 짧은 셔츠뿐이었다.

그러고 나자, 한 손으로는 작은 괴나리봇짐을 들고, 다른 손으로는 늘어진 셔츠 앞자락을 걷어 올리더니, 단번에 적군 앞에 우뚝 버티고 서서, 적들에게 소, 돼지, 더러운 놈, 비겁한 놈 등등의 욕을 퍼붓고, 급기야는 검지로 자신의 똥구멍을 힘차게 가리켜 보인 뒤, 저물어가는 황혼 속을 걸음아 날 살려라 하고 뛰기 시작했다. 벨랑 아이들은 그 뒤에다 대고 온갖 저주를 퍼부었고, 르브라크의 귓전으로는 돌들이 윙윙 날아들었다.

패배의 결과

> 연이은 공격, 연이은 죽음, 아! 시련이 깊어지는구나.
> —빅토르 위고 (『잔인한 해』)

불행은 연이어 온다는 말은 정말이지 옳았다! 이 말을 한 아이는 라 크리크였는데, 물론 자기가 지어낸 말은 아니다.

거시기 털이나 긁는 벨랑 놈들에 대해 저주와 욕설을 퍼부으면서, 르브라크가 머리털, 셔츠, 그 외의 것들을 바람에 휘날리며 라 소트 길이 휘어지는 곳에 도착했을 때, 그를 맞이한 것은 친구들이 아니라, 유목민에 빗대서 사람들이 흔히 베두엥이라고 부르는 아프리카의 노병 제피랭 영감이었다. 그는 마을의 산림지기라는 수수한 직함을 갖고 있었는데, 그 사실은, 늘 깨끗한 푸른색 겉옷 주름 사이에 든든하게 달아놓은 번쩍거리는 노란 표찰에서도 잘 드러났다.

르브라크에게는 무척 다행스럽게도, 롱쥬베른느에서 공권력을 대표하고 있는 베두엥 영감은, 가는귀가 먹었고 이제는 눈도 그다지 밝지 않았다.

그는 매일, 아니 거의 매일 돌다시피 하는 순찰을 마치고 돌아오는 길에, 르브라크가 벨랑 아이들 손에 잡혀서 버둥거리며 내지르는 비명과 고함소리를 듣고서 걸음을 멈춘 참이었다. 베두엥 영감은 이미 마을의 몇몇 '골칫거리들'의 장난거리가 된 적이 있는지라, 홀랑 벗은 거나 다름없는 아이 하나가 도망가면서 내뱉는 지독한 욕설이 자신을 향한 것이라고 믿어 의심치 않았다. 무엇보다도, '돼지', '더러운 놈'이라는 말을 알아듣고서, 그런 확신을 더욱 굳히게 되었는데, 융통성 없는 영감의 사고방식으로는 그런 욕설은 '볩(법)'을 대표하는 사람에게 하는 것이었다. 미풍양속을 해치고 높으신 어른의 위엄에 손상을 입히는 이 오만불손한 인간을 처벌하기로 마음먹은 베두엥 영감은, 그놈을 잡으려고, 적어도 누구인지 알아내어 녀석의 볼기짝에 '법을 집행하는 분'이 응분의 매질을 할 수 있도록 하기 위해서, 냅다 아이를 쫓아서 뛰어갔다.

하지만 르브라크 쪽에서도 베두엥 영감을 보았고, 베두엥 영감이 "요 몹쓸 놈아!" 하고 내지른 소리에서 적의가 느껴지자, 왼쪽으로 방향을 틀어서 공유지 언덕 쪽으로 뛰다가 관목 숲으로 자취를 감춰버렸다. 그러는 동안 상대방은 나무 몽둥이를 휘두르면서 여전히 목청이 터져라 소리를 질러댔다.

"요 몹쓸 녀석! 잡히기만 해봐라!"

예기치 않은 인물의 등장에 어리둥절해진 롱쥬베른느 아이들은, 그로 뷔송에 숨어서 올빼미처럼 둥그레진 눈으로 추격전을 지켜보았다.

"르브라크다, 확실해!"

라 크리크가 말했다.

"대장이 그 녀석들에게 한방 먹였군."

땡땡도 한마디 했다.

"어쨌든, 굉장한 놈이야!"

그 말투에서 대장에 대한 감탄이 여실히 느껴졌다.

"저 늙다리 영감탱이……, 얼마나 더 우리를 골탕 먹이겠다는 거야?"

못이 박여 딱딱한 손바닥으로 여전히 아픈 상처를 문지르면서 카뮈가 말했다.

르브라크가 숨은 곳에서 산림지기를 멀리 떼어놓기 위해서, 카뮈는 땡땡이나 라 크리크를 시켜 산림지기한테 원색적이고 지독한 욕을 퍼붓게 할 생각이었다. 마을 어른들이 나누는 대화를 듣다가 주워들었던 욕들, 그러니까 얼간이, 늙다리, 오입쟁이, 난봉꾼 같은 거 말이다.

하지만 그런 궁여지책을 쓸 필요가 없어졌다. 노병은 곧 길을 되짚어 내려오더니, 손에 잡히기만 하면 말썽꾸러기들의 귀를 비틀어주겠노라고, 언제고 녀석들을 반드시 잡아서 떠돌이 주정뱅이들을 모아놓는 양조장에 집어넣고, 한두 시간 쥐들이랑 동무하게 해주겠노라고 별러댔다.

곧바로 카뮈는 롱쥬베른느 아이들의 집합 신호인 회색 자고새 울음소리를 내었고, 그에 화답하는 소리가 들려오자 세 번 연속 울음소리를 내어, 궁지에 몰려 있는 충성스런 동지에게 위험이 지나갔다는 것을 알렸다.

잠시 뒤, 관목 숲 뒤에서 희끄무레한 형체가 다가오는 것이 보였고, 이어 손에 작은 괴나리봇짐을 든 르브라크가 분노로 굳은 표정을 하고 나타났다.

"이런 친구!"

이 말이, 눈물을 글썽이며, 이를 악물고, 불끈 쥔 주먹을 벨랑 쪽을 향해 휘두르면서, 카뮈가 할 수 있었던 전부였다.

그러자 아이들이 르브라크를 둘러쌌다.

부대원들은 갖고 있던 모든 끈과 옷핀들을 모아서, 르브라크에게 그럭저럭 마을로 돌아갈 수 있는 복장을 갖추어주었다. 한쪽 구두에는 채찍으로 쓰는 끈을 꿰었고, 다른 쪽에는 목검의 날밑 노릇을 하던 노끈을 꿰었다. 때

마침 갖고 있던 꼰 끈으로는 양말대님을 만들었고, 안전핀으로는 바지 앞트임을 여며주었다. 카뮈는 심지어 새총의 고무줄을 풀어서 대장의 허리띠를 만들어주고 싶어 했지만, 상대방은 고귀하게도 그 희생을 사양하였다. 가장 크게 터진 데는 옷핀 몇 개로 대충 막았다. 덧옷은 뒤로 축 늘어져 있었다. 셔츠는 깃 부분이 손쓸 수 없이 벌어졌고, 찢어진 소맷자락은, 옷의 주인이 얼마나 격렬한 전투를 치렀는지 명백하게 증언하고 있었다.

그럭저럭 옷을 꿰어 입고 나자, 서글픈 눈길로 자신의 괴상한 옷차림을 한 번 바라보고, 이런 차림새로 집에 들어가면 엉덩짝에 발길질이 몇 대나 돌아올지 어림잡아보고 나서, 르브라크는 친구들의 심금을 울린 간결한 한마디 말로 자신의 견해를 밝혔다.

"제기랄! 집에 들어가면 천지가 진동하겠군!"

모두들 말없이 침울하게 이 말에 동의했다. 너무나 명백한 일이라서 이의를 달 필요가 없었다. 아이들은 어둠이 내리는 가운데, 가련하게도 아무 말 하지 않고 나막신 소리를 내며 마을로 향했다.

지난 월요일 집으로 돌아가던 때와는 얼마나 달랐던지! 침울하게 짓누르는 듯한 밤이 슬픔을 더해 주었다. 갑자기 하늘을 뒤덮어버린 구름 때문에 별 하나 보이지 않았다. 길가의 회색빛 담들은 말없이 패자들을 전송하는 듯했다. 관목 가지들은 느티나무 가지처럼 축 늘어졌고, 인류의 온갖 비탄과 가을의 온갖 우수로, 구두가 천근만근이라도 되는 것처럼, 아이들은 발을 질질 끌며 걸어갔다.

어떤 아이도, 패장에게 근심거리를 더해 줄까봐 아무런 말도 하지 않는데, 그들의 고통을 더해 주려는 듯, 으스대며 집으로 돌아가는 벨랑 아이들이 부르는 승전가가 남서풍을 타고 날아왔다.

> 나는 하느님을 믿는 자, 바로 이것이 나의 영광,
> 나의 희망, 나를 받쳐주는 것…….

 벨랑 사람들은 하느님 아버지라면 껌벅 죽었고, 반면에 롱쥬베른느 사람들은 혁명이라면 소매 걷고 나섰다.
 큰 보리수 앞에 이르러 모두들 멈춰 서자, 르브라크가 침묵을 깼다.
 "내일 아침에 세탁장 근처에서, 미사를 알리는 두 번째 종이 울리면 모이기로 한다."
 르브라크는 흔들림 없이 말하고 싶었지만 목소리는 약하게 떨렸고, 그 속에서 혼란스럽고 불안한 미래, 아니 차라리 너무나 확실한 미래에 대한 고뇌가 묻어났다.
 "알았어."
 모두들 간단하게 대답했고, 돌팔매질을 당했던 카뮈가 말없이 대장과 악수를 나누는 동안, 작은 무리를 이루었던 아이들은 각자의 집으로 향하는 오솔길과 골목길로 재빨리 흩어졌다.
 르브라크가 위쪽 샘 근처에 있는 집에 도착하자, 살짝 열린 커튼 사이로 난로가 놓인 방에 석유 등잔불이 켜져 있고, 식구들이 이미 저녁 식사를 하고 있는 것이 보였다.
 르브라크는 가볍게 몸을 떨었다. 피할 수 없는 숙명이 안겨다 준, 이 너풀거리는 옷차림을 들키지 않을 마지막 기회는 완전히 사라진 셈이었다.

르브라크는 어차피 당해야 할 일이라고 생각했고, 극기 정신을 발휘하여 이 모든 것을 받아들이겠노라고 마음먹었다. 그리고는, 부엌문 걸쇠를 벗기고, 부엌을 가로질러, 난로가 놓인 방의 문을 밀었다.

르브라크의 아버지는 자기 자신이 전혀 '고육(교육)'을 받지 못한 만큼 더더욱 교육을 중요하게 여겼다. 그래서 학교가 시작되는 철이 되면 자식에게 공부에 전념할 것을 요구했는데, 그것은 정말이지 르브라크의 능력과는 거리가 먼 것이었다. 르브라크의 아버지는 가끔씩 이 문제를 놓고 시몽 선생님에게 상의를 하러 왔고, 필요하다 싶을 때마다 말썽꾸러기 아들 녀석을 호되게 꾸짖어달라고 당부하였다. 르브라크의 아버지는 확실히 '자식 녀석에게 뭐가 좋은지도 모르고' 그저 오냐오냐하는 몇몇 얼간이 같은 부모들과는 달라서, 아들 녀석이 반에서 벌을 받았다 하면 집에서는 그 두 배로 벌을 내릴 사람이었다.

이렇듯 르브라크의 아버지는 확실한 교육 철학과 원칙을 가지고 있었으니, 비록 성공과는 거리가 멀다 할지라도, 신념을 가지고 그 원칙들을 아들 교육에 적용하였다.

안 그래도, 르브라크의 아버지는 그날 저녁, 가축들에게 물을 주려고 마을 한가운데 있는 샘에 갔다가, 근처 마을 회관의 회랑 밑에서 담배를 피우고 있는 선생님 곁을 지나가게 되었고, 아들 녀석이 말을 잘 듣고 있는지 선생님에게 물어보았다.

당연히 르브라크의 아버지는 아들 녀석이 오늘 네 시 반까지 벌로 교실에 남아 있었다는 사실을 알게 되었다. 방과 후에는, 아침에 대답하지 못했던 수업 내용을 틀리지 않고 암기했으니, 그것은 분명 르브라크가 하려고만 들면 할 수 있다는 것을 증명하는 게……, 그게 아니면 뭐겠는가…….

"게을러빠진 놈!"

아버지가 소리를 질렀다.

"집에서는 글쎄 책 한 권 손에 들어보는 법이 없습지요. 그러니 선생님, 숙제에다가, 이것저것 외울 것에다가, 뭐든지 원하시는 대로 잔뜩 안겨주십시오! 어쨌든 걱정하지 마세요. 내 오늘 저녁에, 그놈 손을 좀 봐주지요!"

르브라크가 방 문턱을 넘어섰을 때, 아버지는 바로 그런 마음가짐이었다.

식구들은 자기 자리에 앉아서 이미 수프를 먹고 있었다. 아버지가 머리에 모자를 쓴 채, 손에 칼을 들고, 식구들의 몸집과 위장의 크기를 고려해서 자른 돼지비계를 양배추 위에 올려놓고 있을 때, 문이 삐걱 열리더니 르브라크가 나타났다.

"아, 너냐? 오기는 왔구나!"

아버지는 반쯤은 무덤덤하고 반쯤은 빈정거리는 것처럼 말했는데, 그건 절대로 좋지 않은 징조였다.

르브라크는 아버지의 속마음을 헤아릴 길이 없어, 대꾸를 하지 않는 것이 낫겠다는 신중한 판단을 내린 뒤, 자기 자리인 식탁 끝에 가서 앉았다.

"어서 수프 먹어라. 수프가 다 식어빠졌잖니!"

어머니가 퉁명스럽게 말했다.

"그리고 옷 단추도 채우고."

아버지가 말했다.

"꼭 염소 장수 꼬락서니로구나."

르브라크는 축 늘어진 겉옷을 하릴없이 힘차게 여며보았지만, 아무 잠글

것이 없으니 벌어지는 게 당연한 일이었다.

"덧옷 단추 잠그라고 했지."

아버지가 다시 말했다.

"우선, 어디에서 오는지 말해 봐라! 설마 이 시간에 학교에서 오는 길은 아니겠지?"

"덧옷 흑단추를 잃어버렸어요."

직접적인 대답을 피하면서, 르브라크가 중얼거렸다.

"맙소사! 오, 예수님!"

어머니가 외쳤다.

"이 도야지 같은 녀석은 정말이지 인간 말종이로군! 부숴놓지 않는 게 없고, 찢어놓지 않는 게 없다니까! 글쎄, 다 잡아먹어요, 다! 이런 녀석을 도대체 어쩌면 좋지?"

"소매는? 소매 단추들도 잃어버렸냐?"

아버지가 말을 끊었다.

"예!"

르브라크가 털어놓았다.

늦게 들어온 데다 새로운 사실까지 밝혀지자, 뭔가 비정상적이고 특수한 상황이며, 따라서 샅샅이 조사를 해봐야 한다는 요구가 대두되었다.

르브라크는 머리털 뿌리까지 빨개지는 것을 느꼈다.

"염병할! 뭐 하나 제대로 잠가지는 게 없겠구나!"

"어디 여기 가운데로 좀 와봐!"

꼬치꼬치 캐묻는 듯한 식구들의 눈 네 쌍이 지켜보는 가운데, 아버지가 등잔 갓을 벗겨버리자 르브라크의 참담한 꼴이 고스란히 드러났다. 그것은, 비록 열성과 선의로 그러긴 했지만, 아이들이 서투른 솜씨로 되는대로 수선해 놓아서, 나아지기는커녕 더 나빠진 상태였다.

"이런, 염병할! 이 천하에 나쁜 놈! 이 도야지 같은 놈! 망나니! 아무짝에도 쓸모없는 놈!"

아버지는 새로운 사실을 하나씩 발견할 때마다 으르렁댔다.

"스웨터에 단추라고는 하나도 안 남아 있네! 셔츠에도! 바지 앞트임은 가시로 여며놓고, 바지허리에는 안전핀이 하나 꽂혀 있고, 구두에는 노끈을 꿰어놓았구나! 도대체, 너 뭐 하다가 오는 길이냐, 이 염병할 자식아."

아버지는 자기처럼 아무 말썽 없이 조용히 살아가는 시민에게 어떻게 저런 못된 놈의 자식이 생겨났는지 의아해하면서 으르렁댔고, 어머니는 이런 말썽꾸러기, 천하의 망나니, 도야지 새끼가 매일 안겨주는 일거리를 생각하며 한탄하였다.

"그래, 너 계속 그렇게 살 수 있을 것 같으냐?"

아버지가 말을 이었다.

"집에서든, 학교에서든, 그 어디에서든 하는 일이라고는 아무것도 없는 너 같은 망나니 자식을 먹이고 키우느라고 내가 돈을 쓸 것 같으냐? 내 오늘 저녁에도 선생님을 만나서 그 얘기를 했다만."

"……"

"아! 단돈 한 푼도 없다, 이 산적 같은 놈아! 교도소라는 데에는 뭐 개가 가는 곳인 줄 아는 모양인데. 아! 이 게으름뱅이야!"

"우선, 오늘 저녁은 없다! 그런데, 대답 안 해? 염병할! 어디서 그 모양이 되었냐니까?"

"……."

"아! 아무 말도 하고 싶지 않다 이거로군, 흉물스러운 놈. 응, 좋아, 정말 말 안 하겠단 말이지! 어디, 잠깐 있어봐, 염병할, 곧 불게 만들 테니까, 자!"

르브라크의 아버지는 벽난로 근처에 잔뜩 쌓아놓은 나뭇단에서, 낭창낭창 잘 휘면서도 아주 튼튼한 개암나무 가지를 하나 빼 들고는, 아들의 셔츠를 잡아채고 바지를 내리더니, 매질을 하기 시작했다. 르브라크는 데굴데굴 구르고, 몸을 비비 꼬고, 입에 거품을 물다가 헐떡거리고, 울부짖었는데, 르브르크가 지르는 소리에 유리창이 덜덜거릴 정도였으니, 실로 어린 시절의 중대 사건으로 기억될 그런 매타작 중의 하나였다.

심판이 끝나자, 아버지는 매정한 목소리로 말했다.

"이제 가서 자거라, 어서, 응! 염병할! 무슨 말이든지 들리기만 해봐라!"

아버지는 어떠한 대꾸도 허용하지 않았다.

온몸이 기진맥진해진 르브라크는, 엉덩이에는 피 칠갑을 하고 머리는 화끈 달아오른 채, 귀리 껍질을 넣어 만든 매트리스 위에 몸을 뉘었다. 르브라크는 이리저리 뒤척이며 오래, 아주 오래 깊은 생각에 잠겼다가, 참담한 상태로 잠이 들었다.

전투 계획

> 그 아름다운 여인은 옷차림을 수습할 새도 없이 잠자리에서 끌려나와…….
> —라신 (『브리타니쿠스』 2막 2장)

다음 날 아침, 술을 잔뜩 마시고 자기라도 한 듯 납덩이처럼 무거운 잠에서 깨어난 르브라크는, 천천히 기지개를 켜다가 옆구리에 멍이 잔뜩 들고, 배 속은 텅 비었다는 사실을 알았다.

어제 무슨 일이 벌어졌는지에 생각이 미치자, 갑자기 머리에 열이 바짝 솟구치며 얼굴이 빨개졌다.

침대 발치에, 그리고 여기저기 아무 데나 팽개쳐진 옷들은, 어제 주인이 옷을 벗을 때 얼마나 심하게 동요된 상태였는지를 잘 보여주었다.

르브라크는 하룻밤을 자고 났으니, 아버지가 약간 화가 풀렸으리라고 생각했다. 그는 집과 거리에서 나는 소리를 들으며 몇 시쯤이나 되었을지 따져보았다. 가축들은 물을 마시고 돌아온 참이었고, 어머니는 암소들에게 '우물거릴 것'을 갖다 주었을 것이다. 이제는 일어나서, 일요일마다 그에게 맡겨진 일을 해야 할 때였다. 다시 한번 엄중한 처벌을 받고 싶지 않다면, 가족들 구두 다섯 켤레를 털고 문지르고, 장작 통에 장작을 쌓아놓고, 물통에 물을 채워놓는 일을 완수해야 했다.

르브라크는 침대에서 벌떡 일어나 모자를 썼다. 그러고 나서 아직도 화끈거리고 아픈 엉덩이에 손을 갖다 대보고, 원하는 부위를 비춰볼 수 있는 거울이 없었기 때문에, 어깨 너머로 한껏 고개를 돌려 바라보았다.

이런, 불그죽죽한 데다가 보라색 줄이 쫙쫙 나 있군!

미그 라 륀느가 휘두른 회초리 자국일까, 아니면 아버지가 내려친 몽둥이 자국일까? 아마도 둘 다겠지.

다시 한번 창피와 분노로 이맛전이 붉어졌다.

더러운 벨랑 놈들, 대가를 치르게 하고야 말 테다!

르브라크는 즉각 양말을 신고 낡은 바지를 찾아 입기 시작했는데, '좋은 옷'을 더럽힐지도 모르는 일을 해야 할 때 입는 바지였다. 하기야, 이미 옷은 망친 뒤였지만! 자신이 처한 상황이 우스꽝스럽다는 것은 전혀 깨닫지 못하고, 르브라크는 부엌으로 내려갔다.

르브라크는 어머니가 없는 틈을 타서 식기장 안에 놔둔 커다란 빵 덩어리부터 훔쳐내어 주머니에 숨겼다가, 한 입씨 덥석 베어 물고는, 턱이 널어져 나가라 씹어대면서 기운차게 솔질을 시작했는데, 마치 전날 아무 일도 없었다는 듯한 모습이었다.

아버지는, 부엌 가운데 있는 돌기둥에 박아놓은 쇠고리에 채찍을 걸고 지나가다가, 엄한 눈길로 슬쩍 쳐다보았지만, 아무 말도 하지 않았다.

르브라크가 임무를 완수하고 아침으로 수프 한 그릇을 들고 나자, 어머니는 르브라크의 일요일 몸단장을 봐주었다.

라 크리크를 제외한 대부분의 반 친구들처럼, 르브라크 역시 물과는 거리가 먼, 말하자면 전혀 친하지 않은 사이였고, 집에서 키우는 고양이 미티스만큼이나 물을 싫어했다. 르브라크가 좋아하는 물이라고는 도랑물뿐이었는데, 그 안에 들어가서 첨벙거리거나 아니면 물살을 이용해서 직접 만든 작은 풍차를 돌리기 좋아했다.

그래서 주 중에는, 시몽 선생님의 청결 검사 때 보여줘야 하는 손을 빼고는 씻는 법이 전혀 없었고, 그나마도, 비누 대신 모래를 사용하곤 했다. 하지만 일요일이면 르브라크도 마지못해 물칠을 했다. 어머니는, 미리 적셔서 비누칠을 해놓은 뻣뻣하고 커다란 행주로 무장을 하고, 르브라크의 얼굴, 목, 귀를 싹싹 문질러댔고, 물에 적신 행주 귀퉁이를 송곳 모양으로 비틀어서 귓속까지 기운차게 청소를 했다. 그날, 르브라크는 소리를 지르지 않으려고 조심했다. 식구들은 르브라크를 일요일 외출복으로 갈아입혀 놓고 나서 미사를 알리는 두 번째 종이 울리자 놓아주었는데, 나가는 르브라크의 뒤로 우아함이라고는 찾아볼 수 없는 말, 즉 "어제 같이만 해라!" 하는 빈정거림이 따라붙었다.

롱쥬베른느 부대원들은 이미 모두 모여서 와그르르 떠들어대고, 어제의 패배를 되씹으며, 걱정스럽게 대장이 오기를 기다리고 있었다.

르브라크는 요란 떨지 않고 대원들 사이로 섞여 들었고, 말없이 물어오는 반짝이는 눈들을 보면서, 어쨌든 가벼운 감동을 느꼈다.

"그래!"

르브라크가 입을 열었다.

"매타작을 당했지. 그래서 어떻단 말이야! 죽지 않았으니, 여기 이렇게 나왔잖아! 어쨌든 우리는 놈들에게 갚아줄 빚이 있고 놈들은 대가를 치러야 할 거야."

이런 논리는, 이 무리에 속하지 않은 사람이라면 듣는 즉시 앞뒤가 맞지 않다고 생각하겠지만, 어쨌든 아이들은 만장일치로 르브라크의 의견에 찬성했다.

"이런 식으로 나갈 수야 없지!"

르브라크가 말을 이어나갔다.

"암, 무슨 수를 내야 한다고. 더 이상 집에서 두들겨 맞기도 싫고, 그리고 무엇보다도 집에서는 내가 나돌아다니게 내버려두려고 하지도 않을 거야. 그렇지만 어제 당한 걸 갚아주어야 해."

"미사 시간 동안 생각을 해보고 저녁때 다시 이야기하자."

바로 이 순간에, 역시 미사에 가는 여자 아이들이 무리 지어서 지나갔다. 광장을 가로질러 가면서 여자 아이들은 르브라크가 '어떤 낯짝을 하고 있는지' 궁금해서 쳐다보았는데, 남자 형제나 혹은 사촌 형제들을 통하여 그 대단한 전투에 대한 소식을 들었기 때문이다. 어제, 영웅적으로 저항했음에도 대장이 패자의 운명을 감수해야 했으며, 몽땅 다 뺏기고 불쌍한 꼴이 되어서 집으로 돌아갔다는 것을 이미 모두 알고 있었다.

여자 아이들로부터 반짝거리는 무수한 눈길을 받자, 제아무리 부끄러움을 안 타는 르브라크라 할지라도 귓불까지 빨개졌다. 어제의 패배로 일시적이나마 권위가 깎인 르브라크는, 사나이로서, 그리고 대장으로서 엄청나게 자존심이 상했고, 다정스러운 땡땡의 누이가 지나가면서 절절한 사랑의 눈길을 던지자, 더욱더 상처가 쓰려왔다. 안타까운 듯, 불안한 듯, 촉촉하면서도 다정한 그 눈길은, 르브라크의 모든 불행을 나눠 가지며, 그 어떤 어려움에도 스스로 고른 상대에 대한 사랑을 그대로 간직하고 있다는 것을 웅변적으로 말해 주고 있었다.

분명한 호감을 나타내고 있는 그 모든 표시에도 르브라크는 초조했다. 어떤 대가를 치르더라도 자신은 잘못한 일이 하나도 없다는 것을 여자 친구가 알아주었으면 싶었다. 그래서 땡땡을 따로 불러내어 둘만 있게 되자 물어보았다.

"적어도 네 누이에게는 얘기를 제대로 옮긴 거지?"

"그럼."

땡땡이 분명하게 말했다.

"마리는 화가 나서 울면서, '미그 라 륀느를 잡기만 하면 눈을 후벼 파주겠다' 고 했다니까."

"카뮈를 구하려다가 그런 거고, 너희들이 좀더 빠르기만 했더라도 놈들에게 붙잡히지는 않았을 거라는 것도?"

"그렇다니까! 놈들한테 두들겨 맞으면서도 눈물 한 방울 흘리지 않았고, 마지막에는 놈들에게 똥구멍을 들이댔다는 것까지도 말했다니까. 아! 마리가 내 이야기를 듣는 모습을 봤어야 하는데. 그냥 하는 소리가 아니라, 정말로 너한테 마음이 있다니까! 자기 대신 볼에 키스해 달라고 부탁하던데, 너도 이해하겠지만, 남자끼리 어떻게 그러냐, 그런 바보 같은 짓을 말야. 어쨌든 마음이 중요한 거지. 이봐, 친구, 여자들이란, 사랑을 하게 되면⋯⋯. 마리가 말이야, 네가 다시 잡히게 되면 단추를 달아주러 오려고 애써보겠다는 말도 했어."

"다시 잡히다니, 제기랄! 천만에, 그런 일은 절대로 없을걸."

르브라크는 그처럼 대꾸했지만, 어쨌든 감동했다.

"마리에게 다시 베르셀 장에 가게 되면, 계피빵을 사다 주겠다고 해. 쩨쩨하게 작은 것 말고 두 줄짜리 글귀로 장식한, 6수짜리 커다란 놈으로 말야!"

"그렇게 말해 주면, 마리가 굉장히 좋아하겠는걸."

누이가 늘 자신에게 먹을 것을 덜어주는 걸 생각하며 땡땡이 감동해서 말했다. 심지어 땡땡은 갑자기 마음이 너그러워져서, 속을 드러내 보이는 말을 하고 말았다.

"우리 셋이 같이 나눠 먹으면 되겠다."

"너 먹으라고 사는 것도 아니고 내가 먹으려고 사는 것도 아니고, 마리를 위해서란 말이야!"

"나도 알아, 안다니까! 하지만, 마리가 종종 그런 생각을 한다구!"

"그래도……."

르브라크는 생각에 잠겼고, 그때, 기세 좋게 종이 울렸다. 둘은 다른 사람들과 함께 성당으로 들어갔다.

아이들이 자기 자리를 찾아서 앉자, 그러니까, 꽤 오랜 말씨름 끝에, 시열, 박력, 주먹의 세기 등을 고려해서 서서히 정해진 각자의 자리에 앉자(여자 아이들 좌석과 가장 가까운 자리가 가장 좋은 자리로 정평이 나 있었다), 각자 주머니에서, 어떤 아이는 묵주를, 어떤 아이는 미사 책을, 심지어 어떤 아이는 '더 그럴싸해' 보이기 위해서 성화를 꺼내 들었다.

르브라크도 다른 아이들처럼 겉옷 주머니에서, 시력이 약했던 고모할머니가 쓰던, 닳아빠진 가죽 표지에 글씨체가 커다란 낡은 미사 경본을 꺼내 들고 아무 곳이나 펼쳤는데, 그저 꼬투리를 잡히지 않기 위해서였다.

설교에는 거의 관심이 없는 르브라크는 책장을 거꾸로 넘겼고, 혼배 미사 때 읽는, 르브라크로서는 아무런 관심도 없는, 라틴어로 된 커다란 글귀들을 뚫어져라 바라보았지만 글이 눈에 들어오지 않았다. 르브라크는 저녁때

대원들에게 어떤 제안을 할까 생각하고 있었는데, 빌어먹을 다른 녀석들은 늘 그렇듯 아무 생각도 해내지 못할 것이고, 그들 모두를 위협하고 있는 이 무시무시한 위험에 대처하기 위해서 무슨 일을 해야 할지를 결정하는 수고는 온전히 자신의 몫임을 깨닫고 있었다.

땡땡은, 르브라크가 미사 순서에 맞춰서 제때 무릎을 꿇었다, 일어섰다, 앉았다 하도록 쿡쿡 찔러야 했는데, 실컷 두들겨 맞고 나서 '어떤 낯짝을 하고 있는지' 보려고 흘깃흘깃 곁눈질을 해대는 여자 아이들 쪽으로 대장이 단 한 번도 눈을 돌리지 않는 것을 보고, 대장이 무시무시할 정도로 정신을 집중하고 있는 상태라고 판단했다.

여러 가지 방법이 머릿속에 떠올랐지만, 늘 급진적인 해결책을 선호하는 르브라크는 오로지 한 가지 방법에만 생각이 쏠렸고, 저녁 기도가 끝난 다음, 롱쥬베른느 전사들이 페피오네 채석장에 모두 모이자, 단호하고도 냉정하게, 그리고 조금의 흔들림도 없이 자신의 제안을 내놓았다.

"옷을 망치지 않기 위한 확실한 방법은 단 하나, 옷을 입지 않는 거야. 따라서 발가벗고 싸울 것을 제안한다!"

"홀딱?"

상당수의 친구들이 깜짝 놀라서, 또 한편으로는, 수치심을 자극하는 이 과격한 방식에 약간은 겁이 나서, 소리를 질렀다.

"그래, 몽땅!"

르브라크가 말을 이었다.

"너희도 매타작을 당했더라면 주저하지 않고 나처럼 말했을걸."

아이들을 겁주기 위해서라기보다는 단지 설득할 욕심으로, 르브라크는 포로가 겪는 정신적, 육체적 고통과 집에서의 끔찍한 환영식에 대해 상세하게 묘사했다.

"어쨌든,"

불로가 반대했다.

"누가 지나가기라도 한다면, 우연히 비렁뱅이라도 지나가다가 우리 옷을 훔쳐내던가, 아니면 베두엥 영감과 맞닥뜨리기라도 하면!"

"우선,"

르브라크가 다시 말을 받았다.

"옷들은 숨겨놓고, 필요하다면 옷을 지키게 보초를 한 명 두면 돼! 혹시 지나가는 사람이 거북해한다면 누가 보랬나 뭐, 베두엥 영감은 엿……. 너희들 내가 어제 어떻게 따돌렸는지 모두 봤지?"

"그래, 하지만……"

불로가 토를 달았는데, 아마도 태초의 꾸밈없는 차림으로 나타나고 싶지 않은 게 분명했다.

"됐어!"

카뮈가 말을 끊어버리더니, 결정적인 논리로 상대방을 꼼짝 못하게 만들었다.

"너! 네가 왜 발가벗은 모습을 보이고 싶어 하지 않는지 우리 모두 다 안다고. 사람들이 네 엉덩이에 있는 포도주 색깔 점을 보고 놀릴까봐 겁이 나서 그러지. 네가 잘못 생각한 거야, 불로! 별것도 아닌 걸 갖고! 엉덩이에 점 있는 건 불구도 아니고, 창피해할 것 없다고. 너네 어머니가 너 가졌을 때 갑자기 변덕을 부렸던 거지. 포도주를 마셔야겠다는 생각을 했고, 그 순간에 엉덩이를 긁었던 거야. 그래서 그렇게 된 거야. 게다가, 술 마시고 싶다고 변덕을 부린 건, 그다지 나쁜 축에 들지도 못한다구.

애 가진 여자들이란 별별 희한한 생각들을 다 해내고, 그보다 더 역겨운 생각도 하는 법이라고. 저번에 록퐁텐느의 산파가 우리 어머니보고 그러는데, 임신했을 때 똥을 먹고 싶어 하는 여자들도 있다고 했다니까!"

"똥이라고?"

"그렇다니까!"

"세상에!"

"그럼! 군인의 똥이라든가, 아니면 개도 냄새 맡고 싶어 하지 않을 온갖 더러운 것들 말이야."

"그러니까 여자들이란 그때엔 다 제정신이 아닌 모양이지?"

테타가 외쳤다.

"여자들이란 임신을 하기 전이든 후이든 또 그 중간이든 간에 그런 것 같던데 뭘."

"우리 아버지 말이 늘 그렇다던데. 산 채로 털을 뽑히는 암탉처럼 여자들이 소리 지르며 따지는 걸 막을 도리가 없는 데다가, 또, 여자들은 아무것도 아닌 일로 따귀를 때린다는군."

"맞아, 여자들이란 끔찍한 족속이라구!"

"됐어. 발가벗고 싸우는 거 좋아, 싫어?"

르브라크가 다시 물었다.

"투표로 결정하자."

불로 역시 수그러들지 않았는데, 정말이지 어머니가 변덕을 부리는 통에 자기 엉덩이를 장식하고 있는 포도주 색깔 점을 보이고 싶지 않은 것이 분명했다.

"너 정말 바보구나! 자식."

땡땡이 말했다.

"우리는 그거에 관심도 없다니까!"

"너희들 때문에 그러는 게 아니라, 혹시라도…… 벨랑 놈들이…… 놈들이 그걸 보면…… 암! 암! 안 되고말고!"

"이거 봐."

라 크리크가 끼어들어서, 사태를 조정하려고 했다.

"그럼 불로는 우리 소지품을 지키고, 우리끼리 싸우러 가면 어떨까?"

"싫어, 안 돼!"

몇몇 전사들이 고집을 피웠는데, 이들은 카뮈가 폭로한 시실에 대해 궁금증이 일어, 임신한 여자들의 변덕이란 것이 무엇인지 직접 눈으로 확인하고 싶었기 때문이다. 따라서 불로도 자신들과 마찬가지로 반드시 옷을 벗어야 된다고 주장했다.

"보여줘라, 불로! 멍청이들보고 보라고 해."

라 크리크가 말했다.

"정말이지 멍청하기 짝이 없는 녀석들이군. 암소가 새끼 낳는 거나 암염소를 숫염소에게 데려다 주는 것을 한 번도 못 본 녀석들처럼 구는군."

사태를 파악하자, 불로는 운명을 영웅적으로 받아들이기로 했다. 멜빵 단추를 풀고, 바지를 내린 다음, 셔츠를 풀어 젖히고는, 어느 정도씩은 궁금해 하고 있는 롱쥬베른느의 전사들을 향해 엉덩이를 장식하고 있는 '임산부의 변덕'을 보여주었다. 그러자, 르브라크의 제안은 카뮈, 땡땡, 라 크리크 그리고 큰 지뷔스의 찬성에 힘입어, 늘 그렇듯 '만장일치'로 통과되었다.

"그게 다가 아니지."

르브라크가 말을 이었다.

"어디서 옷을 벗을지, 어디에다 옷을 숨길지 정해야 해. 혹시라도 불로가 시몽 선생님이나 신부가 오는 것을 보게 된다면 말이야, 어쨌든, 발가벗고 있는 것을 들키지 않는 게 더 낫지. 그렇지 않으면, 집에 돌아가서 뭔가 또 일이 벌어질 테니까."

"내가 한 군데 알아."

카뮈가 말했다. 그러더니 앞장서서 부대원들을 덤불숲에 둘러싸여 사방이 가려진 오래된 채석장 같은 곳으로 데려갔는데, 거기서 나지막한 숲을 지나면 그로 뷔송 뒤쪽, 그러니까, 전투 장소에 어렵지 않게 도착할 수 있었다. 그곳에 도착하자마자, 모두들 소리를 질렀다.

"죽이는데!"

"근사하군!"

"제기랄! 끝내주는데!"

정말로 아주 근사했다. 그래서 다음 날, 주력 부대를 보호하도록 쓸 만한 아이 두 명을 카뮈에게 딸려서 전초병으로 보내놓고, 다른 아이들은 이곳으로 와서, 이렇게 말할 수 있을지 모르겠지만, 전투 복장을 갖추기로 결정을 내렸다.

집으로 돌아가는 길에, 르브라크는 카뮈에게 다가가서는 은근히 물어보았다.

"옷 벗기에 그렇게 좋은 장소를 어떻게 알아냈지?"
"아! 아!"
카뮈가, 자신의 친구이자 대장을 음흉한 표정으로 쳐다보며 말했다.
그러더니 입술을 혀로 축이고 나서 말없이 물어오는 대장 앞에서 눈을 꿈쩍해 보이더니 이렇게 말했다.
"자식! 여자들과 관계된 일이라고! 내 나중에 이야기해 줄게. 우리 둘만 있을 때 말이야."

새로운 전투

> 파뉘르주는 왼쪽 눈은 완전히 감고, 눈썹과 눈꺼풀이 잔뜩 처진 오른쪽 눈은 실눈을 뜨고 곁눈질을 하다가, 갑자기 오른손을 치켜들더니 엄지를 옆에 있던 영국인의 콧구멍에 집어넣었는데, 검지부터 새끼손가락까지는 콧잔등 높이에 맞추어 쫙 펴서 모아 붙인 상태였다.
> —라블레 (『팡타그뤼엘』 19장)

르브라크는 월요일 아침 여덟 시에 학교에 도착했는데, 수선한 바지와 서로 다른 색깔의 소매가 달린 덧옷을 입고 있어서, 마치 '카니발'에라도 가는 듯했다.

르브라크의 어머니는 출타하면서 말씀하시길, 옷 간수에 특별히 신경을 쓸 것이며, 만약 저녁때, 약간이라도 진흙이 튀었거나 찢어진 것이 발견될 경우에는 그 대가가 무엇인지 다시금 알게 해주겠노라고 으름장을 놓았다. 그래서 르브라크는 팔을 마음껏 쳐들지도 못하고 편하게 움직이지도 못했는데, 그 상태가 그리 오래가지는 못했다.

땡땡은 학교 마당에 도착하자마자, 르브라크에게 마리의 영원한 사랑의 서약과 그보다는 더 세속적이기는 하나, 덜 중요하다고는 할 수 없는 제의, 즉, 필요한 경우에는 옷을 수선해 주겠노라는 말을 다시 전해 주었다.

이 모든 일에는 삼십 초도 걸리지 않았고, 땡땡과 르브라크는 이내 모여 있던 아이들 틈에 끼어들었다. 큰 지뷔스가, 어제 저녁 동생과 자기가 벨랑 놈들의 매복에 걸려들 뻔했으며, 벨랑 놈들이 이제는 처음처럼 욕질이나 돌팔매질에 그치지 않고 사람을 잡아서 복수의 제물로 바치고 싶어 한다는 이야기를, 벌써 일곱 번째 장황하게 떠들어대고 있었다.

다행스럽게도 지뷔스 형제는 집에서 그다지 떨어지지 않은 곳에 있었다. 두 형제는, 마침 그때 풀어놓았던(얼마나 운이 좋았던지!) 덴마크산의 덩치 큰 개, 튀르크를 휘파람으로 불러서는 적에게 덤벼들라고 부추겼고, 벨랑 놈들은 개가 금방이라도 달려들 것처럼 짖어대며 시뻘건 주둥이 사이로 송곳니를 드러내자, 신중하게도 도망가는 쪽을 택했다.

그런 일이 있고 나서부터, 큰 지뷔스가 말한 바에 따르면, 두 형제는 나르시스에게 매일 다섯 시 반쯤에는 개를 풀어놓아 두 형제를 마중 나오게 해달라고 부탁했다. 만일에 불행한 일이 생길 경우, 두 형제가 집까지 안전히 돌아갈 수 있도록 하기 위해서였다.

"더러운 놈들!"

르브라크가 으르렁댔다.

"아! 더러운 놈늘! 대가를 치르게 하고야 말겠다! 값비싼 대가를!"

무척 아름다운 가을날이었다. 서리로부터 대지를 보호해 주던 낮은 구름은 동이 트면서 사라져버렸다. 대기는 온화했다. 베르누아 시냇물에서 피어오르던 안개는 떠오르는 아침 햇살에 녹아내리는 것 같았고, 라 소트 덤불 뒤편으로 보이는 벨랑 숲에는, 잎이 떨어지고 누렇게 변한 크고 작은 나무들이 햇살 아래 군데군데 모습을 드러냈다.
 싸우기에 정말 좋은 날이었다.
 "오늘 저녁때까지만 좀 참아."
 르브라크가 입술에 미소를 머금고 말했다. 기쁨의 물결이 롱쥬베른느 부대 위를 쓸고 지나갔다. 참새와 방울새가, 쌓아놓은 나뭇단 위에서, 그리고 과수원의 자두나무 위에서 재재거리며 지저귀고 있었다. 새들과 마찬가지로, 아이들도 재재거렸다. 해가 나자 아이들은 명랑해졌고, 자신이 생겼으며, 근심을 잊고 평온해졌다. 어제의 근심 걱정과 대장의 매타작은 이미 옛일이 되었고, 아이들은 교실로 들어갈 때까지 말뚝박기 놀이를 하며 명승부를 펼쳤다.
 시몽 선생님의 호루라기 소리가 들리자 정말이지 기쁨은 싹 가셔버렸고, 이마에는 근심의 주름이, 입술에는 씁쓸함이, 눈에는 아쉬움이 드러났다. 아! 인생이란!
 "너 복습했니, 르브라크?"
 라 크리크가 슬쩍 물어왔다.
 "어, 그래……. 썩 잘 아는 건 아니야! 될 수 있으면 이따가 슬쩍 찔러줘라! 오늘 저녁에도 지난 토요일처럼 교실에 잡혀 있어서는 안 돼. 미터법은 확실히 외웠고 무게 단위도 전부 외웠어. 하지만 선거인이 되기 위해 뭐가 필요한지는 몰라. 아버지가 시몽 선생님을 만났으니, 선생님이 이거든 저거든 내게 뭔가 질문할 것이 확실해! 미터법이나 걸려라!"
 르브라크의 소원은 이루어졌다. 이날 르브라크는 재수가 좋았던 반면, 둘도 없는 친구 카뮈는 된통 걸려들어서, 훌륭한 무언극 배우인 라 크리크가 입술과 손 연기를 해대며 능수능란하고도 교묘하게 개입하지 않았더라면, 카뮈는 정말이지 저녁때 교실에 묶여 있을 뻔했다.

여러분도 기억하시겠지만, '시민' 때문에 이미 벌을 받을 뻔했던 그 불쌍한 아이는 선거인이 되기 위해서 갖추어야 할 조건들을 여전히 완벽하게 모르고 있었다.

카뮈는 어쨌든, 엄지손가락은 접고 나머지 네 손가락을 펴서 오른손을 포크처럼 만들어서 흔들어대고 있는 라 크리크의 무언극 덕분에, 네 가지가 있어야 된다는 것을 알 수 있었다.

그게 무엇일지 알아내는 것은 훨씬 더 어려웠다.

카뮈는 갑자기 부분적인 기억상실증에 걸린 흉내를 내며, 이마를 찌푸리고, 손가락을 신경질적으로 움직거리고, 깊이 생각하는 척하면서, 라 크리크에게 구조를 요청하는 눈길을 보냈는데, 라 크리크는 뭔가를 궁리해 내고 있었다.

라 크리크는 뭔가를 말하는 듯한 눈길로 벽에 걸려 있는 프랑스 전도를 친구에게 가리켜 보였다. 하지만 시민에 대하여 거의 아는 바가 없었던 카뮈로서는, 이 모호한 동작을 잘못 해석했고, 프랑스 국민이어야 한다고 대답하는 대신 지리를 알아야 된다고 대답해서 모두 어안이 벙벙해졌다.

시몽 선생님은 카뮈에게 혹시 미친 것은 아니냐, 아니면 모두를 우습게 아는 거냐고 물었고, 라 크리크는 카뮈가 잘못 이해한 것이 유감스러워, 보일 듯 말 듯 어깨를 으쓱하며 고개를 돌려버렸다.

카뮈는 정신을 수습했다. 어떤 생각이 번쩍 스쳐가자 카뮈는 대답했다.
"국가에 소속되어 있어야 합니다!"

"어떤 국가?"
선생님은 그토록 부정확한 대답에 화가 나서 역정을 냈다.
"프러시아냐? 중국이냐?"
"프랑스입니다!"
카뮈가 대답했다.
"프랑스 국민이어야 합니다!"
"아! 그럭저럭 도달했군! 그리고 또?"
"또요?"

카뮈는 애원하는 눈길로 라 크리크를 바라보았다. 라 크리크는 주머니에서 칼을 꺼내 열고서, 옆에 앉아 있던 불로의 목을 따고, 불로의 소지품을 터는 시늉을 하고는, 고개를 좌우로 저어댔다.

카뮈는 살인을 해서도 도둑질을 해서도 안 된다는 의미로 파악했다. 카뮈는 즉각 소리 높여 대답했고 나머지 아이들도, 라 크리크의 공식 대변인인 카뮈의 목소리에 각자의 목소리를 더하여 다같이 대답했다.

그것이 그럭저럭 먹혀들자 카뮈는 숨을 내쉬었다. 세 번째 조건에 대해서, 라 크리크는 아주 표현력이 풍부했다. 그는 턱에 손을 갖다 대고 있지도 않은 수염을 쓰다듬고, 보이지 않는 긴 수염을 쓸어내렸고, 심지어, 은밀한 장소에 생기는 털을 가리키려 손을 갖다 댔다. 그리고는 열 손가락을 쫙 펴서는 두 번 연속 공중에 들어 올리고, 마지막으로 오른손 엄지 하나만을 들어 올렸는데, 영락없이 스물하나를 의미했다. 그리고 나자 라 크리크는 사례들린 듯 기침을 했고, 카뮈는 의기양양하여, 세 번째 조건을 제시했다.

"스물한 살이 되어야 합니다."

"네 번째!"

이제 시몽 선생님은, 축제일 저녁에 룰렛게임기 주인이 숫자를 외치듯이 물어왔다.

카뮈의 두 눈은 라 크리크를, 그 다음엔 천장을, 그 다음에는 칠판을, 그리고 다시 라 크리크를 뚫어져라 쳐다보았다. 마치 자기도 어쩔 수 없이 기억이 혼란스럽기라도 한 것처럼 눈썹을 잔뜩 찌푸리고 있었다.

라 크리크는, 한손에 공책을 들고 겉표지에다가 무슨 글자인지를 썼다.

도대체 저게 뭘 의미하는 걸까? 카뮈에게는 아무런 의미도 없었다. 그러자 답을 가르쳐주는 라 크리크는 코를 찡그리고, 입을 동그랗게 벌렸다가, 입술을 오므리며 앞으로 내밀었다. 음절 하나가 바다 한가운데 표류한 이 조난자의 귀에 도달했다.

"―부!"

카뮈는 더더욱 이해할 수가 없어서 점점 더 라 크리크 쪽으로 목을 길게 뽑았고, 정도가 지나쳐서 그만, 교실의 한 지점만을 뚫어져라 쳐다보는 카뮈의 이 멍청한 표정에 호기심이 생긴 시몽 선생님은, 갑자기 뒤를 돌아보아야겠다는 괴상망측한, 그리고 멍청한 생각을 하게 되었다.

반쯤은 불행하다고 할 수 있는 일이 닥치고 말았다. 선생님은 라 크리크가 찡그리고 있는 모습을 발견했고, 그것을 아주 나쁘게 해석해서, 이 악동이 등 뒤에서 선생님을 웃음거리로 만들어서 반 아이들을 웃기려는 목적으로 무언극을 벌이고 있었다고 생각했다.

선생님은 즉각 복수에 나서서 라 크리크에게 벌을 내렸다.

"라 크리크, '원숭이 짓을 하다' 라는 문장을 갖고, '원숭이 짓을 하겠다'

대신에 '원숭이 짓을 더 이상은 하지 않겠다'와 '원숭이 짓을 더 이상은 하지 않을 텐데'라고, 미래 시제와 조건법 시제로 각 인칭마다 동사를 변화시켜서 내일까지 문장들을 만들어와라, 알겠나?"

라 크리크가 벌을 받자 웃어버린 멍청이가 한 명 있었는데, 바로 절름발이 바카이예였다. 잘못된 우정에서 우러난 행위는 선생님의 화를 더 돋우는 결과를 낳고 말았고, 선생님은 무서운 기세로 다시 카뮈에게로 돌아섰는데, 카뮈는 방과 후에 남을 위험성이 아주 커졌다.

"이제, 자네! 네 번째 조건을 말해 보겠나?"

네 번째 조건에 대한 대답은 나오지 않았다! 라 크리크만이 그것을 알고 있었다.

'정말 되는 일이 없구나.'

라 크리크는 생각했다. 적어도 한 명은 구해야 했기에 라 크리크는 아주 선량하고 순진한 표정으로, 선생님이 입 다물라고 하기 전에 자신의 동료를 대신하여 재빨리 대답하였다.

"자기 마을의 선거인 명부에 이름을 등록해야 합니다!"

"누가 자네에게 물었나? 내가 자네에게 질문했나, 자네에게? 응?"

점점 더 화가 난 시몽 선생님은 언성을 높였고, 그 반의 최우수 학생은 속으로는 원망하면서도, 겉으로는 반성하는 듯한 멍청이 표정을 지어 보였다.

더 이상의 사고 없이 나머지 수업 시간이 지나갔다. 하지만 땡땡은 르브라크의 귀에 대고 슬며시 말했다.

"너 봤니, 저 치사한 절름발이? 저 자식은 조심해야 될 놈이야! 믿어서는 안 돼, 고자질하고 말 놈이라구!"

"그럴 것 같아? 아! 설마!"
르브라크가 펄쩍 뛰었다.
"증거는 없어."
땡땡이 말을 이었다.
"하지만 그놈이 그런 짓을 해도 나 같으면 놀라지 않을걸. 딴 짓을 할 놈이라고. '교활한' 놈이지. 난, 그런 놈들이 싫어!"
아이들은 공책에 날짜를 적어 넣었고, 펜이 종이에 긁히는 소리가 났다.

월요일…… 천팔백구십……
이날에 벌어졌던 역사적 사건 : 프러시아와 전쟁 시작. 포르바크 전투!

"이봐, 땡땡."
기냐르가 물어왔다.
"잘 안 보이는데, 포르바크니, 모르바크니?"
"포르바크지! 모르바크는 지난 일요일에 휴가를 받아서 카뮈네 집에 왔었던 포병이 말했던 거고! 지역 이름이 틀림없어!"
아이들은 말없이 과제물을 했다. 처음에는 낮게 중얼거리던 소리가 점점 커지는 것으로 보아, 아이들은 과제를 다 끝낸 모양이었다. 아이들은 짬을 이용해서 다음 과목을 복습하거나 혹은 교전 중인 두 부대의 상황에 대해 개인적 견해를 교환하였다.
르브라크는 미터법에서 승리를 거두었다. "무게 측정도 길이 측정과 마찬가지며, 단위가 두 개 더 있습니다." 하고 말하더니 르브라크는, 장터에서 이십 킬로그램짜리 역기를 능란하게 다루어 보이는 역도선수처럼, 십 킬로그램에 해당하는 미리어그램과 백 킬로그램에 해당하는 퀸탈을 자유자재로 다루었다. 심지어 늘 쓰이는 무게 단위들을, 세세한 설명을 하나도 빠뜨리지 않으면서, 가장 무거운 것에서부터 가장 가벼운 것까지 늘어놓아서 시몽 선생님을 깜짝 놀라게 했다.

"자네가 오늘처럼만 수업 내용을 알고 있다면, 내년에는 졸업반에 올려주겠네."

시몽 선생님이 단언했다.

졸업장, 그건 르브라크에게는 중요한 게 아니었다. 지리와 역사는 빼놓는다 하더라도, 받아쓰기, 산수, 작문에 매달려야 하다니, 아, 천만의 말씀, 그것만은 제발! 그래서 시몽 선생님의 칭찬도, 또 약속도 르브라크를 감동시키지 못했다. 르브라크가 미소를 지었다면 그것은 오직, 앞으로 남은 역사와 문법 시간에 약간 처진다 하더라도 아침나절에 선생님에게 좋은 인상을 주었으니, 저녁에는 놓여나리라고 자신했기 때문이었다.

네 시를 알리는 종이 울리자, 아이들은 늘 하던 대로 빵을 가지러 집으로 뛰어갔다가 페피오네 채석장으로 다시 모여들었다. 카뮈는 일찍 도착하여 큰 지뷔스와 강베트를 데리고 벨랑 숲을 감시하러 떠났고, 그동안 나머지 아이들은 전투 복장으로 갈아입기 위해 서둘러 뛰어갔다.

카뮈는 도착하자, 자기 나무 위로 올라가서 적의 진영을 바라보았다. 아직 아무런 움직임이 없었다. 브이 자형 새총의 양 가랑이와 중간 가죽대 사이의 고무줄은 노끈으로 연결되어 있었는데, 카뮈는 이 시간을 이용하여 노끈을 더 바싹 조이고, 돌들을 추렸다. 최상급 돌은 왼쪽 주머니에, 나머지는 오른쪽 주머니에 넣었다.

그동안, 불로는 각자의 자리를 정해 주고, 옷이 더러워지지 않게, 옷을 올려놓을 커다란 돌을 줄지어 놓아준 다음 보초를 섰고, 대장과 병사들은 옷을 벗었다.

"자, 내 호루라기 갖고 있어라."

땡땡이 불로에게 말했다.

"그리고 저기 있는 떡갈나무 위에 올라가 있어. 만약에 '까마귀'든, 산림지기 영감이든, 누구라도 나타나면 호루라기를 두 번 불라고. 그러면 우리는 도망칠 테니까."

바로 그때, 옷을 다 벗어버린 르브라크가 자기 이마를 치면서 화가 나서 소리 질렀다.

"제기랄, 또 제기랄! 어떻게 내가 그 생가을 못했을까? 돌들을 담을 주머니가 없잖아."

"빌어먹을! 그렇네!"

땡땡이 맞장구쳤다.

"정말 멍청한 짓을 했구나."

라 크리크가 말했다.

"몽둥이밖에 없잖아. 그걸로는 충분하지 않지!"

그러더니 잠깐 생각에 잠겼다가,

"손수건을 가져가자. 그 안에 돌들을 담자고. 돌을 다 쓰면, 그땐 손수건을 손목에 감지 뭐."

비록 손수건이란 것이 이제는 못 쓰게 된 낡은 셔츠 조각이나 행주 쪼가리가 대부분이었지만, 그마저 없는 전사들이 여섯 명이나 되었다. 겉옷 소맷자락이 얼마든지 손수건이 되어주는 만큼, 불필요한 물건을 지녀서 번거로워지지 않을 만큼 현명한 아이들이었다.

이 현명한 친구들이 어기대지 못하게, 르브라크는 그 아이들에게 모자나 혹은 옆 사람 모자를 '작은 망태기'로 쓰라고 했고, 이리하여 모든 것이 부대의 이익을 위하여 가장 좋은 방식으로 조정되었다.

"준비 다 됐지?"

르브라크가 물었다.

"그럼, 진격!"

르브라크를 필두로, 땡땡이 그 뒤에 서고, 그 다음에는 라 크리크, 그리고 나머지 아이들은 뒤를 이어서, 되는대로 오른손에는 몽둥이를, 다른 손에는 네 귀퉁이를 묶고 돌을 잔뜩 채운 손수건을 들고, 천천히 앞으로 나아갔는데, 살짝 떨고 있는, 호리호리하거나 포동포동한 형체들이 어두운 색조를 배경으로 하얗게 드러났다. 오 분 뒤, 그로 뷔송에 다다랐다.

한편, 그 순간, 카뮈는 전투를 막 시작한 참이었는데, 무슨 일이 있더라도 낯짝을 맞추고야 말겠다던 미그 라 륀느를 겨누고 있었다.

바로 그때 롱쥬베른느의 주력 부대가 도착했다. 카뮈의 적수이자 경쟁자인 투괼로부터 적이 몇 명밖에 없다는 보고를 받고, 또, 그저께 거둔 승리에 대한 기억으로 여전히 들떠 있던 벨랑 아이들은, 앞에 놓여 있는 적들을 한 입에 먹어치울 태세를 갖추었다. 하지만, 공격 대형을 갖추며 숲에서 나선 바로 그 순간, 포물선을 그리며 날아오른 돌들이 어깨 위로 무더기로 쏟아져 내리자, 벨랑 아이들은 다시 생각할 수밖에 없었고, 그 열기도 한풀 꺾여

버렸다.

 먹잇감을 나눠 가지려고 나무에서 내려왔던 투괼은 다시 나무 위로 올라가서 혹시 적들의 응원군이 그로 뷔송에 도착했는지 살펴보았다. 그러나 보이는 것이라고는 카뮈가 나무에서 내려와서 팽팽하게 당긴 새총을 겨누고, 역시 방어 태세를 취하고 있는 큰 지뷔스와 강베트 곁에 서 있는 모습뿐이었다. 롱쥬베른느 전사들은 추위에 덜덜 떨면서 나무 뒤나, 덤불 숲 밑으로 살그머니 미끄러져 들어가서는, '손가락 하나 발가락 하나' 까닥하지 않고 있었다.

 "저놈들이 다시 공격을 시작할 거야."

 르브라크가 낮은 목소리로 경고했다.

 "조금 전에 돌을 너무 많이 날리지 말걸 그랬어. 놈들이 우리가 기다리고 있다는 것을 눈치 채지 못해야 할 텐데."

 "경계! 새총 들어. 놈들이 가까이 올 때까지 내버려둬. 내가 공격 명령을 내리면 공격한다!"

 투괼의 정탐에 안심을 한 아즈텍은, 적들이 모습을 보이지 않고, 지난 토요일과 같이 행동하는 것은, 그날과 마찬가지로 대장도 없고 수적으로 열세이기 때문이라고 생각했다. 그래서 아즈텍은, 르브라크를 포로로 잡았던 기억으로 아직도 흥분해 있는 참모들의 즉각적인 찬성을 얻어, 방금 다시 느티나무 위로 올라간 카뮈를 생포하기로 결정했다.

 놈은 확실히 도망갈 틈이 없을 거다. 이번에는 피하지 못할 것이다. 르브라크가 당한 것처럼 놈도 한번 당해 봐야지. 벨랑 진영에서는 이미 오래전부터 카뮈의 돌팔매에 너무나 많은 부상자가 발생했으니, 녀석에게 본때를 보여주고 새총을 뺏는 일이 정말로 시급했다. 그래서 벨랑 아이들은 카뮈가 편안하게 나무 위에 올라가 자리 잡도록 내버려두었다.

승리냐 패배냐가 개개인의 능력과 전체의 사기에 따라 결정 나기 쉬운 이런 소규모 접전의 경우, 전투 배치에 오랜 시간이 걸리지 않았다. 그래서 곧 벨랑 아이들은, 미친 듯이 몽둥이를 휘두르며, 목청을 돋우어 사나운 고함을 내지르며, 자신들의 힘을 믿고 적의 진영을 향해 몰려 들어갔다.

롱쥬베른느 쪽의 그로 뷔송에서는 파리 한 마리만이 날아다니는 소리가 들리는 듯했다. 돌들을 날려 보내느라고 카뮈의 새총만이 딱딱거리고 있었으니까…….

벌거벗은 사내아이들은 무릎을 꿇거나 쭈그리고 앉아서, 감히 춥다는 말도 못하고 덜덜 떨면서, 모두 오른손에는 돌을 쥐고 왼손에는 몽둥이를 쥐고 기다리고 있었다.

한가운데 자리 잡은 르브라크는, 카뮈가 올라가 있는 나무의 거대한 몸통 뒤에 몸을 완전히 숨기고, 잔뜩 찌푸린 눈썹 아래 이글거리는 두 눈으로 앞을 응시하며, 왼손에는 채찍 끈으로 날밑을 만들어 단 대장의 검을 초조하게 움켜쥔 채, 야생마 같은 얼굴만 내밀고 있었다.

르브라크는 입술을 움찔거리며, 언제든지 공격 신호를 내릴 준비를 하고, 적의 움직임을 지켜보고 있었다.

갑자기, 르브라크가 마치 상자 속에 갇혀 있다가 튀어나온 악마처럼 몸을 쫙 펴더니, 펄쩍 튀어 올랐고, 동시에 목청을 돋우어 미친 사람처럼 맹렬하게 명령을 내렸다.

"발사!"

돌무더기가 물결 지어 날아갔다.
　롱쥬베른느 부대에서 날아오는 돌우박이 벨랑 부대 한가운데 쏟아져 내리며 벨랑 아이들의 사기를 꺾어버렸고, 그와 동시에 분기탱천하여 가슴이 터져라 외쳐대는 르브라크의 고함소리가 다시 이어졌다.
　"진격! 진격! 진격! 제기랄!"
　땅에서 갑자기 솟아오른 무시무시한 땅귀신 군단처럼, 르브라크의 병사들은 창검을 휘두르고 무시무시한 고함소리를 내지르며, 모두 애벌레처럼 벌거벗고서 비밀 소굴로부터 펄쩍 뛰쳐나와서는, 맹렬한 기세로 벨랑 부대를 향해 몸을 날렸다.
　온몸이 마비라도 된 듯 우뚝 멈춰 선 아즈텍의 부대원들 위로 놀람, 당황, 두려움, 공포가 차례차례 휩쓸고 지나갔고, 임박한, 시시각각으로 커져가는 위험에 직면한 벨랑 아이들은 단번에 뒤돌아서서, 올 때보다 훨씬 더 **빠른** 속도로, 다리를 두 배는 재게 놀려서, 말 그대로 대경실색한 채 자기네 숲을 향해 뛰어갔는데, 도망가면서 뒤를 돌아다보는 아이 한 명 없었다.
　르브라크는 줄곧 맨 앞에 서서 검을 휘두르고 있었다. 벌거벗은 긴 팔을 크게 움직이며, 다부진 두 다리로 이 미터씩은 솟구쳐 오르는 듯했다. 아무 거치적거릴 것 없는 롱쥬베른느 아이들은 몸을 달구게 되어 흡족해하면서, 미친 듯이 빠르게 뛰었기 때문에, 적들이 자기네 마을로 이어지는 참호에 도달했을 때에는 벌써 창끝이 옆구리에 가 닿을락 말락 했다. 포로가 생겨날 참이었다.
　하지만 벨랑 아이들은 겨우 그 정도 장애물에 멈춰설 수 없었다. 돌담이 바로 저기였고, 그걸 넘어서면, 듬성듬성 나 있는 관목들이 점점 **빽빽해졌**

다. 패주하는 아즈텍의 부대는 참호를 줄지어 지나가느라고 시간을 허비하지 않았다. 먼저 도착한 아이들은 참호를 따라서 뛰기 시작했지만, 나중에 도착한 아이들은 곧바로 덤불 한가운데로 뛰어 들어가서는, 조금도 주저하지 않고 손과 발을 내두르며, 무슨 수를 써서라도 퇴각로를 냈다.

불행하게도 너무도 간편한 복장을 하고 있던 롱쥬베른느 아이들은 산사나무와 가시덤불을 뚫고 계속해서 추격을 할 수 없었고, 적들이 도망가면서 몽둥이를 놓치고, 모자를 잃어버리고, 돌을 흘리고, 쫓기는 멧돼지나 사슴처럼 여기저기 상처를 입고, 살갗이 긁히고 찢기면서, 산사나무와 가시덤불 사이로 파고드는 것을 돌담에서 바라볼 수밖에 없었다.

르브라크는 땡땡과 큰 지뷔스를 거느리고 참호로 뛰어들었다. 막 미그 라 륀느의 옆구리를 검으로 스친 르브라크가 마침내 공포에 떨고 있는 녀석의 어깨를 움켜쥐려는 찰나, 날카로운 호각소리가 아군의 진영으로부터 늘려왔다. 르브라크와 병사들은 순간 멈칫했고, 그 통에 적들은 다 도망가버리고 말았다.

미그 라 륀느는 얼마나 겁이 났던지, 냄새가 진동하는 기다란 흔적을 남기며 다른 아이들처럼 부리나케 달아나서 덤불숲으로 사라져버렸다.

무슨 일일까?

르브라크와 대원들은 불로의 호각소리를 듣고 불안해하며 돌아섰는데, 사제이든 아니든, 산림 감시인이든 아니든, 또, 롱쥬베른느 쪽 풍기 단속반이든 아니든 간에, 그 누구에게도 이 야릇한 차림을 들키고 싶지 않았다.

달아나는 미그 라 륀느의 뒷모습에 아쉬운 눈길을 던지면서 참호를 거슬러 올라온 르브라크는, 휘둥그레진 눈으로 대장이 오기를 기다리면서, 어째서 불로가 경보를 올렸을지 추측하느라 바쁜 나머지 병사들과 합류했다.

공격이 시작되자 나무에서 내려왔던 카뮈는, 여러분도 기억하시겠지만, 옷을 입고 있었기에, 주위를 살피기 위해 길이 꺾어지는 곳까지 조심스럽게 나아갔다.

아, 무슨 일인지 알아내기까지 오래 걸리지 않았다! 그의 눈에 누가 띄었을까?

그럼 그렇지, 늙은 망나니 베두엥 영감이, 그 역시 날카로운 호각소리에 정신이 나갈 정도로 소스라치게 놀라서, 두 눈을 사방으로 부라리며, 이 오만하고 왠지 불길한 신호가 도대체 어디에서부터 들려온 것인지를 알아내려 애쓰고 있었던 것이다.

정당한 보복

> 제가 당신 발아래 당신의 적들을 무릎 꿇릴 때까지.
> —시편……. 시편 어디에 나오는지 나도 모르겠다.

베두엥 영감과 카뮈는 거의 동시에 서로를 보았지만, 카뮈는 첫눈에 그가 누군지 알아본 반면, 상대편은, 다행히도 그랬다고 말할 수 없었다.

단지, 산림지기는 노병 특유의 눈치로, 눈앞에 있는 이 말썽꾸러기가 새로운 사건과 관계가 있거나 적어도 그에 대한 정보를 제공할 수 있을 거라고 생각했다. 그래서 아이에게 그 자리에서 기다리라고 손짓한 뒤, 아이를 향하여 똑바로 걸어갔다.

불로에게는 정말 골칫거리가 생긴 셈이었는데, 안 그래도 이 추접스러운 늙은이가 지나가다가 롱쥬베른느 전사들의 옷 보관 장소를 발견하게 될까 봐 몹시 걱정했기 때문이다. 불로는 산림지기가 그 장소로 다가오는 것을 막기 위하여 무슨 짓이라도 할 각오가 되어 있었다. 몸을 숨길 덤불숲만 있다면, 가까운 거리에서 욕설을 던지는 것이 가장 좋은 방법이었는데, 때마침 근처에 덤불숲이 있었다. 다리를 재게 놀린다면, 그런 식으로 늙은이를 전투 장소로부터 멀리 끌어낼 수 있을 것이다.

자고새는 새끼들이 위험에 처해 있는 것을 보자,
새 깃털이 하나밖에 없었기 때문에…….

불로는 자고새에 관한 우화를 배운 적이 있었다. 그 새의 기지는 불로의 마음에 쏙 들었는데, 울음소리를 감쪽같이 흉내 낼 수 있는 자고새보다 모자라지는 않으니, 불로 또한 멀리 베두엥 영감을 꾀어내어 떼어버릴 수 있었을 것이다.

하지만 그 간단한 일이 위험을 몰고 오거나 아니면 일을 더 복잡하게 만들 수도 있는 일이었다. 가장 심각한 위험은, 눈도 밝고 발도 빠른 마을 주민이 우연히 지나가다가, 산림지기에게 불로라고 일러바치던가, 아니면 친척이라도 지나가다가 무람없는 사이라는 것을 내세워 현행범의 귀를 잡고, 공권력을 대표하는 사람에게로 끌고 갈 수도 있었다. 그렇게 되면 아주 유감스러운 상황이 벌어지리라는 것은 짐작하기 어렵지 않았다.

불로는 아주 신중한 편이었기 때문에, 위험을 피해 가는 쪽을 택했다. 한편, 불로에게는 전쟁이 어떻게 되어가고 있는지, 르브라크가 어떤 식으로 부대를 이끌고 있는지에 대한 정확한 정보가 전혀 없었다. 단지 고함소리만을 듣고서 본격적인 공격이 감행되었나보다 생각하고 있었다. 그렇군, 지금 친구들은 어떤 상황에 놓여 있을까?

아주 심각한 질문이 아닐 수 없었다!

카뮈는, 짐작하다시피, 산림지기가 다가오기를 가만히 기다리느라고 시간을 낭비하지 않았다. 산림지기가 자기를 향해 오고 있다는 것을 깨닫자마자 잽싸게 몸을 돌려 고랑 안으로 뛰어 들어가 자세를 낮추고, 하이에나 같은 노인네―카뮈는 전쟁 훼방꾼을 이렇게 불렀다―가 아래쪽에서 올라오고 있으니 위쪽으로 달아나라고, 큰 목소리는 아니지만 어쨌든 소리를 지르며, 친구들을 향해 냅다 뛰었다.

베두엥 영감은 카뮈가 도망가는 것을 보자, 지저분한 코흘리개들이 '자신을 상대로 뭔가 또 한 건 하려고 한다'고 믿어 의심치 않았다. 베두엥 영감은 그저께 저녁에는 또 다른 녀석 하나가 홀딱 벗은 엉덩이를 자신에게 보여주었다는 것을 기억해 내고, 그날 저녁에는 기운이 팔팔했기 때문에, 말썽꾸러기를 잡으려고 뜀박질을 시작했다.

땀을 흘리고 헐떡이면서 베두엥 영감이 도착했을 때는, 애벌레들처럼 벌거벗은 한 무리의 악동들이 라 소트 위쪽의 덤불숲 사이로 흩어져 달아나면서, 그를 향해 절대로 그 뜻을 오해할 수 없는 욕들을 던지는 중이었다.

"이 추잡한 늙다리야! 오입쟁이! 술주정뱅이! 얼간이! 어이! 엿……!"

"요놈의 도야지 새끼들, 아! 메스껍고, 말썽꾸러기에, 버르장머리 없이 자란 녀석들."

베두엥 영감이, 한 녀석이라도 잡으려고 다시 뛰기 시작하면서 응수했다.

"아! 한 녀석이라도 잡혔단 봐라. 귀를 싹둑 베어버릴 테다. 코도, 혀도……."

영감은 죄다 베어버리고 싶어 했다.

하지만 한 아이라도 잡기 위해서는, 늙은 두 다리보다 더 빠른 다리가 필요했을 것이다. 그는 덤불숲을 사방 휘젓고 다녔지만 아무것도 발견하지 못했고, 목소리를 따라서, 바로 이거다 싶은 흔적을 멀리까지 쫓아가 보았지만 헛걸음이었다.

카뮈, 큰 지뷔스, 라 크리크, 옷을 입고 있던 이 셋 친구들이 무사히 돌아와서 옷을 입을 수 있도록, 조금 전에 불로가 생각했던 것을 실행에 옮겼다. 이들은 베두엥 영감의 시력이 좋지 않은 점을 이용하여, '죄국(조국)'을 수호하고 '벱(법)'을 집행하는 노인의 존엄성을 침해한 이 사건의 장본인들이 바로 벨랑 마을의 말썽꾸러기들이라고 속이기 위하여, 샤잘랑의 방목지 쪽으로 베두엥 영감을 끌어들인 뒤, 멀리, 점점 더 멀리, 벨랑 쪽으로 유인해 냈다.

경계 신호와 집합 신호는 이미 정해져 있었고 적의 숲은 텅 비어 있었기 때문에, 때가 되었다는 판단이 서자, 카뮈와 두 협력자는 베두엥 영감에게 욕설을 퍼붓던 것을 그만두고, 휙 방향을 틀어서 낮은 포복자세로 프리코네 목초지 담을 따라 내려가 숲으로 들어갔고, 길이 휘어지는 곳에서부터, 즉 전투장에서부터, 위쪽 참호를 따라 백여 미터 위의 관목 숲으로 빠져버렸다.

이 시각에 전투장은 텅 비었고, 조금 전의 장엄한 전투를 상기시키는 것은 하나도 없었다. 하지만 아래쪽 숲에서, 롱쥬베른느 아이들이 흉내 내는 자고새 울음소리가 들려왔는데, 그 소리는 규칙적으로 그들을 부르고 있었다.

재빠르게 흩어진 덕분에 부대원들은 불로가 지키고 있던 진지로 되돌아가서, 허둥지둥 셔츠와 속바지, 덧옷, 구두를 걸쳤다. 불로는 이 아이한테서 저 아이한테로 바쁘게 옮겨가면서, 늘어진 셔츠자락을 집어넣고, 멜빵을 조절하고, 바지 단추를 채우고, 모자를 주워주고, 구두끈 묶는 일을 도왔는데, 한 아이라도 잃어버리거나 놓고 가는 것이 없도록 보살피느라고 열 손가락이 모자랄 정도로 정신이 없었다.

오 분쯤 지나자, 롱쥬베른느 부대원들은 다시 원래의 차림새로 돌아가게 되어 만족스러워하는 동시에, 포로를 내지 못해 반편짜리 승리를 거둔 것을 아쉬워하면서, 꼭 원치 않을 때 나타나는 이 망할 놈의 늙다리 산림지기를 상대로 욕설을 퍼붓고 투덜거리며, 네다섯 명씩 무리를 지어 위에서 아래로 훑고 내려오면서, 베두엥 영감을 상대하고 있을 세 명의 정찰병들을 불러 댔다.

"이 노인네, 대가를 치르게 하고야 말 테다!"

르브라크가 말했다.

"암, 그렇게 하고말고. 그 노인네가 나를 귀찮게 한 게 이번이 처음이 아니야. 계속 이런 식으로 갈 수는 없지. 만약 그렇지 않다면, 더 이상 선한 하느님도, 정의도, 아무것도 없는 거야! 암! 없고말고! 제기랄, 암! 그렇게는 안 될걸!"

르브라크는 머리를 굴려서 정교하며 무시무시한 보복을 꾸미고 있었고, 친구들 역시 깊은 생각에 잠겨 있었다.

"이봐, 르브라크."

땡땡이 제안했다.

"저 노인네한테 사과나무 몇 그루가 있거든. 샤잘랑 목추지에서 우리를 열나게 찾고 있는 동안 짝대기로 노인네 나무를 좀 손봐주면 어떨까! 엉! 어때?"

"그리고 배추밭을 엉망으로 만들어놓는 거야."

작은 지뷔스가 덧붙였다.

"유리창을 박살내는 거야!"

게뢰이아가 말했다.

"그래, 다 좋은 생각이야!"

그 역시 나름대로의 꿍꿍이가 있는 르브라크가 말했다.

"우선은 다른 아이들을 기다리자. 그리고 그런 일은 낮에는 거의 할 수 없는 일들이지. 만약 들키기라도 하면, 그 늙다리는 증인들을 동원해서 우리를 감옥에 보낼걸……. 그런 늙은 돼지는, 피도 눈물도 없다구, 너희들도 알겠지만 믿어서는 안 돼. 어떻게 될지 두고 보자고."

"삐리리!"

서쪽 덤불숲에서 새소리가 무언가를 묻고 있었다.

"왔다!"

르브라크가 말하더니, 세 번 회색 자고새 소리를 흉내 냈다. 땅을 울리는 세찬 나막신 소리가 두 배는 빨라진 것을 보니, 세 명의 정찰병과 여러 무리를 지어 언덕 위로 흩어졌던 아이들이 오고 있는 모양이었다. 아이들이 다 모이자, 세 명의 정찰병들이 설명을 시작했다.

아이들이 보고하기를, 베두엥 영감은 남의 땅에까지 들어와서 정직한 시민들을 골탕 먹이는 벨랑의 지저분한 코흘리개들에 대해서 온갖 저주와 욕을 퍼부었고, 그 가여운 시골뜨기 영감이 지붕처럼 가파르게 돋아놓은 곡물 창고까지 올라가면서, 연방 흐르는 땀을 닦아내고 숨을 헐떡이는 품은, 꼭 이 마일 정도 마차를 끌고 온 늙은 말이 헐떡이는 것 같았다고 했다.

"거 아주 잘 됐어!"

르브라크가 말했다.

"그 노인네가 이곳을 다시 지나갈 거라고. 누군가 남아서 감시해야 해."

이미 심리학자에다가 논리학자가 다 된 라 크리크가 의견을 보탰다.

"노인네는 더울 테니, 목이 마를 거라구. 그러니 프리코네 주막에 들러 한 잔하려고 곧바로 마을로 돌아갈 거야. 거기에도 누군가 한 명 가봐야 할걸!"

"맞았어."

대장이 동의했다.

"그렇지. 세 명은 여기에, 또 세 명은 거기로 가는 거야. 나머지는 전부 나랑 퇴레 숲으로 가자. 이제 어떻게 할지 감이 잡혔어."

"프리코네 근처에는 약삭빠른 애가 필요해."

대장이 말을 이었다.

"라 크리크가 샹쉐, 피룰리하고 가서, 아무 일도 없는 표정으로 구슬치기를 하는 거야. 불로, 불로는 여기, 채석장에 다른 아이 둘과 함께 남아 있다가 노인네가 뭐라고 하는지 잘 보고 들어야 해. 우리는 이따가 라 크루와 뒤쥐빌레 근처, 동제 길 끝에 가 있을 테니까, 노인네가 멀어지면, 그리고 노인네가 무얼 할 생각인지 알게 되면, 너희들 모두 그리로 와. 그때가 되면 무슨 일을 할 건지 알려줄게."

라 크리크가 자기에게도 또 다른 친구들에게도 구슬이 없다고 히자 르브라크는, 아이들이 산림지기 앞에서 맡은 역할을 그럴듯하게 수행할 수 있도록, 관대하게도 열두어 개의 구슬을(그건 '1수' 어치나 된다!) 주었다.

대장이 마지막으로 충고를 하자, 자신감에 넘치는 라 크리크가 히죽거리며 대꾸했다.

"걱정 말라고, 친구! 이 꼴통 영감탱이에게 근사하게 한방 먹일 테니!"

아이들은 지체 없이 흩어졌다.

르브라크는 주력 부대를 데리고 퇴레 숲에 도착하자마자, 부대원들에게 나무를 타고 올라간 참으아리 덩굴 줄기를 뜯어내되, 될 수 있는 한 긴 것들로 뜯으라고 명령했다.

"뭘 하려고?"

정당한 보복_109

아이들이 물었다.

"담배 피려고? 아! 아! 담배를 말 거구나, 좋았어!"

"특히, 끊어놓아서는 안 돼."

르브라크가 말을 이었다.

"될 수 있는 한 많이 모으라구. 곧 알게 될 거야. 그리고 카뮈, 너는 나무 위에 올라가서 줄기들을 떼어내. 높이 올라가야 해. 긴 줄기들이 필요하니까."

"그런 거라면, 내게 맡기라구."

부관 카뮈가 말했다.

"참, 그런데 말이야, 노끈 갖고 있는 애들 있냐?"

대장이 물었다.

모두들 한 자에서 석 자에 이르는 다양한 길이의 노끈들을 갖고 있었다. 아이들은 대장에게 보여주었다.

"넣어둬!"

대장은 혼자 속으로 생각했다.

'그래! 그건 넣어두고 긴 덩굴들이나 찾아보자.'

벌목을 한 지 오래된 이런 곳에서, 긴 덩굴 줄기를 찾는 것은 전혀 어려운 일이 아니었다. 널려 있는 것이 덩굴 줄기였다. 커다란 떡갈나무, 너도밤나무, 소사나무, 자작나무, 야생 배나무, 거의 모든 나무를 따라, 낭창거리면서도 질긴 덩굴 줄기들이 위로 치솟아 있었다. 나무 기둥을 타고 기어올라 나무껍질에 들러붙고, 살아 있는 뱀처럼 옹이진 나무 몸통을 휘감는 덩굴들은 마치 창공을 향해 올라가 태양을 쟁취하고, 동틀 때마다 한 모금 햇빛을

마음껏 들이마시려는 것 같았다. 나무 아래 땅에는 단단하고 뻣뻣한 회색빛 덩굴 뿌리들이 여기저기 널려 있었는데, 마치 오래 삶은 쇠고기처럼 군데군데 껍질이 일어나 있었고, 그 끝에서부터 사방으로 탄력 있고 질긴 덩굴 줄기들이 퍼져나가 있었다.

카뮈는 나무 위로 기어 올라갔다. 테타와 기냐르도 나무를 탔다. 세 아이가 올라가고 있는 나무마다 르브라크의 지시에 따라 작업이 한창이었다.

아! 벌써 다 올라갔군.

나무가 아무리 거대해도, 카뮈는 고대의 투사처럼, 정말이지 온몸으로 나무를 공격했다. 팔이 너무 짧아서 거대한 나무 몸통을 완전히 감을 수 없는 경우도 종종 있었다. 그게 무슨 상관인가! 납작한 두 손바닥은 나무옹이에 빨판처럼 들러붙었고, 비비 틀린 포도 줄기처럼 꼬았던 다리를 쫙 펴면, 대번에 삼십 혹은 오십 센티미터 위쪽으로 솟구친다. 그곳에서부터 두 손바닥을 이용하여 들러붙고, 두 다리를 잘 조절하면, 십오 혹은 이십 초쯤 지나면 첫 번째 나뭇가지에 닿는다.

그 다음에는 걸릴 것이 없었다. 우선 양쪽 팔뚝과 가슴을 나뭇가지에 걸치고, 그 다음에는 두 무릎을 자연이 만들어준 철봉 위로 끌어 올리면, 곧 무릎 대신 두 발이 들어선다. 이런 식으로 나무 꼭대기까지 가장 편안한 계단을 올라가는 것만큼이나 자연스럽고 쉽게 올라가는 것이다.

아이들은 빠르게 덩굴 줄기를 손에 넣었다. 한 명이 칼을 들고서 나무 밑동 쪽에서 덩굴 줄기를 칼로 자르면, 나무를 타고 올라간 이 줄기를 다른 아이들 서너 명이 평소처럼 조심조심 그리고 천천히 떼어냈다.

어린 목동들은, 여름에 성 요한 축일이 다가오면, 이렇게 떼어낸 덩굴 줄기에 파란 풀잎과 들꽃을 섞어 가축의 뿔을 장식해 주곤 했던 것이다! 줄기를 엮어 만든 화관의 검푸른색에 참으아리, 송악, 수레국화, 개양귀비, 데이지꽃으로 색을 배합하면서, 아이들은 누가 더 기발하고 뛰어난가 서로 견주었고, 저녁 무렵, 잘생긴 암소들이 오월의 신부처럼 화관을 쓴 채, 투명하고 커다란 두 눈을 껌벅이고 목에 건 방울을 울려대며, 느릿느릿 집으로 돌아가는 모습은 보기에 아주 좋았다.

집에 돌아가서는, 부엌 차양 바로 밑에 커다란 못들을 치고 줄줄이 걸어 놓은 낫들 사이에 화관을 걸쳐놓고, 다음 해까지, 아니면 그보다도 더 오랫동안 말렸다.

하지만 오늘은 그런 것이 아니었다.

"서두르자."

어둠이 내리고 벨랑 마을의 방앗간 쪽에서 저녁 안개가 피어오르는 것을 보자, 르브라크가 재촉했다.

르브라크는 노획물을 다 거두어들이자 한참 복잡한 생각에 골몰하더니, 양팔을 벌려서 갖고 있는 줄기들을 재어보고는, 동제 길의 울타리 사이로 빠져나가 라 크루와 뒤 쥐빌레 사거리로 향했다.

르브라크는 각 십 미터 정도 되는 질긴 덩굴 줄기 네 개와, 보다 짧은 여덟 개의 덩굴 줄기를 갖고 있었다.

르브라크는 긴 줄기들이 끊어지지 않도록 조심하라고 세심한 주의를 준 뒤, 길을 따라 내려가면서, 짧은 줄기들을 가능한 한 둘씩 묶으라고 지시했고, 열여섯 명의 병사가 이상한 무기의 양 끝을 들고 가고, 나머지 아이들은 바라보고 있는 동안, 대장, 그는 골똘히 자기 생각에 빠져 들었다.

"뭘 할 건데, 르브라크?"

아이들이 돌아가면서 한 명씩 물어왔다.

어둠이 점점 짙어지고 있었다.

"경우에 따라 다르지!"

대장은 모호하게 대답했다.

"이제 곧 돌아가야 될 시간이야."

어린 아이들 중 한 명이 환기시켰다.

"다른 아이들은 뭘 하고 있지? 불로도, 라 크리크도 오지 않는군!"

"뭣들 하고 있는 걸까? 그 늙은이는 어떻게 되었을까?"

마침내 아이들은 초조해하기 시작했고, 아이들의 불안을 가라앉히기에는 대장의 태도가 너무 아리송했다.

"아! 불로가 아이들과 함께 오는데!"

카뮈가 좋아하며 말했다.

"어이, 불로!"

"어이!"

불로가 말을 받았다.

"그 늙은이가 글쎄 저 아래쪽 큰길로 지나가더라구. 내가 보지 못했더라면 한없이 기다릴 뻔했지! 숲을 내려와서, 숲 속 공터에서 뻗어나간 작은 오솔길을 거쳐서 큰길로 빠져나갔던 모양이야. 우리는 채석장에 있다가 노인네를 보았지. 두 팔을 휘둘러대는 게, 꼭 꼥꼥이 술 취했을 때 같더라. 무지무지 화가 난 게 틀림없어."

"작은 지뷔스!"

르브라크가 명령했다.

"가서 라 크리크가 뭐 하고 있는지 보고, 곧 다시 와서 어떻게 되어가고 있는지 알려줘."

작은 지뷔스는 고분고분 휑하니 달려갔는데, 아이들로부터 한 삼십 걸음쯤 떨어진 곳에 이르렀을 때 은밀한 새소리가 들려와 그 자리에 멈춰 섰다.

"라 크리크, 너니! 빨리 와, 친구. 빨리 와서 어떻게 되고 있는지 말해 줘!"

둘은 몇 초도 안 걸려서 도착했다.

라 크리크는 아이들에 둘러싸여서 말을 꺼냈다.

"한 십오 분쯤 전에 말이야, 프리코네 앞에서 우리 셋이 조용히 구슬치기를 하고 있는데, 닭 벼슬처럼 벌겋게 된 베두엥 영감이 다가왔어……."

라 크리크와 아이들은 입을 모아서 저녁 인사를 했고 베두엥 영감은 아이들에게 말했다.

"오냐! 직어도, 너희들은 착한 아이들이로구나. 너희 친구들 같지 않군. 그 배워먹지 못한 나쁜 놈들. 내 그 녀석들을 그냥!"

라 크리크는 굉장히 놀랐다는 듯이 곡식 창고 문짝만큼 커다래진 눈으로 산림지기를 바라보았고, 영감님이 뭔가 잘못 알고 계신 것이 틀림없다고, 이 시간이면 친구들은 모두 집에 돌아가 내일 쓸 물을 긷든가 나무를 해오고, 어머니를 돕든가 아니면 가축들을 외양간에 집어넣는 아버지를 돕든가 한다고 대답했다.

"아!"

베두엥 영감이 말했다.

"그럼 도대체, 조금 전에 라 소트에 있던 녀석들은 누구냐?"

"그거요, 산림지기 영감님, 저는 잘 모르겠지만, 벨랑 아이들이었겠지요. 어제만 하더라도, 녀석들이 베르누아로 돌아가는 지뷔스 형제에게 돌을 던졌답니다. 그 배워먹지 못한 녀석들이겠죠. 그 독실한 신자입네 하는 녀석들이 틀림없습니다!"

라 크리크는, 늙은 병사의 반교권주의(정치와 종교는 분리되어야 한다는 원칙 아래 교황의 통치를 반대하는 입장-옮긴이)에 아첨하면서, 위선적으로 덧붙였다.

"어쩐지, 염병……!"

얼마 남아 있지 않은 이빨을 갈면서 베두엥 영감이 웅얼거렸다.

"롱쥬베른느는 붉은기였고 벨랑 놈들은 백색기였다는 것을 내 잘 기억하고 있지. 암. 배워먹지 못한 놈들! 그래, 정직한 시민에게 엉덩이를 들이대는 것이 놈들이 말하는 종교란 말이냐! 강도 같은 놈들! 아! 더러운 놈들! 한 놈이라도 잡혔단 봐라!"

이렇게 말하면서, 베두엥 영감은 아이들에게 재미있게 놀고 늘 착한 아이가 되라고 당부한 뒤, 프리코네 주막으로 한잔하러 들어갔다.

"영감은 목이 말라 죽을 지경이었지!"

라 크리크가 계속했다.

"그래서 바로 목을 축였어. 지금 벌써 두 번째 잔을 홀짝이고 있거든. 노인네를 감시하라고 샹쉐와 피뮬리를 남겨두고 왔어. 혹시라도 내가 돌아가기 전에 노인네가 술집에서 나오면 와서 알려달라고."

"아주 좋아!"

얼굴이 환해지더니, 르브라크가 결론지었다.

"자, 누가 여기 조금 더 남아 있을 수 있지? 다 함께 여기 있을 필요는 없다구!"

여덟 명이 남기로 했는데, 당연히 두목급들이었다.

그중 강베트는 결심을 하기까지 가장 오래 걸렸는데, 강베트네 집은 아주 멀었기 때문이다. 하지만 르브라크가, 지뷔스 형제도 남을 것이며, 또 네가 가장 빠르니까 네 도움이 필요할 거라고 말하자, 아버지의 매타작이 있을지도 모를 위험을 감수하면서도, 강베트는 영웅적으로 대장의 말을 따르기로 했다.

"자 이제, 나머지 아이들."

르브라크가 말을 이어나갔다.

"너희들까지 집에 가서 꾸중 들을 필요는 없으니, 이제 가봐! 너희들 없어도 잘 될 거야. 내일 어떻게 되었는지 다 이야기해 줄게. 오늘 저녁에는 너희가 있으면 오히려 방해가 되니까, 가서 편하게 자도록. 늙은이는 빚을 샆게 만들 테니까."

르브라크는 덧붙였다.

"그리고 특히, 흩어져서 가라. 몰려다녀서는 안 돼. 무슨 일인가 벌어지고 있다고 생각할지도 모르니까. 그래서는 안 되지."

아이들이 떠나고 르브라크, 카뮈, 땡땡, 라 크리크, 불로, 지뷔스 형제와 강베트 등으로 인원이 줄어들자, 대장은 계획을 설명하기 시작했다.

모두들, 말없이, 손에 든 덩굴 줄기를 질질 끌면서 마을 큰길을 따라 내려갔다. 작전을 수행할 사람들은, 두엄더미가 서로 마주보고 있는 마침한 장소에 자리 잡기로 했다.

산림지기가 지나갈 길목에 줄을 친다. 영감이 비틀거리다가 땅바닥에 구르게 해서 실제보다 더 술에 취한 걸로 보이게 하는 거다. 두 사람씩 두 무리면 충분하고, 함정은 네 군데 설치한다.

아이들은 길을 따라 내려갔다. 장-바티스트네 두엄더미 쪽에 덩굴 줄기를 하나 내려놓고, 계속 가다가 그로쿨라네 두엄더미 쪽에 또 하나를 내려놓았다. 아이들은 계속 전진하다가, 보토네 집 두엄더미에 이르자 불로와 작은 지뷔스가 걸음을 멈추었고, 라 크리크와 큰 지뷔스는 계속 걸어가서 도니네 두엄더미 어름에 자리 잡았다. 함정을 모두 설치한 뒤, 라 크리크와 큰 지뷔스는 그로쿨라네로, 불로와 작은 지뷔스는 장-바티스트네로 다시 재빨리 뛰어가기로 했다.

다른 아이들은 보초를 서고 있던 샹쉐, 피뤼리와 교대를 하고 나서, 두 아이에게 곧장 집으로 돌아가라고 했다. 그러고 나자, 나머지 아이들은 노인네가 어쩌고 있는지 창문으로 엿보러 갔다.

노인네는 세 번째 압생트 술잔을 앞에 놓고서, 마치 선거에 뛰어든 의원 후보처럼, 진짜인지 거짓말인지 모를 이야기를 떠벌리고 있었다. 거짓말 쪽에 가까웠는데, 다음과 같은 이야기가 들려왔기 때문이다.

"암, 하루는 휴가를 받아서 알제에서부터 마르세유까지 와야만 했는데, 내가 막 도착하니, 염병…… 배가 막 떠나고 있잖아. 내가 어떻게 하겠나? 마침 그 마을 아낙 하나가 바닷가에서 빨래를 하고 있더라고. 이것저것 볼 것 없이, 나무 함지에 든 걸 쏟아놓고, 그 안으로 뛰어 들어가서, 총 개머리판으로 먼저 떠난 배가 남겨놓은 물골을 따라서 노를 저어갔지. 내가 마르세유에 그 배보다도 거의 먼저 도착했을 정도라니까."

아직 시간이 있었다! 강베트는 노인네의 동태를 살피기 위하여 나뭇단 뒤에 숨었다. 강베트는 때가 되면, 두 매복조와 르브라크 특공대에게 베두엥 영감이 술집에서 나왔다는 것을 알려주기로 했다.

그동안 강베트는 베두엥 영감이 황제 나폴레옹 3세와 마지막으로 나눈 대담에 관한 이야기를 들을 수 있었다.

"내가 한번은 파리에서 튈르리 궁 근처를 지나가게 되었지. 들어가서 친구에게 인사나 하고 가면 어떨까 생각하고 있는 참에, 누가 내 어깨를 탁 치는 것 같더라고. 그래서 돌아보니……, 바로 황제인 나폴레옹 3세가 아니겠어. 나폴레옹이 '오! 이게 누구야. 근사한 친구 제피랭 아니야!' 하더니, '들어가자고, 가서 한잔해야지!' 하고 말하더라구.

'제니!' 나폴레옹이 황후에게 외치더라고. '제피랭이 왔어. 건배를 해야지. 잔 두 개 씻어와!'"

르브라크 특공대는, 그동안 마을길을 다시 되짚어 올라가시, 산림시기의 집에 도착했다.

헛간 지붕에 난 창을 통해 집 안으로 살짝 숨어들어 간 르브라크가 친구들에게 작은 쪽문을 열어주었고, 세 명의 아이들은 복도 여기저기를 통해서 베두엥 영감의 살림집으로 침투해 들어갔다. 그곳에서 물주전자, 냄비, 램프, 석유통, 찬장, 침대 그리고 난로를 가지고, 뭔가 알 수 없는 작업에 한 십오 분간 몰입했다.

그러고 나자 강베트의 새소리가 들려왔고, 세 명의 아이들은 들어올 때와 마찬가지로 은밀하게 빠져나왔다.

아이들은 재빠르게 불로의 두 번째 매복 장소로 뛰어갔는데, 불로 일행보다도 먼저 도착했다.

실제로 베두엥 영감은 프리코에게 마지막으로 한번 더 알제리 토박이들과 알제리 주둔군들에 관한 이야기를 해주고, 알제의 정박지에 출몰하던 상어 이야기를 하고 있었다. 하루는 바다에서 수영을 하고 있는데, 빌어먹을 물고기가 동료 한 명의 거시기를 물어뜯어서 바닷물에 시뻘건 핏물이 들었다는 것이다. 이야기를 마치자, 영감은 주막집 부부가 재미있어 하며 지켜보는 가운데 비틀거리면서, 발을 질질 끌면서, 주막에서 나갔다.

도니네 집 근처에 왔을 때, 쿠당탕! 영감은 첫 번째로 나동그라졌고, 도로보수 담당자 브레다 영감이 제대로 돌보지 않는 빌어먹을 길에 대해, '염병할', '제기랄' 줄줄이 욕을 퍼부었다. 그러더니 한참을 버르적거리고 난 뒤, 다시 일어나서 길을 떠났다.

"취했군."

문을 닫으면서 프리코가 한마디 했다.

조금 더 가다가, 영감은 불로가 쳐놓은 덩굴 줄기에 발이 걸리며 길 옆 도랑으로 굴러 떨어졌고, 악마 같은 두 명의 음모꾼들은 아무 말 없이 덩굴 줄기를 거두어가지고 줄행랑을 놓았다.

그로쿨라네 두엄더미 어름에 와서, 영감은 어김없이 다시 한번 쳐놓은 줄에 걸렸고, 이 빌어먹을 고장에 대해 가슴이 터져라 욕설을 퍼부었다.

난리 법석 소리를 듣고 문간에 나와본 마을 사람들이 말했다.

"저런, 저 늙은 군바리가 오늘 저녁에 얼근히 취하셨구만."

스무 걸음도 채 못 가서 노인네는 균형의 법칙을 여전히 무시하고 다시 한 번 나동그라졌는데, 술꾼의 인생을 장식하는 중요 사건들 중의 하나가 되기에 충분한 것이었고, 열다섯 내지 스무 쌍의 눈이 그것을 지켜보았다.

"난 술에 취하지 않았다고! 염병할!"

영감은 혹이 난 이마와 깨진 코에 손을 갖다 대면서 더듬거렸다.

"거의 마신 것도 없다구. 술이 아니라 화가 바짝 올랐을 뿐이라구! 아, 그 더러운 놈들!"

바지의 무릎 부분이 거덜 난 노인네는 열쇠를 찾는 데 족히 오 분은 걸렸는데, 열쇠는 주머니 깊숙이 칼, 돈주머니, 코담배갑, 파이프, 담배쌈지 그리고 성냥갑들과 뒤섞인 채 넓은 체크무늬 손수건 아래에 묻혀 있었다.

노인네는 마침내 집 안으로 들어갔다.

호기심 많은 사람들이 노인네를 쫓아왔고, 여덟 명의 전사들도 그 속에 끼어 있었는데, 노인네가 들어서자마자 물주전자가 엎어지면서 요란스러운 소리가 들려왔다. 예상했던 대로였다. 바로 그 목적으로 물주전자를 갖다 놓았으니까. 마침내 그럭저럭 길을 낸 노인네는 성냥을 놓아두곤 하는, 벽이 쑥 들어간 곳까지 다가갔다.

성냥을 하나 집어서 바지에, 성냥갑에, 난로 관에, 벽에 문질렀지만 불이 붙지 않았다. 두 번째 성냥을, 세 번째 성냥을, 네 번째 성냥을, 그 다음에는 다섯 번째 성냥을 여기저기에 그어댔지만 여전히 아무런 결과가 없었다.

"그어보시구려, 영감님!"

성냥을 몽땅 적셔놓았던 카뮈가 히죽거렸다.

"그어보라구! 재미있을 테니까."

아무 소득 없이 성냥을 긋는 일에 지친 베두엥 영감은, 주머니에서 성냥을 하나 꺼내 그어서 불을 붙인 뒤, 그 성냥불로 석유램프에 불을 켜려고 했다. 하지만 심지 또한 말을 듣지 않아서 불이 붙지 않았다.

베두엥 영감은 열이 바짝 올랐다.

"이런 지랄 염병아! 아! 제기랄! 안 붙을 거야! 아! 그래도 안 붙을 거야, 정말! 아 그래, 그렇게 나오면, 좋아! 자! 염병할! 이거나 먹어라, 이런 염병할!"

그는 석유램프를 들어서 힘껏 난로에다 내동댕이쳤고, 램프는 와장창 산산조각이 났다.

"저런, 저러다가 집에 불내겠네!"

누군가 말했다.

'그럴 위험은 없지.'

술병 바닥에 조금 붙어 있던 백포도주 남은 것을 석유 대신 쏟아 부었던 르브라크는 혼자 생각했다.

이렇게 장한 일을 하고 난 노인네는, 어둠 속에서 헤매다가 난로에 부딪히고, 의자들을 둘러엎고, 물주전자에 발길질을 하고, 널려 있는 냄비들 가운데서 비틀거리다가, 욕설을 퍼붓고, 온갖 사람들을 다 저주하고, 넘어졌다가 다시 일어나고, 나갔다가 들어왔다가, 마침내는 지치고 초죽음이 되어, 옷을 입은 채로 침대로 들어갔는데, 다음 날 아침, 그를 찾으러 왔던 이웃은 근사한, 그렇다고 예술적이라고는 할 수 없는 난장판 한가운데서, 파이프 오르간처럼 코를 골고 있는 영감을 발견했다.

얼마 뒤, 마을에는 베두엥 영감이 전날 저녁 '너무너무나' 술에 취해서 프리코네 주막을 나와서 여덟 번이나 넘어졌고, 집에 들어가서는 다 둘러엎었고, 램프를 깼고, 침대에 오줌을 쌌고 냄비에 똥…… 했다는 소문이 들려와서, 르브라크와 아이들은 몰래 웃었다.

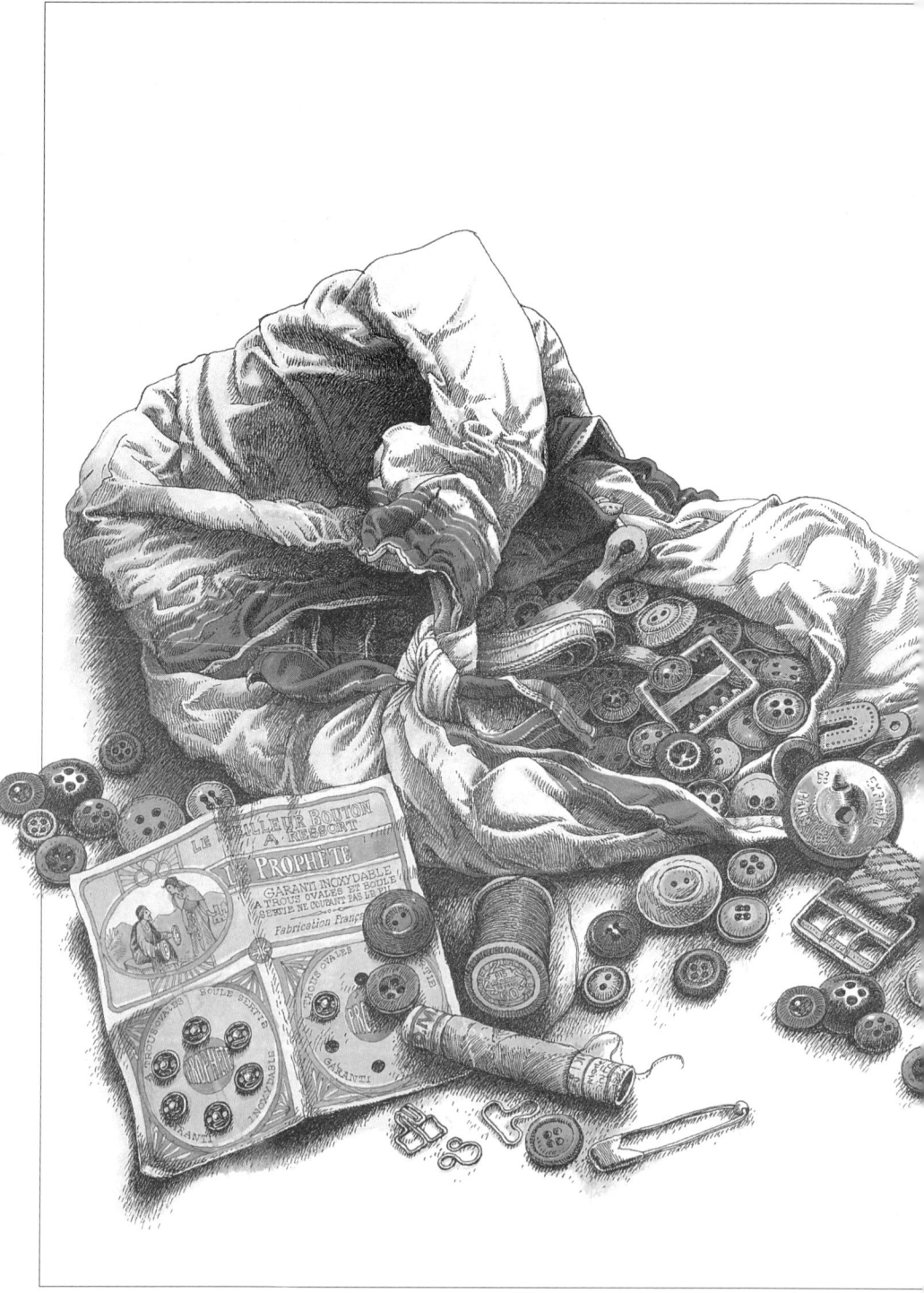

2부 ─ 돈! 돈!

군자금

> 돈은 전쟁의 원동력이다.
> —비스마르크

다음 날 등굣길에, 아이들은 베두엥 영감에 관한 이야기를 토막토막 주워 들었다. 소문이 꼬리에 꼬리를 물고 이어지면서, 마을 전체가 술의 신인 바커스가 다양하게 보여준 무모한 행동들을 놓고 즐겁게 이야기를 나누었다. 여전히 주인공만 술에 취해 코를 골아대면서, 살림살이에 어떤 손해가 생겼는지, 어제의 행동으로 인해 자신의 평판에 얼마나 금이 갔는지 모르고 있었다.

학교 마당에서는 르브라크를 중심으로 모여 있던 큰 아이들이 선생님 들으라고, 제각각 목청을 돋우어, 마을에 떠돌아다니는 점잖지 못한 이야기들 중에 자기들이 알고 있는 것을 모두 다 이야기했고, 특히 지저분하고 노골적인 얘기들, 그러니까 침대와 냄비에 관한 이야기를 힘주어 강조했다. 말 없이 듣기만 하던 아이들은 씩 웃었는데, 우쭐한 눈들에는 승리의 불길이 번뜩였다. 아이들은 모두 이 공정하고도 당당한 보복에, 많든 적든 간에 힘을 보태었다고 생각하고 있었다.

아! 베두엥 영감, 이제 욕을 하려면 해보시구려! 너무나 술에 취한 나머지 마을 거름 웅덩이에 빠진 것을 암소 건지듯 수도 없이 건져내야 했으며, 침대를 변소로 알고 냄비를 요강으로 알 정도로 형편없는 인간을 어떻게 존경

하겠는가.

가장 큰 아이들, 그러니까 롱쥬베른느 부대의 주요 전사들은 슬그머니 설명을 청했고 세세한 것까지 알고 싶어 했다. 모든 아이들이 이 멋진 복수극에서, 여덟 명의 아이들이 각각 무슨 일을 담당했는지 알게 되었다.

물뿌리개와 성냥으로 골탕을 먹인 것은 카뮈였고, 땡땡은 망을 보았고, 강베트는 신호를 보냈으며, 대담한 작전은 르브라크의 머리에서 나온 것이다.

노인네는 나중에서야 병에 남아 있는 술에서 석유 맛이 난다는 것을 알게 될 거다. 또 어떤 고약한 고양이 새끼가 자신의 치즈 그릇에 주둥이를 갖다 대었으며, 왜 남아 있는 양파 요리가 이렇게 짠지 궁금해할 것이다…….

그래, 하지만 그게 전부가 아니었다. 르브라크와 그 부대를 다시 한번 엿…… 아니, 귀찮게만 했단 봐라! 아이들은 노인네에게 그보다 더 근사하고 더 정교한 뭔가를 선사할 것이다. 대장은 실제로, 괴수원에 가서 과일 서리를 하고 채마밭을 싹쓸이하는 것은 말할 것도 없고, 진흙을 섞은 석회 반죽으로 굴뚝을 막고, 수레는 분해해서 바퀴들을 빼돌리고, 일주일 동안 집 벽에다 기왓장을 문질러대서 노인네의 혼을 빼놓을까 하는 궁리를 했다.

대장이 결론을 내렸다.

"오늘 저녁, 아무도 우리를 귀찮게 하지 않을 거야. 영감은 문밖으로 나올 생각도 못할걸. 우선, 여러 번 도랑으로 곤두박질을 쳤으니 멍이 잔뜩 들었겠다, 집안일은 잔뜩 쌓였겠다, 자기 집에 할 일이 있을 때는, 남의 일에 코빼기를 내밀지 않는 법이지!"

"오늘도 발가벗고 싸울 거니?"

불로가 물었다.

"암, 그래야 귀찮은 일들이 없지. 그럼!"

"그런데 말이야."

몇몇이 용기를 내어 말을 꺼냈다.

"어제 저녁에는 너무 춥더라. 그래서 돌격하기 전에 모두들 움츠리고 덜덜 떨었잖아."

"나는 꼭 털 뽑힌 닭 같았다구……."

땡땡이 말했다.

"게다가 고추는 하도 졸아들어서 아예 없어진 것 같았다니까."

"그리고 오늘 벨랑 녀석들은 아마 오고 싶지 않을 거야. 어제 굉장히 혼이 났잖아. 도대체 자기네들한테 무슨 일이 닥친 건지도 몰랐으니까. 자식들, 우리가 달나라에서 내려왔다고 생각했을걸."

"어제, 달덩어리 같은 엉덩짝들이 넘쳐흐르긴 했었지."

라 크리크가 한마디 했다.

"오늘 저녁 놈들은 딴 짓 하느라고 빈둥거리고 있을걸. 가봤자 죽치고 있다 그냥 오게 될 거야."

"오늘 베두엥 영감은 오지 않는다고 하더라도, 다른 누군가가 올 수도 있는 일이고, 영감이 프리코네 주막에서 떠벌였을 게 틀림없다구. 그렇게 되면 붙잡힐 위험이 더 많지. 모두가 다 산림지기처럼 늙다리는 아니잖아!"

"그리고, 제기랄! 싫어! 난 다시는 발가벗고 싸우지 않을 테야."

게뢰이아가 딱 잘라 말하면서 반기를, 아니 적어도 무시 못할 항의의 깃발을 단호하게 쳐들었다.

사태가 심각했다! 늘 르브라크의 결정을 고분고분 따르던 친구들이었지

만 이번에는 너무나 많은 수가 게뢰이아와 뜻을 같이 했다. 아이들이 반대하는 이유는 전날 돌격하는 중에, 추위는 말할 것도 없고, 발에 가시가 박혔고, 엉겅퀴에 발가락이 까졌고, 자갈 때문에 발뒤꿈치에 상처가 났기 때문이었다.

'곧 전 부대가 들고일어나겠군! 말도 안 돼! 정말이지 대장 노릇도 해먹을 게 아니로군!'

발가벗고 싸우자는 사람은 거의 자기뿐이었기 때문에, 르브라크는 자신이 제안했던 방식에 심각한 불편이 따르며 다른 방식을 찾아보는 것이 낫겠다는 것을 인정해야만 했다.

"하지만 무슨 다른 방법이 있는데? 너희가 그렇게 영리하다면 어디 찾아보란 말이야."

자신이 제안한 방법이 잠시밖에 성공을 거두지 못한 것에 내심 화가 난 르브라크가 대꾸했다.

아이들은 열심히 궁리했다.

"덧옷을 벗고 싸우면 어떨까?"

라 크리크가 제안했다.

"적어도 덧옷이 찢어지는 일은 없을 거고, 구두는 노끈으로 묶고 바지는 핀으로 손보면 집에는 돌아갈 수 있을 거야."

"다음 날 아침에 시몽 선생님이 옷차림이 단정하지 못하다고 혼을 내고 부모님께 알리겠다고 할걸! 응! 그리고 네 셔츠와 스웨터의 단추는 누가 달아준대? 그리고 멜빵은?"

"아니야, 그건 방법이 될 수 없어! 전부 아니면 아무것도 아닌 거야!"

르브라크가 잘라 말했다.

"너희들이 아무것도 원하지 않는 건 아니잖아. 그렇다면 전부를 택해야지!"

"아!"

라 크리크가 말했다.

"누군가 단추를 달아주고 단춧구멍을 다시 만들어주기만 한다면!"

"왜, 아예 허리끈, 양말대님, 멜빵도 다시 사달라고 하지 그래, 응! 오줌도 누여달라고 하고, 기름진 창자를 쏙 다 비우고 나면 밑도 닦아달라고는 왜 안 하는데, 응!"

"필요한 것, 그건 내가 말하겠어, 내가 말야! 왜냐면 너희는 아무 생각도 못해 내니까."

르브라크가 말을 이었다.

"우리에게 필요한 것, 그건 돈이야."

"돈?"

"그래, 그렇다고! 정말! 바로 돈이라고! 돈만 있으면 온갖 종류의 단추와 실, 바늘, 훅단추, 멜빵, 구두끈, 고무줄, 전부, 내가 말하는데, 전부 다 살 수 있다구!"

"그래, 어쨌든 그건 사실이야. 하지만 네가 늘어놓은 온갖 것들을 다 사려면 누군가가 우리에게 많은 돈을 주어야 할 텐데. 아마 100수는 있어야 할걸!"

"제기랄! 수레바퀴만 한 왕동전이라도 하나 만들어야겠네! 그런 돈을 만질 일은 절대로 없을 거야."

"누군가 우리에게 한 번에 그 돈을 주기를 바란다면 안 되겠지. 그런 방법에 기댈 수는 없다구. 하지만, 내 말 잘 들어봐."

르브라크가 계속 주장했다.

"우리에게 필요한 것들을 마련할 방법이 어쨌든 있을 거란 말이야."

"네가 말하는 방법이란 게……."

"들어봐! 매일 우리 중에 포로가 생기는 건 아니란 말이지. 그리고 우리도 미그 라 륀느 같은 녀석들을 포로로 잡을 수 있으니까……."

"그래서?"

"그 한심한 벨랑 놈들에게서 단추, 혹단추, 멜빵 등을 떼어내서 갖고 있는 거야. 구두끈을 잘라버리는 대신 한 옆에 모아두자고."

"곰은 잡지도 않고 가죽 먼저 팔 수는 없지."

아직 어리지만 제법 문자를 쓰는 라 크리크가 말을 끊었다.

"우리가 확실하게 단추를 가지려면, 그리고 언제고 단추가 필요할 건 분명하니까, 가장 좋은 건 단추를 사는 거야."

"그래서, 너 돈 있냐?"

불로가 빈정거렸다.

"'개구락지' 저금통에 7수가 들어 있기는 한데, 믿을 건 못 돼. 그놈의 개구락지가 금방 그걸 토해 낼 것 같지 않거든. '그 안에 얼마가 들어 있는지' 어머니도 아시고, 거기다가 그놈을 찬장에다 모셔두었단 말이야. 부활절…… 아니면 삼위일체 대축일 때 모자를 사주겠다고 하시니까, 내가 만약 하나라도 슬쩍하면 늘씬하게 두들겨 맞을걸."

"늘 그렇다니까, 빌어먹을!"

땡땡이 분개했다.

"사람들이 우리에게 준 몇 푼 안 되는 돈도 절대로 우리 마음대로 못 쓴단 말이야! 어머니 아버지가 꽉 움켜쥐고 놓아줘야 말이지. 우리를 키우기 위해 엄청난 희생을 하고, 셔츠와 옷, 나막신 등등을 사주기 위해서 그게 필요하다고 말들을 하지. 하지만 난 그따위 것들 필요 없다구. 그 돈, 내 돈을 내게 달란 말이야. 나한테 쓸모 있는 것들, 내가 원하는 것들을 살 수 있게! 초콜릿, 구슬, 새총에 쓸 고무줄, 응, 이런 것들 말이야! 정말이지 우리 돈이 분명한데도 다른 사람들이 여기저기서 들러붙어 뜯어가려고만 한다구. 그러니 호주머니에 돈이 오랫동안 굴러다니게 해서는 안 돼!"

호각소리에 토론이 중단되었고, 아이들은 교실로 들어가기 위해서 줄을 섰다.

"있잖아."

큰 지뷔스가 르브라크에게 털어놓았다.

"나한테 2수가 있는데, 아무도 몰라. 방앗간에 왔던 테오될이 자기 말을 잡고 있었다고 내게 준 거야. 테오될이란 사람, 아주 근사한 사람야. 늘 뭔가 주거든……. 너도 잘 알지, 그 공화파 테오될 말이야. 술에 취하면 우는 사람!"

"입 다물어라, 아도니스(큰 지뷔스의 이름은 아도니스였다)!"

시몽 선생님이 말했다.

"그렇지 않으면 벌을 주겠다!"

"제기랄!"

큰 지뷔스가 웅얼거렸다.

"뭐라고 중얼거리는 건가?"

입술이 살짝 움직이는 것을 알아본 선생님이 말했다.

"조금 있다가 국가에 관한 숙제에 대해서 물어볼 때도 그렇게 말을 잘하나 어디 보겠다!"

"조용히 해."

르브라크가 슬쩍 말했다.

"내게 생각이 있어."

아이들은 교실로 들어갔다.

르브라크는 자리에 앉자마자, 책과 공책은 앞에 펴놓고, 연습용 공책 한 가운데를 펼쳐서 종이를 깨끗하게 찢어냈다. 그 다음에는 종이를 계속 접어서 똑같은 크기의 종이 조각을 서른두 개 만든 다음, 종이마다 간결하게 아래와 같은 중대한 질문을 적어 넣었다.

너 도닌니(너 돈 있니)?

그리고 나더니 반듯하게 접은 종이 조각들 위에 친구들 서른두 명의 이름을 적어 넣고, 팔꿈치로 땡땡을 쿡쿡 찌른 뒤, 서른두 개의 쪽지를 은밀하게 하나씩 건네주면서, "옆 사람에게 전달!" 하고 엄숙하게 덧붙이기를 잊지 않았다.

그 다음, 커다란 종이 위에 다시 한번 서른두 명의 이름을 쭉 적고, 선생님이 질문하고 있는 동안에, 자신도 차례차례 모든 아이들에게 자신의 질문에 대한 답을 눈으로 요구했고, 있다고 대답하는 아이들 이름에는 덧셈 표시를, 없다고 대답하는 아이들 이름에는 뺄셈 표시를 해나갔다. 그리고 나서 십자가를 세어보았다. 스물일곱이었다.

"일이 잘되어 가는군!"

르브라크는 생각했다. 그런 다음, 몇 시간 전부터 머리를 써서 대강 밑그림을 그려놓은 계획을 완성하느라 깊은 생각과 긴 계산에 빠져 들었다.

쉬는 시간, 전사들을 소집할 필요도 없었다. 모두들 알아서 화장실 뒤, 늘 모이는 자리로 와서 즉시 르브라크를 둘러쌌다. 그러자 아직 의결권은 없지만 이미 한편인 어린 아이들이, 큰 아이들 앞으로 몰려가 놀면서 보호벽을 만들어주었다.

"자."

대장이 계획을 설명하기 시작했다.

"벌써 스물일곱이나 돈을 낼 수 있다구. 그런데 내가 모두에게 편지를 보냈던 건 아니란 말이야. 우리는 마흔다섯 명이잖아. 내 편지를 받지 못했지만 돈이 있는 아이들이 누구지? 손을 들어봐!"

열세 명 중 여덟 명이 손을 들었다.

"스물일곱에다가 여덟 명이라. 보자, 스물일곱에 여덟이라……, 스물여덟, 스물아홉, 서른…….''

르브라크는 손가락을 꼽아나가기 시작했다.

"서른다섯이다, 됐냐!"

라 크리크가 말을 잘랐다.

"서른다섯이라고! 확실하냐? 그러니까 35수로군. 35수라. 그래, 100수는 아니야. 하지만 이만하면 형편없진 않다구. 좋아! 자, 내 생각은 이런 거야.

우리는 공화국에 살고 있고, 우리 모두는 평등하고, 모두 친구고 형제라구. 자유, 평등, 박애! 우리 모두는 그렇게 되도록 서로 돕고 행동해야 해. 그러니 뭐랄까, 마치 세금인 것처럼 투표에 붙이자구. 그래 우리의 군자금을 마련하기 위한 의연금, 기금, 뭐 공동 적립금이라고 해도 좋고, 그런 걸 만들기 위한 세금이라고 할 수 있지. 우리 모두 평등하니 똑같은 회비를 내고, 불행한 일이 닥칠 경우에는 집에 돌아가서 호되게 얻어맞는 일이 없도록, 옷을 깁고 수선을 요구할 권리를 갖게 되는 거야.

땡땡의 누이 마리가 누군가 포로로 잡히면 옷을 기워주러 오겠다고 했거든. 그러니, 일은 기가 막히게 잘될 거야. 만약 누군가 포로가 되면, 할 수 없지. 묵묵히 놈들이 하는 대로 당하고 나서, 삼십 분쯤 뒤에 단추를 다시 달고, 옷을 툭툭 털고, 매무새를 다듬고, 말짱하게 집으로 돌아가는 거라구. 그렇게 되면 천하의 병신은 누구냐? 바로 벨랑 놈들이지!"

"야, 그거 근사하구나! 하지만 돈, 우린 돈이 거의 없잖아. 르브라크, 너도 알잖아?"

"아! 이런, 제기랄! 조국을 위하여 그 정도 작은 희생도 할 수 없단 말이냐? 너희들은 배신자가 되고 싶은 거야? 우선, 조금이나마 돈을 모으기 위해서, 내일부터 다달이 1수씩 걷을 것을 제안한다. 나중에 돈이 많이 모이고 포로들을 잡게 되면, 두 달에 한 번씩 1수를 걷자고."

"오, 저런, 이봐 친구, 그러니까 너, 넌 '벵만장자(백만장자)'라도 된단 말이니? 한 달에 1수! 그건 엄청난 돈이라고! 내게 다달이 1수가 생기는 일은 절대로 없을걸."

"만약 모두가 조금씩 헌신하지 않는다면, 전쟁을 할 필요도 없지. 우리 핏

줄에는 붉은 피가, 프랑스의 정기가 흐르는 게 아니고 멀건 감자죽이 흘러다닌다고 인정하는 게 더 낫겠다, 제기랄! 너네는 비겁한 독일놈들이냐? 빌어먹을, 그래, 안 그래? 승리를 위해서라는데도, 너희들이 주저하는 걸 난 이해 못하겠다. 나 같으면 2수라도 낼 텐데……. 만약 2수가 생기기만 한다면 말야."

"……"

"자, 알겠어. 투표하자."

삼십오 대 십으로 르브라크의 제안은 받아들여졌다. 반대표를 던진 아이들 열 명은, 말할 것도 없이, 돈이 없는 아이들이었다.

"너희들을 위해서도 내가 생각을 해봤어."

르브라크가 단호하게 말했다.

"오늘 네 시 반에 페피오네 채석장에서, 아니 어제 옷을 벗었던 곳으로 가서 그 문제를 해결하자구. 그래, 거기가 더 조용하겠다. 어쨌든, 벨랑 놈들이 올지도 모르니까, 기습을 당하지 않도록 보초를 세우자. 내 생각에 올 것 같지는 않지만. 자, 됐다! 오늘 저녁이면 다 해결될 거야!"

돈 없는 고통만 한 게 없다네

> 어쨌든, 그에게는 자신의 필요를 충당하는 예순세 가지 방법이 있었고,
> 그중 가장 점잖고 가장 일반적인 수법은 눈 깜짝할 새 하는 좀도둑질이었다.
> —라블레 (『팡타그뤼엘』 16장)

그날 저녁에는 날씨가 아주 쌀쌀했다. 초승달이 떠 있는 맑은 날이었다. 아직 남아 있는 마지막 햇살 때문에 반투명으로 보이는, 창백하고 가느다란 은빛 초승달은 오늘 밤은 혹독하게 추운 밤이 될 거라고 알려주고 있었다. 그런 밤에는 바람이 몰려다니며, 헐벗은 나뭇가지 위에 금간 종처럼 펄럭거리고 있는 나뭇잎들을, 마지막 한 잎까지 모조리 떨어뜨려 버렸다.

추위를 타는 불로는 파란색 베레모를 귀까지 푹 눌러썼다. 땡땡은 모자에 붙어 있는 귀 가리개를 내렸다. 다른 아이들 역시 북풍의 쌀쌀함에 재주껏 맞섰다. 여름 햇볕에 탄 흔적이 아직도 뚜렷한 르브라크만이 모자도 쓰지 않고, 덧옷은 열어젖히고, 자기 말마따나 아무것도 아닌 이깟 추위에 아랑곳하지 않았다.

채석장에 먼저 도착한 아이들은 뒤에 올 아이들을 기다렸고, 대장은 테타, 작은 지뷔스, 그리고 기냐르에게 가서 적의 숲 어름을 살펴보라고 명령했다.

르브라크는 테타에게 대장의 권한을 부여하며, 다음과 같이 일렀다.

"십오 분쯤 지나서 휘파람을 불 테니, 그때까지 적이 아무런 움직임을 보

이지 않으면, 카뮈의 떡갈나무 위로 올라가. 그래도 계속 아무것도 보이지 않으면 벨랑 놈들이 확실히 안 오는 거니까, 그때 진지로 돌아와서 우리에게 합류해라."

아이들은 고분고분 그러마고 했고, 보초를 서러 간 동안에 나머지 아이들은 전날 옷을 벗어두었던 카뮈의 은신처로 올라갔다.

"거봐, 친구."

불로가 확인시켰다.

"오늘은 옷을 벗지 못했을 거라구!"

"됐어!"

르브라크가 말했다.

"다른 일을 하려고 결정을 내린 이상, 이미 지나간 일은 입에 올릴 필요 없다구."

카뮈의 은신처에 있으면 정말이지 아늑했다. 벨랑 쪽과, 서쪽, 남쪽, 그리고 아래쪽까지, 노천 채석장이 천연 방어벽을 이루고 있어서 비바람과 눈을 피할 수 있었다. 다른 쪽으로는, 키 큰 나무들과 관목 숲 사이에 좁다란 길들이 몇 개 나 있었고, 이 키 큰 나무들이 따뜻한 기운이라고는 전혀 없는 그날 저녁의 북동풍을 막아주고 있었다.

"어서들 앉자구."

르브라크가 제안했다.

각자 자리를 골랐다. 납작하고 커다란 돌들이 적당히 놓여 있어서 골라잡기만 하면 되었다. 모두들 자리를 잡고 앉아서 대장을 바라보았다.

"그러니까 결정 난 거지, 군자금을 마련하기 위해서 돈을 걷기로."

대장은 아침에 있었던 투표에 대해 짤막하게 언급하면서 말을 시작했다.

땡전 한 푼 없는 열 명의 아이들이 이구동성으로 항의했다.

커다란 두 눈이 무시무시할 정도로 툭 튀어나와서, 단춧구멍이라는 별명을 얻은 게뢰이아가 무일푼들을 대표해서 발언을 시작했는데, 게뢰이아 옆에 있으면 사팔뜨기 기냐르의 눈마저도 아름다운 아폴론신의 눈처럼 여겨질 정도였다.

게뢰이아는 정월 초하루부터 성 실베스트르 축일(12월 31일-옮긴이)까지 무진 애를 써서 근근이 가계를 꾸려가는 가난한 농군의 아들이었고, 당연히 부모가 용돈을 주는 일은 거의 없었다.

"르브라크!"

게뢰이아가 말했다.

"그건 잘하는 일이 아니야! 넌 가난한 아이들에게 창피를 주고 있어! 네 입으로 우리는 모두 평등하다고 말했지만 사실은 그렇지 않다는 걸 너도 알잖니. 나, 조조, 그리고 바티, 또 다른 아이들, 우리들은 모두 결코 단돈 한 푼 가질 일이 없을 거라구. 네가 우리에게 친절하다는 것 알아. 네가 사탕을 사면 때때로 우리에게 나눠주고, 가끔씩 초콜릿이나 감초도 핥아먹게 해준다는 것도 인정해. 하지만 너도 잘 알잖아. 불행하게도, 누군가 우리에게 돈을 주면 곧장 어머니나 아버지가 압수해서 자잘한 것들을 사버리고, 그 돈은 절대로 우리에게 다시 돌아오지 않는다구. 오늘 아침에 벌써 다 이야기했잖아. 우리는 돈을 낼 방도가 없어. 그럼, 우린 따돌림을 당하게 되고! 그건 공화국이 아니야, 암! 난 결정에 따를 수가 없어."

"우리도."

나머지 아홉 명의 아이들이 말했다.

"해결 방도가 있다고 내가 말했지."

대장의 음성이 울려 퍼졌다.

"해결하겠다니까, 응! 그렇지 않으면 내 더 이상 르브라크도, 대장도, 아무것도 아니지, 제기랄!

내 말 잘 들어봐, 이 얼간이들아. 너희들은 혼자서는 어쩔 줄을 모르니까. 너희들 생각에, 가령 대부님이나 대모님, 아니면 다른 누군가가 우리 집에 한잔하시러 왔다가 내게 1수나 2수를 주면, 그 돈은 내 것이 되고 우리 아버지가 압수하지 않을 것 같니? 천만에! 내가 일찌감치 빠져나가서 그 돈으로 구슬이나 초콜릿을 사지 않는다면, 곧 빼앗기고 말지. 내가 구슬을 사버렸다고 말하면, 그걸 보여달라고 하지. 만약, 그 말이 거짓이면 돈을 '다시 토해 내게' 하고, 정말로 구슬을 보여주면 짝! 하고 따귀를 올려붙이지. 그렇게 벌기 힘든 돈을 함부로 쓰면 어떻게 되는지 보여준다면서 말야. 하지만 말이지, 만약 사탕을 샀다고 말하면, 사탕은 보여달라고 하지 않고, 그저, 내가 돈을 흥청망청 쓰고, 식충이에 먹보, 아귀, 또 뭐라더라, 하여간에 그렇게 말하면서 다짜고짜 뺨부터 친다구.

자! 이 모양이니, 세상을 살아가자면 어떻게 처신해야 하는지를 잘 알아야 해. 어떻게 해야 하는지 너희에게 말해 줄게.

사제관 가정부나 시몽 선생님 부인이 시키는 심부름은 누구나 할 수 있지만, 그걸 말하는 게 아니야. 왜냐하면 둘 다 하도 구두쇠여서 선심을 쓰는 법이 별로 없거든. 그렇다고 영세식 혹은 결혼식이 있을 때 얻어갖는 돈을 말하는 것도 아니고. 그런 일은 아주 드무니까 그걸 바라서는 안 돼. 하지만 누구라도 할 수 있는 게 있지.

 매달 넝마장수가 프리코네 곡식 창고에 한 번씩 오면, 여자들이 낡은 천이나 토끼 가죽을 들고 온다구. 난 뼈다귀와 고철을 가져다주고. 큰 지뷔스도 그렇고, 안 그래, 큰 지뷔스?"

 "그럼, 그럼."

 "그걸 갖다 주면 우리에게 채색화나 작은 원통에 담긴 새털, 데칼코마니, 혹은 1수나 2수를 주는데, 그건 뭘 갖고 오느냐에 따라 달라져. 하지만 돈은 좀처럼 주려고 하지 않지. 두툼한 돼지 허벅다리뼈나 근사한 고철을 받고서도, 잘 붙지도 않는 너저분한 데칼코마니나 주려고 하는 더러운 수전노라구. 게다가 넝마장수가 주는 데칼코마니는 아무짝에도 쓸데가 없지. 자기가 들고 간 것에 따라서 넝마장수에게 분명하게 말하는 수밖에 없어. 1수 아니면 2수, 혹은 이것저것 많이 들고 갔을 경우에는 3수까지도 달라고 하는 거야. 만약 넝마장수가 싫다고 하면, 이렇게 대답하는 거야. 아저씨, 그렇다면 나도 한 개도 줄 수 없네요. 그리고는 가져갔던 걸 도로 갖고 오면, 그 악랄한 유태인 놈이 너희들을 다시 불러 세울 거라고. 자!

 뼈다귀나 고철이 흔하지 않다는 건 나도 잘 알아. 가장 좋은 건 흰 천 조각들을 훔쳐내는 거야. 다른 것보다 더 값을 쳐주거든. 그래서 무게로 달아 파는 거라구."

 "우리 집에서는 그러기가 쉽지 않아."

 게뢰이아가 이의를 제기했다. 게뢰이아의 어머니는 찬장에 커다란 주머니를 갖다 놓고 그 안에 온갖 걸 다 쑤셔 넣곤 했다.

 "가방을 뒤져서 조금 훔쳐내기만 하면 된다구. 그것뿐이 아니야. 너희들 집에 암탉 있지. 누구네 집에나 다 있잖아. 그러니까 어느 하루, 닭장을 뒤져서 달걀 한 개를 훔쳐내고, 그 다음 날 또 한 개, 또 그 다음 날 한 개를 훔쳐내라고. 닭이 알을 다 낳기 전 아침에 가야 해. 헛간 한구석에 훔쳐낸 달걀들을 잘 보관해 두었다가 한 다스나 반 다스가 차면, 얌전히 바구니를 들고 마치 심부름 가는 것처럼 마이요 할멈에게 갖다 주는 거야. 할멈은 겨울에는, 한 다스를 가져가면 때로 24수까지도 쳐준다고. 그러니 반 다스만 있어도 일 년치 회비를 해결하는 셈이지."

"우리 집에서는 불가능해."

조조가 단정적으로 말했다.

"우리 어머니는 암탉 관리에 하도 철저해서, 곧 알을 낳을지 알아보려고 아침저녁으로 암탉 꽁무니를 만져보신다고. 그러니 저녁때 알이 몇 개나 있을지 가장 먼저 아시지. 만약 하나라도 모자라면, 그때는 집구석에 닌리가 난다니까!"

"더 좋은 방법이 있기는 해. 너희들 모두에게 그 방법을 권하고 싶군. 자, 그건 아버지가 얼큰하게 취하셨을 때 하는 거야. 아버지가 베르셀이나 혹은 봄므 장터에 가시려고 반장화에 기름칠을 하시는 걸 보면, 난 대만족이야.

아버지는 그곳에서 '윗마을 사람들'이나 '아랫마을 사람들'과 저녁을 드시면서, 깡술을 마신다구. 식전 반주에, 잔술, 그 다음에는 병술. 돌아오시다가는 다른 분들과 함께 술집마다 들르고, 마지막으로 프리코네 주막에서 압생트 술로 한잔하신단 말이야. 어머니가 아버지를 찾으러 가시며 불평이 가득해서 툴툴거리시지. 그러다가는 매번 두 분이 다툰다고. 집에 돌아오면 엄마가 돈을 얼마나 썼냐고 묻지. 그러면 아버지는 내가 집안의 주인이고 당신이 상관할 바 아니라면서 엄마를 쫓아버리고, 방으로 주무시러 가셔서는 옷을 의자 위에 팽개쳐두지. 그러면 나는, 어머니가 문단속을 하고, 가축들을 들여다보러 가신 동안에, 아버지의 호주머니와 돈주머니를 뒤진다구. 아버지는 돈이 정확히 얼마나 있는지 알고 있는 법이 없거든. 그러니 때에 따라서 2수, 3수, 4수를 챙긴다구. 한번은 10수까지 훔쳐봤는데, 그건 좀 많아. 아버지가 돈이 없어진 걸 알았거든. 그래서 다시는 그렇게 많이 훔치지는 않는다구."

"그래서, 아버지한테 두들겨 맞았니?"

땡땡이 물었다.

"천만에, 엄마가 혼났지. 아버지는 엄마가 돈을 훔쳐냈다고 생각하고 엄마에게 마구 욕설을 퍼부으셨어."

"야, 그거 정말 좋은 방법이군."

불로가 끄덕거렸다.

"어떻게 생각해, 바티?"

"그 방법은 나한텐 아무 소용 없어. 우리 아버지는 취하는 법이 없다고."

"절대로?"

아이들이 놀라서 다같이 소리를 질렀다.

"절대로!"

속상해하는 표정으로, 바티가 되풀이해서 말했다.

"저런. 이봐, 그거 정말 불행한 일이로군! 암, 엄청난 불행이지! 정말로 불행한 일이라구! 그러면 어쩔 수 없지."

르브라크가 말했다.

"어쩔 수 없다니?"

"그러니까, 너는 심부름을 갈 때 돈을 빼돌리는 수밖에 없어. 내 설명할게. 1피에스를 잔돈으로 바꿀 때 1수를 훔치고는 잃어버렸다고 하는 거야. 따귀를 한두 대 맞겠지. 하지만 세상살이에서는 공짜로 얻는 게 하나도 없다구. 그리고 어머니 아버지가 두들겨 패기 전에 소리부터 지르라구. 있는 대로 소리를 지르면 그렇게 심하게 패지는 않을 거야. 1피에스를 바꾸는 게 아닐 경우, 가령 시금치를 사와야 할 경우, 4수짜리와 5수짜리 묶음이 있단 말이야. 그러니 5수를 받아왔을 경우에는, 4수짜리 한 단을 사고는 값이 올랐다고 말하는 거야. 그리고 2수어치 겨자를 사오라고 시키면 1수어치만 사고, 이것밖에 안 주던데요 하고 말하는 거야. 이봐, 이건 별 위험이 없다구. 그러면 어머니는 식료품 장수가 사기꾼에 악당이라고 말할 테고, 그러고는 넘어가는 거지 뭐.

그리고, 결국, 불가능한 일을 할 의무는 아무에게도 없는 거라구. 돈이 생길 때, 돈을 내. 정 안 되면, 할 수 없지 뭐, 돈이 생기길 기다리는 동안 어떻게든 해보자구. 이것저것 사자면 돈이 필요해. 그리고! 단추, 혹단추, 구두끈, 고무줄, 노끈을 되는대로 훔쳐내서, 주머니에 넣어두었다가 여기로 가져와. 그렇게 군자금을 불리자구.

갖고 온 물건이 새 건가 낡은 건가 봐가면서 얼마짜리에 해당하는지 값을 매기는 거야. 군자금을 관리할 사람은 수첩에다가 수입과 지출을 계속 표시해야 돼. 하지만 각자 돈을 낼 수 있다면 그게 더 좋을 거야. 어쩌면, 나중에는, 작은 적립금이라고나 할까, 돈을 모을 수 있을 거고, 그러면 전투에서 승리를 거두었을 때 조촐한 잔치라도 벌일 수 있겠지."

"야, 그거 근사하겠다."

땡땡이 인정했다.

"계피빵에, 초콜릿……."

"정어리도!"

"우선 돈을 찾아내라고, 응!"

다시 대장이 말했다.

"내가 이렇게까지 일러줬는데도 다달이 1수씩 만들어내지 못한다면 멍청이가 틀림없지."

"그 말이 맞아."

부유한 아이들이 입을 모아 동의했다.

르브라크가 보여준 여러 가지 방법에 용기를 얻은 가난뱅이들도 이번에는 세금을 걷자는 제안에 찬성했고, 다음 달에는 하늘과 땅을 뒤흔들어서라도 분담금을 내겠노라고 맹세했다. 이번 달에는 현물로 내기로, 손에 걸리는 대로 회계에게 갖다 주기로 했다.

그런데 누가 회계를 맡지?

대장과 부대장의 임무를 맡고 있는 르브라크와 카뮈는 안 될 테고, 종종 학교를 결석하는 강베트도 그 일을 맡을 수 없었다. 더구나 재빠른 산토끼 같은 강베트는 불행한 사태가 닥쳤을 경우 전령 노릇을 하기 때문에 전투에 꼭 필요했다. 르브라크는 라 크리크에게 그 임무를 맡아달라고 제안했다. 라 크리크는 계산이 빨랐고 글씨도 빠르고 예쁘게 썼으니, 그 어려운 임무를 믿고 맡기기에는 여러모로 적합했다.

"안 되겠어."

라 크리크가 사양했다.

"이거 봐, 너희도 내 입장이 되어보라구. 난 교실에서 선생님 책상 가장 가까운 자리에 앉아 있잖니. 내가 무슨 짓을 하는지 선생님이 언제라도 볼 수 있단 말이지. 그러니 언제 장부 관리를 할 수 있겠니? 불가능하다고! 회계는 맨 뒷줄에 앉아 있는 애여야 해. 땡땡이 맡아야 할걸."

"땡땡."

르브라크가 말했다.

"그래, 이봐, 결국, 네가 그 일을 맡아야만 하겠다. 어차피 포로가 생겼을 때 단추를 다시 달아주러 올 사람은 네 누이 마리잖니. 그래, 너밖에 없다."

"그렇다고 치자. 하지만 그러다가 내가, 내가 벨랑 놈들에게 잡히면 전쟁 물자고 나발이고 다 없는 거라고."

"그렇다면, 넌 전투에 참가하지 마. 후방에 남아서 지켜보라구. 이봐 친구, 때로는 희생을 해야만 하는 거야."

"맞아, 맞아. 땡땡이 회계를 맡아야 돼!"

아이들은 박수를 치며 땡땡을 회계로 뽑았고, 모든 일이, 거의 모든 일이 해결되었기 때문에, 아이들은 토론에 열중한 탓에 잊고 있었던 세 명의 보초병들이 어떻게 되었는지를 보려고 그로 뷔송으로 향했다.

적은 아무런 움직임도 보이지 않았기에, 세 명의 아이들은 참으아리 줄기를 피워대면서 웃고 떠들고 있었다. 회의에서 어떻게 결정이 났는지 알려주자, 세 명의 보초들도 찬성했다. 다음 날부터 돈을 가지고 올 수 있는 아이들은 돈으로, 나머지 아이들은 현물로, 모두 땡땡에게 회비를 갖다 주기로 합의가 되었다.

땡땡과 회계 장부

> 이곳에 도착한 뒤로, 내가 상당한 금액을 주었다는 것은 사실이다. 어느 날 아침에는 팔백 프랑을, 또 다른 날에는 천 프랑을, 또 어떤 날에는 삼백 에퀴를.
> —세비녜 부인이 딸인 그리냥 부인에게 보낸 편지 (1680년 6월 15일)

땡땡은 학교에 도착하자마자, 마당에 있는 아이들 중 연습장을 갖고 있던 아이들로부터 종이를 한 장씩 거두어, 즉시 롱쥬베른느 부대의 수입과 지출을 기입할 커다란 장부를 만들었다.

그러고 나서, 계원들로부터 예상했던 액수인 35수를 받았고, 현물로 내는 계원들로부터는 크기도 형태도 제각각인 단추 일곱 개와 노끈 세 개를 받아서 호주머니에 넣고, 깊은 생각에 잠기기 시작했다.

아침 내내, 손에 연필을 들고, 여기서 잘라내어 저기에 붙이고 하면서 견적을 뽑아대었다. 쉬는 시간에는 르브라크, 카뮈, 그리고 라 크리크 등등, 한마디로 주요 인사들의 의견을 참고했고, 단추 시세, 안전핀의 가격, 고무줄 가격, 구두끈의 강도 등을 서로 비교하더니, 마침내는, 이런 종류의 일이나 가격 협상에 훨씬 경험이 많은 누이 마리의 의견을 듣기로 했다.

땡땡은 하루 종일 이렇게 의견을 듣고 계획을 세우는 데 정신을 파느라, 몇 번이나 선생님의 꾸중을 듣고, 방과 후 남는 벌을 받을 뻔한 뒤, 일곱 장이나 되는 종이를 들여서 괴발개발 뭔가를 적더니 그럭저럭 예산안을 세우기에 이르렀다. 다음 날 교실에 들어가자마자, 예산안을 심의에 부쳤다.

롱쥬베른느 부대의 예산

셔츠 단추	1수
스웨터와 겉옷 단추	4수
속바지 단추	4수
바지허리 조절 고리	4수
멜빵용, 뿔형 덩어리 설탕 포장 노끈	5수
양말대님용 고무줄	8수
구두끈	5수
덧옷 훅단추	2수
총액	33수
불행한 사태에 대비한 비상금	2수

"바늘은? 그리고 실도 빼먹었네."

라 크리크가 지적했다.

"내가 생각 안 했더라면, 멍청한 짓을 할 뻔했잖아! 뭘 갖고 꿰맬 건데?"

"그렇네."

땡땡이 인정했다.

"그럼, 좀 고치지 뭘."

"난 비상금 2수는 갖고 있어야 된다고 생각해."

르브라크가 말했다.

"그건 그래."

카뮈가 동의했다.

"좋은 생각이지. 뭔가 잃어버릴 수도 있고, 주머니에 구멍이 날 수도 있는 일이니까. 이것저것 다 생각해 둬야지."

"이봐."

라 크리크가 말을 이었다.

"스웨터 단추에서 2수를 빼면 되잖아. 스웨터는 겉에서는 안 보이니까! 맨 위의 단추 하나만 채우던가, 아니면 끽해야 두 개면 된다구. 포병대원처럼 맨 위에서부터 아래까지 단추를 다 채울 필요는 없다구."

그러자 큰 형이 성채 포병대에 배치되어 있으며, 형 말이라면 아무리 하찮은 것이라도 빨아들일 듯 듣는 카뮈가, 명랑하면서 나지막한 목소리로, 형이 휴가 나왔던 날 주워들은 노래를 흥얼거리기 시작했다.

가장 근사한 건
낙타를 타고 가는 포병!
가장 흉칙한 건
땅개 보병!

군인과 관련된 것이라면 넋이 빠져버리고, 새것이라면 사족을 못 쓰는 아이들은 당장에 모두 그 노래를 배우고 싶어 해서, 카뮈는 연달아 몇 번을 다시 불러주어야만 했다. 그러고 나서 다시 본론으로 돌아가서, 예산안을 꼼꼼히 훑어보다가, 바지허리 조절 고리나 버클로 4수는 심하다고 판단했는데, 바지에 두 개 이상 다는 법이 없었고, 더구나 나이 어린 아이들에게 입히는 짧은 바지에는 대체로 허리 조절 고리가 달려 있지 않았다. 그러니 이

항목에서 2수를 덜면 좋겠고, 그러면 4수가 남으니 다음과 같이 쓸 수 있을 거다.

하얀색 실 1수어치
검은색 실 1수어치
바늘 쌈지 2수

예산안은 이렇게 가결되었다. 땡땡은 현물로 받은 단추들과 노끈들도 적어두었으니, 다음 날이면 장부가 완전히 정리될 거라고 덧붙였다. 그렇게 되면 하루 중 언제라도 각자 회계 장부를 들춰보고 군자금 및 회계 상태를 확인할 수 있을 거다.

마지막으로 땡땡은, 롱쥬베른느 부대의 취사 담당관이라고도 할 수 있는 마리가, 구슬 주머니처럼 생긴 끈 달린 주머니를 하나 만들어줄 테니까, 전쟁 물자를 그곳에 모두 함께 넣어두라고 했다는 소식을 알리면서 보고를 마쳤다. 단지 너무 크지도 너무 작지도 않은 주머니를 만들기 위해서, 어느 정도 규모가 될지 가늠할 수 있을 때까지 기다리고 있는 중이었다.

아이들은 이 너그러운 제안에 박수를 쳤고, 모두가 알다시피, 대장의 다정한 친구 마리 땡땡은 환호와 갈채를 받으며 롱쥬베른느 부대의 명예 취사 담당관으로 임명되었다. 카뮈도, 자기의 사촌 여동생 타비가 가능한 한 자주 땡땡의 누이를 돕겠다고 한다고 알려왔고, 그러자 타비 역시 자기 몫의 환호와 갈채를 받았다. 하지만 바카이예만은 박수를 치는 대신 오히려 카뮈를 째려보았다. 빈틈없는 라 크리크와 회계 땡땡은 그것을 놓치지 않고 보앉고 뭔가 수상한 데가 있다고 속으로 생각했다.

"오늘 정오에, 라 크리크와 함께 마이요 할멈네로 물건들을 사러 가겠어."

땡땡이 말했다.

"차라리 쥘로드네로 가지 그래."

카뮈가 충고했다.

"물건들을 이것저것 갖추고 있다던데."

"상인들이란 모두 불한당에 도둑놈들이지."

합의점을 찾아내려고 르브라크가 말을 잘랐다.

"반은 이쪽, 또 반은 저쪽에서 사든가. 누가 바가지를 덜 씌우는지 나중에 한번 보지 뭐."

"한꺼번에 많이 사는 게 더 좋다고."

불로가 말했다.

"그래야 널 손해를 보지."

"이러고저러고 간에, 네가 하고 싶은 대로 해, 땡땡. 네가 회계니까 알아서 하라고. 다 끝낸 뒤 장부만 보여주면 돼. 우리가 미리 그 일에 참견할 필요가 없지."

르브라크가 이런 의견을 내놓자, 한정 없이 늘어졌을 토론이 중단되었다. 게다가 마침 그래야 할 때이기도 했다. 아이들의 행동에 호기심이 생긴 시몽 선생님이 안 그러는 척하면서, 아이들의 대화를 엿들어보려고 귀를 쫑긋 세우고 왔다 갔다 하고 있었다.

그건 헛수고가 되었지만, 시몽 선생님은 학교 수업과 관계없는 일에 지적 흥분을 분명하게 나타내고 있는 르브라크를 신경 써서 감시해야겠다고 다짐했다.

라 크리크는 바짝 말랐기 때문에 장작개비라고 불리기는 하지만, 다른 아이들 모두를 합친 것만큼이나 주의력과 관찰력이 뛰어났기 때문에, 선생님의 생각을 즉각 꿰뚫어보았다. 라 크리크는 곧바로 땡땡에게, 대장 옆 자리에 앉아 있는 만큼, 둘 중 하나가 선생님에게 걸리는 날에는, 다른 하나까지 난처한 일을 당할 수 있으니까, 늙은 여우 같은 선생님을 각별히 조심하라고 일러주었다.

열한 시가 되자, 땡땡과 라 크리크는 쥘로드네 가게로 뛰어가서 얌전하게 인사를 한 뒤, 셔츠 단추 1수어치를 달라고 했고, 고무줄 가격은 얼마인지 물어보았다.

가게 주인은 요구한 정보를 주는 대신 호기심 어린 눈초리로 아이들을 뚫어져라 바라보더니, 땡땡에게 다정하며 의미심장한 질문을 던지는 것으로 대답을 대신했다.

"엄마 심부름이냐?"

"아니에요!"

불신에 가득 차서 라 크리크가 끼어들었다.

"누이 심부름이에요."

상대방이 여전히 미소를 지으면서 가격을 알려주자, 라 크리크는 옆에 있는 땡땡의 옆구리를 쿡 찌르며 나가자! 하고 말했다.

바깥에 나오자마자, 라 크리크는 자신의 생각을 설명했다.

"너 그 늙은 수다쟁이가 왜, 어떻게, 어디서, 언제 그러고도 이것저것 알고 싶어 하는 것 못 봤냐? 우리에게 군자금이 있다는 것을 온 마을이 곧 알기를 바란다면, 저 가게에 가서 사기만 하면 될 거야. 그러니까 말이야, 우리에게 필요한 것들을 한꺼번에 사들이면 안 되겠어. 그러면 의심을 사게 될 거야. 오늘은 이것, 내일은 또 저것, 이런 식으로 사는 게 더 나을 거야. 그리고 저 할망구 가게에 가는 건, 절대로 안 돼."

"더 좋은 방법이 있어."

땡땡이 대꾸했다.

"이봐, 마이요 할멈 가게에 마리를 보내는 거야. 그러면 우리 엄마가 심부름을 보냈다고 생각할 테고, 그리고 너도 알다시피, 마리는 이런 일을 우리보다 더 잘 알고 흥정도 할 줄 아니까 말이야. 마리가 끈도 후하게 얻어올 거고, 단추도 두세 개 더 받아올 거라고 믿어도 돼."

"네 말이 맞다."

라 크리크가 동의했다.

두 아이는, 손에 새총을 들고 귀귀 영감의 두엄더미를 쪼고 있는 참새 떼를 겨냥 중인 카뮈를 만나서, 청색 마분지 위에 달아놓은 하얀 유리로 만든 셔츠 단추들을 보여주었다. 오십 개가 달려 있었다. 두 아이는 지금으로서는 구입한 물건이 이것밖에 없다고 말하면서, 왜 그들이 신중하게 몸을 사렸는지를 설명했고, 한 시쯤에는 어쨌든 모든 물건을 구입할 수 있을 거라고 장담했다.

실제로, 열두 시 반쯤에, 집에서 점심을 먹은 뒤, 카뮈가 알려주어 아이들 사이에서 한창 유행중인 포병대원의 노래를 흥얼거리며, 호주머니에 손을 찌르고 학교로 돌아가던 르브라크는, 다정한 친구 마리가 마이요 할멈 가게를 향해 바쁘게 가고 있는 것을 보았다.

이 순간, 마이요 할멈 가게 문간에 아무도 없는 데다가, 마리가 자신을 보지 못하자, 르브라크는 자신의 존재를 알리기 위하여 '삐리리' 하며 은근한 새소리를 흉내 내어 마리의 주의를 끌었다.

마리는 미소를 짓더니, 지금 자기가 어디 가는 중인지를 눈짓으로 슬쩍 알려왔다. 르브라크 역시 무척 기뻐하며 활짝 웃는 것으로 대답을 대신했는데, 활기차고 건강한 그의 영혼이 기뻐하고 있음을 알 수 있었다.

학교 마당에서는, 모든 아이들이 저 안쪽 구석에 몰려서 이제나저제나 땡땡이 도착하기를 기다리며, 초조하게 문 쪽을 뚫어져라 바라보고 있었다. 마리가 물건 구입을 도맡았고, 땡땡은 공동 세탁장 뒤쪽에서 마리를 기다리고 있다가 군수품을 넘겨받은 뒤, 친구들의 검사를 받기로 한 것이다.

마침내, 라 크리크를 앞세우고 땡땡이 나타나자, 아이들은 모두 와! 하고 감탄하며 땡땡의 등장을 환영했다. 아이들이 온통 땡땡 주위에 몰려들어서 연방 질문을 퍼부어댔다.

"다 샀니?"

"1수에 겉옷 단추를 얼마나 줬대?"

"버클 좀 보자!"

"실은 튼튼해?"

"기다려! 제기랄."

르브라크가 호통을 쳤다.

"이렇게 한꺼번에 떠들면 아무 대답도 들을 수 없고, 또, 모두들 땡땡 등 위로 올라타면 아무도 볼 수 없잖아. 원을 만들어! 땡땡이 다 보여줄 거야."

아이들은 아쉬워하며 물러났고, 각자 회계와 최대한 가까운 곳에 자리 삽은 다음, 할 수만 있다면 전리품을 만져보고 싶어 했다. 하지만 르브라크는 요지부동이어서, 아이들이 완전히 물러서기 전에는 호주머니에서 아무것도 꺼내지 말 것을 땡땡에게 명령했다.

아이들이 물러서자, 회계는 노란 종이로 싼 다양한 꾸러미를 하나씩 주머니에서 꺼내어 의기양양하게 풀어놓았다.

"셔츠 단추 오십 개!"

"와! 죽여주네!"

"속바지 단추 스물네 개."

"와! 와!"

"속옷 단추 아홉 개, 우리 계산보다 하나 더 많아."

땡땡이 덧붙였다.

"너희도 알지, 1수에 네 개만 준다는 거."

"마리 덕분이지."

르브라크가 설명했다.

"흥정을 해서 하나 더 얻은 거라구."

"바지 버클 네 개!"

"고무줄이 무려 일 미터!"

그러더니 바가지 쓴 것이 아니라는 것을 보여주기 위해서 땡땡은 고무줄을 잡아당겨 보였다.

"덧옷 훅단추 두 개!"

"와, 정말 근사하구나! 엉!"

르브라크가, 저번 날, 훅단추가 하나라도 있었더라면 어쩌면…… 하는 생각을 하면서 말했다.

"구두끈 다섯 쌍."

땡땡이 기세 좋게 말했다.

"끈 십 미터. 거기다가 한꺼번에 많이 샀다고 얻어낸 토막 끈이 하나 더!"

"바늘 열한 개! 이것도 하나 더 얻어낸 거야! 그리고 검은 실 꾸러미와 하얀 실 꾸러미!"

하나씩 풀어서 보여줄 때마다, 아이들은 오! 아! 젠장! 죽이네! 등의 찬탄을 연발하며 새로운 물품의 개봉을 환영했다.

"셔!"

작은 지뷔스가, 친구를 쫓아다니며 놀고 있기라도 한 것처럼 갑자기 외쳤다. 선생님이 온다는 이 경보에, 아이들은 흩어져서 뒤섞였고, 그러는 동안 땡땡은 막 풀어서 보여주었던 다양한 물건들을 뒤죽박죽으로 호주머니에 쑤셔 넣었다.

이 일은 하도 자연스럽게 너무나 재빨리 이루어졌기 때문에 선생님은 열기만을 느꼈을 뿐이고, 만약 뭔가를 보았다면, 그저께는 침울한 표정으로 있던 개구쟁이들이 모두들 얼굴을 활짝 펴고 있다는 것이었다.

'정말 놀랍군.'

선생님은 생각했다.

'아이들 영혼이란 날씨, 태양, 천둥, 비에 얼마나 영향을 많이 받는지 몰라! 천둥이 치거나 비가 올 때는 정말이지 아이들을 다스릴 수가 없어. 아이들은 떠들거나 싸우거나 하면서 가만히 있지를 못하거든. 날씨가 계속 좋을 때면, 자연히 아이들은 공부를 열심히 하고, 말을 잘 듣고, 또 방울새처럼

즐겁단 말이야.'

　아이들이 즐거워하는 숨겨진 심오한 이유에 대해 조금도 의심하지 않는 이 선량한 사람은, 머릿속이 막연한 교육 철학으로 꽉 차서, 시계 바늘은 두 시를 가리키고 있는데 열두 시를 보고 있는 꼴이었다.

　마치 아이들은 사회의 위선을 재빨리 깨닫고, 조금이라도 그들에게 권위를 행사하는 사람들 앞에서는 절대로 속을 털어놓지 않기로 한 것 같았다! 그들의 세계는 별개의 것이고, 캐묻거나 주제넘은 눈길로부터 떨어져서 자기들끼리 있을 때만 진정한 본모습을 되찾는 것이다. 게다가 달이고 태양이고 간에 아주 부차적인 경우에나 그들에게 영향을 끼쳤을 따름이다.

　롱쥬베른느 아이들은 마당에서 서로 쫓고 쫓기기 시작했고, 자기들끼리 모이면 다음과 같은 이야기를 주고받았다.

　"자, 다 됐어. 바로 오늘 저녁에 놈들에게 맛을 보여주어야지!"

　"오늘 저녁, 암!"

　"아! 제기랄, 놈들이 와야 할 텐데. 우리가 어떻게 해줄지 두고 보라지!"

　호각소리, 그 뒤를 이어 늘 그렇듯 "자, 열 맞춰, 서둘러라!" 하는 위압적인 선생님의 목소리가, 전투에 대한 예상과 앞으로 거둘 수훈에 대한 예측을 끊어놓았다.

돌아온 승리

> 오, 승리여, 자긍심 가득한 여인이여,
> 언젠가는 유배지에서 돌아오겠소?
> —르콩트 (『철가면』)

그날 저녁, 롱쥬베른느 아이들에게서는 이루 말로 다 할 수 없는 열기가 끓어넘쳤다. 어떠한 근심도, 어떠한 불길한 전망도 아이들의 흥분에 재갈을 물릴 수 없었다. 몽둥이찜질, 그건 어차피 지나가게 되어 있으니 상관없었고, 날아오는 돌로 말하자면, 투괼의 새총에서 날아오는 것만 아니라면, 거의 늘 그렇듯 피할 시간이 있었다.

웃음으로 활짝 피어난 얼굴에서 생생한 두 눈이 반짝이고 있었고, 잘생긴 사과처럼 동그스름하고 통통한 빨간 두 볼에서는 생기가 아우성치고 있었다. 아이들에게서는 팔, 다리, 발, 어깨, 손, 목, 머리, 모든 부분이 옴직, 움죽, 통통 튀는 듯했다. 아! 포플러나무, 사시나무, 호두나무로 만든 나막신을 신은 발들은 가볍게 놀았고, 단단한 길 위에서 딱딱거리는 나막신 소리는 이미 벨랑 아이들을 향한 자신만만한 위협과도 같았다.

아이들은 소리 지르고, 기다리고, 서로 부르고, 밀치고, 다투며 들뜬 상태였는데, 마치 오랫동안 묶어두었다가 산토끼나 여우를 쫓으라고 풀어놓으니, 기쁨을 나누기 위하여 서로 귀나 장딴지를 물어뜯는 사냥개들 같았다.

아이들의 열기는 정말이지 보는 사람까지 들썩거리게 만들었다. 라 소트를 향해 날아가듯 올라가는 아이들 뒤로, 기쁨에 겨워 행진하는 아이들 뒤로, 마을의 모든 싱싱한 젊음이 휩쓸려 따라가는 듯했다. 수줍어하며 얼굴 붉혀 버릇하는 어린 소녀들마저도, 감히 멀리까지 따라가지는 않았지만, 커다란 보리수가 서 있는 곳까지 쫓아왔고, 동네 개들은 아이들 틈에 끼어 겅중거리며 짖어대었고, 고양이들도, 신중한 수고양이마저도 막연히 아이들을 쫓아가볼까 하여 담장 위를 어슬렁거렸고, 문간에 나와 있던 어른들은 무슨 일이냐고 묻는 눈빛으로 아이들을 바라보았다. 아이들은 웃으며 놀러 간다고 대답했는데, 무슨 놀이를 할지 어찌 짐작이라도 할 것인가!

르브라크는 페피오네 채석장에 도착하자마자, 전사들에게 주머니 가득 돌을 챙기라고 말하면서 아이들의 흥분을 다잡았다.

"한 여섯 개 정도만 몸에 지니고 있어. 나머지는 도착하자마자 바닥에 내려놓고. 놈들을 추격하자면 밀가루 부대처럼 무거워서는 안 되지. 만약 탄약이 떨어지면, 작은 아이들 중 여섯 명이 각자 베레모 두 개씩을 들고 라네 채석장(진지에서 가장 가까우니까)에 가서 가득 채워오는 거야."

르브라크는 보급, 아니, 차라리 재보급이라 할 만한 일을 담당할 아이들을 지목했다. 그 다음에는 친구들이 모두 안심하고 단단한 각오로 전투에 임할 수 있도록, 땡땡에게 군자금의 다양한 물품들을 보여주라고 명령했다. 그리고 나자 전진 신호를 내리고, 늘 그렇듯 적의 동태를 살피면서 선두에 섰다.

르브라크의 도착을 환영하듯 돌멩이 하나가 이맛전을 스쳐가자, 르브라크는 머리를 숙였다. 그는 뒤돌아보며 간단하게 고개를 까닥하는 것으로, 전투가 시작되었다는 것을 다른 아이들에게 알렸다. 곧 병사들은 여기저기로 흩어졌고, 르브라크는 오늘 저녁에는 롱쥬베른느 전사들의 전의가 꺾이는 일이 없을 거라 자신하면서, 아이들이 평소 위치대로 자리 잡도록 내버려두었다.

카뮈는 나무 위로 올라가자, 상황 보고를 시작했다.

"벨랑 놈들은, 가장 큰 놈에서 가장 어린 놈까지, 그리고 나무타기 담당 투꾈에서부터 저번 날 잡혀서 혼이 났던 미그 라 륀느까지, 숲 어귀에 다 나와 있어."

"잘 됐다!"

르브라크가 결론을 내렸다.

"적어도 근사한 전투가 될 거야."

한 십오 분 동안, 늘 하던 대로 욕설의 물결이 양 진영을 출렁이며 오갔다. 하지만 벨랑 아이들은, 그저께처럼 오늘 저녁에도 발기벗은 적들이 추격해 올 거라고 생각하여 꼼짝 않고 있었다. 최근에 개구쟁이들로 조직된 보급책이 숲 한가운데 있는 채석장에 가서 손수건 가득 돌을 담아다가 숲 어귀에 쏟아놓았고, 벨랑 아이들은 끊임없이 실어 나르는 돌들을 보급받으며 굳건히 버티고 서서 기다리고만 있었다.

벨랑 아이들은 가끔씩 담 뒤와 나무 뒤에서 언뜻언뜻 보일 뿐이었다.

벨랑 아이들 전부를 벌판 쪽으로 끌어들여서 추격 거리를 좁히려던 르브라크의 전략이 틀어지게 생겼다. 벨랑 아이들이 금방 행동에 나설 것 같지 않자, 르브라크는 부대원의 반을 이끌고 공격에 나서기로 결심했다.

르브라크가 의견을 구하자, 카뮈는 나무에서 내려와서, 그런 일이라면 자기가 나서야겠다고 말했다. 후방에 머무르고 있던 땡땡은, 친구들이 이처럼 설쳐대며 분주히 움직이는 것을 바라보면서 안달복달하고 있었다.

카뮈는 잠시도 시간을 허비하지 않았다. 손에 새총을 들고서, 많이도 말고 돌멩이 네 개씩만 챙기라고 스무 명의 대원들에게 이르더니, 돌격 명령을 내렸다.

모두들 카뮈의 생각을 알아차렸다. 백병전은 하지 않을 거다. 적들에게 아주 가까이 다가가면, 적들은 기겁을 할 것이고, 그러면 적들의 대열 한가운데 돌들을 우박처럼 날린 뒤, 적들이 반격에 나서면 즉각 퇴각한다.

저격수들은 자기들끼리의 간격을 네다섯 걸음 사이로 조정하며 카뮈를 필두로 쏟아져나갔고, 실제로, 이런 대담한 행위에 적들의 포화는 잠시 중단되었다. 이 기회를 이용해야만 했다. 카뮈는 가죽 새총을 조준하여 아즈텍을 겨누었고, 부하 대원들은 팔로 빙빙 큰 원을 그리면서 적의 진영을 향하여 돌들을 날렸다.

"튀자, 어서!"

아즈텍의 무리들이 정신을 수습하고 쫓아오려고 하자, 카뮈가 소리쳤다. 한 무더기의 돌들이 날아와서 퇴각하는 롱쥬베른느 아이들의 발뒤꿈치에 떨어져 내렸고, 벨랑 아이들이 내지르는 무시무시한 외침소리로 이번에는 롱쥬베른느 아이들이 추격당하고 있다는 것을 알 수 있었다.

아즈텍은 롱쥬베른느 아이들이 옷을 입고 있는 것을 보고서 계속 방어에만 그치고 마는 것은 보람 없고 불필요한 일이라는 판단을 내렸다.

카뮈는 이 요란스러운 함성소리를 듣자, 자신의 재빠른 두 다리를 믿고서 '어떻게 되어가고 있는지' 보려고 뒤돌아섰다. 하지만 적장은 가장 빠른 부하들을 데리고 있었다. 카뮈는 이미 다른 아이들에 비해서 조금 처져 있었

기 때문에, 잡히고 싶지 않다면 냅다 달아나야 하는 상태였다. 카뮈는, 르브라크가 잡혔던 날 자기를 놓쳤던 아즈텍 무리들이, 자신의 새총뿐만 아니라 단추도 몹시 탐내고 있다는 것을 잘 알고 있었다. 그래서 다리를 재게 놀리려고 했다.

이게 웬 불행이란 말인가! 무시무시한 속도로 날아온 돌멩이 하나가, 물론 투괼이 날린 돌이지, 아! 그 더러운 놈! 그 돌멩이가 카뮈의 가슴을 정통으로 맞혔고, 카뮈는 비틀거리다가, 순간 멈칫했다. 벨랑 아이들이 곧 우르르 덮치게 생겼다.

"아! 젠장! 다 잡혔네!"

카뮈는 그 말을 미처 마칠 새도 없이, 절망적인 몸짓으로 손을 가슴으로 가져가더니 뒤로 넘어졌는데, 호흡은 멎었고 살아 있는 기색이 아니었다.

벨랑 아이들이 카뮈를 내려다보았다.

투괼이 날린 돌이 그리는 곡선을 눈으로 좇다가 카뮈의 몸짓을 알아챘던 벨랑 아이들은, 카뮈가 창백한 얼굴로 길게 누워서 한 마디 말도 못하는 것을 보게 되었다. 아이들은 우뚝 멈춰 섰다.

"죽었나……!"

롱쥬베른느 아이들이 내지르는 무시무시한 함성, 그 분노와 복수의 외침이 곧 들려왔다. 그 소리는 올라오면서 점점 커지더니, 협곡을 가득 채웠다. 롱쥬베른느 아이들이 어마어마하게 휘둘러대는 일자형 칼과 반달형 칼은 절망스럽게도 자신들을 겨누고 있었다.

벨랑 아이들은 순식간에 방향을 틀더니 진지로 돌아가서, 손에 돌멩이를 들고 다시 방어 태세에 들어갔고, 그동안 롱쥬베른느의 전 부대는 카뮈 곁에 도착했다.

쓰러져 있던 전사는, 반쯤 감은 눈꺼풀과 팔랑거리는 속눈썹 사이로, 벨랑 아이들이 자기 앞에서 우뚝 멈춰 서더니, 다시 돌아서서 달아나는 것을 보았다.

점점 가까워지고 있는 분노에 찬 함성을 듣고서, 자기편이 구해 주러 오는 통에 적이 달아나버렸다는 것을 알아차린 카뮈는, 눈을 뜨고 일어나 앉았다가, 느긋하게 일어서서 양 옆구리에 두 주먹을 갖다 대더니, 불안한 표정으로 담장 너머로 얼굴을 내밀어 보는 벨랑 아이들에게 한껏 우아하게 인사를 하였다.

"돼지! 더러운 놈! 아, 배신자! 비겁한 놈!"

자신의 포로가, 왜냐하면 좀 전에는 포로였으니까, 또 한번 꾀를 써서 빠져나간 것을 보고, 아즈텍은 와와 고함을 내질렀다.

"아! 내 다시 잡고야 말 테다! 다음번에는 피할 수 없을걸, 이 아무짝에도 쓸모없는 놈아!"

놀라서 멀거니 바라보는 롱쥬베른느 부대원들을 뒤에 거느리고, 여전히 아주 침착하게 미소를 지으면서, 카뮈는 뒤에서 앞을 향해 네 차례 검지를 움직여서 목을 베는 시늉을 했다. 이미 상당히 많은 것을 이야기하고 있는 이 동작을 보충하기 위해서, 마침 큰 형이 포병대원이라는 사실을 되새기며 오른손으로 오른쪽 허벅다리를 세게 치고 나서, 손목을 꺾어서 손바닥이 위로 가게 하더니 엄지손가락으로 바지 앞트임을 가리켜 보였다.

"어이!"

카뮈가 말했다.

"이거, 네가 이걸 잡을 날이 있을 것 같냐, 응! 이 천하의 멍청아!"

"잘한다, 잘한다, 카뮈! 메롱! 메롱! 우엑! 음매! 멍멍! 꽥!"

롱쥬베른느 부대원들은 다양한 소리를 내어, 멍청하게 믿기 잘하는 벨랑 아이들에 대한 경멸과, 근사하게 위험을 넘기고 벨랑 놈들에게 한방 먹인 카뮈에 대한 축하를 표시했다.

"어쨌든 돌에 맞았지롱!"

받아 마땅한 벌을 살짝 피해 간 이 더러운 놈 카뮈 때문에 아무 일도 아닌 것에 잔뜩 겁을 먹었던 일이 분하기도 하고, 또 별일이 생기지 않은 것에 대해 내심 만족하기도 한 투괼이, 다양한 감정이 엇갈리는 가운데 소리를 질렀다.

"어이, 아가야."

나름대로 생각이 있던 카뮈가 대꾸했다.

"진정하거라! 내 곧 갚아줄 테니!"

몽둥이로만 무장하고 있던 롱쥬베른느 부대원들 위로 돌멩이가 떨어져 내리기 시작하자, 아이들은 재빨리 돌아서서 다시 진지로 돌아갔다.

하지만 이미 후끈 달아오른 이상, 전투는 더욱더 격렬해졌다. 골탕 먹고 실망하여 잔뜩 성이 난 벨랑 아이들은 — 한방 먹은 데다, 놀림감이 되고, 모욕까지 당했으니 갚아주고야, 그것도 즉각 갚아주고야 말 테다 — 다시 공격에 나서려고 했다.

대장도 잡은 적이 있으니, 병사 몇 놈쯤 잡지 못한다면 참으로 괴이한 일일 것이다.

'놈들이 다시 몰려올 거야.'

르브라크는 생각했다.

후방에 남아 있던 땡땡은 가만히 제자리에 있지를 못했다.

'회계라는 건 정말 더러운 직업이로군!'

아즈텍은, 지나치게 흥분한 데다가 무척 성이 나 있는 부하 대원들을 다시 모아놓고 작전 회의를 한 뒤, 총공격을 결정했다.

아즈텍은 우렁우렁한 목소리로 고함을 질렀다.

"라 뮈리가 네놈들을 작살내러 간다!"

그러더니 몽둥이를 휘두르며 막대기를 불끈 쥔 부대원들을 거느리고, 채석장을 향하여 짓쳐나갔다.

르브라크 또한 조금도 주저하지 않았다. 르브라크는 적장의 고함만큼이나 우렁찬 목소리로 "벨랑 놈들을 무찌르자!" 하고 대꾸했고, 롱쥬베른느 아이들은 다시 한 번 갖가지 검들을 휘두르며 단단한 검 끝을 적을 향해 겨누었다.

"아, 프러시아놈들 같으니라고! 더러운 놈들!" "돼지 세 마리 합친 놈아!" "똥자루 같은 놈!" "하이에나 같은 놈!" "썩을 놈!" "점잔빼는 놈!" "이 오물 같은 놈아!" "하느님 아버지나 찾는 놈들아!" "광신도!" "죽어 나자빠진 고양이 같은 놈들아!" "옴쟁이!" "멜린느 장관 조무래기들아!" "콩브 장관 송사리들아!" "이가 득실거리는 놈들아!" 이상의 말들이 서로 맞부딪히기 전에 주고받은 몇 가지 표현들이었다.

암, 장담하는데, 아이들의 혓바닥이 노는 법이란 없었다!

머리 위로 웅웅거리며, 돌멩이가 몇 차례 더 우박처럼 날아간 뒤, 무시무시한 육박전이 벌어졌다. 몽둥이로 머리통을 치는 소리, 창과 검이 텅텅 부딪히는 소리, 퍽 가슴을 내지르는 주먹질 소리, 철썩철썩 올려붙이는 따귀 소리, 나막신 깨지는 소리, 목청껏 고함치는 소리들이 들려왔다. 퍽! 팍! 쿵! 툭! 쨍그랑! 헉!

"아, 배신이나 할 놈들! 아, 비열한 놈들!"

머리카락이 곤두섰고, 무기들이 박살났고, 서로 몸이 뒤엉켰고, 있는 힘껏 내지르기 위해 팔은 큰 원을 그렸고, 두 주먹은 피스톤처럼 움직였고, 땅바닥에서 누워 춤을 추듯 버둥거리고, 요동을 치고, 용트림을 하며 아무 데나 발길질을 해댔다.

라 크리크는 백병전이 시작되자마자 누군가에게 떠밀려서 동댕이질을 당했고, 그러자 엉덩이 한쪽을 땅에 대고 빙빙 돌면서, 공격을 해오는 아이들을 머리가 아닌 발을 써서 물리쳤는데, 정강이를 발로 찼고, 오금을 내질렀고, 발목을 비틀어놨고, 발가락을 짓뭉갰고, 장딴지를 두들겨댔다.

멧돼지 새끼처럼 머리털이 곤두서고, 칼라 단추와 모자는 달아나버리고, 몽둥이는 부러진 르브라크는, 강철 쐐기처럼 아즈텍의 무리들 사이를 뚫고 들어가 아즈텍의 목덜미를 낚아챈 뒤, 벨랑 아이들 여럿이 바짓가랑이를 붙잡고 늘어지는데도 적을 자두나무 흔들듯 흔들고, 머리카락을 잡아뜯고, 따귀를 이리 올려붙이고 저리 올려붙이며 두들겨 패고 나서, 자신을 둘러싼 적의 무리에게 미친 종마처럼 사나운 발길질을 해대어 길을 텄다.

"자, 이제는 잡았다! 제기랄!"

르브라크가 으르렁거렸다.

"더러운 놈! 내 장담하는데, 넌 빠져나가지 못해! 혼 좀 나야지! 네 멱을 따야 되니까, 그로 뷔송으로 데려가겠다. 맛 좀 보게 될 거야! 알아들었어?

맛 좀 보게 될 거라고!"

　이렇게 말하면서, 적장에게 주먹질 발길질을 해가며, 뒤쫓아 왔던 카뮈와 큰 지뷔스의 도움을 받아서 말 그대로 '달랑' 포로를 들고 갔다. 적장은 죽어라고 버둥거렸지만, 카뮈와 큰 지뷔스가 발 하나씩을 잡고 있었고, 르브라크는 적장의 가슴께에 팔을 둘러서 누르고 있다가, 조금이라도 얕은 수를 쓰려고 하면, 제기랄, 가차 없이 조여주겠노라고 맹세했다.

　그동안 양 진영의 큰 아이들은 악착같이 싸우고 있었으나, 결정적으로 승리는 롱쥬베른느 쪽을 향하여 미소를 보내고 있었다. 떡 벌어진 체격에 건장한 롱쥬베른느 아이들은 백병전에서 뛰어났다. 너무 심하게 나동그라진 벨랑 아이들 몇 명이 뒷걸음질 쳤고, 또 다른 아이들도 더 이상 버티지 못하고 물러서기 시작했다. 그러다가 대장이 잡혀가는 것을 보자 벨랑 아이들은 허둥지둥, 무질서하게, 정신없이 도망치기 시작했다.

　"저놈들 잡아라! 제기랄, 저놈들 잡아라! 저놈들 잡아야 해."

　멀리서 르브라크가 고함을 쳤다.

　롱쥬베른느 전사들은 패배한 적들의 뒤를 쫓아 몸을 날리긴 했지만, 패잔병들은 당연히 롱쥬베른느 아이들을 기다리지 않았고 승자들 역시 너무 멀리까지 쫓아가지 않았는데, 왜냐하면 사로잡은 적장을 어떻게 다룰지 너무너무 궁금했기 때문이었다.

처형대

> 색색가지 기둥에 발가벗겨 묶어놓고.
> —랭보 (「취한 배」)

키도 작고 허약해 보이지만, 그래서 허깨비 아즈텍이라는 별명도 얻었지만, 아즈텍은 아무런 저항도 하지 않고 적들이 하는 대로 내버려둘 인물이 아니었다. 르브라크와 나머지 두 아이도 당하고 나서 그 사실을 깨닫게 되었다.

실제로, 대장이 고개를 돌려서 적들을 추격하라고 독려하고 있는 동안, 포로는 함정에 걸려든 여우가 경계가 느슨해진 순간을 이용해 앞으로 당하게 될 처벌에 대해 미리 보복이라도 하는 것처럼, 르브라크의 엄지손가락을 낚아채서 어찌나 덥석 물었던지 르브라크의 손에서 피가 났다. 카뮈와 큰 지뷔스 역시 아무리 잠시지만 옆구리에 꼭 끼고 가던 뒷다리를 느슨하게 풀게 되었고, 허리춤에 구둣발질을 당함으로써 그 값을 톡톡히 치렀다.

르브라크는 아즈텍의 면상에 대가다운 주먹을 날려서 깨물고 있는 엄지를 놓게 했지만 이미 뼈가 드러날 정도여서, 저주와 욕설을 퍼부어대며 그 값을 즉각 치르게 될 거라고 다시 한 번 맹세했다.

마침 다른 포로를 만들지 못한 부대원들이 도착했다. 암, 모든 벨랑 놈들을 대표해서 대가를 치러야 할 놈은 바로 아즈텍 녀석이지.

땡땡은 얼굴을 자세히 들여다보려고 가까이 다가갔다가 얼굴 한복판에 침벼락을 맞았지만 그 정도 모욕은 무시하며, 포로로 잡혀온 것이 적장임을 알아보고는 더 한층 빈정거렸다.

"아! 너냐! 저런! 더러운 놈, 이젠 도망 못 가지. 돼지! 마리가 여기 있어서 네 머리카락을 좀 쥐어뜯을 수 있다면 즐거워할 텐데. 아! 거품을 무네. 뱀이냐? 그래 봤자야. 그런다고 단추가 돌아오겠냐, 엉덩짝에 댈 방석이 생기겠냐."

"밧줄 좀 찾아봐, 땡땡."

카뮈가 명령했다.

"소시지 묶듯 이놈을 묶어놓아야지."

"그놈 다리 다 묶어. 우선 뒷다리, 그 다음에 앞다리. 그리고 나서 커다란 떡갈나무에 묶어놓고 손 좀 봐줘야지. 다시는 물지 못하고 다시는 침 뱉지 못하게 해줄 테다. 더러운 자식, 밥맛없는 놈, 두엄더미 같은 놈아!"

막 도착한 전사들이 작업에 끼어들었다. 발부터 시작했다. 하지만 사정거리로만 들어오면 아무한테나 침을 뱉어대고 물려고 했기 때문에, 르브라크는 불로에게 이 꼴같잖은 녀석의 주머니를 뒤져서 더러운 아가리를 손수건으로 막아버리라고 명령했다.

불로는 명령을 따랐다. 한 손으로는 될 수 있는 한 날아오는 침을 막으며, 포로의 호주머니에서 무슨 색깔인지 모를 네모난 천을 꺼냈는데, 얼마 전만해도 깨끗했을 그 천의 원래 색깔은 흰색이 아니었다면 빨간 체크 무늬였을 것 같았다. 하지만 온갖 잡동사니와 함께 주머니 속에 쑤셔 넣었다가, 때로는 청결 유지를 위해, 또, 때로는 끈, 재갈, 머리띠, 보자기, 모자, 붕대, 손수건, 동전지갑, 몽둥이, 솔, 빗자루 등 다양한 용도로 쓰이던 그 물건은, 관찰자의 눈에는 오줌 자국처럼 누르스름한, 그리고 푸르딩딩하고 거무죽죽한, 한마디로 정떨어지는 색깔을 띠고 있었다.

"좋아, 그 자식 넝마 조각, 아주 깨끗하군."

카뮈가 말했다.

"별의별 자국이 다 있군. 이 밥맛 떨어지는 놈아, 넌 호주머니에 이렇게 더러운 걸 넣어갖고 다니면서 창피하지도 않으냐! 그러고도 너네가 부자라고 하니? 어이, 더러워! 거지도 안 받겠다. 도대체 어느 귀퉁이를 잡아야 할지 모르겠네."

"상관없어!"

르브라크가 단정적으로 말했다.

"재갈을 물려라. 손수건에 기름때가 있으면 처먹으면 될 테니, 손해날 건 없지."

아이들이 기운차게 두 손을 놀려서 입에 재갈을 물리고 목덜미 쪽으로 매듭을 지어버리자, 아즈텍은 말도 못하고 움직일 수도 없게 되었다.

"저번 날, 아이들을 시켜서 내게 매질을 했지. '오날은(오늘은)' 너도 엉덩이를 회초리로 좀 맞아봐라."

"눈에는 눈, 이에는 이!"

도덕가 라 크리크가 한마디 하셨다.

"자, 큰 지뷔스, 회초리질을 해. 있는 대로 약은 척하는 이 근사한 신사 양반 바지를 벗기기 전에, 잠깐 공연을 해야지."

"자, 다른 사람들은 원을 넓혀 서라!"

그러자 큰 지뷔스가 성실하게, 낭창낭창하고 단단한 어린 나뭇가지로 적장의 엉덩이에 회초리를 씽씽 휘둘러 여섯 대의 매를 때리자, 아즈텍은 분노와 고통으로 숨이 넘어가는 듯했다.

이 일이 끝나자, 르브라크는 낮은 목소리로 카뮈, 강베트와 함께 잠시 뭔가 수군거렸고, 두 아이가 슬며시 자리를 뜨자, 즐겁게 외쳤다.

"자, 이제 단추 차례! 어이, 땡땡, 주머니 벌리고. 자, 때가 됐다구. 바로 지금이야. 잘 세어둬. 하나라도 잃어버리지 말고!"

르브라크는 신중하게 움직였다. 실제로 너무 거친 동작 때문에 혹은 칼을 잘못 놀려서 아즈텍의 몸값인 다양한 물품들, 그러니까, 롱쥬베른느 부대의 군자금을 불어나게 할 물품들을 망가뜨리지 않도록 해야 했다.

르브라크는 구두부터 시작했다.

"와우! 새것이잖아! 음, 잘돼 가는군!"

르브라크가 말했다.

"아니, 이 더러운 놈!"

곧 르브라크가 다시 입을 뗐다.

"꽁꽁 묶어놓았네!"

한쪽 눈으로는 아즈텍의 발길질로부터, 필시 무시무시했을 발길질로부터, 자신의 면상을 보호해 주고 있는 줄이 잘 묶여 있는지 지켜보면서, 르브라크는 천천히 옹이진 매듭을 풀고, 구두끈을 뽑아내어 땡땡에게 주었다. 그러고 나서 두 번째 구두끈에 착수했는데, 이번에는 더 빨리 해치웠다. 그 다음에는 고무줄로 된 양말대님을 뺏기 위해서 바짓가랑이를 걷어 올렸다.

이번에는 르브라크가 속았다. 아즈텍은 한쪽 양말에만 대님을 하고 있었고, 다른 양말에는 보기 싫은 노끈을 둘러놓았던 것이다. 르브라크는 어쨌든 이 양말대님도 압수하면서 툴툴거렸다.

"도둑놈 아니야! 양말대님이 짝도 안 맞으니, 약은 놈 같으니라구. 어이, 너희 아버지는 돈 벌어서 뭐 하냐? 술 마시지! 주정뱅이의 자식! 개차반 주정뱅이야!"

그 다음에 르브라크는 단추 하나, 단춧구멍 하나 빼먹는 일이 없도록 주의했다. 바지에서는 더 재미를 보았다. 아즈텍은 단추걸이가 두 개씩 달려 있는, 아주 상태가 좋은 멜빵을 하고 있었다.

"호화판이로군!"

르브라크가 말했다.

"바지 단추가 일곱 개라. 좋아, 아주 좋아, 친구! 고맙다는 뜻으로 매질을 한 번 더 해줄게. 가난한 사람들을 비웃으면 어떻게 되는지 배울 기회가 되겠지. 너도 알다시피, 롱쥬베른느에서는 사람들이 인색하지 않다구, 조금도 인색하지 않지. 몽둥이질도 마찬가지고. 우리들 중에서 가장 먼저 포로가 되는 사람은 근사한 멜빵을 하게 될 테니, 얼마나 좋을까! 제기랄! 내가 그 포로가 되었으면 좋겠다는 생각이 들 정돈데."

그러는 동안, 단추, 버클, 훅단추가 떨어져나간 바지가, 이미 흘러내려서 주글주글 뭉쳐 있던 양말 위로 쑥 내려갔다.

르브라크는 스웨터, 조끼, 덧옷, 셔츠도 꼼꼼하게 뒤져서 단추들을 차례차례 떼어냈다. 심지어 꼬마 신사가 옷 안에 숨기고 있던 작은 지갑에서 1수를 발견하여, 땡땡이 회계 장부를 정리할 때 비상금 항목에 집어넣기로 하였다.

몇 차례 세밀한 조사 끝에 더 이상 털어낼 것이 아무것도, 먼지 한 톨도 없다는 것이 확실하자, 롱쥬베른느 전사들은 칼이 없는 강베트를 위하여 아즈텍의 칼을 따로 빼놓고 나서, 마침내 최대한 신중하게 희생자의 손과 발을 묶었던 끈을 풀어주기로 결정했다. 그래야 할 때였다(더 놔두어서도 안 될 뻔했다). 아즈텍은, 재갈 문 입에서는 거품이 보글거렸고, 고통 때문에 사라졌는지 아니면 분노로 잠잠해졌는지 모르지만 수줍음도 남아 있지 않아서, 매를 맞아서 빨개진 엉덩이를 가릴 생각도 않고, 먼저 입에서 재수 없고 끔찍한 손수건을 뽑아 치우는 일부터 했다.

그리고 나서 숨을 거칠게 몰아 쉬면서, 어쨌든 옷들을 허리춤에 그러모아 잡고, 자신을 괴롭혔던 아이들에게 욕설을 퍼붓기 시작했다.

많은 아이들이 다시 두들겨 패려고 덤벼들자, 르브라크는, 필시 무슨 이유가 있겠지만, 관대한 척 웃으면서 아이들을 말렸다.

"그 꼬맹이, 지저귀게 내버려둬! 그래서 즐겁다는데야, 뭐. 아이들은 즐길 권리가 있다고."

르브라크는 놀려대며 말했다.

아즈텍은 발을 질질 끌며, 분노의 눈물을 뿌리며 떠났다. 당연히, 그는 저번 토요일에 르브라크가 했던 일에 생각이 미쳤다. 아즈텍은 롱쥬베른느 아이들에게 자신도 그들만큼이나 겁쟁이가 아니라는 것을 보여주기로 하고서, 첫 번째로 만난 관목 숲 뒤로 들어가 주저앉더니, 롱쥬베른느 아이들에게 엉덩이를 들이대기 위해서 완전히, 셔츠마저도 홀랑 벗어버렸다.

롱쥬베른느 진영에서도 그것을 짐작하고 있었다.

"그놈의 자식이 다시 우리한테 엿 먹일 거라고. 두고 보라니까, 르브라크. 그놈을 다시 두들겨 패줬어야 했는데."

"놔두라니까! 놔두라고!"

나름대로 계획이 있는 르브라크가 말했다.

"내가 뭐랬어, 제기랄!"

땡땡이 소리 질렀다.

실제로, 홀랑 벗은 아즈텍이 숲 뒤에서 튕기듯 일어나 롱쥬베른느 대원들 앞에 모습을 드러내더니, 땡땡이 말했던 것을 보여주고, 롱쥬베른느 아이들을 겁쟁이, 날강도, 썩은 돼지, 물렁좆 등의 취급을 하다가, 아이들이 뛰쳐나올 것 같은 기색을 보이자 벨랑 숲 경계를 향하여 산토끼처럼 힘차게 뛰어 달아났다.

하지만……, 그 아이, 그 불행한 아이는 멀리 가지 못했다.

갑자기, 몇 걸음 떨어진 앞에 음산한 악당 두 명이 서 있는 것 같다 싶더니, 놈들이 주먹을 날리며 그의 길을 막아섰고, 거칠게 아즈텍을 낚아채서는 실컷 발길질을 해주고는, 방금 떠나왔던 그로 뷔송으로 다시 끌고 갔다.

르브라크가 자두나 따 먹자고 카뮈, 강베트와 의논했던 건 아니었다. 르브라크는 그 자신 말했듯이 먼 앞일까지 분명히 내다보았고, 다른 아이들보다 훨씬 먼저 그 '쬐그만 녀석'이 그들에게 한방 먹일 거라고 생각했다. 그래서 친구들의 비난에도 잠시 뒤에 다시, 더 근사하게 잡아들이려고 선심 쓰는 척 아즈텍이 달아나게 내버려두었던 것이다.

"하! 엉덩이를 보여주고 싶다고, 친구! 아! 아주 좋아! 아이들이 하겠다는데 못하게 하면 안 되지! 꼬맹아, 우리가 금방 엉덩이 봐줄 테니까. 곧 느껴질 거야."

"다시 떡갈나무에 묶어라, 이 천하의 말썽꾸러기를. 그리고 큰 지뷔스, 너는 회초리 다시 찾아 들고, 등 아래쪽, 거기 있지, 거기에 자국 좀 내줘."

관대한 큰 지뷔스는 열두 대를 내리치고, 저녁에 집에 돌아갈 때 자기 형제에게 다시 엿……, 아니, 다시 귀찮게 하러 오면 어떻게 되는지를 가르치기 위해서 덤으로 한 대 더 때려주었다.

"자 이번 거는 고기가 더 부드러워지라고. 그래야 우리 집 개 튀르크가 네 지저분한 엉덩짝을 물어뜯을 때 이가 안 아플 거 아니냐."

그러는 동안, 카뮈는 포로에게서 압수한 보따리를 고쳐 묶어주었다.

아즈텍 엉덩이가 아주 빨갛게 되자, 다시 풀어준 뒤, 르브라크는 정중하게 보따리를 내밀며 말했다.

"즐거운 여행 되십시오, 빨간 궁둥이 양반! 그리고 귀하의 귀여운 병아리 새끼들에게도 인사를."

그러고 나더니, 다시 평소의 말투로 돌아가서,

"아! 친구, 우리에게 엉덩이를 보여주고 싶다 이 말이지! 자, 어서 보여보라구, 네 엉덩이 말이야! 실컷 보여보라구. 지겨워질 때까지. 자, 어서. 르브라크가 말씀하시잖냐!"

아즈텍은 손발을 풀어주자, 이번에는 아무 말도 하지 않고서 패주한 자기 부대를 찾아 떠났다.

풀 길 없는 수수께끼

???

(사람들이 폴 부르제 씨(『풀 길 없는 수수께끼』라는 소설을 쓴 프랑스의 작가-옮긴이)에게서 빌려왔거니 할 이런 제목을 고르고, 이제까지 각 장의 제사(글 첫머리에 적어 넣는 짤막한 글귀-옮긴이)로 유명한 글귀를 뽑아오던 것과는 달리 이번에는 의문부호로 대신했다고 해서, 독자를 속이려 한 것도 아니며, 또 이 장에서 하게 될 이야기를 쓰는 데 방금 거론한 '저명한 작가'로부터 조금도 영감을 받지 않았다는 것을 믿어주기를 바라는 바이다. 그 저명하시며 영광스러운(?) 아카데미 프랑세즈 회원이 만들어낸 주인공들과 내가 여기에서 아주 단순하게, 가식 없이 기술하고 있는 건강하고 활기찬 개구쟁이들 사이에는 아무런 연관이 있을 수 없다.)

대원들이 있는 곳으로 돌아간 아즈텍은, 무슨 일을 당했는지 설명할 필요가 없었다. 나무 위에 올라가 있던 투괼이 모든 것을, 거의 모든 것을 목격했기 때문이었다. 매질, 매복, 단추 제거, 도주, 잇따른 체포, 석방. 친구들은, 이렇게 말하면 어떨지 모르겠지만, 이 고통, 고뇌, 분노의 끔찍한 순간들을 다른 편 끝에서 아즈텍과 함께 겪었던 것이다.

"이제 가자!"

안심이 되었는지 미그 라 륀느가 말했다. 말은 안 했지만 미그 라 륀느는 대장의 끔찍한 불운을 보며 우울한 추억을 떠올리고 있었던 것이다.

"우선 아즈텍에게 옷을 입혀야지."

몇몇 아이들이 말했다. 괴나리봇짐을 풀었다. 보따리로 돌변했던 덧옷 소매를 풀자, 구두, 양말, 조끼, 스웨터, 셔츠, 모자는 나왔는데, 그런데 바지가 어디에도 보이지 않는 것이었다…….

"바지? 내 바지가 어떻게 됐다구?"

아즈텍이 물었다.

"안에 없는데."

투괼이 말했다.

"혹시 '다라나다(달아나다)' 잃어버린 것 아니야?"

"'차자러(찾으러)' 가야지."

"혹시 어디 바지 떨어진 것 없나 좀 볼래?"

아이들은 눈에 불을 켜고 싸움터를 둘러보았다. 바지는커녕 땅에 널어져 굴러다니는 천 쪼가리 하나 보이지 않았다.

"나무 위에 올라가봐, 어서."

아즈텍이 투괼에게 말했다.

"어디 떨어져 있는지 보일지도 모르잖아."

투괼은 잠자코, 자신의 너도밤나무 위로 기어올라갔다.

"아무것도 안 보이는데."

잠시 살펴보고 난 뒤, 투괼이 말했다.

"없어! 아무것도 없다구! 너 관목 숲에서 옷 벗을 때 보따리 안에 제대로 챙겨 넣은 것 확실해?"

"그럼, 물론이지."

무척 불안해하면서, 대장이 힘주어 말했다.

"도대체 그놈의 바지가 어디로 갔을까?"

"아! 빌어먹을! 아, 저런 돼지 같은 놈들!"

갑자기 투괼이 외쳤다.

"들어봐, 들어보라니까, 얼간이들아!"

귀를 쫑긋 세운 벨랑 아이들 귀에, 집에 돌아가면서 적들이 목청이 터져라 노래를 부르는 소리가 분명하게 들려왔다. 누구나 알고 있는 노래였는데, 상황에 잘 들어맞는 대신 평소보다는 덜 혁명적으로 들렸다.

바지가 터졌다네!

계속 터지면

……구멍이 보일 텐데

……바지가 터졌다네…….

나뭇가지에 가려서 멀리까지 잘 보이지 않자, 몸을 숙였다가, 비틀었다가, 곧추세워 보던 투괼이 화가 잔뜩 나서 고함을 질러댔다.

"아니, 저놈들이 갖고 있잖아. 네 바지 말이야! 도둑놈들, 네 바지를 훔쳐갔다구! 놈들이 깃발 대신 장대 끝에 매달았어. 곧 채석장에 도착하겠는데."

대경실색한 아즈텍과 대원들의 귀에, 놀려대는 듯한 노랫소리가 계속 들려왔다.

계속 터지면

……구멍이 보일 텐데.

대장의 두 눈은 휘둥그레지고, 눈동자는 불안스럽게 흔들렸고, 눈빛이 흐려지더니, 얼굴이 창백해졌다.

"이런, 집에 돌아가야 되는데, 큰일 났네! 뭐라고 말해야 하지? 어떻게 해야 하나? 어떻게 마을을 가로질러 갈거냐."

"깜깜한 밤이 될 때까지 기다려야겠지."

누군가 말했다.

"늦게 들어가면 우리 모두 집에 가서 욕을 잔뜩 먹을 거야."

미그 라 륀느가 말했다.

"뭔가 찾아보도록 해야지."

"이봐, 덧옷을 입고 핀으로 앞을 여미면 어떨까?"

투괼이 제안했다.

"그러면 뭐 별거 안 보일 거야."

구두에 노끈을 꿰고 핀으로 셔츠 깃을 고정시킨 뒤, 덧옷 앞을 여며보았다. 타티 말대로라면, 웬걸, 어림 반 푼어치도 없어서 덧옷은 셔츠 밑단에도 미치지 못했다. 그래서 아즈텍은 하얀 장백의 위에 검은 중백의를 걸친 꼴이 되어버렸다.

"꼭 신부님 같네."

타티가 다시 말했다.

"단지 신부님은 검은 장백의 위에 하얀 중백의를 걸친다는 점이 다르긴 하지만."

"어, 그리고 신부님은 저렇게 알다리를 내놓지는 않지."

'찬오줌' 피스프루아가 이의를 제기했다.

"이봐, 안 되겠는데. 덧옷을 치마처럼 두르면 어떨까? 허리에다 묶으면 엉덩이는 가리겠지. 그리고 우리 모두 그렇게 하는 거야. 그러면 사람들은 노느라고 그러는 걸로 생각할 테고, 집에까지는 돌아갈 수 있지 않을까?"

"하지만 집에 돌아가면 덧옷을 똑바로 걸치라고 할 테고, 그러면 다 들통 날 거라고. 아! 친구들, 도대체 얼마나 두들겨 맞을까!"

"이제 마을 쪽으로 가자. 시간도 늦었으니 들판 쪽으로는 갈 수 없다구. 우리 모두 꾸중을 듣게 될 거야."

미그 라 륀느의 충고는 쓸 만한 것이어서, 대원들은 느릿느릿, 우울하게 관목 숲을 걸어가며, 대장이 그럭저럭 집에는 들어갈 수 있도록 걸칠 만한 것이 없나 찾아보았다. 벨랑 숲으로 이어지는 참호를 따라 내려가서 마을 성벽께 도착하자, 아이들은 모두 멈춰서서 생각에 잠겼다.

그러나…… 아무런…… 아무런 생각도 떠오르지 않았다.

"이제 가봐야 하는데."

신부님한테 혼나고 아버지한테 얻어맞을까봐 겁이 난 아이들이 울먹이는 소리로 말했다.

"대장 혼자 놔둘 수는 없어."

투괼이 참담한 상황에 맞서, 기운차게 소리 질렀다.

아즈텍은 어떤 때는 공포에 질린 것 같다가도, 또 어떤 때는 넋이 나간 것 같았다.

"아! 누군가 우리 집 뒤로 들어가서, 구석방까지 몰래 숨어들어 갈 수만 있다면. 궤짝 뒤에 내 낡은 바지가 있거든. 그 바지만 있다면!"

"이거 봐 친구, 우리가 갔다가 혹시 너희 아버지나 어머니에게 들키기라도 하면 뭐라고 하지? 여기서 뭘 하고 있냐고 물으실 거고, 어쩌면 우리를 도둑으로 여길지도 모른다구. 그건 좋은 수가 아닌 것 같아."

"하느님 아버지, 제기랄! 난 이곳에서 어쩌면 좋지! 너희들, 날 혼자 내버려둘 거야?"

"야, 하느님 욕하지 마."

미그 라 륀느가 팔짝 뛰었다.

"성모 마리아님이 눈물을 흘리면 불행한 일이 생긴다고."

"아! 성모 마리아님! 루르드에서 '기족(기적)'을 일으켰다고 하던데. 낡아 빠진 내 바지를 꺼내올 수 있게만 해주신다면!"

딩! 동! 딩! 동! 기도 시간을 알리는 종소리가 들려왔다.

"더 오래 이러고 있을 수가 없어. 달라질 건 없다구! 이제 가봐야 해!"

아이들이 와글거렸다. 그러더니 대원들 반이 대장을 버리고 흩어져갔고, 신부님한테 꾸중 듣지 않기 위해서 다리를 세 배는 재게 놀려서 성당을 향해 뛰어갔다.

"오, 하느님! 어쩌면 좋지! 어떻게 해야 하지?"

"밤이 될 때까지 기다리자. 응."

투괼이 위로했다.

"내가 같이 있을 게. 같이 꾸중 듣지 뭐. 다른 아이들까지 모두 같이 혼날 필요는 없지."

"암! 그럴 필요 없지."

아즈텍도 같은 소리를 했다.

"기도하러 가. 어서. 너무 얻어맞지 않도록, 성모 마리아님과 성 니콜라에게 기도해 줘."

아이들은 그 말이 떨어지자마자 떠났고, 기도 시간에 이미 조금 늦은 아이들이 전속력으로 뛰어가는 동안, 남은 두 친구는 서로를 바라보았다.

투괼이 갑자기 이마를 쳤다.

"우린 정말 바보구나. 어쨌든, 좋은 수가 생각났어!"

"뭔데! 어서, 말해 봐!"

친구의 입술을 애타게 쳐다보면서, 아즈텍이 말했다.

"들어봐. 난 너희 집에 갈 수 없지만, 너, 넌 갈 수 있잖아!"

"……!"

"암, 그렇고 말고. 내가 바지를 벗어서 줄게. 셔츠도. 뒤로 해서 집으로 들어간 다음, 찢어진 옷은 숨기고 말짱한 옷을 찾아 입은 다음, 내 옷을 돌려주러 오면 된다구. 버섯을 캐러 갔다가, 샤잘랑 목초지를 지나 아주 멀리 나가는 통에 종소리를 듣지 못했다구 하면 되지 뭐. 자, 어서!"

아즈텍이 듣자니 정말 기가 막힌 생각이어서, 말이 떨어지자마자 곧 실행에 옮겼다. 투괼이 아즈텍보다 키가 더 컸기 때문에, 투괼은 아즈텍에게 바지를 입힌 뒤 단을 조금 접어주고, 바지 뒤의 허리 조임 단추를 하나 안으로 들여서 잠가주고 끈으로 허리를 묶은 다음, 잽싸게 갔다올 것이며 특히 아무에게도 들켜서는 안 된다고 당부했다.

아즈텍이 바지를 쟁취하기 위하여 담과 울타리를 뛰어넘고, 노루처럼 집을 향해 뛰어가는 동안 투괼은 숲 속의 참호에 숨어서, 작전이 운 좋게 성공하려나 궁금해하며 두리번두리번 사방을 둘러보고 있었다.

아즈텍은 집에 도착하자, 창문을 통해 집 안으로 들어가서 잃어버린 바지와 얼추 비슷한 바지 하나와, 낡은 멜빵, 낡은 덧옷을 찾아내고, 일요일에 신는 구두에서 구두끈을 빼내고 나서, 다시 옷을 갈아입느라고 시간을 허비하지 않고 과수원으로 뛰어내린 다음, 영웅적인 행동을 보여준 친구를 향해 맹렬한 속도로 뛰어갔다. 투괼은 참호에 쭈그리고 앉아서 덜덜 떨면서, 추위로 벌게진 허벅지를 가리기 위하여 거친 천으로 만든 얇은 셔츠를 한껏 잡아당기고 있었다.

다시 만난 두 아이는, 페니모어 쿠퍼(『모히컨 족의 최후』를 쓴 미국의 소설가 – 옮긴이) 소설에 등장하는 선량한 아메리카 토인들처럼 아무 말 없이 입이 찢어져라 미소를 지었고, 잠시도 지체하지 않고 서로 옷을 바꿔 입었다.

둘 다 원래의 자기 옷을 찾아 입었다. 아즈텍은 마침내 단추 달린 셔츠와 깨끗한 덧옷, 구두끈을 뀅 구두를 되찾게 되자, 근심과 우수에 젖은 눈길로 넝마 조각이 된 자신의 옷가지를 바라보았다.

아즈텍은 어머니가 이걸 발견하게 되는 날이면 틀림없이 매타작을 당하고 욕을 잔뜩 듣고, 어쩌면 방 안에 갇힐지도 모른다는 데 생각이 미쳤다.

갇힐지도 모른다는 생각이 들자마자 아즈텍은 단호한 결심을 했다.

"너 성냥 있니?"

아즈텍은 투괼에게 물었다.

"응."

투괼이 대답했다.

"왜?"

"하나만 줘."

아즈텍이 말을 이었다.

그는, 앞날에 불안을 드리워주는, 또한 패배와 수치의 증거인 덧옷과 셔츠를 모아서, 일종의 자그마한 속죄의 화장대를 만든 다음, 돌에 성냥을 긋더니, 이 불길하고 저주받은 날의 기억을 영원히 지워버리려는 듯 주저하지 않고 불을 붙였다.

"바지를 갈아입지 않아도 되게 어떻게 해보지, 뭐."

아즈텍은 투괼의 질문에 대답했다.

"어머니는 바지가 작살이 났다는 생각은 아마 못하실 거야. 차라리 가구 뒤나, 어딘가에서 덧옷, 셔츠랑 함께 굴러다닌다고 생각하시겠지."

풀 길 없던 수수께끼도 풀렸겠다 골치 아픈 문제도 해결이 되었겠다, 이제 마음이 놓이고 차분해진 두 아이는 첫 번째 삼종 기도 종소리를 기다렸다가 친구들 틈에 섞여 들어갔고, 기도를 마치고 나오던 친구들은 옷을 제대로 갖추어 입은 두 아이를 보고 깜짝 놀랐다. 두 아이는 이렇게 해서 자신들도 기도 시간에 참석했다가 오는 양 집으로 돌아갔다. 사제가 보지 못하기만 하면 작전은 성공이었고, 실제로 그렇게 되었다.

그동안 롱쥬베른느에서는 또 다른 장면이 펼쳐지고 있었다.

마을 초입 첫 번째 집에서부터 오십 걸음쯤 떨어져 있는 오래된 보리수 아래 도착하자, 르브라크는 대원들에게 정지 명령을 내리고 조용히 하라고 말했다.

"이 누더기를 끌고 길바닥을 쏘다닐 수는 없지."

그는 아즈텍의 바지를 눈으로 가리키면서 말했다.

"도대체 그 바지 어디서 났냐고 물을 텐데, 그러면 뭐라고 할 거야?"

"거름 웅덩이에 처박아야 해."

작은 지뷔스가 충고했다.

"하! 어쨌든지, 아즈텍, 그 자식 사람들보고 뭐라고 할까? 녀석이 아랫도리 발가벗고 돌아오는 걸 보면 걔네 어머니가 어떻게 하실까?"

손수건이나 모자를 잃어버린다든가, 나막신이 깨진다든가, 구두끈 매듭을 잘못 지어 풀 수가 없다든가, 그런 건 괜찮다. 그런 일은 매일 일어나고, 따귀 한두 대면 해결이 나니까. 거기다가 그것들이 낡기라도 했다면야……. 하지만 바지를 잃어버리다니, 뭐라고 말해도 소용없는 것이, 그런 일은 흔히 볼 수 있는 일이 아니다.

"친구들, 그 녀석 처지가 되고 싶지는 않군!"

"자식, 이제 버릇이 좀 들겠지!"

호주머니가 잔뜩 부풀어 있는 것이, 엄청난 전리품을 거두어들인 게 확실한 땡땡이 말했다.

"이렇게 두세 번만 더 놈들을 혼내주면, 회비를 다달이 내지 않아도 되겠어. 돈을 가지고 잔치도 벌일 수 있을걸."

땡땡이 허벅지를 치면서 말했다.

"그런데, 이 바지, 이거 어떻게 하지?"

"바지라면 말이야."

르브라크가 딱 잘라 말했다.

"여기 보리수 구멍에 넣어두자. 내가 알아서 할게. 내일이면 알게 될 거야. 단지, 너희도 알지, 말하고 다니면 안 돼. 너희들은 어쨌든 빨래터 여자들 같지는 않겠지. 입단속 잘하라구. 내일 아침에, 실컷 웃을 수 있게 해줄게. 하지만 신부가 또 내가 한 짓이라는 것을 알게 되면, 작년처럼, 첫 영성체를 안 해주려고 할 거라구. 작년에는 성수반 안에 잉크통을 담갔었거든."

그러더니 지방의 반교권주의 대변지인 《르 레베이 데 캉판뉴》(농촌 계몽일보-옮긴이)나 《르 프티 브랑동》(작은 횃불-옮긴이)을 읽는 아버지를 둔 아들답게, 허세를 부리며 덧붙였다.

"너희들도 알겠지만, 내가 영성체 때 주는 그 동그랗고 얄팍한 과자가 탐나서 그러는 건 아니고, 단지 남들도 다 하니까."

"르브라크, 뭘 하려고 그러는데?"

친구들이 물었다.

"하기는 뭘 해. 내가 뭐랬지? 내일 아침이면 알게 될 거라고 했잖아. 자, 어서들 집으로 돌아가자."

아즈텍의 바지를 늙은 보리수에 패어 있는 구멍에 집어넣고 나자, 아이들은 집을 향해 떠났다.

"여덟 시 지나서 여기로 나와."

르브라크는 카뮈에게 말했다.

"날 도와줘야 해!"

카뮈는 그러마고 했고, 둘은 저녁을 먹고 학과를 복습하기 위하여 집으로 갔다.

저녁을 먹고 나서, 아버지가 연감을 뒤적이며 다음번 베르셀 장이 설 때면 어떤 절기에 해당하는지를 찾아보다가 꾸벅꾸벅 졸기 시작하자, 이 순간을 노리고 있던 르브라크는 대뜸 문을 밀고 나섰다.

하지만 어머니는 깨어 있었다.

"어디 가니?"

어머니가 물었다.

"오줌 누러 가지 어딜 가겠어요."

르브라크는 태연하게 대답했다.

어머니가 또 다른 잔소리를 할까봐 재빨리 바깥으로 나온 르브라크는 한달음에 늙은 보리수가 있는 데 도착했다. 그를 기다리고 있던 카뮈는, 어두컴컴한 가운데서도 르브라크가 덧옷 앞섶에 옷핀을 줄줄이 달고 온 것을 보았다.

"뭐 할 건데?"

뭐든지 할 준비가 되어 있는 카뮈가 물었다.

"가자."

아즈텍의 바지를 꺼내어, 엉덩이와 양 바짓가랑이 뒤쪽을 쫙 찢은 뒤, 르브라크가 말했다.

두 아이는 인적이 끊기고 아무 소리도 들리지 않는 성당 광장에 도착했다.

"그 누더기 좀 건네줘."

성당을 둘러싸고 있는 담 위에는 빙 둘러 철책이 쳐져 있었는데, 르브라크는 담 가장자리로 올라가며 말했다.

르브라크가 올라간 바로 그 지점에 다리를 반쯤 내놓은 성상(르브라크는 성 요셉이라고 믿고 있었다)이 하나 석재 받침 위에 놓여 있었는데, 담대한 르브라크는 순식간에 받침 위로 올라가서 성모 마리아의 남편 곁에 그럭저럭 버티고 섰다. 카뮈는 팔을 길게 뻗어 아즈텍의 바지를 건네주었고 르브라크는 '귀여운 철제 인간'에게 신속하게 바지를 입히는 작업에 착수했다. 르브라크는 조상의 다리 부분에 바지를 갖다 대고, 핀 몇 개를 집어 뒤쪽을 여미고, 여러분도 알다시피 찢어져서 펄럭거리는 허리 부분은 낡은 두 겹짜리 노끈을 둘러 묶어놓았다.

그러더니, 르브라크는 자신의 작품에 만족해하며 땅 위로 내려섰다.

"밤에는 쌀쌀하단 말이야."

그가 조용히 말했다.

"저렇게 해놓으면, 성 요셉도 더 이상 다리가 시리지 않을 거라고. 선하신 하느님도 좋아하실 거고 우리에게 고마움을 표시하기 위해서 앞으로도 포로들을 계속 잡아들일 수 있게 해주실 거야."

"자, 이제 자러 가자!"

다음 날 아침, 마을 아낙들과 포트의 노파, 꺽다리 페미, 그리오트, 그리고 여느 때처럼 일곱 시 미사에 왔던 또 다른 마을 사람들은, 그러한 신성 모독 행위를 보고 충격을 받아서 성호를 그어댔다.

"누가 성 요셉 상에 바지를 입혔어요!"

성당지기는 바지를 벗겨내기 전에, 양 가랑이 사이가 깨끗하지 않은 걸 보고 최근까지도 누군가 입었던 바지라는 것은 알아냈지만, 마을 아이들 중 어떤 아이가 걸치던 것인지는 즉각 떠올리지 못했다.

성당지기는 바람직스럽게도 신속하고 열성적으로 조사에 나섰건만 아무런 소득도 얻지 못했다. 질문을 당한 남자 아이들은 아무 말도 못하고 물고기 모양 입만 뻐끔거리거나 아니면 어린 송아지처럼 어리둥절해서 바라볼 뿐이었다. 그래서 이 일을, 어떤 흉측스런 비밀 조직이 한 짓이라고 철석같이 믿은 사제는, 다음 일요일 제단 위에 올라서자, 선량한 사람들을 박해하는 것에서 그치지 않고, 성소까지 침범하여 성인들을 웃음거리로 만들며 신

성모독 행위를 저지르는 불경한 인간들과 사악한 집단에 대해 저주를 퍼부었다.

 롱쥬베른느 마을 사람들 역시 사제만큼이나 놀랐지만 그 누구도, 롱쥬베른느 부대가 거시기 털이나 긁는 벨랑 마을 아이들을 상대로 벌인 전투에서 정정당당하게 쟁취한 아즈텍의 바지를 성 요셉에게 입혀놓았을 거라고는 꿈에도 생각하지 않았다.

회계에게 닥친 불행

> 높은 직책에 오르는 것이 항상 좋은 것만은 아니다.
> —라 퐁텐 (「두 마리 노새」)

이미 백 번도 넘게 세고 또 세어보며, 자기에게 맡겨진 다양한 물품들의 현황을 파악해 두었던 회계는, 다음 날 아침부터 구석진 자기 자리에 앉아서 장부 정리를 할 태세를 갖추었다.

땡땡은 기억을 더듬어가며, 수입 칸에 다음과 같이 상세한 현황을 기록하기 시작하였다.

월요일
기냐르 회비
바지 단추 하나, 팔 길이만 한 회초리용 '녹끈(노끈)'.

게뢰이아 회비
어머니가 쓰던 낡은 양말대님 하나(양말대님 한 쌍으로 개조할 수 있음), 셔츠 단추 세 개.

바티 회비
안전핀 하나, 낡은 가죽 구두끈 하나.

펠리 회비

내 키만 한 노끈 두 줄, 겉옷 윗도리 단추 하나, 셔츠 단추 두 개.

화요일

라 소트 전투에서 르브라크, 카뮈, 큰 지뷔스가 잡아온 포로, 아즈텍에게서 쟁취한 물품들:

상태 양호한 구두끈 한 쌍.

양말대님 하나.

꼰 줄 한 토막.

바지 단추 일곱 개.

버클 하나.

멜빵 한 쌍.

덧옷 훅단추.

검은 유리로 만든 덧옷 단추 두 개.

스웨터 단추 세 개.

셔츠 단추 다섯 개.

조끼 단추 네 개.

1수.

군자금 총액

비상금 3수.

셔츠 단추 육십 개.

"가만 있자. 육십 개가 맞던가?"

땡땡은 긴가민가했다.

"늙은 여우가 나를 보고 있지 않군! 다시 세어볼까?"

땡땡은 개인 소지품과 뒤섞여 있는 전쟁 물자로 인해 불룩해진 호주머니에 손을 갖다 대었다. 마리는, 어제 땡땡이 늦게 들어온 데다가, 내놓고 할 수 없는 작업이라서, 롱쥬베른느 부대에게 만들어주기로 약속했던 끈 달린 주머니를 만들 시간을 여태껏 내지 못했었다.

땡땡의 손수건이 단추들이 들어 있는 주머니를 막고 있었다. 땡땡은 별 생각 없이, 셈이 맞는지 어서 확인하고 싶은 생각에 손수건을 확 잡아 뽑았고 그러자⋯⋯ 와그르르⋯⋯ 교실 바닥에 떨어진 단추들이 개암열매며 구슬들과 뒤섞여서 사방으로 구르더니 여기저기 흩어져버렸다.

아이들은 줄줄이 고개를 돌려서 바라보았고, 웅성거림이 들려왔다.

"도대체 이게 다 뭔가?"

이틀 전부터 땡땡의 태도가 이상하다는 것을 눈치 채고 있었던 시몽 선생님이 차갑게 물었다.

그러더니 도덕 수업을 그렇게도 많이 했고, 조지 워싱턴과 도끼에 관한 교훈적인 일화도 들려주었던 시몽 선생님이건만, 땡땡이나 다른 아이들의 정직성에 대하여 그다지 신뢰하지 않았기 때문에, 어떤 성격의 범죄를 저질렀는지 직접 두 눈으로 확인하기 위하여 서둘러 다가왔다.

땡땡은 너무 놀라서 거의 아무런 생각도 할 수 없었고, 옆에 앉아 있던 르브라크는 떨리는 손으로 재빨리 장부를 움켜쥐고 자기 책상 서랍에 쑤셔 넣을 시간밖에 없었다. 하지만 르브라크의 행동이 날카로운 선생님의 눈에 띄

지 않을 리 없었다.

"르브라크, 뭘 숨기는 건가? 즉각 내놓지 않으면 일주일 동안 방과 후 남도록 하겠다!"

회계 장부를 내놓고, 롱쥬베른느 부대의 힘이자 영광의 원천인 비밀을 공개하라고? 저런, 르브라크로서는 차라리 ……통에 빠지는 게, 아니, 카뮈의 형이 우아하게 말하는 대로 하자면, 노역에 종사하는 편이 나았다. 하지만 일주일이나 방과 후에 남아야 한다는 건! 아이들은 모두 마음을 졸이며 둘의 결투를 지켜보았다.

르브라크는 영웅적이었다는 말밖에는 할 수 없다.

르브라크는 책상 서랍 뚜껑을 들어 올리더니, 프랑스 역사 교과서를 열고, 시몽 선생님에게 — 롱쥬베른느 조국의 제단에 그렇게나 소중히 여기던, 청춘에 겪기 마련인 사랑의 첫 증표를 제물로 바치면서 — 이 음산하기 짝이 없는 학교 선생님에게, 땡땡의 누이가 변치 않는 마음의 상징으로 주었던 그림, 여러분도 기억하시겠지만 추억이라는 열정적인 말과 함께 푸른 들판에 핀 튤립인지 주홍색 제비꽃인지가 그려져 있던, 너무도 소중한 그 종이를 내밀었다.

한편, 르브라크는 선생님이 그림을 즉각 찢어버리지만 않는다면, 선생님이 발걸음을 돌리자마자, 선생님 책상으로 가서 그림을 되찾아오겠다고 맹세했다.

잠시 뒤 선생님이 다시 교단에 올라섰을 때, 르브라크의 심정이 어떠했겠는가!

그러나 단추가 교실 바닥에 떨어졌던 이유는 거의 해명이 되지 않았다.

르브라크는 더듬거리면서, 그림과 단추들을 맞바꾸었다고 자백해야만 했다……. 어쨌든 이런 종류의 물물교환은 수상쩍었다.

"자네 주머니에 있는 그 모든 단추들로 뭘 하려는 건가?"

시몽 선생님이 땡땡에게 물었다.

"내 내기해도 좋은데, 자네 모친에게서 그 단추들을 훔쳐냈겠지. 몇 자 적어보내서 자네 모친께 알려드려야겠어……. 두고 보게나.

자, 우선, 수업을 방해했으니 자네들 둘 다 오늘 방과 후에 한 시간씩 남는다."

'방과 후 한 시간이라구.'

다른 아이들은 속으로 생각했다.

'얼씨구, 잘돼 가는군. 대장과 회계가 붙들려 있게 되었으니 어떻게 싸우지?'

재수 없게 벨랑 아이들에게 당했던 그날 이후로, 이해가 가는 일이긴 하지만, 카뮈는 다시 대장의 책임을 떠맡기를 꺼려했다. 어쨌든 벨랑 놈들이 온다면! ……정말이지, 놈들 엿이나 먹어라!

놈들이 전날 엄청 당했으니 오늘 올 가능성이 거의 없다는 것은 사실이었다. 하지만 맛이 살짝 간 놈들이니 어떻게 나올지는 아무도 모르는 일이지 않는가!

"도대체 그 단추들이 어디 갔지?"

시몽 선생님이 다시 물고 늘어졌다. 몸을 수그리고, 안경을 고쳐 쓰고, 의자들 사이를 살펴보아도 아무 소용없었다. 선생님 시야에 들어오는 단추라고는 하나도 없었다. 선생님이 호통 치는 동안에, 아이들은 신중하게 조심

조심 몰래 단추들을 주워서 호주머니 가장 깊은 곳에 숨겨버렸던 것이다. 선생님으로서는 화근이 된 단추들의 종류나 수량을 알 길이 없었고, 그래서 수상하다는 생각을 떨치지 못했다.

하지만 다시 교단에 올라가자, 필시 보복행위였겠지만 — 심통 사나운 늙은이! — 선생님은 마리 땡땡이 대장에게 주었던 예쁜 그림을 둘로 찢어버렸고, 르브라크는 분노와 고통으로 얼굴이 시뻘게졌다. 선생님은 무심하게 두 동강 난 그림을 하나씩 휴지통에 떨어뜨린 뒤, 중단되었던 수업을 다시 시작했다.

르브라크가 얼마나 이 그림에 애착을 갖고 있는지 알고 있던 라 크리크는 일부러 펜을 떨어뜨린 다음, 줍는 체하면서 재빨리 그 귀중한 종이 조각 두 개를 훔쳐내어 책 속에 숨겼다.

그리고 나서, 대장을 즐겁게 해주기 위해서, 풀이 묻어 있는 우표 가장자리로 두 동강 난 그림을 몰래 붙여서, 쉬는 시간에 다시 르브라크에게 건네주었다. 르브라크는 이 예기치 못한 선물에 기쁨과 감동으로 눈물을 흘릴 뻔했고, 근사한 친구, 진짜 친구 라 크리크에게 어떻게 고맙다고 해야 할지를 몰라 했다.

하지만 방과 후 남는 벌은 어쨌든 난감한 일이었다.

'제발 선생님이 우리 집에 아무 말 하지 말기를.'

땡땡은 그런 생각을 하며, 자신의 근심거리를 르브라크에게 털어놓았다.

"오!"

대장이 말했다.

"선생은 더 이상 그 생각은 하지 않을 거라구. 단지 조심하고 책잡힐 일은 하지 말라구! 주머니는 건드리지도 마. 네게 아직도 단추가 남아 있다는 것을 알기만 하면……."

학교 마당으로 나오자마자, 흩어진 단추들을 주워서 간직하고 있던 아이들이 회계에게 단추들을 되돌려주었다. 어떤 아이도 땡땡의 부주의함에 대해 핀잔을 주지 않았는데, 왜냐하면 땡땡이 얼마나 무거운 책임을 지고 있는지 잘 알고 있었기 때문이다. 그 직책 때문에 땡땡은 집에 가면 그를 기다리고 있을 매타작 말고도 방과 후 남는 벌까지 받게 되었으며, 앞으로 또 무슨 일을 당하게 될지 몰랐다.

땡땡 역시 그 사실을 절감하고 불평을 했다.

"싫어, 너도 알지! 누군가 다른 사람을 찾아서 회계를 맡기라구. 이건 너무 불편하고 위험해. 어제 전투에도 참가하지 못했겠다, 그리고 오늘은 벌까지 받았으니!"

"나도 그렇잖아."

르브라크가 땡땡을 위로하기 위해서 말했다.

"나도 방과 후에 남게 되었다구."

"그래, 하지만 어제 저녁에, 넌 돌도 던지고 몽둥이도 휘둘렀잖아. 그래, 안 그래?"

"그게 뭐 별거니. 자, 가끔씩 너도 싸울 수 있게 저녁때 교대해 줄게."

"오늘 저녁에 단추들을 집에 가져가지 않아도 되게 지금 어디다가 숨길까봐."

"만약 누가 널 보기라도 하면 어쩌려고. 가령, 귀귀 영감이 헛간 벽의 널빤지 사이로 보고, 단추들을 뺏으러 오거나 선생님에게 이르기라도 하면,

우리 모두 꼴좋게 되는 거라구."

"괜찮아! 아무 위험도 없을 거라니까, 땡땡."

다른 아이들은 땡땡을 위로하고, 안심시키고, 근심과 자신감의 근원이며, 고난과 자긍심의 근원이기도 한 이 군자금을 몸에 지니고 있으라고 입을 모아 외쳤다.

학교에서의 마지막 시간은 서글펐고, 쉬는 시간이 끝나갈 무렵이 되자 아이들은 움직이지도 않고 거의 떠들지도 않으면서, 삼삼오오 모여 낮은 목소리로 수근거려서 선생님의 호기심을 자극하였다. 아무 소득 없는 하루였고, 방과 후 남는 벌을 생각하면 젊은 혈기마저도 시들어버렸고 움직이고 싶은 욕구도 가라앉아버렸다.

"오늘 저녁에는 도대체 뭘 하면 좋지?"

강베트와 지뷔스 형제가 어찌할 바를 모르다가 한 명은 라 코트 쪽의 집으로, 나머지 두 형제는 베르누아 쪽의 집으로 돌아가버리자, 마을에 사는 아이들은 서로 물어댔다.

카뮈가 구슬치기를 제안했는데, 왜냐하면 라 소트에서 적들을 두들겨 팬 이후로는, 전쟁을 흉내 내는 놀이는 너무 시시하게 여겨졌기 때문이었다.

그래서 아이들은 광장으로 가서, '돌려주기 없기'로 하고 구슬 하나씩을 걸고 놀이를 시작했고, 그동안 벌을 받는 아이들은 블랑쉐의 『프랑스 역사』 일부를 마지못해 베끼면서 보충 수업 시간을 죽이고 있었다. 그 글은 다음과 같이 시작되었다. '태어날 때, 미라보(프랑스 혁명 때 주도적으로 활동했던 정치가-옮긴이)는 발이 뒤틀려 있었고 울음을 터뜨리지 않았다. 이미 어금니 두 개가 솟아 있어서 장차 갖게 될 힘을 예고하는 듯했다……', 어쩌고저쩌고. 아이들에게 전혀 흥미 없는 이야기였다.

정신은 다른 곳에 놓아두고 교과서를 베끼고 있던 두 아이의 귀에, 구슬치기를 하면서 친구들이 내지르는 소리가 열린 창문을 통하여 들어왔다.

"몽땅!"

"싹쓸이!"

"내가 먼저 말했잖아!"

"거짓말쟁이!"

"너 맞출 게 없잖아!"

"카뮈 걸 겨눠!"

"딱! 너 죽었어! 구슬 몇 개 있니?"

"세 개!"

"거짓말 마. 적어도 그보다 두 개는 더 있잖아! 지, 마저 내놔. 이 더러운 도둑놈!"

"너 계속하려면, 가운데 구슬 하나 갖다 놔야지."

"상관 안 해. 다 겨눠서 다 따먹을 거야."

어쨌든, 구슬치기 한판을 한다는 건 얼마나 신나는 일인가. 땡땡과 르브라크는 이런 생각을 하면서 세 번째로, '태어날 때, 미라보는 발이 뒤틀려 있었고 울음을 터뜨리지 않았다……'를 베끼고 있었다.

"이 자식, 미라보 말이야, 더럽게 못생겼었겠지?"

르브라크가 말했다.

"한 시간이 언제 다 가려나!"

"너희들 땡땡 못 봤니?"

지나가던 마리가, 방금 던진 구슬이 다른 구슬을 맞혔는지 아닌지를 놓고 맹렬하게 다투고 있던 아이들에게 물었다.

이 질문에 아이들은 대번에 진정이 되었는데, 구슬치기가 불러일으켰던 소소한 이익 다툼은 어떤 식으로든지 보다 위대한 과업과 결부된 일에 밀려나 버렸다.

"주머니가 완성됐는데."

마리가 덧붙였다.

"와! 오! 어서 보여줘!"

그러자 마리 땡땡은, 꼼짝 않고 경탄해서 바라보는 전사들 앞에 새 회색 천으로 만든 끈 달린 주머니를 내보였다. 주머니는 보통의 구슬 주머니 두 개를 합쳐놓은 크기였고, 단단하게 바느질이 되어 있었으며, 주머니 주둥이에는 꼰 끈 두 개를 꿰어서 물건이 빠져나가지 못하도록 꽉 조일 수 있게 되어 있었다.

"더럽게 근사하네!"

카뮈는 이런 표현을 통해 최대의 찬사를 보냈고, 고마운 마음에 두 눈이 반짝였다.

"이게 있으니, 이제 우리는 살았다!"

"곧 나오려나?"

땡땡과 르브라크가 어떤 상황에 처해 있는지를 알게 된 마리가 물었다.

"십 분 정도 남았어. 아니 십오 분."

종탑 쪽을 한 번 바라보고 나서 라 크리크가 고쳐 말했다.

"기다리겠어?"

"아니야."

마리가 대답했다.

"너희들하고 있는 걸 누가 보고 어머니에게 내가 선머슴애 같다고 얘기하면 어쩌라구. 난 갈게. 땡땡보고 나오자마자 집으로 오라고 말해 줘."

"그럼, 그렇게 하고말고! 걱정하지 마."

"문 앞에 있을 거라고."

마리는 집 쪽으로 뛰어가면서 말을 마쳤다.

두 아이가 풀려나오기를 기다리면서, 아이들은 시들하게 구슬치기를 계속했다.

십 분쯤 지나자, '발이 뒤틀린 어린 미라보는, 어쩌구저쩌구'에 완전히 학을 뗀 르브라크와 땡땡이, 가운데 쌓아두었던 구슬을 나누며 놀이를 마치고 있는 아이들 곁으로 다가왔다.

아이들이 주머니 얘기를 꺼내자마자, 땡땡은 서둘렀다.

"나 간다."

땡땡이 뛰어가면서 소리쳤다.

"단추들을 잃어버릴까봐도 겁이 나지만 이 단추들 때문에 허벅지 살이 헤질 지경이라구."

"단추들을 주머니에 집어넣거든, 혹시 올 수 있으면 오도록 해봐, 응!"

카뮈가 당부했다.

땡땡은 그러마고 약속하고 누이를 보러 경중경중 뛰어갔다. 땡땡이 도착한 바로 그 순간에, 아버지는 마침 채찍을 휘두르며 물을 먹이기 위해 가축들을 몰고 외양간에서 나오던 중이었다.

"그래, 할 일이 그렇게 없냐? 응!"

양말을 수선하느라고 무척 바쁘다는 표를 있는 대로 내고 있는 마리 곁에 가서 땡땡이 앉는 것을 보고 아버지가 말했다.

"학교에서 배운 것 다 안단 말이에요."

땡땡이 대꾸했다.

"허! 저런! 저런! 저런!"

이렇게 알 듯 모를 듯한 소리를 하더니, 아버지는 아이들은 버려두고, 그 로쿨라네 울타리에 맹렬하게 목을 비벼대고 있는 '그리베'를 향해 달려가셨다.

"떨어져! 허, 망할 놈의 소새끼!"

아버지는 채찍 손잡이로 그리베의 축축한 콧방울을 때리면서 소리쳤다.

아버지가 가축들을 몰고 첫 번째 집을 지나치자마자, 마리는 마침내 문제의 주머니를 꺼냈고, 땡땡은 호주머니 가득 들어 있던 군자금을 몽땅 털어서 누이의 앞치마 위에 쏟아놓았다.

그러고 나서 둘은 차근차근 주머니에 물건들을 집어넣기 시작했다. 우선 단추, 그 다음에는 혹단추와 버클, 그 다음에는 천 조각에 정성 들여 꽂아놓은 바늘 쌈지, 그리고 마지막으로 구두끈과 고무줄, 꼰 줄과 노끈들을 집어넣었다. 그러고도 다시 포로를 잡을 경우를 대비한 공간이 남았다. 정말이지 너무 근사하군!

줄을 잡아당겨서 주머니를 묶은 뒤, 땡땡은 술잔을 높이 들어 바라보는 술고래처럼, 불룩한 주머니를 눈높이로 들어 올려서 무게를 가늠해 보고,

회계 노릇을 하느라 근심에 시달리고 처벌을 받았던 일은 까맣게 잊고 기뻐하고 있었다. 바로 그때, '딱, 딱, 딱, 딱' 급하게 달려오는 나막신 소리가 들려서 고개를 내리고 누가 오나 싶어 길 쪽을 바라보니, 라 크리크가 다리를 두 배는 재게 놀려 땅을 박차며 달려오고 있었다.

숨이 턱에 차서, 불안한 눈빛으로, 라 크리크가 아이들을 향하여 곧바로 다가오더니 음산한 목소리로 외쳤다.

"단추 조심해! 너희 아버지가 시몽 선생님하고 이야기를 나누고 있어. 그 심술궂은 늙은이가 오늘 단추 때문에 너를 혼냈으니 몸뒤짐 좀 해보라고 할까봐 정말로 걱정된다. 그럴 수도 있으니까 단추들을 숨겨둬, 응! 난 튄다. 만약 너희 아버지가 나를 보시면 내가 너한테 미리 귀띔했다고 생각하실지도 몰라."

땡땡 아버지가 짝, 짝, 채찍을 내려치는 소리가 벌써 가까이 들려오고 있었다. 라 크리크는 과수원 울타리 사이로 미끄러져 나가서 그림자처럼 사라졌고, 사내아이들만큼이나 이 모험에 얽혀 든 마리는 정말로 적절한 때에 재빨리 대담한 결심을 내려서, 앞치마를 반 걷어 올려 등 뒤로 단단하게 묶었다. 그러자 앞쪽에 일종의 주머니가 생겨났고, 마리는 그 비밀 장소에 롱쥬베른느 부대의 단추들을 담은 주머니를 밀어 넣고 그 위에 바느질감을 올려놓았다.

"어서 들어가!"

마리가 땡땡에게 말했다.

"공부하는 척해. 나는 여기 남아서 양말을 기울게."

자기 일 말고는 관심이 없다는 표정을 지으면서도, 땡땡의 누이는 놓치지 않고 아버지의 안색을 훔쳐보았다. 아버지가 아들 녀석이 아직도 문간에서 빈둥거리고 있는지 보려고 던지는 눈길을 보니, 대단한 소동이 일어나리라는 것은 조금도 의심할 바가 없었다.

황소와 암소들은 서로 먼저 외양간으로 들어가려고 밀쳐대고 있었는데, 여물통을 따라 줄줄이 지나가면서 제 몫을 먹기 전에 옆 자리에 놓인 여물을 조금이나마 훔쳐 먹으려는 것이었다. 하지만 땡땡의 아버지는 채찍을 휘두르면서, 매일 벌어지는 이 도둑질을 조금도 용납하지 않겠다는 의지를 보여주며 가축들 목에 일일이 쇠줄을 두르자마자, 퇴비와 거름으로 시커먼 물이 든 나막신을 신은 채로 부엌으로 통하는 문을 밀고 들어갔다. 그곳에는 칭찬받을 만한 태도로, 내일 있을 산수 과목을 준비하느라고 여념이 없는 땡땡이 앉아 있었다.

뺄셈에 관한 정의를 공부하고 있는 중이었다.

"뺄셈이란 그 목적이……."

땡땡이 중얼중얼 외우고 있었다.

"너 지금 뭐 하냐?"

아버지가 말했다.

"내일 있을 산수 공부하고 있잖아요!"

"조금 전에 다 안다고 하지 않았냐?"

"이건 잊어버렸단 말예요!"

"뭔데?"

"뺄셈이에요!"

"뺄셈이라! 저런! 내 보기에 이미 뺄셈을 알고 있는 것 같구먼, 요놈의 망나니 자식!"

그러더니 아버지는 퉁명스럽게 덧붙였다.

"이리 가까이 와봐!"

땡땡은 가능한 한 놀란, 그리고 순진한 표정을 지으며 아버지 말씀을 따랐다.

"주머니 뒤집어봐!"

아버지가 명령했다.

"아무 짓도 안 했는데요. 아무것도 없단 말예요."

땡땡이 항의했다.

"주머니 안에 뭐가 들어 있는지 다 내놓으라고 했지, 엄……! 꾸무럭거리지 말고 빨리 못해!"

"아무것도 없어요. 정말로요!"

땡땡은 중상모략의 희생자다운 고결한 표정으로, 오른쪽 주머니에 손을 넣어 손수건 노릇을 하는 더러운 천 조각과 용수철이 고장 난 이 빠진 주머니칼, 끈 실 한 토막, 구슬 하나, 마룻바닥에서 구슬놀이를 할 때 금 긋는 데 쓰이는 석탄 한 조각을 꺼내놓았다.

"그게 전부냐?"

아버지가 물었다.

땡땡은 더 이상 아무것도 남아 있지 않다는 것을 보여주기 위하여, 때가 묻어 시커먼 호주머니를 뒤집어 보였다.

"다른 쪽 주머니!"

똑같은 일이 되풀이되었다. 땡땡은 차례로, 반쯤 갉아 먹은 감초 한 토막,

딱딱해진 빵 조각, 감자 조각, 자두 씨, 개암열매 껍질과 동글동글한 자갈 (돌팔매용으로 아주 좋은)을 꺼냈다.

"단추들은?"

아버지가 물었다.

바로 이 순간 땡땡의 어머니가 들어왔다. 단추 이야기가 오가는 것을 듣자, 훌륭한 가정주부로서의 절약 정신이 눈을 떴다.

"단추요?"

땡땡이 대답했다.

"단추는 없어요!"

"없어?"

"없어요! 단추가 어디 있어요! 그런데 무슨 단추요?"

"오늘 오후에 네가 갖고 있던 단추들은?"

"오늘 오후?"

땡땡은 멍청한 표정으로 아버지 말을 따라하면서, 기억력을 총동원하는 표정을 지었다.

"멍청한 척하지 마라, 염병할!"

아버지가 소리쳤다.

"안 그러면 따귀를 때려주겠다, 요 쪼그만 코흘리개 녀석아. 오늘 오후에 교실 바닥에 한 움큼이나 흘렸다며. 그러니 오후에 단추를 갖고 있었단 소리지. 방금 선생님이 그러셨는데, 호주머니에 잔뜩 들어 있었다고 하시더라! 그 단추로 뭐 했니? 그 단추들 어디서 났어?"

"내겐 단추가 없었다구요! 그건 내가 아니라, 그건...... 르브라크란 말예요. 르브라크가 그림하고 단추하고 맞바꾸고 싶어 했어요."

"아! 어쩐지!"

어머니가 말했다.

"그래서 내 반짇고리와 재봉틀 서랍에 남아 있는 게 없었군. 요 말썽꾸러기 도야지 새끼가 다 훔쳐가는 거로군. 그러니 단추가 남아날 턱이 있나. 매일 사고 또 사들여도 아무 소용이 없다니까. 거 노래도 있잖아요. 신부가 시도 때도 없이 성수를 뿌려대듯 훔쳐간다고! 요놈들이 집에 있는 걸 훔쳐내지 않을 땐, 몸에 걸친 걸 찢든가, 나막신을 깨놓든가, 모자를 잃어버리든가, 호주머니에 든 손수건을 흘리고 다니든가, 그도 아니라면 구두끈이 온전하지를 않든가. 아! 하느님! 예수님! 마리아님! 요셉님! 요런 망나니 녀석들하고 도대체 어쩌면 좋겠습니까? 그런데 도대체 단추들은 갖고 뭘 어쩌려는 거지?"

"아! 이런 개차반 같은 녀석! 내 규율과 절약이 뭔지를 좀 가르쳐주겠다. 말로 해도 듣지를 않으니, 엉덩짝에 발길질을 해서 가르치는 수밖에 없지. 어디 두고 보라구."

땡땡의 아버지가 호통을 쳤다.

곧 말이 행동으로 이어져서, 아버지는 아들의 팔을 낚아채서 뱅그르르 돌려 세워놓고, 어머니의 반짇고리에서 단추들을 훔쳐내는 못된 버릇과 생각을 당분간 확실히 잠재워주겠다고 생각하면서, 거름으로 꺼멓게 얼룩진 나막신을 신은 발로 엉덩이에 도장들을 찍어댔다.

땡땡은 요전날 르브라크가 말해 준 원칙을 지켜서, 아버지가 손을 대기도 전에 온 힘을 다하여 소리 지르며 울부짖었고, 엉덩이에 나막신이 와 닿자

더 한층 목소리를 높이고 끔찍한 비명을 질러댔는데, 어찌나 날카로운 비명을 질러댔던지, 온통 겁에 질린 마리는 눈물을 글썽이며 들어왔고, 어머니마저도 놀란 나머지 아들이 정말로 순교에 맞먹는 고통을 당한다고 생각하여, 너무 세게 때리지 말라고 아버지에게 애원하였다.

"이 망할 놈의 자식한테 손도 거의 안 댔다구."

아버지가 대꾸했다.

"내 다음번에는 맞는다 싶게 얻어맞고 소리 지르도록 가르쳐줄 테다."

"다시 한 번 이따위 짓만 했단 봐라. 어머니 서랍을 뒤지는 꼴이 보이던가, 주머니에서 단추들만 나왔다간, 그냥!"

다른 책략들

> 예나 지금이나, 찾아보면 찾아볼수록…….
> −라신 (『브리타니쿠스』 2막 3장)

"싫어, 싫어. 이제 더 이상은 군자금 관리 안 해! 이젠 정말 질렸다구. 싸우지도 못하고, 미라보에 관한 바보 같은 소리나 베껴야 되고, 방과 후에 남고, 매타작이나 당하다니! 이놈의 단추들 엿이나 먹으라지! 원하는 사람 아무나 가져가. 만약 내 주머니에서 단추가 한 개라도 나오는 날이면, 이제껏 당해 보지 못했던 그런 매타작을 당할 거라고 우리 아버지가 그러셨다구."

다음 날 아침, 회계 땡땡은 이렇게 말하면서 누이가 만들어준 불룩하고 예쁜 주머니를 대장의 손에 건네주었다.

"하지만 누군가는 갖고 있어야지, 이 단추들 말이야."

르브라크가 단호하게 말했다.

"의심을 받고 있으니, 땡땡이 더 이상 이 주머니를 갖고 있을 수 없다는 건 사실이야. 언제라도 몸뒤짐을 당하고 뺏길 수 있는 일이라구."

"큰 지뷔스, 네가 간수해라, 네가! 너희 집은 마을에 없으니, 너희 아버지는 네가 그런 걸 갖고 있는지 전혀 모르실 거라구."

"이 주머니를 끌고, 여기서 베르누아까지, 베르누아에서 여기까지, 하루에 두 번을 왔다 갔다 하라구? 그리고 싸우지도 못하고. 롱쥬베른느 최상의 병사들 중 한 명이고, 가장 강한 전사인 내가? 너 날 무시하는 거야 뭐야?"

큰 지뷔스가 응수했다.

"땡땡도 훌륭한 병사라고. 그래도 회계일을 받아들였잖아!"

"교실에서, 아니면 집에 돌아가다가 다 뺏기라고? 나르시스가 튀르크를 풀어놓는 걸 잊어버리기라도 하는 저녁에, 벨랑 놈들이 우리를 기다리고 있을 수도 있다는 생각은 안 하니! 그리고 우리가 학교에 오지 못하는 날엔 어쩌려구? 너희들 얼간이냐, 뭐냐!"

"교실 책상 서랍에 숨겨두면 어떨까?"

불로가 말했다.

"너 정말 멍청하구나!"

라 크리크가 빈정거렸다.

"도대체, 단추들을 언제 교실에다 다시 갖다 둘 건데? 우리에게 단추가 필요한 때는 바로 네 시 이후라구, 이 못난아, 수업 중이 아니란 말이야. 그러니 단추들을 숨기려고 언제 다시 학교로 돌아올 건데? 생각 좀 해라, 이 똑똑아!"

"아니야, 아니야, 다들 틀렸어. 그게 아니지!"

르브라크가 궁리했다.

"카뮈와 강베트는 어디 있지?"

나이 어린 아이 한 명이 물었다.

"참견 마라."

대장이 퉁명스럽게 대꾸했다.

"걔들은 걔들 생긴 대로, 나는 내 생긴 대로 노는 거고, 넌, 엇……. 알겠어?"

다른 책략들_215

"오! 내가 왜 물어봤는데. 카뮈가 주머니를 갖고 있으면 될 것 같아서 그랬지. 나무 위에 있으니, 그렇게 거추장스럽지 않을 거라구."

"아니야! 아니야!"

르브라크가 무서운 기세로 말을 이었다.

"다른 애도 아니고, 카뮈도 아니야. 이제 알았다. 우리 소지품을 숨겨둘 장소를 찾기만 하면 그만이라구."

"혹시라도 마을은 안 돼! 누가 발견하기라도 하면……."

"안 되지."

대장이 동의했다.

"라 소트에서 찾아내야 한다구. 가령, 위쪽의 오래된 채석장이라든가."

"습기가 없는 장소여야 해. 안 그러면 바늘에 녹이 슬 텐데, 그러면 못 쓰게 된다구. 그리고 습기를 먹으면 실도 썩고."

"검과 창, 그리고 몽둥이를 숨겨둘 만한 장소도 찾아낸다면! 늘 빼앗길 위험이 있으니까."

"어제, 아버지가 내 검을 두 동강이 내서 불에다가 던졌다구."

불로가 우는 소리를 했다.

"손잡이에 감았던 철사 토막만 겨우 건졌는데, 다 타서 갈색이 됐더라."

"그래."

땡땡이 결론 내렸다.

"바로 그거야. 마침한 장소를, 숨길 곳을, 우리 물건을 다 갖다 놓을 수 있는 곳을 찾아야 한다구."

"요새를 만들면 어떨까?"

라 크리크가 제안했다.

"사람들 눈에 띄지 않는 오래된 채석장에 근사한 요새를 짓는다면 말이야. 채석장에는 이미 커다란 굴들이 있잖니. 거기다가 벽을 대어 완성하는 거야. 지붕을 올리는 데 쓸 막대기와 널빤지 조각도 찾을 수 있을 거라구."

"죽여주게 근사하겠네."

땡땡이 말을 받았다.

"진짜 요새라. 쉴 수 있도록 마른 잎을 모아 침대를 만들고, 불을 지필 수 있게 화덕도 만들고, 그리고 돈이 모이면 잔치를 벌이자구."

"바로 그거야."

르브라크가 단호하게 말했다.

"라 소트에 요새를 짓자. 거기에다가 군자금도 숨겨놓고, '타냐(탄약)', 새총도 숨겨놓고, 그리고 던지기 적당한 돌들도 모아놓는 거야. 그리고 앉을 자리도 만들고, 잠자리도 만들고, 검 걸이도 만들자. 굴뚝도 올리고, 불을 지필 마른 나뭇가지도 모아들이는 거라구. 얼마나 근사하겠어!"

"즉각 장소를 찾아내야 해."

주머니를 어떻게 할지 가능한 한 빨리 알고 싶은 땡땡이 말했다.

"오늘 저녁에. 그래, 오늘 저녁에 찾아보자."

잔뜩 흥분이 된 아이들이 결론을 지었다.

"만약 벨랑 놈들이 오지 않는다면 말이야."

르브라크는 아이들의 말을 고쳤다.

"하지만 카뮈와 강베트가 놈들이 우리를 방해하지 못하게 알아서 처리해 줄 거야. 그 일이 성공하면 우리 모두 성가신 일이 없을 거고, 만약 실패한다면, 두 명만 나서서 마침한 장소를 찾으러 가는 거야."

"카뮈가 뭘 하고 있는데? 어서 말해 봐, 응, 르브라크."

바카이예가 물어댔다.

"저 자식한테 말하지 마."

땡땡은 르브라크를 팔꿈치로 찌르면서 바카이예가 전에 의심을 샀던 일을 기억하라고 살짝 일렀다.

"곧 알게 될 거야. 게다가 나도 전혀 모르는 일이라구! 전쟁, 전투와 관계없는 일에는 모두 자유야. 카뮈는 자기가 하고 싶은 일을 하고, 나는 내가 하고 싶은 일을 해. 그리고 너도, 나머지 사람들도 모두. 아버지 말씀대로, 우리는 공화국에 살고 있다구, 제기랄!"

아이들은 카뮈와 강베트가 빠진 상태에서 교실로 들어갔다. 선생님은 둘이 왜 결석했는지 아는 사람이 있냐고 물었고, 카뮈는 한창 새끼를 낳고 있는 암소 곁에 있느라고 집에 남았고, 강베트는 고집을 피우며 숫염소를 외면하는 암염소를 숫염소에게 데려다주느라고 오지 못했다는 사실을 알게 되었다.

선생님은 더 상세한 설명을 들으려고 애를 쓰지 않았고, 아이들은 그렇게 되리라는 것을 잘 알고 있었다. 그래서 친구들 중 한 명이 학교를 빠지기라도 하면, 아이들은 친구 변명을 해주기 위하여 노골적인 일과 관련된 자잘한 이유를 갖다 대기를 잊지 않았다. 아이들은 그럴 경우 시몽 선생님이 보충 설명을 요구해 오지 않으리라는 것을 잘 알고 있었다.

하지만 카뮈와 강베트는 암소의 분만 문제나 암염소의 생식 문제를 염려하는 것과는 아주 거리가 멀었다.

여러분도 기억하시겠지만, 카뮈는 투괼에게 네 놈이 한 짓을 잊지 않겠노라고 장담했었다. 그 뒤로 카뮈는 복수를 곱씹었고, 이제 충직한 공모자 강베트와 함께 한창 계획을 실행에 옮기는 중이었다.

두 아이는 아침 일곱 시가 되자마자, 르브라크와 만나 이야기를 나누고, 무슨 일을 벌일지에 대하여 알려주었다.

선생님에게 이야기할 변명거리를 만들어내자, 두 아이는 마을을 떠났다. 사람들 눈에 띄지 않도록, 몸을 숨기면서 두 아이는 라 소트 길로 접어들었고, 그로뷔송을 지나서 벨랑 숲 언저리에 이르렀는데, 그 시각에는 숲을 지키는 적군들이 없었다.

투괼의 너도밤나무는 돌담에서 몇 발자국 떨어진 곳에 우뚝 솟아 있었는데, 나무 몸통은 매끈하고 꼿꼿했으며, 몇 주 전부터는 벨랑 보초병의 바짓가랑이에 문질러져서 반들반들 길이 나 있었다. 두 아이 머리 위로 몇 실 떨어진 높이에서부터 가지들이 뻗어나가고 있었다. 세 번쯤 몸을 솟구쳐서 손이 가지에 닿자, 카뮈는 두 팔을 나뭇가지에 걸고 몸을 끌어 올린 다음, 무릎으로 몸을 지탱하고, 곧 두 발로 짚고 올라섰다. 일단 올라서자, 카뮈는 방향을 조정했다. 사실, 헛일을 하여 적들에게 웃음거리가 되고 동지들의 존경심을 깎아먹지 않기 위해서는, 자신의 경쟁자가 어느 나무 가랑이에, 어느 가지에 자리 잡는지를 알아내는 것이 중요했다.

카뮈는 그로뷔송을, 특히 자신의 떡갈나무를 바라보면서 투괼이 대강 어느 정도 높이에 자리 잡는지 파악했고, 투괼이 발로 짚고 서는 지점을 알아내기 위하여 나뭇가지의 껍질이 벗겨진 부분들을 유심히 관찰하였다. 그러고 나자 공중에 난 길을 따라서 이 천연 계단을 기어 올라갔다. 그들이 '허연 얼굴'이라고 부르는 백인이 남긴 자취를 찾아내는 시욱스 인디언, 혹은 델라웨어 인디언처럼, 카뮈는 나뭇가지들을 위아래로 훑었고, 심지어는 투괼의 구둣발에 짓밟힌 나뭇가지들과 말짱한 나뭇가지들을 구별하기 위해서 적의 초소보다 더 높이 올라가보기까지 했다. 카뮈는 롱쥬베른느 부대를 향해 치명적인 돌들을 날리는 새총쟁이 투괼이 어느 나무 가랑이 사이에 자리 잡는지를 정확하게 짚어낸 뒤, 그 옆에 편안하게 걸터앉아서 아래를 내려다보며 적을 어떤 식으로 곤두박질치게 만들지 곰곰이 생각해 보고 나서, 마침내 주머니에서 자루 달린 칼을 꺼냈다.

비비 원숭이의 근육처럼 생긴, 날이 둘 달린 칼이었다. 한쪽은 칼날이 달렸고, 다른 쪽은 거의 들지 않고 한껏 불편한, 이가 큼직한 작은 톱이 달려 있기 때문에 어쨌든 그렇게들 말했다.

이 원시적인 장비를 갖고, 조금의 흔들림도 없이, 카뮈는 자기 허벅지만큼이나 굵은 너도밤나무의 단단한 생나뭇가지를, 오차가 있다 하더라도 실오라기 하나 정도일 만큼 정확하게 톱질할 각오였다. 운명의 그 순간에, 적의 의심을 사는 일이 벌어지지 않도록 하자면 아주 능숙한 솜씨로 처리해야 하는 힘든 일이었다.

아래쪽 나뭇가지 위에 발을 딛고, 두 다리로는 나무 몸통을 조이듯이 서서 카뮈는, 톱질이 둘쭉날쭉하게 되거나 나무껍질이 눈에 띄게 벗겨지지 않도록, 칼날로 자를 부분을 표시하고 나서 가느다란 홈을 팠다.

그러고 난 뒤, 손목을 앞뒤로 부지런히 움직이기 시작했다.

그동안, 강베트는 나무 위로 올라가서 작업을 지켜보았다. 카뮈가 녹초가 되면, 강베트가 대신했다. 삼십 분쯤 지나니, 칼이 달구어져서 날에 손을 갖

다 대지도 못할 정도였다. 아이들은 잠시 쉬고 난 뒤, 다시 일을 시작했다.

두 시간 동안, 둘은 번갈아 톱질을 하였다. 마침내 손가락은 뻣뻣해지고, 손목은 시큰거리고, 목은 부러진 듯 아프고, 두 눈은 흐려지고 눈물이 고였지만, 투혼을 불태우며, 꾸준히 톱질을 하여 가차 없는 생쥐처럼 점점 나무를 파먹어 들어갔다.

톱질할 부분이 일 센티미터 정도밖에 남지 않자, 두 아이는 신중하게 처음에는 지긋이, 그 다음에는 좀더 세게 나뭇가지 위를 눌러보며 얼마나 단단한지 시험해 보았다.

"조금 더 자르자."

카뮈가 결론을 내렸다.

강베트는 생각에 잠겼다. 나뭇가지가 몸통에 붙어 있으면 안 되었다. 그렇게 되면, 투괼은 나뭇가지에 매달릴 테고, 그러면 겁만 좀 먹는 걸로 끝나고 말 테니까. 나뭇가지는 단번에 깨끗하게 떨어져나가야 한다. 그래서 강베트는 카뮈에게, 나뭇가지가 깨끗하게 부러지도록 이번에는 아랫부분을 손가락 두께만큼 톱질하자고 제안했고, 둘은 행동으로 옮겼다.

카뮈가 다시 나뭇가지 위를 세게 밟아보자, 툭 하는 소리가 들려왔다. 좋은 징조였다. 조금만 더 톱질하자, 하고 카뮈는 생각했다.

"자, 이제 됐다. 투괼이 올라가도 부러지지 않을 거야. 하지만 새총을 들고 그 위에서 날뛰기 시작하면……, 하! 하! 정말 재미있을걸!"

나뭇가지 위에 떨어져 있는 톱밥들을 불어서 흔적을 없애버리고 홈 가장자리에 생긴, 나뭇가지 벗겨진 자국을 다독거려서 눈에 띄지 않게 만든 다음, 두 아이는 아침나절에 큰일 하나 해치웠다는 생각을 하면서 투괼의 너도밤나무에서 내려왔다.

"선생님, 아버지께서 선생님께 말씀드리라고 했는데요, 오늘 아침에 왜 학교에 올 수 없었냐 하면, 우리 집 암염소가……."

한 시 십 분 전에 학교에 도착한 강베트가 선생님께 설명했다.

"됐다, 됐어. 알고 있다."

이런 종류의 묘사만 했다 하면 아이들이 둥그렇게 에워싸곤 한다는 것을 잘 알고 있고, 또, 짓궂은 녀석 한 명이 세상에서 가장 순진한 표정으로 보충 설명을 해달라고 할 것을 너무나 잘 알고 있는 시몽 선생님은, 아이들이 그런 이야기를 들으며 즐기는 것을 보고 싶지 않았기 때문에 강베트의 말을 끊어버렸다.

"됐다! 됐어."

선생님은 베레모를 손에 들고 다가오는 카뮈에게도 미리 똑같은 대답을 해버렸다.

"자, 어서, 흩어져서 놀아라. 그렇지 않으면 교실로 들여보내겠다."

교실로 들어간 선생님은 투덜거리며 생각에 잠겼다.

'부모들이 아이들에게 그런 장면을 보여줄 정도로, 아이들 윤리 교육에 그토록 무신경하다니, 정말이지 이해할 수 없군. 정말 제정신들이 아니야. 마을에 종마가 지나갈 때마다, 모두들 그 장면을 지켜보니. 아이들 모두가 둥그렇게 둘러서서 하나도 놓치지 않고 보고 듣고 하는데도 가만히 내버려 둔단 말이야. 그러고 나서는 여자애들과 연애편지를 주고받는다고 하소연들을 하러 오니!'

윤리 문제로 끙끙거리고, 별것도 아닌 일로 상처받는 단순하고 사람 좋은 시몽 선생님이 아닌가!

마치, 자연 속에 사랑의 행위가 널리 퍼져 있다는 것을 모른 체하려는 듯이! 파리들이 서로 들러붙는 것과 수탉이 암탉 위로 뛰어오르는 것을 금지하는 푯말을 세우고, 발정기에 든 암소를 가두어놓고, 사랑을 하는 참새들에게는 총포를 놓고, 제비둥지는 철거하고, 수캐에게는 허리에 천을 두르거나 바지를 입히고 암캐에게는 치마를 입혀야 한단 말인가! 암양이 사랑의 행위를 부추기는 냄새를 피워대면, 숫양들이 먹는 것도 잊어버리고 암양을 둘러싼다고 해서 어린 목동을 딸려 보내지 말아야 한다는 말인가!

게다가 사내아이들은 흔히 목격하는 이런 장면에 대해, 어른들이 생각하는 것만큼 관심이 많지 않았다. 아이들이 재미있게 여기는 것, 그건 싸움질이나 혹은 작은 지뷔스의 이야기에 잘 드러나 있듯이, 밥을 먹고 난 뒤의 배변 행위와 흡사한 그 동작인 것이다.

"마치 ……이라도 싸고 싶은 것처럼, 힘을 주더라구."

모든 경쟁자들을 내몰고 나서 읍장의 암캐를 올라탔던 자기 집 개 튀르크에 대해 말하면서, 작은 지뷔스는 그렇게 묘사했다.

"얼마나 웃겼다구! 키를 맞추려고 어찌나 몸을 낮추었는지 거의 뒷다리 무릎을 꺾고 앉은 것 같았어. 그리고 등은 곱사등이처럼 둥그렇게 휘고. 그러고 나서는, 앞다리 사이에 읍장 개를 가두려고 있는 대로 밀어붙이더니, 몸을 일으켜 세우더라구. 그러니, 친구들, 빠져나갈 길이 없었지. 두 개가 서로 들러붙었고, 폴레트는 몸집이 작으니까 반짝 들려서 엉덩이는 하늘로 치켜들고, 뒷발은 땅에 닿지 않았다구.

바로 그때, 읍장이 우리 집에서 나왔어.

'물을 뿌려요! 물을 뿌리라구! 염병할!' 하며 고함을 질러댔지. 하지만 폴레트가 짖어 댔고, 튀르크는 양 옆의 그…… 그게 활딱 뒤집어졌는데도 폴레트 엉덩이를 끌어당겼어.

그런데, 너희들 알아. 그거 하면 엄청 아픈가 보더라구. 둘을 떼어놨을 때 보니까, 그게 온통 시뻘겠고, 튀르크는 그걸 한 삼십 분은 핥았다니까.

그리고 나서, 나르시스가 '아! 읍장님, 읍장님네 폴레트가 헐값에 넘어간 모양입니다 그려!' 하고 말을 했지…….

읍장은 염병할, 제기랄! 줄줄이 욕을 해대며 떠났다구!"

3부 ― 요새

요새 짓기

> 우리에겐 은은한 향취가 밴 잠자리와
> 무덤처럼 푹 꺼진 쉴 자리가 생길 거요.
> ―보들레르 (「연인들의 죽음」)

롱쥬베른느 전사들은 카뮈와 강베트의 결석, 그리고 대장의 수상쩍은 태도에 부쩍 궁금증이 일어서, 이런저런 이유를 대며 몰래 르브라크에게 설명을 구하러 왔다.

하지만 대장의 총애를 받는 아이들조차 고작 이런 대답을 들을 수 있었을 뿐이다.

"오늘 저녁에 투괼을 눈여겨봐."

네 시 십 분, 아이들은 엄청난 양의 자갈들을 앞에 쌓아놓고 손에는 빵을 들고, 각자 자기 자리에서 전에 없는 주의를 기울이며, 초조하게 벨랑 아이들이 오기를 기다렸다.

"너희들 숨어 있어야 돼."

카뮈가 미리 설명을 했다.

"재미있는 일을 보려면, 녀석이 나무 위로 올라가야만 한다구."

롱쥬베른느 아이들은 모두 두 눈을 한껏 뜨고, 적 진영의 나무 타기 명수가 너도밤나무 위의 초소로 올라가는 동작을 하나하나 지켜보았다.

부옇게 흐려지는 두 눈을 시시각각 비벼대며 바라보고 또 바라보았지만,

전혀 별다른 점이 눈에 띄지 않았다. 정말로 전혀! 투괼은 평소처럼 자리 잡고 앉아서 적의 수를 세더니, 새총을 잡고, 눈에 띄는 족족 적들에게 돌을 날리기 시작했다.

어떠한 재난도 일어나지 않는 것을 보고 초조해진 카뮈가 새총을 잡았고, 카뮈가 날린 돌을 피하느라고 적의 새총잡이가 몸을 옆으로 기울이자 불길한 징조를 알리는 '툭' 소리가 공기를 갈랐다. 투괼이 앉아 있던 커다란 나뭇가지가 대번에, 깨끗하게 부러져 나가더니, 투괼이 부러진 가지와 함께 곤두박질치면서 아래 있던 아이들 머리 위로 떨어졌다. 벨랑의 유일한 공중 보초는 다른 나뭇가지에 매달려 보려고 했지만, 아래쪽 나뭇가지들도 차례로 부러지면서 치사하게 빠져나가 버려서, 투괼은 여기 부딪히고 저기 멍들어가며 땅바닥에 떨어졌다. 어찌 된 일인지는 잘 모르겠지만 확실한 것은, 올라갈 때보다 훨씬 더 빠른 속도로 내려왔다는 것이다.

"아야! 아야! 어이구! 아이구! 아! 다리야! 머리야! 팔이야!"

이 비탄의 합창소리에, 그로 뷔송에서 들려오는 왁자그르한 웃음소리가 응답했다.

"또 나한테 당했지, 응!"

카뮈가 놀려댔다.

"약은 짓을 하고 다른 사람들에게 공갈이나 때리면 바로 그렇게 되는 법이지. 거시기 털이나 굵적이는 더러운 놈아, 새총으로 나를 겨누었다가는 어떻게 되는지 이제 좀 알겠니? 혹시 엉덩짝은 안 부서졌냐? 아니라구! 거되게 튼튼하네!"

"치사한 놈들! 살인자! 천하의 악당 놈들아!"

살아남은 벨랑 부대의 아이들이 응수했다.

"이 대가를 치르게 하고야 말 테다, 암! 대가를 치러야지!"

"곧 그렇게 해줄게."

르브라크가 대꾸했다. 그리고는 자기편을 향하여 말했다.

"어이! 돌격 좀 해볼까?"

"그러자, 어서!"

아이들이 동의했다.

사십오 명의 롱쥬베른느 전사들이 고함을 내지르자, 이미 혼란과 무질서에 빠져 있던 적들은, 또 한 번 단추를 빼앗기는 망신을 당하지 않으려면 재빨리 도망쳐야 한다는 사실을 깨달았다.

눈 깜짝할 사이에 벨랑 아이들의 진지는 텅 비어버렸다. 부상자들은 거짓말처럼 두 다리를 되찾았고 심지어는 투괼까지도, 아픈 것보다도 무서운 마음이 앞서서, 손등은 긁히고 옆구리와 허벅지에 멍이 들고, 한쪽 눈도 시커멓게 멍이 든 채로 후다닥 달아나버렸다.

"이제 좀 한가해졌군!"

잠시 뒤, 르브라크가 한마디 했다.

"자, 요새 자리를 찾으러 가자."

공격에 나섰던 모든 부대원들이 카뮈가 있는 곳으로 돌아왔다. 그동안 카뮈는 나무에서 내려와 마리 땡땡이 만들어준 주머니를, 두 번씩이나 위기로부터 구해 냈던, 롱쥬베른느 부대에게는 소중하기 이를 데 없는 군자금이 담긴 주머니를 지키고 있었다.

아이들은 눈에 띄지 않도록 다시 그로 뷔송을 거쳐서 카뮈가 발견했던 은신처, 라 크리크가 이름 붙인 대로라면 '회의실'에 도착했고, 거기서부터 작은 무리를 이루어 쓸 만한 장소들 중 가장 좋아 보이고, 자신들의 쓰임새에 가장 잘 들어맞는 장소를 찾기 위하여 위쪽을 향해 흩어져 올라갔다.

주요 전사 한 명이 이끄는 대여섯 개의 무리가 자연스럽게 생겨났고, 각 무리는 오래 버려둔 채석장들 사이로 흩어져서 마땅한 곳을 찾아보고, 샅샅이 뒤지고, 의견을 주고받고, 평가를 내리며 서로 불러대었다.

길에서 너무 가까워도 안 되고, 그로 뷔송에서 너무 멀어서도 안 되었다. 또한 완벽하게 가려진 퇴각로가 있어서 진지에서 요새까지 안전하게 이동할 수 있어야 했다.

요새 자리를 찾아낸 사람은 라 크리크였다.

미로처럼 뻗어나간 채석장들 한가운데 작은 동굴처럼 패인 장소가 천연 은신처를 제공해 주고 있었다. 벽을 더 보강하고, 입구를 막고, 모르는 사람들 눈에 띄지 않게 만들면 될 것 같았다.

라 크리크는 평소의 신호를 사용하여 르브라크와 카뮈, 그리고 다른 아이들을 불렀고, 곧 모든 아이들이 라 크리크가 방금 발견한 동굴 앞에 모여들었는데, 이런! 모두들 이 장소를 이미 알고 있었다. 어떻게 여길 생각하지 못했을까?

라 크리크 녀석은 엄청난 기억력을 동원하여 이 동굴을 즉각 떠올렸던 것이다. 사실, 아이들 모두 티티새 둥지, 잘 익은 개암열매, 꽁꽁 언 인목열매나 얼어서 쪼그라든 들장미열매를 찾아서 이 지역을 뒤지는 동안 이 앞을 수도 없이 지나다니지 않았던가.

이 동굴로 오자면 지나야 하는 채석장들이 일종의 우묵한 길을 이루고 있다가, 길 끝 부분에 오면 광장 비슷한 평지를 만드는데, 위쪽으로는 나무들이 퇴레 숲까지 늘어서 있고, 아래쪽으로 내려가면 관목 숲들이 군데군데 들어서 있었다. 이 숲들 사이로 가축들이 지나다니는 길이 나 있었고, 그 길은 그로 뷔송 뒤쪽의 목초지와 맞닿았다.

부대원들이 모두 안으로 들어섰다. 실제로 그다지 깊은 동굴은 아니었지만, 몇 미터 간격을 두고 마주 보는 암벽이 동굴 입구에서부터 계속되어서, 이 두 벽 위에 나뭇가지와 이파리들로 지붕을 엮어 올리기만 하면 천연 은신처로 꾸미기란 쉬운 일이었다. 게다가 동굴은 기가 막히게 숨어 있어서 입구만 빼면, 촘촘히 들어선 나무들과 관목들로 사방이 둘러싸여 있었다.

주변에 널려 있는 반듯반듯한 돌들을 주위다가 넓고 튼튼한 돌담을 쌓아 올려서 입구를 좁히고, 그 안에 들어가 있으면 완전히 자기 집에 들어간 것 같을 거다. 돌담을 쌓고 나면, 그때 가서 안을 손보는 거다.

여기에서, 건축가로서 르브라크의 진면목이 유감없이 발휘되었다. 그의 두뇌는 계획을 짜고, 명령을 내리고, 놀랄 만한 확신과 흠잡을 데 없는 논리로 일을 나누었다.

르브라크가 말했다.

"오늘 저녁부터 널빤지 조각, 각목, 작은 들보, 낡은 못, 고철 조각 등을 발견하는 족족 모아들여야 해."

르브라크는 전사 한 명에게는 망치를, 다른 전사에게는 노루발을, 또 다른 전사에게는 석수용 망치를 가져오도록 했다. 자신은 작은 도끼를 가지고 오기로 했고, 카뮈는 낫도끼를, 땡땡은 줄자를 갖고 오기로 했다. 그리고 아이들 모두, 이건 필수사항이었는데, 집의 고철 상자에서 각자 적어도 다섯 개의 못을, 될 수 있으면 긴 것으로 훔쳐내어 가장 급한 일인 지붕을 올리는 일부터 해치우기로 했다.

이것이 그날 저녁 할 수 있는 일의 전부였다. 건축자재로는, 무엇보다도 긴 각목과 널빤지가 필요했다. 그런데 숲에 널려 있는 곧고 튼튼한 개암나무들이 이 일에 꼭 들어맞았다. 나머지 문제는, 르브라크가 말뚝을 사용해 목장 울타리를 세워본 적이 있었고, 모두들 나뭇가지를 얼기설기 엮어서 망을 만드는 법은 알고 있었으며, 돌 문제라면……, 자, 여기, 무진장 널려 있잖아, 하고 르브라크는 말했다.

"특히 못 가져오는 것을 잊어서는 안 돼."

르브라크가 당부했다.

"주머니는 여기에다 놔둘까?"

땡땡이 물었다.

"그럼."

라 크리크가 대답했다.

"지금 저 안쪽에다 돌을 가지고 작은 궤를 하나 만들자구. 그 안에 넣어두면 습기도 없고 안전할 거야. 여기까지 와서 찾아낼 사람이 누가 있겠니."

르브라크는 편평한 돌을 고르더니 동굴 벽에서 그다지 멀지 않은 곳에 내려놓았다. 그 다음에는 좀더 두툼한 돌 네 개를 가져다가 사방 벽을 만들고, 한가운데 군자금 주머니를 내려놓고 다시 편평한 돌을 가져다가 뚜껑을 덮은 뒤, 주변에 아무 자갈이나 되는 대로 갖다가 쌓았다. 그럴 리는 거의 없지만 혹시라도 뜻하지 않은 방문객이 이 돌 궤짝에 호기심을 갖게 될 경우를 대비하여, 너무 반듯한 모양을 가리기 위해서였다.

그러고 난 뒤, 잔뜩 들뜬 기분으로 부대원들은 느릿느릿 마을로 향했다. 머릿속에는 온갖 계획들이 가득했고, 필요한 물건들을 집에서 훔쳐내는 일을 비롯해서, 그 어떤 희생과 힘든 노동도 마다하지 않을 만반의 준비가 되어 있었다.

아이들은 이제 그들의 의지를 실행에 옮길 것이다. 스스로, 자신들을 위하여 무언가를 할 때, 아이들의 개성은 십분 발휘되었다. 이제 롱쥬베른느 부대원들은 집을, 궁궐을, 요새를, 사원을, 신전을 갖게 될 참이었다. 그곳에서라면 자기 집에 있는 거나 마찬가지이고, 훼방꾼들 그러니까 부모나 학교 선생님, 사제 등이 코빼기도 내밀지 못할 것이며, 교회나 교실, 집에서 못하게 하는 것들을 편안하게 할 수 있을 것이다. 아무렇게나 앉고, 신발을 벗거나 셔츠 바람으로 돌아다니고, 옷을 훌라당 벗고 있거나, 불을 지피고, 감자를 굽고, 덩굴 줄기를 담배 삼아 피고, 특히 단추들과 무기들을 숨길 수 있게 된 것이다.

"벽난로를 만들자."

땡땡이 말했다.

"이끼와 이파리를 모아서 침대도 만들구."

카뮈가 덧붙였다.

"그리고 긴 의자와 안락의자도."

큰 지뷔스가 한술 더 떴다.

"특히, 널빤지, 못 종류는 훔쳐낼 수 있는 한 훔쳐내라구."

대장이 충고했다.

"그 물건들은 담 뒤나 라 소트 길가 울타리 속에 옮겨다 놓도록 해. 내일,

일하러 가면서 다 챙겨갖고 가면 되니까."

아이들은 그날 저녁, 아주 늦게 잠이 들었다. 궁궐, 요새, 신전, 오두막 생각이 들끓으며 머릿속을 떠나지 않았다. 아이들은 상상의 나래를 폈고, 머릿속은 웅웅 울렸고, 두 눈은 깜깜한 어둠을 바라보았고, 두 팔은 움찔거렸고, 두 다리는 춤을 추었고, 발가락은 꼬물거렸다. 어서 동이 터서 일을 시작해야 하는데, 시간은 왜 이렇게 더디 갈까.

다음 날 아침에는 아이들을 깨울 필요가 없었다. 아침 먹을 시간이 되기 훨씬 전부터 아이들은 외양간, 곡물 창고, 부엌, 헛간을 돌아다니면서 널빤지 조각뿐만 아니라 군자금을 불려줄 고철 조각도 따로 챙겨두었다.

아버지들의 못통은 무시무시한 공격을 받았다. 아이들마다 남보다 돋보이고 싶었고, 또 자기의 능력을 뽐내고 싶었기 때문에, 저녁때 르브라크의 손에 들어온 못은 이백 개 정도가 아니라 정확히 세어서 오백스물세 개나 되었다. 마을에서는 하루 종일 큰 보리수나무와 라 소트 길의 울타리 사이를 수상쩍게 오고가는 사내아이들을 볼 수 있었는데, 아이들은 옷과 살가죽 사이에 지나가는 사람들에게 들켰더라면 아주 난처했을 다양한 물품들을 감추고서 부풋해진 덧옷에 뻣뻣해진 바짓가랑이로 어기적거리면서 걸어 다녔다.

저녁 무렵, 르브라크는 천천히, 아주 천천히 걸어서, 뒷길을 통해 보리수가 서 있는 사거리에 도착했다. 르브라크 역시 왼쪽 다리가 뻣뻣한 것이 마치 다리를 저는 듯했다.

"다쳤니?"

땡땡이 물었다.

"넘어졌어?"

라 크리크도 물었다.

대장은 『모히컨 족의 최후』에 등장하는 인디언처럼 야릇한 미소를, '너희들은 상상도 못할 거다' 하고 말하는 듯한 미소를 지었다.

그러더니 르브라크는 라 소트 길의 산울타리 뒤로 완전히 가려지는 곳까지 절뚝거리며 걸어갔다. 르브라크는 걸음을 멈추고 바지 단추를 풀더니, 가져오마고 장담했던 손도끼를 꺼냈다. 도끼 자루가 바지통 안에 들어 있었기 때문에 보기 흉하게 절뚝거리면서 걸었던 것이다. 도끼를 꺼내고 바지 단추를 다시 채우자, 르브라크는 자신도 그 어떤 아이 못지않게 날래다는 것을 보여주려고 도끼를 휘두르면서 춤을 추기 시작했는데, 인디언들이 백인의 머리 가죽을 벗길 때 추는 춤과 비슷한 것이 『모히컨 족의 최후』의 어떤 장면에다가 끼워 넣어도 어울릴 것 같았다.

아이들은 각자 도구를 갖고 있었고 곧 작업에 착수하기로 했다. 어쨌든 아즈텍의 부대가 롱쥬베른느 진영과 전투를 벌이러 올 경우에 대비하여 카뮈의 떡갈나무 위로 보초 두 명을 올려 보내놓고 나서, 일을 나누었다.

"내가 목수 노릇 할게."

르브라크가 말했다.

"나는 석수."

카뮈가 말했다.

"내가 큰 지뷔스와 함께 돌을 쌓을게. 다른 아이들은 돌을 골라서 우리에게 넘기는 일을 맡고."

르브라크 팀은 우선 요새 지붕을 올리는 데 필요한 굵고 가는 목재들을

찾아내야 했다. 대장은 도끼로 그 목재들을 알맞게 자르고, 카뮈가 벽을 다 쌓으면 목재들을 조립하여 지붕을 올리면 될 것이다.

나머지 아이들은, 기와를 이을 때 쓰는 격자를 비슷하게, 지붕 위에 올릴 나무 격자망을 만드는 일을 맡아 하면 될 것이다. 이 격자망 위에는, 몽샤냉 표 기와 대신, 마른 나뭇잎으로 만든 나뭇잎 지붕을 널찍하게 올리고, 돌풍이 불어와도 날아가지 말라고, 가는 목재를 얼기설기 엮어서 그 위에 눌러 놓을 생각이었다.

훔쳐낸 못들은 다시 꼼꼼하게 세어본 다음, 단추들이 들어 있는 군자금 주머니에 함께 보관하기로 했다. 그러고 나서 아이들은 작업에 들어갔다.

벼락이 쳐도 신경 쓰지 않고 화살을 쏘아대던 켈트 족 전사들도, 성당의 돌에 자신들의 꿈을 조각하던 중세의 훌륭한 장인들도, 당통의 연설을 듣고 혁명의 대열에 뛰어든 혁명군들도, 자유의 나무를 길가에 심던 공화파들도, 라 소트의 방목지 한가운데 버려져 있던 한 채석장에 자신들의 꿈과 희망을 담아 공동의 집을 세우는, 르브라크와 사십오 명의 전사들보다 더 기쁨과 흥분에 들떠서 작업하지는 않았을 것이다.

나무들이 울창한 산속에서 샘물이 솟아나듯 여러 가지 생각들이 용솟음쳤고, 집 짓기에 필요한 자재들은 산처럼 쌓였다. 카뮈는 돌을 쪼갰다. 르브라크는 얏, 얏, 소리와 함께 목재들을 도끼로 찍어서 자르고 있었다. 르브라크가, 들보로 쓸 것을 찾아서 숲 속을 뒤지는 대신, 옆 벌목장에 쌓여 있는 것 중에서 굵은 걸로 마흔 개 정도 들고 오는 게 낫겠다고 하자, 이십 명이 넘는 지원자들이 주저하지 않고 날듯이 뛰어가서 목재들을 들고 왔던 것이다.

그동안, 한 무리는 나뭇가지들을 다듬고, 또 다른 무리는 그 가지들을 엮어서 격자망을 만들었으며, 르브라크는 한 손에 도끼나 망치를 들고, 홈을 파고 못질을 하며 튼튼한 지붕 뼈대를 만들어나갔다.

지붕 뼈대를 안정감 있게 올리기 위해서, 르브라크는 땅바닥에 기둥을 박아 넣을 생각으로 땅을 파게 했다. 땅에서 올라오는 습기도 막고 기둥이 기우뚱거리지 말라고, 기둥 주변에 자갈들을 돌려서 박아야겠군, 하고 르브라크는 생각했다. 필요한 치수들을 잰 뒤, 르브라크는 뼈대에 사용할 목재들을 다듬었고, 이어서 못을 박아가며 뼈대를 조립하기 시작했다. 이 뼈대는 나중에 땡땡이 파놓은 홈에 맞추어 넣을 생각이었다.

와! 정말로 튼튼하구나. 르브라크는 커다란 돌 네 개 위에 지붕 뼈대를 올려놓고 얼마나 튼튼한지 시험해 보았다. 걸어보고, 뛰어보고, 그 위에서 춤도 추어보았지만, 한 치도 움직이지도, 흔들리지도, 부시지지노 않았다. 정말 죽여주게 만들었네!

밤까지, 캄캄한 밤이 될 때까지, 심지어는 대부분의 대원들이 떠나고 난 뒤에도, 르브라크는 카뮈, 라 크리크, 그리고 땡땡과 함께 남아서 주변을 정돈하고, 앞으로 할 일을 생각했다.

내일 지붕을 올리면, 목수들이 집 뼈대를 만들고 나서 하듯이 잔치를 벌여야지, 암! 그런데 문제는, 이런 경사에 마땅히 있어야 할, 한두 병의 술을 마련하지 못하리라는 것이다.

"이제 가자."

땡땡이 말했다.

아이들은 라 소트의 아래쪽으로 내려가서, '회의실'을 지나서 페피오네 채석장으로 빠져나갔다.

"야, 카뮈, 어떻게 '회의실'을 발견하게 됐는지 아직 말 안 해줬어."

대장이 카뮈를 일깨웠다.

"아! 아!"

카뮈가 대꾸했다.

"어떻게 된 건가 하면, 이번 여름에 장-클로드네 티틴하고, 나, 그리고 대부님네 목동, 너도 알지, 왜 그 눈을 늘 깜빡이는 사람 말이야, 그 목동하고 함께 방목지에 있게 됐어. 아 그리고 라 소트에서 온 롱푸 형제가 더 있었구나. 둘 다 지금은 정식 목동이 되었지.

그때 우리는 미사를 흉내 내보면 어떨까 하는 생각을 하게 되었어. 대부님네 목동이 사제 노릇을 하고 싶어 했지. 그래서 셔츠를 벗어서, 중백의처럼 보이라고 옷 위에 걸쳤지. 우리는 돌을 주어다가 제단도 만들고 긴 의자도 만들었다구. 롱푸 형제는 복사 노릇을 했는데, 셔츠를 스웨터 위에 내놓고 싶어 하지 않더라. 셔츠가 찢어져서 그렇다고 말했지만, 내 생각에는 아마 똥이 묻어서 그랬을 것 같아. 어쨌든, 대부님네 목동이 티틴과 나를 결혼시켰어."

"하지만 손가락에 끼워줄 반지가 없었을 텐데?"

"꼰 실 토막으로 만들었지."

"화관도?"

"인동덩굴이 있었으니까."

"오!"

"암! 마침 미사 경본도 있었다구. 그 목동이 도미누스 보비스쿰, 오레무스

어쩌구저쩌구, 그러니까 뭐냐, 거 딱 '까마귀'처럼, 있는 대로 점잔을 빼면서, 그 소리가 그 소리 같은 말들을 늘어놨지! 그러고는, '이테, 미사 에스트', 미사가 끝났으니, 집으로 돌아가서 평화를 나누라! 하고 말했지, 뭐.

 그래서 티틴하고 나는 떠나면서 걔네보고 따라오지 말라, 이건 첫날밤이다, 너희들은 아무 상관없다, 오래 걸리지는 않을 거고 부모님 장례미사를 보러 내일 아침에 돌아오겠다고 말했지.

 관목 숲 사이로 달아났더니 바로 거기, 우리가 지금 막 지나왔던 그 채석장이 나오더라고. 그래서 자갈이 깔린 바닥 위에 누웠지."

 "그 다음에는?"

 "물론 그 다음엔 입 맞추었지, 그럼!"

 "웩!"

 땡땡이 말했다.

 "너 땜에 토할 것 같다."

 "뛰자, 뛰자구!"

 르브라크가 말을 잘랐다.

 "벌써 여섯 시 반을 알리는 종소리가 들리네. 호되게 야단맞겠는걸."

롱쥬베른느 최고의 날들

> 물자를 조달하고, 생필품과 군수품을 대고, 규율과 치안을 확립하기 위해서 그가 발휘했던 선견지명을 누가 평가하겠는가……. 그의 뛰어났던 전투 지휘를 누가 사람들에게 알리겠는가…….
> —브랑톰 (『프랑스의 명장들』 중 「기즈 장군」 편)

영차 영차! 영치기 영차! 지붕 뼈대를 올리기 위하여, 열 명의 목수들이 르브라크의 지휘에 맞추어 육중한 골조를 끌어 올리며 기운을 썼다. 서로 장단을 맞추며, 울끈불끈 근육이 솟아오른 스무 개의 팔뚝이 채석장 허공 위로 지붕 뼈대를 번쩍 들어 올렸고, 땡땡은 파놓은 홈에 들보를 끼워 맞췄다.

"자, 살살! 살살하라구!"

르브라크가 말했다.

"다 함께 움직여야지! 하나라도 부숴놓지 말자구! 조심! 베베르, 조금 더 앞으로! 거기! 좋아, 됐어!"

"안 돼! 땡땡, 첫 번째 홈 조금 더 넓혀봐, 너무 뒤로 가 있다구! 자, 도끼로, 어서!"

"아주 좋아. 잘 들어맞네!"

"걱정하지 말라구, 아주 튼튼하다니까!"

르브라크는, 자신의 작품이 아주 훌륭하다는 것을 보이기 위해서, 허공에 불쑥 솟아 있는 골조 위에 가로누워 보였다. 어느 곳 하나 꿈쩍하지 않았다.

"봐라!"

다시 몸을 일으키면서 르브라크는 자랑스럽게 뽐냈다.

"자, 이제, 나무 격자망을 올리자."

한편, 카뮈는 대충 돌계단을 만들어서 올라선 다음, 돌담의 마지막 줄을 쌓고 있었다. 너비가 삼 척이 넘는 벽이었다. 입구를 숨기기 위해서, 돌들을 균일하게 쌓아 올린 것이 표 나지 않게 바깥벽은 일부러 들쑥날쑥하게 했지만, 안에서 보면 마치 납줄을 대고 가장 좋은 벽돌들을 쌓아 올리고, 다듬고, 손질하여, 꼼꼼하게 마무리한 것처럼, 벽면이 쭉 골랐다.

동굴 앞에는 나이 어린 아이들이 한 아름씩 날라다 놓은 낙엽들과 이끼들이 수북이 쌓여 있었다. 울타리는 가지런하고 말끔하게 엮어놓았다. 모든 일이 순조롭게 진행되었다. 롱쥬베른느에는 놀고먹는 아이라고는 단 한 명도 없었다.

나무 격자망을 지붕 뼈대에 고정시키는 일은 몇 분밖에 걸리지 않았고, 곧 요새 천장은 두툼한 마른 나뭇잎 지붕으로 덮였다. 단, 연기가 올라가서 흩어질 수 있게(안에서 불을 피울 작정이었으니까), 오른쪽으로 구멍을 하나 내놓았다.

집 안 정돈에 들어가기 전에, 르브라크와 카뮈는 모든 부대원들을 문 앞에 모아놓고, 금빛 도는 녹색 나뭇잎이 달린 겨우살이풀을 두툼하게 말아 만든 타래를 노끈으로 매달았다. 우리 선조 골 족이 그렇게 했다구, 행운을 가져다준대, 라 크리크가 주장했다.

아이들은 환호했다!

"요새 만세!"

"우리 만세!"

"롱쥬베른느 만세!"

"무찌르자, 벨랑 놈들! 쳐부수자, 벨랑 놈들!"

"놈들은 천하의 좀팽이들!"

그러다가, 흥분이 약간 가라앉자 아이들은 안을 청소하기 시작했다.

울퉁불퉁한 자갈들은 걷어내고, 다른 자갈들을 깔았다. 각자 맡은 일이 있었다. 르브라크가 일을 나누어주었고, 자기는 혼자서 네 사람 몫의 일을 하면서 전체를 지휘했다.

"저 안쪽, 바윗돌 쪽으로, 군자금과 무기들을 놓자. 저기 왼쪽, 화덕을 마주 보게 널빤지를 깔아놓고, 부상자나 지친 아이들이 쉴 수 있게 나뭇잎과 이끼로 푹신한 자리를 만들어 깔자구. 그리고 걸상도 몇 개 놓고. 그리고 다른 쪽에는, 불 양편으로, 긴 의자들과 돌 걸상을 놓고, 가운데는 통로로 남겨두자구."

아이들은 모두 돌 걸상과 긴 의자에 지정 좌석을 갖고 싶어 했다. 의전에 관한 문제를 훤히 알고 있는 라 크리크는 돌 걸상에는 석탄으로, 긴 의자에는 분필로 이름을 적어, 나중에라도 자리 다툼이 벌어지지 않도록 했다. 르브라크는 맨 안쪽, 군자금과 몽둥이 보관소 앞에 놓인 자리를 차지했다.

대장의 자리 뒤쪽으로는, 못을 줄줄이 박은 커다란 장대를 양 벽 사이로 걸쳐놓았다. 거기에도 역시 번호가 적혀 있어서, 아이들은 각자 자신의 못에 검을 걸고, 창이나 몽둥이를 기대어놓을 수 있게 되었다. 롱쥬베른느 아이들은 규율에 관해서는 강경론자들이며, 그 규율을 존중할 줄 안다는 것이 이제 분명해지지 않았는가. 대장이 없으면 어떨까 하는 생각을 잠깐 했었던 몇몇 전사들마저도 지난주 카뮈 사건으로 그런 생각이 완전히 수그러들어서, 르브라크의 우월함을 모두가 군말 없이 인정했다.

카뮈는 땅바닥 위에 엄청나게 커다랗고 편평한 돌, 용암이라고 부르는 커다란 돌을 갖다 놓고 화로를 설치했다. 그 뒤쪽과 양쪽에 작은 벽 세 개를 만들고, 지붕에 뚫어놓은 구멍 바로 아래에, 공기가 잘 통하라고 뒤쪽으로 공간을 약간 남겨둔 채, 납작한 돌 하나를 올려놓았다.

군자금 주머니로 말하자면, 르브라크는 감실(성당 안에 성체를 모셔둔 곳 – 옮긴이)에 안치된 신성한 성합(성체를 모셔두는 그릇 – 옮긴이)이라도 되는 것처럼 맨 안쪽에 내려놓고, 도움이 필요한 그 순간까지 돌 궤짝 안에 고이 모셔두기로 했다.

돌 궤짝 안에 주머니를 넣기 전, 르브라크는 신도들에게 숭배할 기회를 마지막으로 한 번 더 주기 위해 주머니를 열고 내용물을 꺼내놓았고, 땡땡의 장부를 확인하고, 꼼꼼하게 모든 물품들을 세어보고, 눈으로 보고, 원할 경우에는 만져도 보라고 아이들에게 잠시 내맡긴 다음, 제단에 제물을 바치는 사제라도 되는 양 돌 궤짝 안에 다시 갖다 놓았다.

"이쪽에 그림이 좀 있으면 좋겠군."

라 크리크는, 잠자던 미적 감각과 색감이 깨어난 듯, 눈을 지그시 감더니 말했다.

라 크리크의 주머니 안에는 2수짜리 거울이 들어 있었는데, 대의를 위해서 희생하기로 마음먹고 바윗돌이 조금 튀어나와 받침대를 이루고 있는 곳에 갖다 놓았다. 그 거울이 요새를 장식한 첫 번째 물품이었다.

아이들 몇 명이 침대를 준비하고 좌석을 만드는 동안, 다른 아이들은 자리에 깔 낙엽들과 마른 장작감을 찾기 위해서 숲으로 떠났다.

엄청난 양의 땔감을 거추장스럽게 안에 쌓아두고 싶지 않았기 때문에, 아이들은 요새 옆에다가 충분한 양의 땔감을 비축할 수 있는, 나지막하지만 꽤 넓은 창고를 하나 짓기로 했다. 요새로부터 열 걸음 정도 떨어진 곳에 불쑥 튀어나와 있는 커다란 바위 아래 공간을 이용하여, 아이들은 북풍이 불어오는 쪽은 터놓고 재빨리 삼 면에 벽을 쌓아 올렸는데, 장작들을 옆으로도 위로도 무려 이 미터가 넘게 쌓아 올릴 수 있었다. 아이들은 장작을 굵은 것, 중간치, 작은 것, 세 무더기로 나누어놓았다. 그렇게 만반의 준비를 해놓으면, 날씨가 나빠지더라도 태평하게 코웃음을 칠 수 있을 것이다.

다음 날 아침, 작품이 완성되었다. 르브라크는 두 가지 신문, 《프티 파리지엔》과 《프티 주르날》의 삽화투성이 부록을, 라 크리크는 오래된 달력을, 나머지 아이들도 다양한 그림들을 들고 왔다. 그리하여, 펠릭스 포르 대통령이 거드름이나 피우는 멍청이 표정으로 '푸른 수염'과 마주 보고 있게 되었다. 목 잘린 일수쟁이는 흉벽을 뛰어넘다가 목숨을 버리는 말을 쳐다보고 있고, 나이 지긋한 혁명가 강베타는, 강베트가 훔쳐냈다는 사실을 굳이 말할 필요가 있겠냐만은, 애꾸눈을 야릇하게 뜨고, 가슴이 훤히 드러난 옷을 입고 입술에 담배를 꼬나물고 있는 예쁜 젊은 여자를 뚫어져라 바라보고 있었는데, 선전 문구에 의하면 그 여자는 '좁' 표가 아니라면 '닐'이나 '리 라 풀뤼스' 표만 피운다고 되어 있었다.*

오색이 영롱하며 화기애애했다. 강렬한 색상이 헐벗은 전체 배경과 조화를 이루고 있어서, 지금은 어딘가 먼 곳에 있을 빛바랜 모나리자(당시 프랑스는 모나리자 그림 도난 사건으로 시끄러웠음-옮긴이)를 걸어놓는다면 이곳과는 너무나 어울

───────────
*이 세 담배 회사가 지금 내가 하고 있는 이 즉석 선전에 감사한다는 의미로, 최상급 담배 한 통씩을 보내주리라고 믿어 의심치 않는다.

리지 않았을 것이다. 교실에서 더 이상 쓰지 않는 빗자루들 중 하나를 훔쳐 내 왔는데, 이곳에서는 쓸모가 있어서 비질을 한 번 한 뒤, 손때가 묻어 새카만 것을 한쪽 구석에 세워놓았다.

마지막으로, 널빤지들이 아직 남아 있었기 때문에, 못질을 하여 테이블 판을 만들었다. 르브라크의 좌석 앞으로 네 개의 말뚝을 땅에 박아 넣고, 자갈로 보강하여 테이블 다리로 사용하였다. 못질을 하여 그 위에다가 테이블 판을 갖다 붙이니, 아주 우아하다고는 할 수 없지만, 지금까지 만들었던 모든 물건들처럼 튼튼한 식탁이 되었다.

그동안에, 벨랑 아이들은 어떻게 되었을까?

매일, 그로 뷔송의 진지로 보초병들을 올려 보냈고, 적이 공격해 오면 세 번 휘파람을 불어서 알리기로 했지만, 휘파람이 울린 적은 한 번도 없었다.

하지만, 놈들, 거시기 털이나 긁적이는 놈들이 오기는 왔었다. 첫째 날이 아니고, 둘째 날에.

그랬다. 두 번째 날에, 한 무리의 벨랑 아이들이 정찰조 대장인 작은 지뷔스의 눈에 띄었다. 작은 지뷔스와 정찰조는 그 멍청이들이 무슨 짓을 하나 유심히 지켜보았는데, 이상하게도 나머지 벨랑 아이들의 모습이 보이지 않았다. 다음 날 아침에도, 두세 명의 벨랑 전사들이 다시 벨랑 숲 어름에 나타났고, 방어 태세에 그치며 롱쥬베른느의 정찰조와 끝없이 대치하였다.

아즈텍의 진영에서 뭔가 심상찮은 일이 일어나고 있었다! 대장이 당했다고 해서, 또 투괼이 곤두박질쳤다고 해서 벨랑 전사들의 전의가 꺾일 리가 없었다. 놈들은 과연 무슨 꿍꿍이 속일까? 달리 할 일이 아무것도 없었던 정찰조는 곱씹고 곱씹으면서, 이 궁리 저 궁리를 했다. 한편, 르브라크로서는 적이 건드리지 않는 틈을 이용할 수 있게 된 것이 너무나 행복했던 나머지, 적들이 평소대로라면 전쟁에 바쳐야 할 시간을 무엇에 쓰고 있을지에 대해, 걱정하지도 않았고 알아볼 생각도 하지 않았다.

하지만 나흘째 되는 날, 요새에서 그로 뷔송까지 눈에 띄지 않게 가는 가장 빠른 길을 찾아보고 있는데, 정찰조 대장이 급파한 전령이 적의 보초병들이 방금 무시 못할 성질의 위협을 가해 왔다는 사실을 알려왔다.

적의 부대원들도 무슨 일인가로 바빴던 것이 틀림없었다. 어쩌면 놈들도 요새를 지었을까, 아니면 진지를 구축했나, 아니면 참호에 함정을 팠을까? 누가 알겠는가? 가장 그럴듯한 추측은 적들도 요새를 지었을 거라는 것이었다. 하지만 어떻게 놈들도 그런 생각을 하게 되었을까? 일단 어떤 생각이 떠오르면 어떻게 퍼져나가는지 모르게 퍼진다는 것은 사실이다. 확실한 것, 그것은 놈들도 뭔가를 꾸미고 있다는 것이었다. 그게 아니라면, 그로 뷔송의 보초병들을 공격해 들어오지 않는 것을 어떻게 설명하겠는가?

곧 알게 되겠지.

그 주가 지나갔다. 요새에는 훔쳐낸 감자들과, 깨끗하게 씻어서 반짝거리게 닦아놓은 낡은 냄비들이 쌓였고, 아이들은 방어에 치중하면서 기다렸다. 큰 지뷔스의 제안에도 불구하고, 어떤 아이도 적의 숲 한가운데까지 뚫고 들어가서 수색에 나서는 위험천만한 일을 원하지 않았던 것이다.

하지만 일요일 오후, 전원이 참석한 가운데, 두 부대는 굉장한 욕설과 엄청난 양의 돌들을 주고받았다. 양측 다 막강한 조직과 완벽한 자신감에서만 생겨나기 마련인, 엄청난 사기와 불굴의 오만함을 내보였다. 월요일 전투는 대단하겠군.

"숙제들 확실히 외워가자구."

르브라크가 당부했다.

"내일 방과 후에 잡혀 있으면 안 돼. 굉장한 싸움이 있을 거야."

실제로, 아이들이 그 월요일처럼, 선생님이 깜짝 놀랄 정도로 숙제를 잘 외워온 적은 없었다. 선생님은, 아이들이 이처럼 게으름을 피우다가 열심히 공부를 하고, 정신 집중을 하다가 공상에 빠져버리는 일이 교차되자, 교육에 대해 품고 있던 선입견이 뒤흔들렸다. 그러니, 진정한 원인과 동기는 깊이 숨어 있는데, 소위 사실에 근거한 이론이라는 것을 세우려고 암만 노력해 본들 무슨 소용이란 말인가.

무언가 심상치 않았다.

공중 초소로 올라가려던 카뮈가, 첫 번째 나뭇가지가 부러지면서 떡갈나무에서 굴러 떨어지는 것으로 일이 시작되었다. 다행히도 높은 곳이 아니었고, 엉덩방아도 찧지 않았다. 투굴의 복수였다. 카뮈는 이런 일을 예상했어야 했다. 하지만 카뮈는 투굴 역시 자기가 평소에 앉는 나뭇가지를 공격하리라고 생각했던 것이다. 어쨌든 곧바로 다시 나무에 올라간 카뮈는, 자리 잡고 앉기 전에 가지들이 단단히 붙어 있는지를 일일이 점검했다. 카뮈는 나중에 나무에서 내려와서 백병전에 가담할 생각이었고, 투굴을 잡게 되면 이런 잔재주를 부린 것에 대해 기필코 대가를 치르게 할 작정이었다.

이 일만 빼면, 진짜배기 전투였다.

두 진영에서 비축해 두었던 돌이 떨어지자, 양측 전사들은 손에 무기를 들고, 거칠 것 없이 서로 치고받기 위해서 단호한 걸음으로 나아갔다.

벨랑 아이들은 쐐기 모양으로 전진했고, 롱쥬베른느 아이들은 세 무리로 나뉘어서, 중앙에 르브라크, 오른쪽 날개에 카뮈, 왼쪽 날개에 큰 지뷔스를 선두로 전진했다.

어떤 아이도 입을 열지 않았다. 아이들은 이마에 주름을 잡고, 얼굴을 잔뜩 찌푸리고, 이를 앙다물고, 몽둥이, 검, 혹은 창을 잡은 주먹을 불끈 쥐고, 마치 서로 떠보는 고양이들처럼 천천히 걸어서 앞으로 나아갔다.

거리가 좁혀졌고, 그에 따라 보폭도 점점 줄어들었다. 세 군데에서 치고 나오던 롱쥬베른느 아이들은 삼각 진영을 이루고 있는 벨랑 부대를 향해 집결하였다.

두 진영의 대장들은, 두 걸음이나 떨어졌을까, 거의 서로 코가 맞닿을 정도가 되자 걸음을 멈추었다. 두 부대 모두 완전히 동작 정지였지만, 끓어오르기 직전의 물과 마찬가지여서, 두 부대의 아이들 모두 잔뜩 곤두선 것이 무시무시하였다. 아이들 모두에게서 말 없는 분노가 들끓었고, 두 눈에서는 불똥이 튀고, 주먹은 격노로 후들거리고, 입술은 바들바들 떨렸다.

아즈텍과 르브라크 중 누가 먼저 돌진하려나? 동작 하나, 외침 한 번이면 분노가 터져 나오고, 격분이 뚫고 나오고, 에너지가 폭발하리라는 것을 모두들 느끼고 있었지만, 어느 쪽도 움직이지 않았고, 고함을 지르지도 않았다. 비장하면서도 음울한 거대한 침묵이 두 부대 위를 떠돌았지만, 이 침묵을 깨는 소리라고는 아무것도 들리지 않았다.

그때, 까악, 까악, 까악! 숲으로 돌아가던 까마귀 떼가 놀랐는지, 갑작스럽게 울어대며 전장 위를 지나갔다.

그러자 모든 것이 터져 나와버렸다.

무어라고 표현할 수 없는 고함이 르브라크의 목구멍에서 솟구쳐 올랐고, 아즈텍의 입술에서도 무시무시한 외침이 튀어나왔다. 그러자, 양쪽 아이들은 상대방을 향하여 인정사정 볼 것 없이 돌진해 들어갔다.

아무것도 분간할 수 없었다. 두 부대는 서로 적의 진영 깊숙이 파고들어서, 벨랑 부대의 삼각형 꼭지를 이루고 있던 선두 그룹은 르브라크가 이끄는 선두 부대와 뒤섞였고, 카뮈와 큰 지뷔스가 이끄는 롱쥬베른느의 양측 날개 부분은 적 부대의 양 옆구리와 뒤섞였다. 몽둥이는 아무 쓸모가 없었다. 아이들은 서로 들러붙어서, 목을 조르고, 옷을 찢고, 할퀴고, 두들겨 패고, 물어뜯고, 머리카락을 쥐어뜯었다. 움켜쥔 손가락 끝에서 덧옷과 셔츠 소맷자락이 찢겨나갔고, 주먹질을 당한 가슴팍은 북처럼 울렸고, 코에서는 피가, 눈에서는 눈물이 흘렀다.

둔중한 소리와 헐떡이는 소리로 가득했고, 으르렁거리는 소리, 울부짖음, 불분명한 발음의 목쉰 외침만이 들려왔다. 얍! 퍽! 쿵! 우두둑! 끙! 여기에다 억눌린 비명소리가 섞여 들었다. 아야! 으! 아! 이 모든 소리들은 무시무시하게 뒤섞여서 울려 퍼졌다.

그 광경은 마치 엉덩이와 머리통을 뒤섞어놓은, 울부짖는 거대한 흙덩어리 같았고, 군데군데 솟아 나온 팔과 다리들은 서로 뒤엉켰다가는 풀어졌다. 이어서 이 거대한 덩어리는 또르르 말렸다가 풀어지고, 한 덩어리로 모여들었다가 쫙 퍼져나가기를 되풀이했다.

승리는 가장 강하고 가장 거친 아이들 것이 될 터였다. 다시 한 번 승리는 르브라크와 그의 부대를 향해 미소 짓는 것이 분명했다.

가장 심하게 당한 아이들은 하나씩 전쟁터를 떠났다. 누구 나막신에 얻어맞았는지 모르겠지만, 코가 깨진 불로는 수단껏 코피를 훔쳐내 가면서 그로 뷔송으로 돌아갔다. 벨랑 부대 측은 거의 궤멸 상태였다. 타티, 피스프루아, 라토프, 부보, 그 외에도 예닐곱 명의 아이들이 한쪽 발만으로 깡충거리며, 혹은 한쪽 팔은 둘러메고, 얼굴은 엉망이 되어 달아났고, 또 다른 아이들이 그 뒤를 쫓았다. 그러고도 또 몇 명이 그 뒤를 따랐다. 아직 몸이 성한 아이들도, 자기편이 차츰차츰 줄어들며 패배가 점점 확실해지자, 달아나는 것으로 살길을 찾아보려고 했지만, 충분히 서두르지 않은 탓에, 롱쥬베른느 아이들은 투꾈, 미그 라 륀느, 그리고 또 다른 아이들 네 명을 포위하여 잡은 뒤, 꼼짝 못하게 묶고, 엉덩짝에 발길질을 해대며 산 채로 그로 뷔송의 진영으로 데려갔다.

정말이지 최고의 날이었다.

미리 기별을 받은 마리가 요새에 와 있었다. 강베트는 불로를 요새로 데리고 가서 붕대를 감게 했다. 강베트는 자신의 용감한 친구가 다친 코를 씻을 수 있게, 몸소 냄비를 들고 부랴부랴 가장 가까운 샘으로 가서 맑은 물을 떠왔고, 그동안 승자들은 포로들의 호주머니를 뒤져서 다양한 물품들을 빼앗고 가차 없이 모든 단추들을 베어내 버렸다.

포로들은 차례대로 롱쥬베른느 아이들 손을 거쳐갔다. 그날 저녁에 가장 큰 영예를 누린 것은 투꾈이었다. 카뮈가 특별히 신경 써서 다루었기 때문이다. 새총을 잊지 않고 빼앗았고, 처형이 끝날 때까지 모든 아이들 앞에 알

궁뎅이를 내보이며 서 있게 만들었다.

이제껏 포로가 되어본 적이 없던 다른 아이들 네 명의 차례가 되자, 쓸데없는 야만스런 짓은 삼가고, 냉정하게, 간단히 단추들을 떼어버렸다.

가장 맛있는 음식을 뒤로 미뤄놓듯, 아이들은 미그 라 륀느를 맨 마지막까지 아껴두었다. 치사하게 대장의 발을 걸어 비틀거리게 한 뒤, 대장에게 불경한 발톱을 갖다 대었던 놈이 바로 이 놈이 아니었던가! 그랬다. 평소 같으면 절대로 잡지 못했을 전사가 무장해제 당하자, 그 엉덩이에 감히 몽둥이질을 한 놈이 바로 이 징징 짜는 놈, 이 불평쟁이였다. 되갚아주어야만 했다. 엉덩이에 흠씬 매질을 해줘야지. 하지만 녀석에게서는 악취가, 롱쥬베른느 아이들이 그 참을성에도 불구하고 코를 틀어쥐지 않을 수 없는 고약한 악취가 났다.

이 더러운 놈이 종마처럼 방귀를 뀌었구나! 아! 감히 방귀를 뀌었어!

미그 라 륀느는 눈물을 글썽이며, 징징거리며, 흐느낌으로 목이 메어 알아들을 수 없는 토막말을 더듬거렸다. 하지만 단추들을 다 떼어내고 바지가 흘러내려서 악취의 진원지가 드러나자, 냄새가 그토록 지독한 게 당연하다는 걸 알게 되었다. 그 불행한 아이는 바지에 똥을 지렸던 것이다. 똥으로 더러워진 볼품없는 엉덩이에서 코를 찌르는 끔찍한 냄새가 피어올라서, 어쨌든 너그러운 대장 르브라크는 복수의 매질을 면제해 주고, 더 이상의 처벌 없이 다른 포로들과 마찬가지로 미그 라 륀느를 돌려보냈다. 르브라크는 천하의 겁쟁이가 지레 겁을 먹어 자연으로부터 처벌을 받은 것이 너무나 즐거웠고, 반면에 벨랑 아이들은 이 더러운 전사를 거시기 털이나 긁적이고 똥이나 지리는 겁쟁이 부류에 넣어버렸다.

숲 속의 잔치

> 잔에 포도주를 따르게나,
> 술 담당! 가득 따르게나,
> 철-철! 넘치어 흐르게
> 먹고 마시세!
> —롱사르 (「단시」)

  두들겨 맞고, 멍들고, 몸수색을 당하고, 초죽음이 된 아즈텍의 부대에서는 무슨 일이 벌어질까? 이러고저러고 간에, 르브라크는 관심 없었고 부대원들도 그랬다. 승리를 거두었고, 포로를 여섯이나 냈다. 아무리 옛날로 거슬러 올라가 봐도 이런 일은 결코 없었다. 예로부터 소중하게 전해 내려온 무훈담들을 아무리 뒤져봐도, 라 크리크가 보장했는데, 이처럼 신나게 두들겨 패고 포로를 낸 전설적이고 환상적인 승리는 없었다. 르브라크가 스스로를 롱쥬베른느 부대를 이끈 가장 위대한 지도자로, 그리고 자신의 부대를 가장 용감하고 잘 훈련된 부대로 생각할 만도 했다.

  노획물이 저기 무더기로 쌓여 있었다. 단추, 꼰 실, 구두끈, 버클, 그리고 다양하기 짝이 없는 온갖 물건들이었다. 아이들은 손수건만 빼놓고, 벨랑 아이들의 주머니에 들어 있는 거라면 모두 빼앗았다. 가운데 구멍을 뚫어서 두 겹짜리 털실을 꿰어놓은 작은 돼지 뼈들도 있었는데, 이 뼈들은 실이 꼬이고 풀림에 따라 빙빙 돌면서 쨍그랑거렸다. 아이들은 이 장난감을 '쨍그랑'이라고 불렀다. 구슬, 칼, 좀더 정확히 말하자면 손잡이는 달아나버린 칼날 비슷한 물건도 보였다. 또, 정어리 통조림 따개 몇 개, 엉거주춤 바지를 내리고 쭈그려 앉은 자세의 납 인형 '배앓이 영감', 그리고 완두콩을 날리기 위한 대롱들도 보였다. 뒤죽박죽으로 쌓여 있는 이 모든 물건들은 군자금을 불리던가 아니면 제비뽑기를 하여 나눠 갖게 될 터였다.

어쨌든 이번에, 군자금이 두 배로 불어나리라는 것은 확실했다. 그리고 두 번째 회비를 회계에게 납부해야 할 날은 정확히 이틀 뒤였다.

르브라크는 처음 했던 생각을 다시 떠올렸다. 그 돈으로 잔치를 벌이면 어떨까?

르브라크는 행동의 사나이인 만큼, 회계가 얼마나 되는 돈을 거두어들일지 알아보기 위하여 병사들에게 즉각 물어보았다.

"전쟁 회비 낼 수 없는 사람? 대답이 없네. 모두 다 알아들었지? 회비 없는 사람들 손들어 보라니까?"

어떤 아이도 손을 들지 않았다. 경건한 침묵이 감돌았다. 이럴 수가! 아이들은 모두 '회비'를 낼 방도를 구했던 것이다. 대장의 훌륭한 충고가 열매를 거두고야 말았다. 르브라크는 부대원들을 향해 열렬한 축하를 보냈다.

"봐라! 너희들은 너희들이 생각하는 것처럼 그렇게 바보가 아니라구! 원하기만 하면 언제든지 구할 수 있는 거야. 얼간이가 되어서는 안 돼, 암, 그렇구말구. 그렇지 않으면 세상살이에서 늘 속게 되어 있다구."

"여기, 이 물건들은 적어도 40수어치는 된다구."

르브라크는 전리품을 가리켜 보이면서 말했다.

"친구들, 우리의 두 주먹으로 이것들을 쟁취할 정도로 용감했던 덕분에, 다시 이것들을 사느라고 돈을 쓸 필요가 없게 되었어."

"내일 우리에게는 45수가 생길 거야. 승리를 축하하고 집들이를 하기 위해서, 다음 목요일 오후에 신 나게 놀아보자구. 너희들 생각은 어때?"

"좋아, 좋아, 좋아! 브라보, 브라보! 바로 그거야!"

마흔다섯 명의 목소리가 소리를 지르고, 와글와글 떠들고, 고함을 질러 대었다.

"바로 그거야. 축제 만세! 집들이 만세!"

"자, 이제 요새로 가자!"

대장이 말했다.

"땡땡, 모자 좀 빌려줘. 전리품을 담아가지고 가서 우리 군자금과 한데 합해야지. 그런데 벨랑 녀석들이 얼씬거리지 않지?"

대장은 벨랑 숲의 경계를 가리키면서 물었다.

확실히 해두기 위해서 카뮈는 떡갈나무 위로 올라갔다.

"당연하지. 그렇게 박살이 났는데. 산토끼처럼 달아나버렸다구."

카뮈가 잠시 살펴보고 나서 말했다.

롱쥬베른느 부대는 요새로 가서 불로, 강베트, 그리고 막 떠나려던 참인 마리와 합세했다. 피를 철철 흘렸던 부상자는 코에 시퍼렇게 멍이 들고 부어올라서 감자코가 되었지만, 손가락으로 쥐어뜯었던 엄청난 양의 머리카락과 이쪽저쪽 골고루 나누어주었던 무시 못할 양의 주먹질을 생각하며, 어쨌든 그다지 투덜거리지는 않았다.

아이들은, 불로가 뛰다가 통나무에 걸려서 넘어졌는데 손바닥으로 얼굴을 가릴 새가 없어서 그렇게 되었다고 이야기하기로 했다.

목요일이 되면, 다 낫겠지. 그럼 다른 아이들과 함께 잔치를 벌일 수 있을 거다. 이번에 가장 큰 피해를 본 아이가 불로니까, 음식을 나눌 때 그걸 더 쳐줘야지.

다음 날, 르브라크와 땡땡은 회비를 거두어들인 다음, 어떻게 쓸지에 대해서 친구들과 함께 의견을 나누었다.

아이들이 제안을 하였다.

"초콜릿을 사자."

모든 아이들이 찬성했다.

"계산 좀 해보자."

라 크리크가 말했다.

"열 줄짜리 한 판이면 8수라구. 각자에게 제법 큰 놈이 돌아가게 해야 돼. 초콜릿 세 판이면 삼십 줄. 그러면 각자 반 줄 이상씩은 갖게 되지. 그래."

라 크리크는 계산을 해보더니 말을 이었다.

"모두에게 정확히 삼분의 이 줄씩 돌아가게 될 거야. 좋았어."

"그냥 먹든지, 빵에 넣어서 먹든지 하자구. 8수짜리 초콜릿이 세 판이면, 24수구나. 그러면 45수에서 21수가 남게 된다구."

"그 돈으로는 뭘 살까?"

"아몬드 쿠키!"

"비스킷!"

"사탕!"

"정어리 통조림!"

"21수밖에 없어."

르브라크가 주의를 주었다.

"정어리 통조림을 사야 해."

땡땡이 은근히 강조했다.

"정어리가 얼마나 맛있는데. 아! 게뢰이아, 너 그게 뭔지 모르는구나! 들어봐, 대가리를 잘라서 익힌 다음, 양철통에 담아놓은 작은 생선들인데, 더럽게 맛있어! 단지 자주 먹을 수 없다는 게 문제지. 비싸거든. 통조림 한 통을 사면 어떨까? 안에 보통 열 마리, 열한 마리, 어떨 땐 열다섯 마리도 들어 있다구. 나눠 먹으면 되니까."

"맞아! 얼마나 맛있는데."

작은 지뷔스가 거들었다.

"그 안에 든 기름도 맛있어. 내가 좋아하는 건 그 기름이라구! 통조림을 사면 난 기름을 샅샅이 핥아 먹지. 샐러드에 넣는 기름하고는 다르다구."

아이들은 11수짜리 정어리 통조림을 사는 것에 열렬히 찬성했다.

10수가 남았다.

라 크리크는 그 사실을 일깨우면서, 다음과 같은 의견을 덧붙이는 것이 자신의 의무라고 생각했다.

"나눠 먹기 쉬운 걸로 사는 게 좋겠어. 1수어치가 꽤 푸짐한 걸로 말야."

사탕이 우세했다. 작고 동그란 사탕과, 교실에서 책상 뚜껑을 들어 올리고 그 뒤에 몸을 숨긴 채 씹어 먹거나 빨아 먹으면 너무나 맛이 좋은 감초도 사기로 했다.

"그러니까 반씩 사자구."

르브라크가 결정을 내렸다.

"사탕 5수어치, 그리고 감초 5수어치. 그러면 됐지. 아, 그리고 너희들도 알다시피, 그게 다가 아니지. 헛간에서 사과와 배도 훔쳐내야 해. 그리고 감자도 구울 거야. 카뮈는 덩굴 줄기로 담배를 만들어올 거구.”

"술도 마셔야지.”

큰 지뷔스가 말했다.

"포도주를 구할 수 있을까?”

"코냑은?”

"카시스 술은?”

"시럽은?”

"석류주는?”

"쉽지 않을 거야!”

"코냑 통이 어디에 있는지는 알아.”

르브라크가 말했다.

"한 병 훔쳐낼 방법만 있다면야 갖고 올 테니 걱정 말라구. 하지만 포도주는, 틀렸어!”

"잔도 없는데 뭐.”

"그리고 적어도 어딘가엔 마실 물을 떠놓아야지.”

"냄비들이 있잖아!”

"너무 작아!”

"작은 통이나 아니면 낡은 주전자라도 하나 있으면 좋으련만!”

"주전자! 학교 복도 구석에 낡은 주전자가 하나 있잖아. 훔쳐내자구! 바닥에 구멍이 났고 먼지를 잔뜩 둘러쓰긴 했지만, 그런 건 문제도 아니야. 구멍은 쐐기로 막으면 되고 양철이야 모래로 반짝거리게 닦으면 된다구! 됐지?”

"좋아."

르브라크가 동의했다.

"아주 좋은 생각이야. 오늘은 내가 청소 담당이니까, 오후 네 시에 쓰레기 버리러 가면서 학교 마당 담벼락 뒤에 갖다 놓아야지. 저녁때 찾아서 보리수 안에 숨겨두었다가 내일 닦으면 될 거야.

물품 구입은, 이렇게 하자구. 내가 초콜릿 한 판을 사고, 큰 지뷔스가 또 하나를, 그리고 나머지 하나는 땡땡이 사는 거야. 라 크리크는 정어리를, 불로는 사탕을, 강베트는 감초를 사러 가자구. 그러면 아무도 눈치 채지 못할 거라구. 사온 물건들은 전부 사과, 감자, 그리고 훔쳐낸 다른 물건들과 함께 요새에 갖다 놓는 거야. 아! 잊고 있었네! 설탕! 혹시라도, 술과 함께 먹게 설탕을 훔쳐내도록 해보라구. 술에 설탕을 담갔다가 먹게! 어머니가 돌아설 때, 설탕을 훔쳐내는 것은 쉬운 일 아니겠어."

아이들은 르브라크의 훌륭한 충고를 어느 것 하나도 잊지 않았다. 각자 임무를 하나씩 떠맡았고 그것을 성실히 수행하였다. 그래서 목요일 오후, 요새에 먼저 가 있었던 르브라크, 카뮈, 땡땡, 라 크리크, 그리고 큰 지뷔스는, 주머니가 터져나갈 듯한 친구들이 차례차례, 혹은 자그마한 무리를 이루어 도착하는 것을 맞아들였다.

롱쥬베른느의 주요 전사들, 그들 역시 초대 손님들을 놀라게 해줄 것들이 있었다.

불길이 일 미터 이상씩 치솟는 환한 장작불이 요새 안을 따뜻한 빛으로 채워주면서, 벽에 붙여놓은 그림의 강렬한 색깔들을 반짝거리게 해주었다.

투박한 식탁 위에는, 식탁보 대신 신문지들이 깔려 있었고, 사온 식료품들이 정연하게 늘어서 있었다. 그리고 뒤쪽으로 — 오! 즐거움! 오! 승리! — 지뷔스 형제와 르브라크가 천재적인 솜씨로 훔쳐낸 술병 세 개가 술을 가득 담은 채로, 수수께끼처럼 우아한 자태를 드러내고 있었다.

한 병에는 코냑이 담겨 있었고, 나머지 두 병에는 포도주가 들어 있었다.

일종의 돌 받침대 위에, 새것처럼 윤나게 닦여 표면에 난 울퉁불퉁한 혹마저 반짝거리는 주전자가 놓여 있었다. 잘 닦인 주둥이에서는 조금만 기울이면 옆 샘에서 길어온 투명하고 맑은 물이 흘러나올 것이다. 뜨거운 재 속에 묻어놓은 감자들은 껍질이 터졌다.

얼마나 근사한 날인가!

모두 다 함께 나누기로 했기 때문에, 아이들은 자기 몫의 빵만 빼고 다 내놓았다. 그래서 초콜릿과 정어리 옆에 곧 설탕 조각들이 쌓였고, 라 크리크는 설탕들을 꼼꼼하게 세었다.

식탁 위에 감자들을 다 올리는 것은 불가능했는데, 세 포대가 넘었기 때문이다. 정말이지 일을 기가 막히게 해치웠다. 하지만 이번에도 역시, 코냑 한 병을 훔쳐온 대장이 단연 돋보였다.

"담배도 한 대씩 돌아갈 거야."

카뮈가 잘라서 규칙적으로 쌓아놓은 덩굴 줄기들을 가리켰는데, 정성 들여 골라서 옹이 하나 없이 매끈했고, 작고 동그란 구멍은 빨림이 좋을 거라는 것을 말해 주고 있었다.

아이들은 요새 안으로 들어왔다, 나갔다, 웃음을 터뜨렸다, 배를 두들기다가, 웃자고 친구들 등을 주먹으로 때리기도 하며, 서로를 축하했다.

"어이, 잘돼 가?"

"우린 정말 굉장한 놈들이야, 안 그래?"

"한판 재미있게 놀아보자구!"

감자가 다 구워지면 시작하기로 했다. 카뮈와 작은 지뷔스가 감자를 지켜보고 있다가 재를 밀어내고, 벌겋게 단 숯을 젖혀버리고, 가끔씩 작은 나뭇가지로 맛있는 감자를 끌어당겨다가 손가락 끝으로 만져보았다. 손가락을 데면 손을 털어대며 호호 불었고, 다시 계속해서 불을 땠다.

그동안 르브라크, 땡땡, 큰 지뷔스, 그리고 라 크리크는 감자와 설탕이 각자에게 얼마씩 돌아갈지 세어보고 나서, 초콜릿과 사탕, 감초 조각을 공평하게 나누기 시작했다.

정어리 통조림을 열 때, 아이들의 가슴은 두근거렸다. 작은 놈들이 들어 있을까, 아니면 큰 놈들이 들어 있을까? 어쨌든 모두 똑같이 나눠 먹을 수 있을까?

라 크리크는 칼끝으로 정어리들을 들춰가면서 세어보았다. 여덟, 아홉, 열, 열하나! 열하나, 라 크리크는 되풀이해서 말했다. 보자. 3 곱하기 11은 33. 4 곱하기 11은 44!

"제길! 빌어먹을! 우린 마흔다섯 명이니까, 하나가 모자란다구! 한 명은 먹을 게 없겠는데."

작은 지뷔스는 장작불 앞에 쭈그리고 앉아 있다가, 라 크리크가 우울하게 외치는 소리를 듣고 한마디로 어려운 문제를 해결해 버렸다.

"너희들만 좋다면 내가 정어리를 포기할게. 대신 통조림 기름을 핥아 먹게 해주면 돼. 난 그것도 정어리만큼이나 좋아하거든! 그러면 되겠니?"

그러면 되겠냐고? 되는 정도가 아니라 기가 막힌 해결책이었다!

"감자가 다 익은 것 같은데."

카뮈가 감자를 끌어내리고, 반쯤 불에 그슬린 개암나무 가지로 벌겋게 달아오른 숯을 밀쳐내면서 말했다.

"자, 식탁에 앉자!"

르브라크가 말했다.

그리고는 입구에 버티고 서서 소리쳤다.

"어이, 친구들, 안 들려? 식탁에 가서 앉자구 했는데! 어서들 와! ……깃발이라도 찾아서 휘둘러야 되겠니?"

아이들이 요새 안으로 몰려들었다.

"각자 자기 자리에 앉도록."

대장이 명령했다.

"이제 음식을 나눌 거야. 우선 감자부터. 뭔가 뜨거운 것부터 시작해야 하니까. 그게 더 좋고, 근사하다구. 만찬을 할 때 그렇게들 하잖아."

그래서 마흔 명의 사내아이들은 각자의 자리에 죽 앉아서, 두 다리를 딱 붙이고 무릎은 90도로 꺾고서, 손에 빵을 들고 음식을 나누어주기를 기다렸다.

음식을 나누는 일은 경건한 침묵 속에서 진행되었다. 마지막으로 음식을 받게 된 아이들은 곁눈질로 거무스름한 감자 덩어리를 쳐다보았다. 노르스름한 감자에서는 건강과 활력이 묻어나는, 식욕을 자극하는 맛있는 냄새가 풍겨오고 있었다.

아이들은 바삭거리는 감자 껍질을 벗긴 뒤, 이로 덥석 베어 물다가 입 안을 데자 후다닥 입을 뗐고, 때로 감자 덩어리가 무릎으로 굴러 떨어지면, 누군가가 손을 내밀어 잽싸게 낚아챘다. 얼마나 맛있는가! 아이들은 웃다가 서로 바라보았고, 그러자 기쁨에 전염된 아이들의 몸은 웃음으로 뒤흔들렸고, 혀가 풀리면서 재잘거리기 시작했다.

아이들은 때때로 주전자의 물을 마시러 갔다.

물을 마시는 아이는, 마치 빨판처럼 양철 주전자 주둥이에 입을 갖다 대고 크게 들이마셨고, 그러면 입 안에 가득한 물로 양 뺨이 부풀어 올랐는데, 목젖을 크게 움직이면서 물을 삼키거나 혹은 친구들의 농담을 듣고 웃음을 터뜨리다가 물을 내뿜었다.

"마셔라, 말아라! 부어라, 쏟아라!"

이제 정어리 차례였다.

라 크리크는 경건하게 정어리마다 4등분을 하였다. 라 크리크는 정어리 살점이 떨어져나가지 않도록, 나무랄 데 없는 정성과 정확함으로 직업을 수행한 뒤, 아이들에게 나누어주었다. 땡땡이 들고 있는 통조림 통 속에서, 아이들 각자의 정당한 몫을 칼로 덜어내어 빵 위에 올려주는 라 크리크는 꼭 신도들의 영성체를 주관하는 신부 같았다.

모든 아이들이 자기 몫의 정어리를 받을 때까지 어느 누구도 먼저 정어리에 손을 대지 않았다. 작은 지뷔스는 합의를 본 대로, 정어리 껍질이 몇 점 떠 있는 기름이 든 통을 받았다.

양이 많지는 않았지만 정말 맛났다! 음미해야 했다. 아이들은 모두 뜻밖의 횡재를 기뻐하면서, 정어리를 씹어 먹을 때 느끼게 될 즐거움으로 들떴고, 한편으로는 금방 정어리가 없어지리라는 생각으로 슬퍼하며, 킁킁거리며 냄새를 맡고, 손으로 만져보고, 빵 위에 올려놓은 정어리를 혀 끝으로 핥아보았다. 꿀꺽, 한입이면 모두 끝날 것이다! 그 누구도 정어리를 공략해야 겠다고 선뜻 마음을 정하지 못하고 있었다. 정말이지 정어리는 너무나 적었다. 그러니 즐기고, 누려야 했다. 말랑말랑한 빵 속을 기름에 적셔 먹고, 통조림 바닥을 설거지하듯 최후의 기름 한 방울까지 싹싹 닦아 먹은 작은 지뷔스가 놀려댈 때까지, 아이들은 눈으로, 손으로, 혀끝으로, 코로, 특히 코로 맛을 음미했다. 작은 지뷔스는 정어리를 성유골처럼 길이 간직할 생각이냐, 그럴 작정이라면 신부한테 갖다 줘서, '병화(평화)'가 함께 하길! 하며 험담꾼 노파들에게 내미는 토끼 뼈와 뒤섞게 하라고 비아냥거렸다.

아이들은 빵 없이 정어리만 따로 먹었는데, 똑같은 양으로 자잘하게 나누어, 즙을 빨아 먹고, 혀 돌기를 총동원하여 맛을 느끼고, 잔뜩 고인 침에 잠겨서 풀어진 정어리 조각이 목구멍을 넘어가지 못하도록 붙잡아서 다시 한 번 혀 밑에 갖다 놓고, 되씹어보고 난 뒤에야, 아쉬워하면서 삼켰다.

경건하게 시작하여, 경건하게 끝이 났다. 그러고 나자, 게뢰이아가 끝내 주게 맛이 좋았다고, 하지만 너무 양이 적었다고 심정을 토로했다!

사탕은 후식용이었고, 감초는 집으로 돌아가면서 질겅거리기로 했다. 사과와 초콜릿이 남아 있었다.

"후, 이제 좀 마셔야 되지 않겠어?"

불로가 말했다.

"저기 주전자에 물 있잖아."

큰 지뷔스가 익살스럽게 대답했다.

"조금 이따가."

르브라크가 결정을 내렸다.

"포도주와 코냑은 마지막에, 담배와 함께 마셔야지."
"그럼, 지금 초콜릿을 먹자!"

아이들 각자 자신의 몫을 받았다. 어떤 아이들은 두 조각짜리로, 다른 아이들은 한 조각짜리로 받았다. 오늘 요리의 주인공을 아이들은 빵에 넣어서 먹었다. 그러나 몇 명은, 아마 입맛이 더 고급인 아이들이겠지만, 우선 빵을 따로 먹고 나서 초콜릿을 먹는 쪽을 택했다.

입은 초콜릿을 잘게 부수어 씹었고, 눈은 반짝거렸다. 장작단을 한 아름 더 집어넣자 화로에서는 불길이 되살아나서 아이들의 뺨을 환히 비추었고, 입술을 빨갛게 물들였다. 아이들은 과거의 격전과 미래에 치를 전투, 앞으로 생길 전리품에 대해 이야기했고, 그러자 팔이 움찔거렸고, 발이 절로 움직였고, 상반신이 비비 틀렸다.

이제 사과와 포도주 차례였다.

"돌아가면서 작은 냄비에 입을 대고 마시자."

카뮈가 제안했다.

하지만 라 크리크가 거만한 태도로 대꾸했다.

"천만의 말씀! 각자 자기 잔에 마신다!"

그 말을 듣자 아이들은 술렁거렸다.

"잔이라고! 너 잔 있냐? 각자 자기 잔에 마신다! 너 미쳤니, 라 크리크! 어떻게 그런단 말이야?"

"아! 아!"

라 크리크가 놀려댔다.

"영리하다는 건 바로 이런 거란 말이야! 너희들은 사과를 도대체 뭘로 보

숲 속의 잔치_267

는 거냐?"

어떤 아이도 라 크리크가 무슨 말을 하는지 짐작 못했다.

"이 머저리들아!"

라 크리크가 모인 사람들에 대한 예의를 차리지 않고 말을 이었다.

"자, 칼을 꺼내고, 날 따라 해."

이렇게 말하면서 발명가 양반께서는 손에 칼을 들고 잘생긴 빨간 사과의 도톰한 살에 조심조심 구멍을 낸 뒤 속을 파내니, 예쁜 과일은 독특한 술잔으로 바뀌어버렸다.

"바로 그거야, 라 크리크 녀석! 죽여주는군!"

르브라크가 탄성을 올렸다.

르브라크는 즉각 사과를 나누어주라고 했다. 아이들은 제각기 술잔을 파는 일에 착수했고, 그동안 라 크리크는 의기양양하게, 술술 이야기를 풀어놓았다.

"목장에 있을 때 목이 마르면, 커다란 사과 속을 파내고 암소 젖을 짰지. 그렇게 해서 따뜻한 우유 한 잔을 마시곤 했다구."

아이들 모두 술잔을 만들고 나자, 큰 지뷔스와 르브라크가 포도주 병마개를 뽑았다. 두 아이는 친구들에게 술을 따라주었다. 큰 지뷔스가 든 술병이 다른 술병보다 더 커서 스물세 명의 전사들을 흡족하게 해주었고, 르브라크의 술병은 스물두 명을 만족시켜주었다. 다행스럽게도 술잔들이 작았고, 모두들 공평하게 나누어 받았다. 적어도 그렇다고 생각할 수 있었다. 왜냐하면 항의하는 아이가 한 명도 없었으니까.

아이들 모두의 술잔이 차자, 르브라크는 술로 가득한 사과 잔을 들어 올

리며 건배를 제안했는데, 단순하고 간결하게 이렇게 외쳤다.

"자, 이제, 우리 모두를 위하여, 그리고 벨랑 놈들을 무찌르자!"

"너를 위해!"

"우리를 위해!"

"우리 만세!"

"롱쥬베른느 만세!"

아이들은 사과 잔을 부딪쳤고, 잔을 흔들어대며 적을 향해 욕설을 퍼붓고, 롱쥬베른느의 용기와 힘, 영웅심을 찬양했고, 술을 마신 뒤 혀로 핥고, 바닥의 사과 속살까지 쪽쪽 빨았다.

"자 한 곡조 뽑자구, 어서!"

작은 지뷔스가 제안했다.

"자, 카뮈! 왜 그 노래 있잖아!"

카뮈가 노래하기 시작했다.

*가장 근사한 건
낙타를 타고 가는 포병······.*

"너무 짧잖아! 아쉽군! 정말 좋은데."

"자, 이제 모두 합창하자구. 〈나의 금발 아가씨 곁에서〉 다들 알잖아. 자. 하나! 둘!"

그러자 아이들은 모두 청춘다운 목소리로, 오래된 노래를 가슴이 터져라 합창하기 시작했다.

우리 집 정원
월계수에 꽃이 피었네
온 세상 새들이
둥지를 틀러 온다네
그래!
나의 금발 아가씨 곁에서
정말 좋아, 좋아, 좋아!
나의 금발 아가씨 곁에서
잠을 자면 정말 좋아!
온 세상 새들이
둥지를 틀러 온다네
메추라기, 멧비둘기
예쁜 자고새
그래!
나의 금발 아가씨 곁에서…….

메추라기, 멧비둘기,
예쁜 자고새
그리고 밤낮으로 노래하는
흰 비둘기
그래!
나의 금발 아가씨 곁에서…….

신랑감을 찾지 못한
미인들을 위해 노래하는
밤낮으로 노래하는
흰 비둘기
그래!
나의 금발 아가씨 곁에서…….

이 노래를 마치자, 아이들은 다른 노래를 하나 더 부르고 싶어졌고, 이번에는 땡땡이 노래하기 시작했다.

북치는 어린 병사 전쟁에서 돌아오네
전쟁에서 돌아오네
쿵 타당 쿵 쿵…….

하지만 아이들은 중간에서 노래를 그만두었는데, 왜냐하면 술을 마셨으니 그것 말고 다른 노래, 보다 더 근사한 노래가 필요했다.
"자, 카뮈! 〈막달라 마리아는 로마로 갔네〉 불러달라구."
"오! 이 절까지 두 소절밖에 모르는데. 하긴 별 상관없어. 아무도 그 노래를 모르니! 좀 들어보려고 가까이 가면, 신병들은 노래를 딱 멈추고는 저리 꺼지라고 하니."
"재미있으니까 그렇겠지."
"아니야. 내 생각에는 뭔가 야한 게 있을 거라구."

"뭔가 굉장한 게 있기는 한데, 뭔지 난 모르겠더라. 마들렌 대성당, 프랑스 학사원, 팡테옹, 보병 연대, 총검, 그리고도 기억할 수도 없는 것들이 잔뜩 있다구."

"나중에, 우리도 징집이 되면 알게 되겠지."

작은 지뷔스가 친구들의 참을성을 일깨웠다.

그래서 아이들은 데비에가 취하면 부르는 노래를 기억해 내려고 애썼다.

양파 수프, 민주주의 수프…….

아이들은 밀렵꾼 껭껭이 부르는 노래를 그럭저럭 불러보았다.

왜냐하면 천국은 라이리
왜냐하면 천국은 라이리
왜냐하면 천국은
술꾼들에게 약속되어 있으니.

그리고 나자, 마침내 지치고 밑천도 떨어진 나머지, 놀랍게도 잠깐 동안 침묵이 자리 잡았다.

불로가, 침묵을 깨기 위해서 제안했다.

"마술을 부리면 어떨까?"

"윗도리 소매에 든 악마를 보여주라구!"

"'비둘기가 난다' 놀이 하면 어떨까?"

"말 같지도 않은 소리! 계집애들이나 하는 놀이를 하자구? 왜, 차라리 줄넘기를 하자고 그러지!"

"제기랄, 코냑은 어떡하고!"

르브라크가 고함을 질렀다.

"그리고 담배는!"

카뮈가 소리쳤다.

영웅적인 시대에 관한 이야기들

> 아주 먼 옛날, 경이로운 시대였던
> 그때에는…….
> —샤를 칼레 (『옛날 이야기들』)

우두머리들이 소리를 질러대자 아이들은 모두 다시 사과 잔을 들었고, 그러자 카뮈는 아이들 사이를 누비며 태평하고 우아한 태도로 참으아리 줄기 담배를 제공했고, 큰 지뷔스는 각설탕들을 나누어주었다.

"정말이지, 근사한 잔치로군!"

"말도 마, 굉장한 술자리야!"

"죽여주는 음식에!"

"끝내주는 술잔치군!"

르브라크가 전문 술 감식인으로서 코냑 병을 흔들어대자 병목 주변에 둥근 테 모양으로 공기 방울이 생겼다가 터져버렸다.

"좋은 거로군."

르브라크가 말했다.

"코냑 통에서 직접 따라온 거라구. ……조심해, 술 돌린다. 아무도 움직이지 마!"

그러더니, 르브라크는 천천히, 마흔다섯 명의 초대 손님들에게 술을 나누어주었다. 그 일은 족히 십 분은 걸렸지만 신호가 떨어지기 전에 먼저 입에

술을 대는 아이는 아무도 없었다. 다시, 아이들은 그 어느 때보다도 더 거칠게 건배를 들었다.

아, 빌어먹을! 정말 독하군! 나이 어린 아이들은 재채기를 하고, 기침을 하고, 침을 뱉고, 얼굴이 빨개졌다가 보랏빛이 됐다가 진홍빛이 됐지만, 그 누구도 목구멍이 불타는 것 같고 창자가 뒤틀리는 것 같다는 소리를 입 밖에 내지 않았다.

훔쳐낸 술이니 맛이 좋은 것이었다. 감미롭고 그윽하기까지 했다.

아이들은 나가떨어지는 한이 있더라도 마지막 한 방울까지 삼키고, 사과를 핥고, 사과 살에 배어들었을 술까지 마시느라고 사과를 씹어 먹었다.

"자, 이제, 담배에 불을 붙이자구!"

장작불 담당 작은 지뷔스가 불붙은 장작개비를 돌렸다. 아이들은 덩굴 줄기 자른 것을 입에 물고, 모두들 눈을 지그시 감고 볼은 우묵해져서, 입술을 깨물며, 이마에 주름을 잡아가며 있는 힘을 다해서 빨기 시작했다. 너무나 힘껏 빨았기 때문에, 때때로 바싹 마른 참으아리 줄기에서 불꽃이 피어올랐고, 그러자 아이들은 모두 감탄을 하며 자기들도 그렇게 멋지게 해보려고 애를 썼다.

"자, 등 따숩고 배부르겠다, 그리고 담배를 태우느라고 조용하겠다, 이야기 한 자락 들으면 어떨까?"

"아! 맞았어. 바로 그거야. 아니면 수수께끼는 어떨까? 재미있으라고, 내기도 걸자."

"친구들."

점잖은 표정으로 다리를 꼬고, 입에는 담배를 물고 있던 라 크리크가 말을 끊었다.

"너희들이 좋다면, 내가 이야기 하나 해줄게. 이건 내가 오래전에 들었던 건데, 진지한 거구, 실제 이야기라구, 암. 장-클로드 영감이 우리 대부님께 해줬던 이야기지."

"아! 뭔데? 도대체 뭔데?"

여러 아이들이 물어왔다.

"우리가 벨랑 놈들하고 싸우는 이유에 관한 이야기야. 너희들도 알잖아, 우리가 벨랑 놈들하고 싸우는 게 어제오늘 일이 아니라는 건. 옛날, 아주 옛날부터 그래 왔다구."

"그건 세상이 시작되면서부터라구, 그렇구말구."

강베트가 말을 끊었다.

"왜냐, 놈들은 항상 거시기 털이나 긁적이는 놈들이니까! 알겠어?"

"네가 원한다면 놈들은 그렇다고 하자구. 하지만 어쨌든, 강베트, 네가 말한 그때부터는 아니야. 그보다 뒤, 훨씬 뒤라구. 하지만 아주 오래전부터이기는 해."

"뭐, 네가 안다니까 이야기해 봐. 놈들은 지저분한 도야지 무리일 뿐이고, 그 밖에 아무것도 아니니까 그렇겠지만."

"아무짝에도 쓸모없는, 지저분한 돼지 새끼들이라구! 게다가 감히 롱쥬베른느 사람들을 도둑 취급까지 했다구, 그 더러운 놈들이."

"아! 저런 겁대가리 없는 놈들!"

"그래."

라 크리크가 말을 이었다.

"정확히 언제 그 일이 시작되었는지에 대해서는, 나도 뭐라고 말할 수 없어. 장-클로드 영감도 모르구. 아무도 기억을 못한대. 그걸 알자면, 낡은 종이 뭉치들, 그러니까 고문서들을 뒤적여야 될 거라고 하던데, 그게 다 무슨 수작인지 난 모르겠고.

라 뮈리에 대해서 말들을 하던 시대였대. 라 뮈리, 바로 그거 말이야. 그런데, 그게 뭔지는 이제는 아무도 몰라. 아주 고약한 병인 것 같아. 구석진 곳에서 썩은 가축 배에서 살아서 기어 나와 밤에 들판을, 숲을, 마을길을 돌아다니는 무슨 유령 같은 건가 봐. 그건 보이지는 않지만 느낄 수 있고, 냄새를 맡을 수 있대. 그게 주변에서 어슬렁거리면, 가축들은 울어대고 개들은 죽어라고 짖어댄다는군. 사람들은 성호를 긋고, 재앙이 거리를 쏘다닌다고 말을 했단다! 그게 지나가는 것을 느낀 다음 날 아침에 보면, 그게 건드리고 간 외양간의 가축들은 비실거리다가 죽고, 사람들도 파리처럼 죽어나갔다는군.

라 뮈리는 특히 날이 더울 때 찾아왔대.

자. 아주 기분 좋게 웃고, 먹고, 마시고 난 다음, 왜, 어떻게 그런지는 모르지만, 한두 시간이 지난 뒤, 사람들은 새까맣게 되어 썩은 피를 토하고 죽어나간다 이 말씀이야. 무슨 일을 해도, 무슨 말을 해도 소용없어. 그 누구도 라 뮈리를 멈추게 할 수 없었고, 그 병에 걸린 사람들은 볼 장 다 본 거였지. 성수를 뿌려도, 기도란 기도는 다 외워도, 신부를 오게 해서 기도를 읊게 해도, 천국에 있는 모든 성자들을, 성모 마리아님, 예수 그리스도, 하느님 아버지를 들먹여봤자 소용없었다구. 마치 채로 물을 긷는 것 같았지. 어찌됐든 모두 골로 갔고, 마을은 작살이 나고, 사람들은 죽어나갔어. 그래서 가축

이 죽게 되면, 빨리 묻어버리는 거라구.

벨랑 마을과 롱쥬베른느 마을 사이에 전쟁을 몰고 왔던 건 바로 이 라 뮈리야."

이야기꾼은 여기서 잠시 말을 멈추고, 아이들의 호기심을 일깨운 것을 즐기면서, 참으아리 줄기 담배를 몇 모금 빨고 나서 다시 이야기를 이어나갔는데, 친구들의 두 눈은 온통 라 크리크에게 쏠려 있었다.

"정확히 언제 그 일이 일어났는지 알 수는 없어. 충분한 정보가 없으니까. 하지만 사람들은 말 장수 비슷한 작자들이, 아니면 가축 도둑인지도 모르겠는데, 하여간에 그런 작자들이 모르토나 메쉬 장에 왔다가 아래쪽 마을로 돌아가는 길에 사건이 일어났다고 생각을 하지. 이 작자들은 밤에 여행을 했대. 어쩌면 눈에 띄고 싶지 않았던 것 같아. 특히 가축을 훔쳤다면 말이야. 늘 그렇듯 샤잘랑 목초지를 지나갈 때였어. 끌고 가던 암소들 중 한 마리가 음매, 음매거리기 시작했지. 그러더니 걸으려고 하지를 않는 거야. 암소는 마치 노새처럼 엉덩이를 내리고 앉아버리더니, 그 상태로 계속 음매거렸지. 사람들이 아무리 고삐를 잡아당기고 회초리로 때려도 소용없었어. 아무 효과도 없었다구. 암소는 더 이상 움직이지 않았어. 잠시 뒤, 땅바닥에 완전히 주저앉더니, 뻣뻣해져서 옆으로 길게 누었어. 뒈진 거야. 꽥한 거라구.

그 작자들은 죽은 암소를 데려갈 수 없었지. 그리고 죽은 암소 쓸데가 어디 있었겠니? 놈들은 그 일에 대해서 아무런 말도 하지 않았어. 밤이겠다, 마을에서 멀리 떨어진 곳이겠다, 감쪽같았지 뭐. 놈들은 줄행랑을 놓았고, 그 뒤로 다시는 모습을 보이지 않았어. 사람들은 놈들이 누군지, 어디서 왔는지도 결코 알 수 없었지.
 그 일이 벌어졌던 건 여름이었다는 걸 말해 둬야지.
 그때에는, 샤잘랑 공유지 풀을 가축에게 뜯기고 그곳에서 나무를 베던 건 벨랑 놈들이었어. 그 뒤로 쭉 벨랑 숲이라고 부르게 되었지만. 놈들이 우리를 공격하러 오는 그 숲 말이야!"
 "어! 어!"
 아이들 몇이 이야기를 끊었다.
 "하지만 그건 우리 거라구, 그 숲은, 제길……!"
 "그래, 그건 우리 숲이야. 곧 그 이야기가 나온다구. 잘 들어봐. 그해 여름은 아주 더웠기 때문에, 죽은 암소한테서는 곧 고약한 냄새가 나기 시작했어. 사나흘이 지나자, 썩은 내가 진동을 했다구. 파리가, 시퍼런 파리들이, 왜 뮈리 파리라고 부르기도 하잖아, 그 파리들이 들끓었지. 그래서 마침 그곳을 지나가던 사람들이 그 냄새를 맡고 가까이 갔다가, 그 자리에서 썩어가고 있는 암소 시체를 보게 되었지.
 큰일 났구나! 사람들은 지체 없이 달려 내려가서 벨랑 마을의 어른들을 만나서 이야기했어.
 '보시오, 당신네 샤잘랑 목초지에서 썩어가고 있는 가축 시체가 있다오. 샤네에서도 그 냄새를 맡을 정도이니, 다른 가축들이 라 뮈리에 걸리기 전에 어서 땅에 묻어야 하겠소.'
 벨랑 어른들은 대답하기를, '라 뮈리라고? 시체를 묻다가 그 병에 걸리게 되는 건 바로 우리들이겠구려. 당신네가 발견했으니, 당신네가 묻도록 하시구랴. 우선, 그 시체가 우리네 땅 안에 있다는 증거가 어디 있소? 목초지는

우리 것인 만큼 당신네 것이기도 한데. 당신네 가축들이 그곳에서 마구 풀을 뜯어 먹는다는 게 그 증거지.'

'우리 가축들이 어쩌다가 그곳으로 가면, 당신들은 우리에게 욕질을 하고 가축들에게는 돌을 던지잖소(이건 완전한 사실이었다구). 시간을 허비할 때가 아니라오. 그렇지 않으면, 롱쥬베른느나 벨랑이나 곧, 가축은 말할 것도 없고 사람들도 라 뮈리에 걸려서 죽어나가게 생겼다오.'

'라 뮈리 같은 소리하네. 바로 너네가 라 뮈리다!' 하고 벨랑 사람들이 대꾸했어.

'아! 그 시체를 묻고 싶지 않다 이거로군. 좋아! 어디 봅시다. 무엇보다 당신들은 아무짝에도 쓸모없는 인간들이고, 거시기 털이나 긁어대는 한심한 인간들이라구!'

'천하의 얼간이는 바로 당신들이라구. 당신들이 시체를 발견했으니, 응! 그건 당신네 거니, 잘 간직하라구. 당신들에게 줄 테니.'"

"더러운 놈들!"

벨랑 사람들의 오래된 악랄함을 다시 확인하고 새삼 화가 치솟은 아이들 몇 명이 이야기를 끊었다.

"그래서, 어떻게 됐는데?"

"어떻게 됐냐 하면……."

라 크리크가 말을 이었다.

"자, 이렇게 됐지. 롱쥬베른느 사람들은 다시 마을로 돌아왔어. 와서는 마을 어른들, 신부, 재산가, 요새 같으면 시의회 의원이라고 할 만한 사람들을 다 찾아갔지. 그리고는 뭘 보았고, 무슨 '냄새를 맡았는지', 그리고 벨랑 놈들이 무슨 말을 했는지를 들려줬어…….

마을 아낙들은 무슨 일이 있는지 알게 되자, 울고 소리 지르기 시작했어. 여자들은 이제는 다 망했고 모두 죽게 생겼다고 말했지. 그래서 마을 어른들이 브장송, 그런데 내 생각에 다른 데일 수도 있고, 잘은 모르겠어, 하여간에 그곳에 가서 힘깨나 쓴다는 사람들, 법관들과 도지사를 만나기로 결정을 내렸지. 일이 아주 위급했기 때문에, 그 세도가들은 곧장 내려왔고, 롱쥬베른느 사람들과 벨랑 놈들을 샤잘랑으로 오게 해서 설명을 해보라고 했지.

벨랑 놈들이 말을 했어. '어르신들, 목초지는 저희 것이 아닙니다요. 성모 마리아님과 하느님 아버지 앞에서 맹세합니다. 그 목초지는 롱쥬베른느 것입죠. 그러니 그 가축은 바로 롱쥬베른느 사람들이 묻어야 합니다요.'

롱쥬베른느 사람들은 말했지. '존경하는 어르신들, 그건 사실이 아닙니다. 저들은 거짓말쟁이들입니다! 저들이 일 년 내내 가축들에게 풀을 뜯게 하고 벌목을 한다는 것이 그 증거가 아니겠습니까.'

그 말을 듣자, 놈들은 땅에 침을 뱉으면서, 그 땅은 자기들 것이 아니라고 다시 맹세했지.

나리들은 아주 난처했어. 어쨌든 저렇게 놔두자니 냄새가 너무 났고 해결은 봐야겠기에, 그 자리에서 판정을 내려서 다음과 같이 말했지.

벨랑 사람들이 그 목초지가 자기네 것이 아니라고 맹세하니, 롱쥬베른느 사람들이 가축을 묻기로 한다. 그러자 벨랑 놈들은 웃어댔지. 왜냐하면 너희들도 알잖아, 그게, 그 암소 시체에서 얼마나 고약한 냄새가 나는지! 그 나리란 작자들은 절대로 가까이 다가가지 않았지. 하지만 그 판결에 덧붙여서, 롱쥬베른느 사람들이 가축을 묻는 이상, 그리고 벨랑 사람들이 원하지 않는

만큼, 앞으로 목초지와 숲의 나무들은 영원히 롱쥬베른느 것이라고 했어.

그 말을 듣자, 벨랑 놈들은 억지웃음을 지을 수밖에 없었다구. 아주 엿……, 난처하게 되었지만 땅에 침을 뱉으면서 맹세까지 했겠다, 놈들은 신부와 어르신들 앞에서 말을 바꿀 수 없었지.

롱쥬베른느 사람들은 누가 암소를 묻을 건지 제비뽑기를 했고, 그 사람들은 네 차례의 벌목 기간 동안, 다른 사람들보다 두 배 더 장작을 가져갈 권리를 누리기로 했지! 가축을 땅에 묻고 이제 더 이상 라 뮈리 때문에 겁낼 일이 없게 되자마자, 벨랑 놈들은 숲은 여전히 자기네 것이라고 주장하며, 롱쥬베른느 사람들이 그곳에 와서 나무를 베는 것을 원하지 않았지.

놈들은 롱쥬베른느 어른들을 도둑놈으로 몰고, 라 뮈리를 끌고 다닌다고 비난을 해댔다구. 썩은 가축의 시체를 땅에 묻을 용기도 없었던 그 아무짝에도 쓸모없는 놈들이 말이야.

놈들은 롱쥬베른느 사람들을 상대로 소송을 제기했어. 오래, 무척 오래 끈 소송이었지. 놈들은 무지 많은 돈을 썼다구. 하지만 봄므에서 패소했고, 브장송에서, 디종에서, 그리고 파리에 가서도 지고 말았지. 그 일이 확정 나기까지 백 년도 더 걸렸던 것 같아.

롱쥬베른느 사람들이 와서 놈들 코앞에서 나무를 베어가는 것을 볼 때마다, 놈들은 약이 바짝 올랐지. 나무 한번 벨 때마다, 놈들은 롱쥬베른느 사람들을 나무 도둑이라고 불렀어. 하지만 옛날 롱쥬베른느 사람들은 힘이 무지 좋았으니까, 놈들이 그런 소리를 두 번 하도록 내버려두지는 않았지. 놈들에게 덤벼들어서 늘씬하게 패줬다구! 얼마나 죽여주게 패줬는데!

베르셀, 봄므, 상세, 벨레르브, 메쉬에 장이 설 때마다, 두 마을 사람들은 한잔 걸친 다음, 입씨름을 하다가는 퍽! 하면 아야야! 였지 뭐. 두 마을 사람들은 치고받기를, 암소가 오줌 싸듯 피가 철철 흐를 때까지 계속했어. 롱쥬베른느 마을 사람들은 아무짝에도 쓸모없는 인간들이 아니었다구. 싸우는 법을 알고 있었지. 그래서 이백 년 동안, 아니 삼백 년 동안, 어떤 롱쥬베른느 남자도 벨랑 여자와 결혼하지 않았고, 어떤 벨랑 사람도 롱쥬베른느에서 열리는 축제에는 오지 않았지.

하지만 두 마을 사람들은 교구 축제가 벌어지는 일요일이면 꼬박꼬박 다시 만났어. 모든 사람들이, 롱쥬베른느 사람이든 벨랑 사람이든 떼거지로 몰려갔다구.

사람들은 바람을 쐬기 위해 우선 그 고장을 한 바퀴 돌고, 그 다음에는 주막에 들어가서 발동을 걸려고 마셔대기 시작했지. 두 마을 사람들이 취하기 시작하는 것을 보자마자 사람들은 모두 달아나서 숨었다구. 영락없었지.

롱쥬베른느 사람들은 벨랑 놈들이 있는 주막으로 몰려가서 겉옷 저고리와 덧옷을 벗어던지고, 자, 시작하곤 했지.

식탁, 긴 의자, 걸상, 잔, 병, 모든 것이 튀고, 춤추고, 날아다니고, 윙윙거렸지. 여기에서 퍽! 저기에서 쿵! 두들겨 패고, 힘차게 주먹질 발길질을 하고, 둥근 의자, 병을 휘둘렀다구. 곧 모든 게 깨졌고, 촛대는 굴러다니다가 꺼져버렸지. 어쨌든 사람들은 깜깜한 가운데서도 치고받고, 깨진 병과 잔 조각들 위에서 굴렀고 피가 포도주처럼 철철 흘렀지. 그러다가 정말로 아무것도, 아무것도 보이지 않을 때, 두세 명이 숨이 넘어가면서 살려달라고 외칠 때면, 아직 움직일 만한 힘이 남아 있는 사람들은 줄행랑을 놓았지.

싸움 통에 항상 한두 명은 죽고, 애꾸가 된 사람에, 팔이 부러진 사람, 다리몽댕이를 못 쓰거나, 코가 깨지거나, 귀를 물어뜯긴 사람들이 있기 마련이었지. 누가 죽였는지에 대해서는 결코 알지 못했고, 매년, 백 년도 더 넘는 기간 동안, 축제 때마다 적어도 한 명 정도는 골로 가셨다구.

죽은 사람이 한 명도 없을 때면, 우리 마을 옛 어른들은 이번에는 축제를 제대로 치르지 못했구나 하고 말했지. 그 사람들은 정말 사나이였다구. 모두들 몰려가서, 늙으나 젊으나 치고받았지. 좋은 시절이었어. 그 뒤로, 신병 추첨과 징병 검사 위원회가 열리는 날에, 신병들만 치고받고 싸우는 걸로 되었고, 지금은……, 이제는 롱쥬베른느의 명예를 위해 싸우는 사람들은 우리밖에 없다구. 그 생각을 하면 서글퍼."

참으아리 줄기 담배에서 피어오르는 파르스름한 연기 사이로, 아이들 눈이 장작불처럼 번쩍거렸다. 이야기꾼은 상당히 흥분한 채, 이야기를 계속했다.

"그런데, 그게 다가 아니라구. 암, 아니지. 이 이야기에서 가장 근사하고 가장 재미있는 부분은 랑겔의 성모 마리아에게 기도를 드리기 위해 순례 길에 올랐던 이야기야. 랑겔……, 너희들도 알지. 봄므 옆에 있는, 보드리비이예 숲 뒤에 있는 작은 성당 말이야.

너희들도 기억날걸. 작년에 신부하고, 사제관 가정부 폴린느 할맘하고 그곳에 갔었지. 풍뎅이가 날아다니던 때였잖아. 숲길을 가는 동안 내내, 풍뎅이들을 잡아가지고 '까마귀'의 사제복과 할망구의 머릿수건에다가 붙여줬지. 두 사람 다 풍뎅이로 뒤덮였잖아. 풍뎅이들이 날아가려고 날개를 활짝 펼쳤고, 가끔씩 성공해서 붕붕거리면서 날아가 버리기도 했지. 정말 재미있었잖아.

자, 친구들! 옛날에, 풀이 낫질해서 거두어들이기 좋을 정도로 자랄 즈음의 어느 날, 남자, 여자, 아이들 모두, 롱쥬베른느 사람들 모두가 신부를 앞세우고 랑겔의 노트르담 성당을 향해 순례를 떠났어. 성모 마리아에게 꿀을 많이 거두어들일 수 있도록 해가 쨍쨍 내리쪼이게 해달라고 부탁하기 위해서였지.

그런데, 운 나쁘게도 바로 그날, 벨랑의 신부도 자신의 심도, 그렇게들 말하는 것 같던데, 심도들을 이끌고 가기로 결심을 했단 말이야……."

"틀렸어. 신도라구."

카뮈가 말을 바로잡아 주었다.

"그래, 그렇다면 신도라구 하자."

라 크리크가 말을 이었다.

"신도들을 똑같은 성모 마리아에게로, 이 고장에 성모 마리아가 넘쳐흐르는 건 아니니까, 그 성모에게로 데리고 가기로 했어. 성체니 뭐니 잔뜩 들고서 말이야. 벨랑 것들, 놈들은 물을 충분히 먹지 못했던 양배추가 잘 되라고 비가 오기를 바랐다구…….

그래서 말이야! 벨랑 놈들은 새벽같이 길을 떠났어. 앞장선 신부는 중백의를 걸치고 성배를 들고, 복사는 성수뿌리개와 성체현시대를 들고, 교구위원은 기도책들을 들고, 그 뒤로는 사내아이들, 동네 남자들, 그리고 마지막으로 여자 아이들과 마을 아낙들이 따랐지.

롱쥬베른느 사람들이 숲을 빠져나왔을 때, 뭘 봤겠니?

암! 이 머저리 같은 벨랑 꺽다리들이 비를 뿌려달라고 비는 기도문을 와글와글 외고 있더라니까.

롱쥬베른느 사람들은 햇빛을 달라고 빌러 왔는데, 그게 기분 좋았겠냐?
그래서 롱쥬베른느 사람들은 목청을 돋아서 맑은 날씨를 바랄 때 외는 기도문을 떠들어대기 시작했고, 벨랑 놈들은 비를 달라고 송아지처럼 음매거리기 시작했다구.
롱쥬베른느 사람들은 먼저 도착하려고 했지. 걸음을 성큼성큼 떼어놓았어. 벨랑 놈들은 그 사실을 눈치 채고는 냅다 뛰기 시작했어.
성당까지 이제 얼마 남지 않았을 때야. 한 이백 걸음 정도나 될까. 그래서 롱쥬베른느 쪽에서도 뛰기 시작했어. 서로 흘겨보면서. 서로에게 아무짝에도 쓸모없는 인간이니, 도둑놈, 더러운 놈, 썩을 놈이라고 욕을 하기 시작했고, 그러는 동안 두 패거리 사이의 거리는 점점 좁혀졌지.
두 마을 남자들 사이의 거리가 열 걸음 정도나 떨어졌을까 할 때, 양쪽에서 서로 을러대고, 주먹을 들어 보이고, 발정 난 수고양이처럼 두 눈을 부라렸지. 그러고 있는데, 마을 아낙들이 도착했어. 여자들은 식충이, 나쁜 년, 못된 년이라고 서로를 비난했고, 신부들 역시 서로를 고약한 눈초리로 째려 보았다구.
그러자 모두들 잔돌을 모으고, 몽둥잇감을 다듬기 시작했지. 그 다음에는 서로 거리를 두고 그것들을 집어 던졌고. 하지만 욕질을 하다가 너무 흥분하자, 양쪽 모두 눈이 확 뒤집혀서, 서로 돌진해 들어가서 주먹질 발길질을 해대기 시작했어. 손에 잡히는 대로 아무거나 들고서 두들겨 팼다구. 신발짝으로 퍽! 미사경본으로 탁! 여자들은 새된 비명을 질렀고, 사내아이들은 고함을 질러댔고, 남자들은 넝마장수처럼 욕설을 퍼부었어. 아! 비를 달라고? 이 도야지 같은 놈들. 자, 여기 있다! 여기서 퍽, 저기서 아이구…… 남자들 몸에 걸쳤던 옷은 남아나지 않았고, 여자들은 치마가 내려가고 긴 윗도리가 찢어졌어. 가장 재밌는 건, 내가 말했었지, 서로를 탐탁지 않게 여기고 있던 신부들 역시 서로에게 저주를 퍼붓고 악마를 들먹이며 위협을 해대더니, 서로 치고받기 시작했다는 거지. 신부들은 중백의를 벗어던지고, 사제복을 걷어붙이고, 포병대원들처럼 서로에게 욕질을 하고 나더니, 사나이답게 나섰지. 발길질을 하고, 돌을 던지고, 머리카락을 쥐어뜯고, 더 이상 어디를 어떻게 두들겨야 할지 모르게 되자, 성배를 집어 던지고 입으로는 빌어먹을 하느님을 연발했다구!"

아주 감동한 르브라크는, 어쨌든, 끝내주게 근사했겠군, 하고 생각했다.

"그런데 성모 마리아님은 누구 손을 들어주었니? 벨랑 놈들이야, 아니면 롱쥬베른느야? 해가 났니, 아니면 비가 왔니?"

"마을로 돌아들 갔더니, 두 마을 모두 우박이 쏟아졌단다!"

라 크리크가 태연하게 이야기를 마쳤다.

내분

> 피를 보지 않고는 그런 모욕을 씻을 수 없소.
> -코르네유 (『르 시드』 1막 4장)

금요일 아침, 교실로 들어가기 전, 학교 마당에서 놀 때였다.
"어제는 정말이지 잘 놀았어!"
"너, 작은 지뷔스가 집으로 돌아가다가, 므늘로네 담 벽을 따라서 계속 토한 거 알아?"
"아! 게뢰이아도 그랬어. 감자와 빵을 다 토해 냈지. 정어리와 초콜릿은 모르겠지만."
"담배 때문일 거야!"
"아니면 코냑 때문이이겠지!"
"어쨌든, 정말 근사한 잔치였어! 다음 달에 한 번 더 하도록 해야지."
귀귀 영감의 헛간에 가려진 구석에 모여서, 르브라크, 큰 지뷔스, 땡땡, 그리고 불로는 계속해서 서로를 축하하고, 칭찬하고, 목요일 오후를 멋들어지게 보낸 것에 대해서 서로 치켜세웠다.
정말이지 아주 근사했었다. 아이들은 돌아가는 길에 거의 사분의 삼은 취한 상태였고, 한 대여섯 명은 속이 울렁거리는 통에 멈춰 서서, 돌담 위든, 돌 위든, 땅바닥이든, 아무 데나 목을 길게 뽑고 앉지 않을 수가 없었는데, 입 안은 깔깔하고, 배 속은 부글거렸다.

아이들이, 때 묻지 않은 생생한 기억력으로 오래도록 기억하게 될 그 완전무결했던 즐거움을 놓고 이야기를 나누고 있는데, 갑자기 누군가 성이 잔뜩 나서 고래고래 고함을 지르는 소리가 들리더니 그 뒤를 이어 따귀 치는 소리와 격렬한 욕설이 들려왔다. 아이들의 관심은 즉각 그쪽으로 쏠렸다.

아이들은 소리가 들려오는 곳을 향해 황급히 달려갔다.

카뮈가 왼손으로는 바카이예의 머리끄덩이를 잡고서 다른 손으로는 뺨을 철썩 때리면서, 음흉하고 더러운 놈이며 천하의 개새끼라고 귀에다가 대고 버럭버럭 소리를 질렀고, 이제 자기가 이 돼지 같은 놈에게 좀 가르쳐주시겠노라고 말했다.

뭘 가르쳐주겠다는 거지? 큰 아이들마저도 영문을 몰랐다.

두 싸움꾼의 따귀 치는 소리와 욕설을 듣고서 후다닥 달려온 시몽 선생님은, 억지로 두 아이를 떼어내어 왼팔로 한 아이, 오른팔로 나머지 아이를 붙잡고, 다시 치고받으려는 생각을 하지 못하도록, 공평하게 두 아이 모두에게 방과 후 남는 벌을 내렸다. 아이들이 잠잠해졌다는 확신이 들자, 시몽 선생님은 이 갑작스럽고 격렬한 싸움의 원인이 무엇인지 캐내려고 했다.

카뮈가 방과 후에 남아야 된다고! 르브라크는 생각했다.

'하필이면! 바로 오늘 저녁에 카뮈가 필요한데. 벨랑 놈들이 올 테고, 아이들이 많이 있어야 하는데……'

"내가 생각했던 대로야."

땡땡이 말했다.

"저 치사한 절름발이 놈이 카뮈에게 언젠가는 더러운 수를 쓸 거라고 그랬었지. 이봐, 결국, 저놈은 타비 때문에 질투를 하는 거라구. 타비가 저놈을 거들떠도 안 보니까. 놈은 카뮈에게 골탕을 먹이려고, 그리고 카뮈가 벌을 받게 하려고 오래전부터 엿보고 있었다구. 내 잘 알지. 라 크리크도 아는 일이야. 그 정도 눈치 채는 데 점쟁이가 될 필요까지는 없다구."

"그런데, 도대체 왜 저렇게 치고받은 거지?"

어린 아이 한 명이 르브라크와 패거리에게 살짝 알려주었다. 아이들은 모두 이번 사건에서 잘못한 아이는 바카이예라고 생각하고 있었다. 부관 카뮈는 아이들의 호감을 사고 있었고, 오늘 저녁에 카뮈가 필요한 만큼 더더욱 그러했다. 그래서 자연발생적으로, 아이들은 다같이 카뮈 편을 들기로, 이번 일의 모든 잘못은 바카이예에게 있고 상대는 갓 태어난 아기 염소처럼 무구하다는 것을, 증언을 통해 입증해 보일 생각이었다.

그렇게 되면 시몽 선생님은, 쏟아져 들어오는 아이들의 증언과 항의 표시로 정의감이 발동해서, 제자들의 신뢰를 잃지 않기 위해, 또 막 싹트기 시작한 정의감을 짓밟지 않기 위해, 카뮈의 죄를 사해 주고 절름발이를 벌줄 것이다.

사건은 아주 단순했다.

카뮈는 중요할 수도 있는, 사건을 일으키는 데 공헌한 몇 가지 세부 사항들은 신중하게 빼먹으면서, 모든 사람 앞에서 어떻게 된 일인지를 단정적으로 이야기해 나갔다.

바카이예와 함께 화장실에 있었는데, 바카이예가 일부러 치사하게 자기에게 오줌을 쌌고, 이는 당연히 참을 수 없는 모욕이었다. 그래서 모욕을 준 놈 따귀를 올려붙였고, 머리끄덩이를 잡아 뜯었으며, 원색적인 말을 하게 되었다.

실제로 벌어진 일은 그보다는 조금 더 복잡했다.

바카이예와 카뮈는 똑같은 욕구를 만족시키기 위하여, 화장실의 같은 칸으로 들어가서 배설구로 오줌발을 날렸다. 이 단순한 행위가 시합으로 바뀌면서 자연스러운 경쟁심이 절로 솟아났다……. 자기가 더 뛰어나다고 주장한 아이는 바카이예였다.

바카이예는 확실히 싸움을 걸 구실을 찾고 있었다.

"내 오줌발이 더 멀리 간다구."

바카이예가 말했다.

"거짓말."

카뮈는, 실제 경험을 바탕으로 대꾸했다. 그래서 두 아이는 발끝으로 서서, 술통처럼 배를 한껏 내밀고, 서로를 앞지르려고 애를 썼다. 두 아이는 경쟁적으로 오줌발을 날렸지만, 어떤 아이 오줌발이 더 센지를 입증할 확실한 증거는 나타나지 않았다. 싸움을 걸 구실을 찾고 있던 바카이예는 다른 것을 찾아냈다.

"내 고추가 더 크지."

바카이예가 말했다.

"말 같지도 않은 소리!"

카뮈가 응수했다.

"내 것이 더 커!"

"거짓말쟁이! 대보자."

카뮈는 대보자고 나섰다. 그런데 좀 전에 다 내보냈어야 할 오줌을 약간 남겨두고 있었던 바카이예가 치사하게 바로 이 순간에, 무방비 상태로 있던 카뮈의 손과 바지에 날카로운 오줌발을 날렸다.

이 노골적인 도발 행위가 있자마자, 카뮈가 보기 좋게 따귀를 한 대 올려붙였고, 지체 없이 그 뒤를 이어 드잡이판이 벌어지고, 모자가 날아가고, 화장실 문짝이 부서지고, 학교 마당에서의 소란으로 이어졌던 것이다.

"천하의 더러운 놈! 밥맛없는 놈! 두엄더미 같은 놈!"

분을 삭이지 못한 카뮈가 으르렁거렸다.

"살인마!"

바카이예가 응수했다.

"자네들 둘 다 입 다물지 않으면, 역사 교과서 여덟 쪽을 베낀 뒤 외우도록 하고, 두 주 동안 방과 후 남겨두겠네."

"선생님, 먼저 시작한 놈은 저 녀석입니다. 저는 아무 짓도 안 했습니다. 전 아무 말도……."

"아니에요, 선생님! 거짓말입니다. 절 보고 거짓말쟁이라고 한 놈은 바로 저 녀석입니다."

일은 아주 까다롭고 미묘해졌다.

"녀석이 제게 오줌을 갈겼어요."

카뮈가 다시 말을 했다.

"그대로 내버려둘 수는 없었다구요."

지금이 바로 참견해야 할 시점이었다.

우! 아이들은 이렇게 혐오감과 비난의 뜻을 이구동성으로 나타냄으로써, 나무타기 명수이자 부대의 부관인 카뮈에게 전폭적인 지지를 보냈다. 모든 부대원이 그의 편을 들고 있으며, 그가 벌을 받게끔 공작을 핀 음흉하고 성

마른 절름발이를 비난하고 있다는 것을 알린 것이다.

이 감탄사의 의미를 후딱 파악한 카뮈는 선생님의 공정한 판단에 맡기겠다고 말했고, 선생님은 학생들의 자발적인 증언에 이미 마음이 움직인 상태였다. 카뮈는 고귀하게 소리 높여 말했다.

"선생님, 전, 아무 말도 하고 싶지 않습니다. 먼저 시작한 사람이 바카이예이고, 저는 아무 짓도 안 했고 욕도 하지 않았다는 것이 사실인지 아이들에게 물어보십시오."

땡땡, 라 크리크, 르브라크, 그리고 지뷔스 형제가 차례로 카뮈의 말이 옳다고 증언했다. 이 아이들에게는 그 어떤 말도, 바카이예가 했던 지저분한 행위와, 친구의 도리를 저버린 행위를 규탄하기에 충분하지 않았다.

바카이예는 자신을 변호하기 위해서, 증인들은 다툼이 있었던 그 순간 그 장소에 없었다면서 이의를 제기했다. 바카이예는 심지어 증인들은 수상쩍게 마당 한구석에 외따로 떨어져 있었다고 강조했다.

"그렇다면 어린 아이들에게 물어보시죠, 선생님."

카뮈가 옹골차게 응수했다.

"어쩌면 그곳에 있었을 것 같습니다."

개별적으로 질문을 당한 어린 아이들도 모두 다 같은 대답을 내놓았다.

"카뮈가 말한 대로예요. 정말이에요. 바카이예가 거짓말을 했어요."

"그건 사실이 아니에요. 아니라구요."

피고는 항의했다.

"사실이 아니에요. 정 이렇게 나오면 다 말해 버리겠어, 암!"

그러자, 르브라크는 재빨리 선수를 쳤다.

이 알쏭달쏭한 이야기에 호기심이 동한 시몽 선생님을 무시하고, 르브라크는 바카이예 앞에 꿈쩍 않고 버티고 서서 바카이예의 면전에 대고 외쳤다.

"할 말 있으면 해보시지. 거짓말쟁이, 더러운 놈, 밥맛없는 놈. 어서 말하라구. 겁쟁이가 아니라면 말해 봐."

"르브라크."

선생님이 르브라크의 말을 잘랐다.

"그렇게 거친 말을 쓰면, 자네에게도 벌을 내리겠네."

"하지만, 선생님."

대장이 대꾸했다.

"저 녀석이 거짓말쟁이라는 건 선생님도 잘 아시지 않습니까. 우리가 녀석에게 해로운 짓을 한 번이라도 한 적이 있는지, 녀석에게 말해 보라고 하십시오! 여진히 거짓밀 할 궁리나 하고 있으니, 이 더러운 염소새끼가 뭔가 또 꾸며댈 거라구요. 저 녀석은 나쁜 짓을 하고 있던가, 아니면 그럴 궁리만 한다니까요."

사실, 바카이예는 대장의 시선, 몸짓, 목소리, 그 모든 위세에 눌려 얼이 빠진 탓에, 말도 나오지 않았고 혼란스러운 상태였다.

바카이예는 짧은 순간 생각했다. 선생님이 자신의 말을 진지하게 받아들여 준다 하더라도, 다 털어놓고 일러바칠 경우 자신이 받아야 할 벌이 더 무거워지는 결과를 낳게 될 뿐이라는 결론이 서자, 결국 포기하기로 하였다.

그래서 바카이예는 태도를 바꾸기로 했다.

두 눈을 손으로 가리고 바카이예는 훌쩍거리고, 울먹이고, 흐느끼고, 토막토막 끊어지는 말로, 자신이 몸이 약하고 불구라서 다른 아이들이 자기를 놀리며, 싸움을 걸어오고, 욕을 해대고, 구석에 데리고 가서 꼬집고, 교실에 들어오고 나갈 때마다 밀어붙인다고 하소연하기 시작했다.

"기가 막혀서! 저럴 수가!"

르브라크가 고함을 쳤다.

"우리가 야만인이고, 살인자라고 말하는 거나 마찬가진데, 우리가 언제, 어디서 네게 모욕을 주었고, 언제 우리와 놀지 못하게 했는지 말을 해보라구!"

"됐다."

시몽 선생님이, 시간에 쫓겨서 매듭을 지어버렸다.

"내 어찌 할지 생각해 보지. 우선은, 바카이예, 자네는 방과 후에 남는다. 그리고 카뮈, 자네는 오늘 교실에서 하는 행실에 달렸다구. 여덟 시 종을 치는군. 자, 빨리빨리, 입 다물고, 줄들 서게나."

그리고 선생님은 여러 번 손뼉을 쳐서 명령을 재차 강조했다.

"너 복습했어?"

땡땡이 카뮈에게 물었다.

"응, 그럼! 하지만 잘은 몰라! 어쨌든 귀띔 좀 하라고 라 크리크에게 말해 줘! 가능하다면."

"선생님."

바카이예가 심술궂은 목소리로 말했다.

"지뷔스 형제와 라 크리크가 제게 욕을 합니다!"

"뭐야? 무슨 일인가!"

"놈들이 저보고 말도 제대로 못하는 놈! 얼간이! 거시기······."

"사실이 아닙니다, 선생님. 거짓말이에요. 거짓말쟁이에요. 저 거짓말쟁이 녀석을 쳐다보지도 않았는데요!"

눈빛만으로도 많은 것을 이야기할 수 있다는 것은 사실이다.

"자, 정말이지 이젠 그만."

선생님은 퉁명스러운 목소리로 말했다.

"누구든지 먼저 입을 열거나 다시 이 문제를 들먹이는 사람은 행정 단위들을, 도청 소재지, 군청 소재지와 함께 처음부터 끝까지 두 번씩 베껴오도록 하겠다."

방과 후 남는 벌과는 별도로 선생님이 위협을 하자, 바카이예는 우선 입을 다물기로 했다. 하지만 복수할 기회가 생기는 대로 기필코 복수를 하고야 말겠다고 맹세했다.

뗑뗑은 라 크리크에에 답을 슬쩍 가르쳐달라는 카뮈의 부탁을 전했는데, 그럴 필요도 없었던 것이, 알다시피 라 크리크는 반 아이들 모두를 위해 아주 공평하게 그 일을 했다. 그러니 카뮈는 그 어느 때보다도 더 라 크리크를 믿을 수 있었다.

부관이자 나무타기 명수는 평소와는 달리, 산수 과목에서 무사히 장애물을 넘어갔다. 카뮈는 그 과목을 수박 겉핥기식으로 복습했지만, 라 크리크가 손짓 발짓을 총동원해서 구멍 난 기억을 메워준 덕분에 그럭저럭 대답을 할 수 있었다.

하지만 바카이예가 지켜보고 있었다.

"선생님, 라 크리크가 가르쳐준대요."

"내가?"

라 크리크가 격분하여 말했다.

"난 말이라고는 단 한 마디도 안 했는데."

"그래. 나도 아무 말 못 들었네."

시몽 선생님이 말했다.

"난 귀머거리가 아니라고."

"선생님, 라 크리크는 손짓으로 가르쳐줬어요."

바카이예가 설명에 나섰다.

"손짓으로!"

어처구니 없어 하면서, 선생님이 말했다.

"바카이예, 자네 슬슬 내 신경을 건드리기 시작하는군."

선생님은 엄숙하게 힘주어 말했다.

"자네에게 물어본 사람이라고는 아무도 없는데, 자네는 모든 급우들을 함부로 비난하지 않는가. 난 고자질쟁이는 좋아하지 않아! 내가 누구 잘못이냐고 물어볼 때만 잘못한 사람이 나서서 답변을 하고 자신의 잘못을 시인해야 되는 거야."

"아님, 시인하지 말든지."

르브라크가 낮은 목소리로 선생님의 말에 토를 달았다.

"다시 한 번 자네 목소리가 내 귀에 들리면, 이게 마지막 경고일세, 앞으로 일주일간 방과 후에 남겨두겠네!"

"성내봐, 골내봐, 화내보라구! 고자질쟁이! 더러운 밀고자 녀석!"

작은 지뷔스가 머리에 뿔을 만들어 보이면서 낮은 목소리로 중얼거렸다.

"배신자! 유다 같은 놈! 지조도 없는 놈! 거시기 털이나 긁을 놈!"

결정적으로 일이 불리하게 돌아가자, 바카이예는 말없이 분노를 삼키며, 양손에 머리를 묻고 심통을 부리기 시작했다.

바카이예가 그러든가 말든가 수업은 계속되었고, 바카이예는 친구들이 자신을 따돌리고 놀이에 끼워주지 않을 게 거의 확실해지자, 어떻게 친구들에게 복수할 것인지에 대해 곰곰이 생각에 잠겼다.

바카이예는 이런저런 궁리를 했는데, 가령 얼굴 한복판에 물벼락을 내려 볼까, 옷에 잉크를 날려 보낼까, 의자에 뾰족한 못을 박아 축소판 말뚝형에 처해 볼까, 책을 찢어볼까, 공책을 훔쳐낼까 등등 온갖 무모한 복수를 꿈꾸었다. 하지만 차분히 생각을 해보고 나서, 차츰차츰 이 계획들을 포기했는데, 왜냐하면 르브라크, 카뮈, 그리고 다른 아이들이 가만히 앉아서 당하기는커녕, 오히려 호되게 두들겨 패고 날쌔게 후려칠 놈들이므로, 신중하게 행동해야 하기 때문이었다.

바카이예는 무슨 일이든 벌어지기를 기다렸다.

명예, 그리고 땡땡의 바지

하느님과 당신의 고귀한 그녀에게!
-옛 기사들의 좌우명

그날 저녁, 라 소트에서는 전투가 있었다. 온갖 종류와 크기의 단추들, 다양한 혹단추, 각양각색의 구두끈, 안전핀, 게다가 근사한 멜빵 한 쌍(아무렴, 아즈텍의 멜빵이지!)이 합쳐져 불어난 군자금은 모든 아이들에게 자신감을 심어주고, 기운을 북돋아주었으며, 담력에 불을 질렀다.

이 날은 단순한 전투보다 더 위험한, 말하자면 각개격파와 백병전의 날이었다. 거의 비슷한 전력을 보유한 양 진영은, 집단적으로 돌팔매질을 하는 것으로 전투를 개시했고, 탄환이 떨어지자 성큼성큼, 펄쩍펄쩍 다가가서, 드잡이판을 벌이기 시작했다.

카뮈는 나막신 신은 발로 투괼을 오지게 걷어차 주었고, 르브라크는 아즈텍을 두들겨 패주었고, 나머지 아이들도 그보다 덜 중요한 적들을 상대하느라고 바빴다. 하지만 땡땡, 땡땡은, 낙지처럼 긴 두 팔로 숨통을 조여대는, '돼지새끼처럼 미련하기 짝이 없는' 꺽다리 타티를 상대하고 있었다.

타티의 배에 주먹질을 해대고, 코끼리 같은(작은 코끼리지만) 놈을 비틀거리게 하려고 다리를 걸어보고, 턱을 머리로 받고, 나막신 신은 발로 발목에 발길질을 해대도 소용없었다. 진짜배기 금수답게 끄떡도 않는 타티는 땡땡의 허리를 잡고 순대 졸라매듯 조르다가, 허리를 꺾어놓고 마구 흔들어대는 통에 쿠당! 마침내 두 아이는, 땡땡이 밑에 깔리고 타티가 위에 올라탄 자세로, 전쟁터 여기저기서 서로 치고받고 싸우는 아이들 한가운데를 구르게 되었다.

위에 올라타게 된 놈은 을러대며 으르렁거리고, 밑에 깔리게 된 놈은 다시 유리한 위치를 차지하기 위해, 닥치는 대로, 꼭 귀 안 들리는 놈이 문 두들기듯 어느 부위든지 가리지 않고 사정없이 후려쳤다. 어느 쪽이든지 포로를 잡아서 자기 진영으로 데려가는 것은, 불가능하지는 않다 하더라도 아주 어려울 것 같았다.

서 있는 아이들은, 요리조리 피해 가면서 권투 선수처럼 주먹을 주고받았고, 땅바닥에서 구르는 아이들도 나름대로 헤쳐 나가느라고 분주했다.

땡땡과 타티는 가장 바쁜 아이들 축에 속했다. 땅바닥에서 뒤엉켜 구르고 있던 두 아이는, 서로 물어뜯으며 치고받고 씨웠고, 지세를 비꾸기 위하여 용을 써가며 엎치락뒤치락 땅바닥을 굴렀다. 하지만 땡땡도, 롱쥬베른느 아이들도, 그리고 싸우느라고 정신이 없던 벨랑 아이들도 보지 못한 것이 있었는데, 그건 얼간이 타티가, 어쩌면 생각했던 것만큼 그렇게 멍청이는 아니었던지, 벨랑 숲 어름을 향해 땡땡을 굴리든가 아니면 자기가 굴러가든가 해서, 전장에 퍼져서 싸우고 있던 다른 무리들로부터 점점 떨어져 나오게끔 손을 쓰고 있다는 것이었다.

올 것이 오고야 말았다. 싸움에 열중해 있던 롱쥬베른느 아이들이 전혀 알아채지 못한 가운데, 타티와 땡땡 둘은 어느새 벨랑 진영에서 대여섯 걸음 떨어진 곳까지 굴러갔다.

어느 성당에서 치는 종소리인지는 모르겠지만 기도 시간을 알리는 첫 번째 종소리가 들리자, 두 무리는 서로 떨어졌고, 벨랑 아이들은 자기네 진영으로 돌아갔다. 다시 말해, 끈질긴 적에게 걸려서 땅바닥에 벌렁 드러누운 채 팔다리를 버르적거리고 있는 땡땡을 맞이하러 돌아간 것이다.

아무것도 보지 못한 롱쥬베른느 아이들은 그로 뷔송에 집결하여 눈으로 서로 점호를 하던 중, 땡땡이 점호에 불참했다는 것을 싫든 좋든 인정할 수밖에 없게 되었다.

아이들은 집결 신호인 자고새 소리를 흉내 내었다. 하지만 아무런 응답이 없었다. 아이들이 땡땡의 이름을 소리 높여 불러대자, 벨랑 아이들의 야유 소리가 귀에 와 닿았다.

땡땡이 잡혀갔다!

"강베트."

르브라크가 명령을 내렸다.

"뛰어가. 어서 마을로 뛰어가서, 마리에게 즉시 올라오라고, 땡땡이 포로가 되었다고 전해. 너, 불로, 너는 요새로 뛰어가서 군자금 궤짝을 열고 회계 땡땡의 옷을 수선할 준비를 해둬. 단추도 찾아두고, 바늘에 실도 꿰어둬. 허비할 시간이 없다구. 아! 돼지 같은 놈들! 도대체 어떻게 이런 일이 벌어졌지? 누구, 뭐라도 본 사람 없어? 거의 불가능한 일인데!"

당연히 아무도 대장의 질문에 대답할 수 없었다. 무언가 조금이라도 알아챈 사람은 아무도 없었으니까.

"놈들이 땡땡을 풀어줄 때까지 기다려야지."

하지만 벨랑 숲 속에서, 결박당하고 재갈을 물어야 했던 땡땡이 돌아오기까지는 오랜 시간이 걸렸다.

어쨌든 마침내 고함소리와 야유소리가 들리고, 윙윙거리며 돌들이 날아오는 가운데, 르브라크와 아즈텍이 처형을 당한 뒤 풀려났을 때와 거의 비슷한 몰골로 땡땡이 나타나는 것이 보였다. 너풀거리는 셔츠는 너무 짧아서 마땅히 가려야 할 부분을 가리지 못한 채, 엉덩이를 '홀라당' 은 아니더라도 거의 드러냈고, 손에는 옷이 들려져 있었다.

"저런. 땡땡도 놈들에게 엉덩이를 내보인 모양이야. 멋있군!"

카뮈가 별 생각 없이 말했다.

"그런데도 놈들이 다시 잡아들이지 않았단 말야? 어떻게 그럴 수가 있지?"

뭔가 더 심각한 일이 있다고 눈치 챈 라 크리크가 말했다.

"뭔가 수상쩍은데! 게다가 엉덩이를 내보일 땐 어떻게 해줘야 하는지 놈들에게 가르쳐줬잖아."

르브라크는 이를 갈며, 코에 주름을 잡았고, 머리카락은 곤두섰는데, 그건 화가 나서 어쩔 줄 모르겠다는 표시였다.

"맞아."

르브라크가 라 크리크에게 대답했다.

"뭔가 더 안 좋은 일이 있어. 확실해."

땡땡은 딸꾹질을 해대며, 침을 삼켜가며, 애를 써서 눈물을 참느라고 콧물을 훌쩍이며, 점점 가까이 왔다. 적들에게 근사하게 한방 먹이고 온 사내놈의 자세가 전혀 아니었다.

땡땡은, 끈이 사라진 구두가 허락하는 한 빠르게 걸어왔다. 아이들이 근심스런 표정으로 땡땡을 둘러쌌다.

"녀석들이 널 때렸어? 널 두들겨 팬 놈들이 누구야? 이름을 대. 제기랄, 놈들을 잡아서 혼내줘야지! 또 그 더러운 미그 라 뢴느냐? 그 밥맛없는 겁쟁이 놈. 그놈은 심통 사나운 것만큼이나 비열하기 짝이 없는 녀석이라구."

"내 바지! 내 바지! 흑! 흑! 내 바지!"

복받치는 흐느낌과 눈물로 기세가 꺾인 땡땡이 우는 소리를 했다.

"엉! 뭐라고? 네 바지, 그건 기워줄 거야! 뭘 그걸 갖고 그래! 강베트가 네 누이를 부르러 갔고 불로는 실과 바늘을 준비해 놓고 있다구."

"흑…… 흑! 내 바지! 내 바지!"

"어디 바지 좀 보자!"

"흑! 바지가 없다구. 놈들이, 그 도둑놈들이 내 바지를 훔쳐갔어!"

"?"

"그렇다니까. 아즈텍이 이렇게 말하더라구. '아! 저번 날 내 바지를 훔쳐간 놈이 바로 너냐? 좋아, 이 더러운 놈. 이제 대가를 치러야지. 서로 바꾸자구! 네놈하고 네놈 친구들이 내 바지를 가져갔으니, 난 네 바지를 압수해야 겠다. 깃발로 쓰면 좋겠지.'

그러더니 놈들이 내 바지를 빼앗고 나서, 단추들을 다 잘라내고 내 엉덩이에 발길질을 했다구. 어떻게 집에 들어가지?"

"아! 저런 옷……, 쯧! 정말 일이 더럽게 꼬였구나!"

르브라크가 말했다.

"너 집에 다른 바지는 없니?"

카뮈가 물었다.

"강베트에게 사람을 보내서, 마리보고 다른 바지 하나 가져오라고 하자."

"바지는 있어. 하지만 오늘 아침에 내가 입고 나갔던 그 바지가 아니라는 게 금방 탄로 날 텐데. 바로 오늘 아침에 새로 빤 바지를 입었거든. 어머니가 만약 오늘 저녁에 바지에 똥이라도 묻어 있으면 어떻게 될지 두고 보라고 하셨다구. 내가 뭐라고 말하면 좋겠니?"

카뮈는 아버지의 매타작과 어머니의 잔소리를 떠올리면서, 지긋지긋하다는 몸짓을 했다.

"그러면 명예는! 제기랄!"

르브라크가 고래고래 소리를 질렀다.

"너희들은 롱쥬베른느 전사들이 그 너절한 아즈텍처럼 바지를 뺏기는 일을 당했다는 말이 돌게 할 거야? 응? 그러고 싶어? 아! 천만에! 제기랄! 천만에! 안 되고말고! 만일 그렇게 되면 우리는 복사 노릇이나 하고 가마 뒤에서 장작이나 쌓게 생겨먹은, 천하의 상놈 패거리밖에 안 되는 기리구."

아이들의 캐묻는 눈길이 르브라크에게 쏠렸다. 르브라크가 대답했다.

"땡땡의 바지를 다시 찾아와야 해. 무슨 일이 있더라도. 명예 때문에라도 말이야. 그렇지 않으면 난 더 이상 대장 노릇도, 전투도 하지 않을 거라구!"

"하지만, 어떻게?"

땡땡은 알다리를 내놓고, 아이들에게 둘러싸인 채 울면서 덜덜 떨고 있었다.

이미 여러 가지 궁리 끝에 계획이 선 르브라크가 다시 말을 이었다.

"자, 땡땡은 요새로 가서 불로와 함께 마리를 기다려. 그동안, 우리는 몽둥이와 검을 들고 아래쪽 벌판을 가로지른 다음, 숲 아랫부분을 끼고 돌아 놈들의 참호께에서 기다리고 있을게."

"저녁 기도는 어떡하고?"

누군가가 말했다.

"기도? 엿이나 먹으라고 해!"

대장이 응수했다.

"벨랑 놈들은 분명히 자기네 요새로 갈 거라구. 놈들에게도 틀림없이 요새가 있어. 그동안 우리는 도착할 시간을 버는 거야. 참호 주변의 베어낸 나무들이 다시 자랐잖아. 그 뒤에 숨자구.

그때쯤이면, 놈들은 몽둥이도 들고 있지 않을 테고, 우리가 이러리라고는 전혀 생각도 못하고 있겠지. 내가 명령을 내리면 한꺼번에 놈들을 덮쳐 땡땡의 바지를 찾는 걸로 하자. 너희들도 알지, 몽둥이질을 하자구. 만일에 놈들이 반항을 하면 상판을 갈겨버리는 거야!"

"알았어. 자, 어서 가자!"

"만약 놈들이 요새에 바지를 숨겼으면 어떡하지?"

"그건 그때 가서 생각하자구. 쑥덕거리고 있을 때가 아니야. 명예가 걸린 문제라구!"

적의 숲 어름에 더 이상 아무런 움직임도 보이지 않자, 롱쥬베르느 대원들은 쌓아둔 돌무더기와 나지막한 관목들은 건너뛰고, 울타리는 그냥 통과해 버리고, 웅덩이는 훌쩍 뛰어넘으며, 산토끼처럼 재빠르고, 털을 잔뜩 곤두세운 멧돼지처럼 성이 나서, 대장의 지휘 하에 질풍노도처럼 라 소트 언덕을 내려갔다.

아이들은 벨랑 숲 어름의 담벼락을 따라서 입을 꾹 다문 채 계속해서 펄쩍펄쩍 뛰었고, 가능한 한 낮은 포복자세로 두 마을의 벌목장을 가르고 있는 참호에 도착했다. 아이들은 재빨리, 소리를 내지 않고, 대장을 지나쳐서 참호를 통과한 다음, 뒤에 남아 있던 대장으로부터 신호가 떨어지자, 어린 나무들 사이사이에서 자라나고 있는 빽빽한 관목 숲 안에, 따로따로 혹은 작은 무리를 이루어 몸을 웅크리고 숨었다.

정말이지 제때 도착했다.

저쪽 숲 안쪽에서부터 말소리, 웃음소리, 발소리가 점점 크게 들려오기 시작했다. 조금 더 가까워지자, 목소리를 분간할 수 있었다.

"안 그래."

타티가 느릿느릿 말했다.

"내가 놈을 잘 잡아왔지. 그 녀석 움치고 뛸 재간이 없었다구. 바지는 사라졌는데 녀석 지금 어떻게 하고 있을까?"

"어쨌든 호주머니에 든 것들이 떨어질 염려 없이 물구나무를 설 수 있을 거야."

"장대에다가 바지를 매달자. 다 됐냐? 준비됐어, 투괼? 장대 말이야."

"조금 기다려. 손 안 다치게 옹이를 다듬고 있는 중이라구. 자! 다 됐다!"

"바짓가랑이가 휘날리게 매달아!"

"자, 한 줄로 서서 행군한다."

아즈텍이 명령을 내렸다.

"우리의 찬송가를 불러야지. 놈들이 이 노래를 들으면 열 받을걸!"

나는 하느님을 믿는 자, 나의 영광,
나의 희망······.

르브라크는 카뮈와 함께, 참호 중간께보다 약간 아래쪽의 관목 숲에 숨어 있었는데, 그 광경이 잘 보이지 않았다 하더라도, 말소리는 어느 것 하나 놓치지 않고 들을 수 있었다.

롱쥬베른느 전사들은 모두 몽둥이를 움켜쥔 채, 자신들이 쭈그리고 앉아 있던 나무 그루터기의 일부분이라도 된 양, 입을 꽉 다물고 있었다. 대장 르브라크는 이를 앙다물고, 보고 듣고 있었다. 벨랑 아이들이 아즈텍의 뒤를 이어 노래를 시작했다.

나는 하느님을 믿는 자, 나의 영광······.

르브라크는 잇새로 다음과 같은 위협을 씹어뱉었다.
"조금만 기다려라, 제기랄! 내가 영광스럽게 해줄 테니!"
어쨌든, 승리감에 도취한 벨랑 부대가 도착했다. 투괼이 선두에 있었고, 장대 끝에 매달린 땡땡의 바지는 깃발 노릇을 하고 있었다.

벨랑 아이들 거의 전부가 참호 안으로 들어서서 찬송가 리듬에 맞추어 느릿느릿 내려오기 시작했을 때, 르브라크가 멱 찔린 황소 모양 무시무시한 고함을 내질렀다. 르브라크는 용수철이 튕겨나가듯 몸을 쫙 펴더니 숨어 있던 숲에서부터 솟구쳐 올랐고, 롱쥬베른느 전사들은, 르브라크의 기세와 고함소리에 힘입어, 무기 하나 없이 줄줄이 걸어가는 벨랑 아이들을 향하여 투포환처럼 날아갔다.

아! 정말이지 일은 매끄럽게 진행되었다. 롱쥬베른느의 아이들은 몽둥이를 윙윙 휘두르며, 고함을 내지르며 얼이 빠져 서 있는 벨랑 아이들을 두들

기러 일사불란하게 달려갔다. 벨랑 아이들은 대번에 나가떨어져서 무시무시한 매타작을 당했고, 그동안 대장은 공포에 질린 투괼에게 발길질을 해대고 무시무시한 욕설을 퍼부으며, 단 한 번 손을 놀려서 땡땡의 바지를 되찾았다.

명예와 함께 바지를 되찾자, 르브라크는 망설임 없이 퇴각을 명령했고, 롱쥬베른느 아이들은 적들이 막 버리고 떠난 바로 그 참호를 따라서 신속하게 퇴각했다.

가엾게도 완전히 깨진 벨랑 아이들이 정신을 추스르는 동안, 다시 쟁취한 바지를 앞세우고 자기 진영으로 뛰어서 돌아가는 르브라크와 롱쥬베른느 대원들의 웃음소리, 야유소리, 그리고 원색적인 욕설이 조용하던 숲 속에 울려 퍼졌다.

롱쥬베른느 아이들이 요새에 도착했더니, 그곳에서는 강베트와 불로, 그리고 바지의 운명이 어떻게 됐을지 몹시 불안해하는 땡땡이 마리를 에워싸고 있었다. 마리는 손가락을 재빨리 움직여가며 적들이 땡땡의 옷에서 사정없이 떼어버린 필수적인 부품들을 다시 달아주는 일을 거의 마무리하고 있었다.

어쨌든 피해자는, 누이 앞에서 체면을 차리느라고 덧옷을 치마처럼 걸치고 있다가 기쁨의 눈물을 보이며 바지를 돌려받았다.

땡땡은 하마터면 르브라크의 볼에 입을 맞출 뻔했지만, 친구 기분이 더 좋으라고 그 일은 마리에게 맡기고, 여전히 감정이 복받쳐 떨리는 목소리로, 르브라크는 진정한 형제요, 자신에게는 형제 이상이라고 단언하는 것으로 만족했다. 모든 아이들이 무슨 뜻인지 알아듣고 점잖게 박수를 쳐주

었다.

누이 마리가 땡땡의 바지에 단추를 다시 달아주자마자, 아이들은 신중을 기하느라고 마리를 먼저 떠나보냈다. 그날 저녁, 극도로 불안했던 순간들을 겪고 난 롱쥬베른느 부대는, 메윌이 만든 노래의 남성다운 곡조에 발맞추어 마을로 돌아갔다.

   승리―여, 노래하라.

명예를, 그리고 땡땡의 바지를 다시 쟁취한 것에 대해서 흐뭇해하면서.

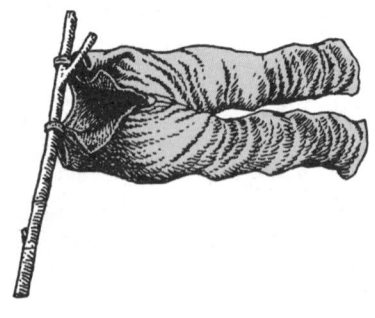

약탈당한 군자금

> 사원은 곧 정상에, 폐허가 된 채로 남아 있다.
> —에레디아 (「승전비」)

바카이예가 카뮈와 싸웠다고 해서, 또 협박을 하고 시몽 선생님에게 고자질을 하려고 했다고 해서, 아이들이 바카이예에게 앙심을 품었던 것은 아니다. 결국, 바카이예가 졌고, 처벌을 받았으니까.

바카이예를 경계하기는 해야지. 어쨌든 라 크리크나 땡땡처럼 타협을 모르는 몇 명의 아이들을 제외하면, 나머지 부대원들은, 심지어 카뮈마저도, 자칫하면 불협화음을 낳고 불화의 씨를 뿌릴 뻔했던 그 유감스러운 사건, 결국은 너무나 일상적이라고도 할 수 있는 그 사건에 대해서 너그럽게 없었던 일로 하기로 했다.

이런 너그러운 태도의 덕을 보고 있었음에도 바카이예의 마음은 전혀 누그러들지 않았다. 바카이예는 카뮈에게 따귀 맞은 자국을, 뺨에는 아닐지언정, 가슴에 새기고 있었고, 시몽 선생님의 처벌과 자신에게 불리했던 모든 부대원들(큰 아이들이든 작은 아이들이든 간에)의 증언을 가슴에 품고 있었다. 특히 르브라크의 정찰병이자 부관인 카뮈에 대해서는 사랑싸움에서 패배한 자의 무시무시한 질투심에서 비롯된 증오를 품고 있었다. 그 모든 것을, 절대로! 바카이예는 용서하지 않았다.

한편, 바카이예는 롱쥬베른느 모든 부대원에게, 특히 카뮈 개인에게, 누가 했는지 모르게 보복을 하려면, 계속해서 롱쥬베른느 편에서 싸우는 것이 좋다고 생각했다. 그래서, 방과 후 남는 벌이 끝나자마자, 다시 아이들과 어울렸다.

땡땡의 바지가 무슨 대단한 요새라도 되는 양 요란스럽게 되찾았던 그 유명한 전투에 참가하지 못했다고 해서, 바카이예는 용감한 크리용 장군처럼 목매달고 싶은 생각은 전혀 없었다. 하지만 그 다음 날부터, 바카이예는 라 소트로 와서, 대규모의 집단 돌팔매질과 뒤를 이어 벌어지기 마련인 난리법석, 그리고 욕설이 난무하는 돌격에 가담하여, 거드는 둥 마는 둥 했다.

바카이예는, 자신이 포로로 잡혀가지 않은 것에 대하여, 그리고 이쪽편이든 저쪽편이든 포로로 잡힌 전사들이 처형 뒤 가여운 꼴로 돌아오는 것을 보면서 순수한 즐거움을 맛보았는데, 이쪽이든 저쪽이든 모두 미웠다.

바카이예는 신중하게 뒤에 머물면서, 롱쥬베른느 전사가 잡히면 몰래 웃었고, 벨랑 녀석일 경우에는 보다 요란스럽게 웃어댔다. 군자금은 제 역할을 다하고 있었다. 모든 아이들이, 바카이예마저도, 집으로 돌아가기 전에 요새에 들러서 무기를 정리하고 군자금 상태를 확인하곤 했는데, 승리했느냐 패배했느냐에 따라서 총액이 달라져서, 포로를 잡아들인 경우에는 총액이 올라갔고 한 명 혹은 여러 명이(아주 드문 경우였다!) 포로로 잡혀갔을 경우에는 집으로 돌려보내기 전에 옷을 수선해 주어야 했기 때문에 총액이 내려갔다.

군자금, 그건 르브라크와 롱쥬베른느 아이들의 기쁨이자 자존심으로, 불행한 일이 발생했을 때는 위로가, 절망했을 때에는 만병통치약이, 참패 후에는 격려가 되어주었다. 어느 날, 바카이예에게 문득 한 생각이 떠올랐다.

'맞아, 이 군자금을 훔쳐내어 다 날려버리면 어떨까! 녀석들, 어떤 낯짝을 할까. 끝내주는 복수가 될 거야.'

하지만 바카이예는 신중했다. 혼자서 이쪽에서 얼쩡거리다가 들키기라도 하면 당연히 의심을 사게 될 것이고, 그렇게 되면, 오! 그렇게 되면, 아! 르브라크의 처벌과 분노를 두려워해야 할 일이 일어날 거라고 생각했다.

안 되지, 내가 직접 군자금을 훔칠 수는 없어.

아버지에게 일러바치면 어떨까?

바카이예는 생각해 보았다.

아! 그래! 그건 더 최악이겠군. 아이들은 누가 그런 수를 썼는지 즉각 알게 될 거고 절대로 형벌을 피할 수 없겠지.

아니야, 그게 아니야!

하지만, 바카이예의 정신은 끊임없이 그쪽으로 쏠렸고, 공격해야 할 지점은 바로 그곳이며, 그래야만 아이들이 가장 심한 타격을 입으리라는 것을 분명하게 느끼고 있었다.

하지만 어떻게? 어떻게 해야 하지? 문제다…….

어쨌든, 바카이예에게는 시간이 있었다. 어쩌면 저절로 기회가 생길지도 모른다.

그 다음 주 목요일, 아침 일찍, 바카이예의 아버지는 아들을 데리고 봄므장으로 떠났다. 바카이예 부자는 늙은 암말 비쉐트를 마차에 맨 뒤, 판자로 만든 앞좌석에 눕혀놓은 짚단 위에 앉았다. 뒷좌석에 새로 깐 짚자리 위에는, 끈 달린 자루에 집어넣은 다음 목 주변에서 자루를 오므려놓은, 두 달이 채 안 된 어린 송아지가 놀란 표정으로 얼굴만 내놓고 있었다. 바카이예의 아버지는 봄므의 푸주한에게 이 송아지를 팔았는데, 봄므에 장이 선 김에 산 사람에게 어린 송아지를 넘길 참이었다. 마침 학교가 문을 닫는 목요일인 데다가 손안에 돈이 들어오게 되었으므로, 바카이예의 아버지는 아들을 데리고 떠났다.

바카이예는 들떠 있었다. 이런 행복한 일은 자주 일어나는 게 아니었다. 바카이예는 우선 이날 누리게 될 즐거움을 떠올려보았다. 주막에서 식사를 하고, 아버지 술잔에 든 포도주, 독주, 혹은 시럽을 홀짝일 수 있고, 계피빵, 호루라기를 살 수 있을 것이다. 친구들, 그리고 적들이 자기를 부러워하리라는 생각이 들자 바카이예는 한껏 우쭐해졌다.

그날, 롱쥬베른느와 벨랑 사이에는 무시무시한 전투가 벌어졌다. 포로를 내지는 못했지만 돌과 몽둥이가 맹위를 떨쳤고, 부상자들은 그날 저녁, 전혀 웃고 싶은 기분이 아니었다.

카뮈는 이마에 끔찍스런 혹이 생겼는데, 살이 패이기까지 해서 두 시간 동안이나 피가 철철 흘렀다. 땡땡은 왼쪽 팔에 아무 감각이 없었다. 아니 차라리 감각이 온통 왼쪽 팔에만 집중되었다. 불로는 한쪽 다리에 검푸른 멍이 들었다. 라 크리크는 오른쪽 눈꺼풀이 부어올라서 앞을 볼 수 없었고, 큰 지뷔스는 발가락이 짓뭉개졌고, 그 동생은 무지무지 애를 써야만 오른쪽 손목을 겨우 움직일 수 있었다. 대장과 부관, 그리고 대부분의 전사들의 옆구리와 팔다리를 수놓은 다양한 상처들은 아무것도 아닌 셈이었다.

하지만 아이들은 그다지 투덜거리지 않았는데, 벨랑 쪽은 그보다 더 심할 것이 뻔했기 때문이다. 물론 벨랑 아이들의 부상 현황을 조사하러 가보지는 않았지만, 수도 없는 부상자들 중에서 몇 명이 뇌막염, 중증 타박상이나 탈

골, 혹은 지독한 열로 침대에 드러눕지 않았다면, 그거야 말로 신의 축복을 받은 거였다.

저녁때 바카이예는 짚단 위에 올라앉아, 알딸딸하게 취한 채, 의기양양한 태도로 마을로 돌아왔고, 우연히 자기가 마차에서 내리는 것을 보게 된 친구들 앞에서 이죽거렸다.

"대단한 인물인 척하는 것 좀 봐! 제기랄! 한 번만 더 장에 갔다간 큰일 나겠네, 저 화상! 마치 저 늙은 암말이 순종이라도 되고, 사륜마차에서 내리시기라도 하는 것 같아!"

하지만, 바카이예는 앙갚음을 해서 만족스럽다는 듯이, 철저하게 무시하는 태도로 친구들을 바라보면서, 계속 빈정거렸다. 요컨대, 아이들은 서로를 이해하지 못했다.

다음 날 아침, 전투에 참가할 수 없는 아이들의 숫자를 세어보니, 다시 전투를 벌인다는 것은 생각할 수 없었다. 게다가, 벨랑 아이들 역시 확실히 오지 못할 거다! 그래서 아이들은 하루 쉬면서 상처를 치료하기로 했다. 아이들은 어머니들의 낡은 약상자에서 뜻밖에 찾아낸 단순한 혹은 복잡한 약초들을 되는대로 훔쳐내어 상처를 감쌌다. 라 크리크는 카밀레 약초를 달인 물로 눈꺼풀을 씻었고, 땡땡은 개밀 속을 달인 물에 적신 붕대를 감았다. 땡땡은 그렇게 하니 확실히 많이 좋아졌다고 장담했는데, 종교나 마찬가지로 의학에서도 사람을 구하는 것은 바로 믿음이다.

그러고 나서 아이들은 기분전환을 위하여, 전날 거친 오락을 했던 것과는 달리 구슬치기 몇 판을 하였다.

토요일에도 금요일과 마찬가지로 그로 뷔송으로 가지 못했다. 심심해서 어쩔 줄 모르던 카뮈, 르브라크, 땡땡, 그리고 라 크리크는 싸움을 걸거나 정찰을 하러 가는 대신, 군자금을 숨겨둔 곳, 그 안에 들어가 있으면 너무나 평온하고 잔치를 벌이기에도 좋은, 소중한 요새나 한 바퀴 돌아보기로 했다.

네 명의 아이들은 아무에게도, 지뷔스 형제와 강베트에게조차 계획을 알리지 않았다. 네 시에, 아이들은 각자 집으로 돌아갔다가, 잠시 뒤 동제 길에서 만나서, 퇴레 숲을 가로질러 요새가 있는 곳으로 올라갔다.

아이들은 길을 오르면서, 목요일의 대 전투에 관해서 이야기를 나누었다. 땡땡과 라 크리크는 그날 가장 심하게 당한 아이들 축에 들었는데, 한 명은 붕대로 팔을 걸고 다른 한 명은 눈에 안대를 하고서, 각자 눈에 투괼의 주먹이 날아오기 전에, 그리고 피스프루아의 몽둥이로 팔뚝뼈…… 혹은 팔꿈치뼈를 얻어맞기 전에, 벨랑 아이들에게 발길질을 퍼붓고 몽둥이를 휘둘렀던 기억을 즐겁게 떠올렸다.

"자식, 도살당하는 소처럼 헉! 했다니까."

땡땡이 자신의 불구대천지 원수 타티를 놓고 이야기했다.

"내가 가슴팍에 발길질을 했거든. 난 녀석 숨이 끊어지는 줄 알았지. 내 바지를 다시 훔쳐갔다간 어떻게 될지 좀 알았겠지."

라 크리크는 자신이 머리로 투괼의 턱을 받아버리자, 투괼이 이가 깨져서 피가 섞인 침을 뱉던 것을 떠올렸다. 이 모든 일들이 두 아이에게 현재의 자잘한 고통을 잊게 해주었다.

아이들은 이제 숲 속의 오래된 길로 접어들었다. 이 길은 쑥쑥 자라는 키 큰 나무들이 밀고 들어와서 해마다 점점 좁아졌기 때문에, 잔가지에 호되게 얻어맞지 않으려면 허리를 굽히든가 머리를 낮추든가 해야 했다. 고참의 점호 신호에 숲으로 돌아가던 까마귀들이 아이들 머리 위에서 까악, 까악 울면서 빙빙 돌았다…….

"밤에 부엉이가 울면 집에 초상이 난다는 말처럼, 저 새들이 날면 불행한 일이 생긴다고 하더라. 르브라크, 네 생각에, 그 말이 맞는 것 같니?"

카뮈가 물었다.

"허!"

대장이 말했다.

"할망구들이나 하는 소리지. 까마귀가 보일 때마다 불행한 일이 벌어진다면, 이 세상에 살아 있는 놈 하나 없겠다. 우리 아버지 말씀이, 저 까마귀들은 오히려 날개 없는 까마귀(사제를 빗대어 말함-옮긴이)보다는 덜 무섭단다. 까마귀가 보이면 쇠를 만지라구. 그러면 불행이 다른 곳으로 가버린다구."

"저놈들이 백 년을 산다는 게 진짜일까? 나도 저 녀석들처럼 되고 싶어. 쟤들은 온 고장을 둘러보고 학교에도 가지 않잖아."

땡땡이 부러워했다.

"이봐, 친구."

라 크리크가 말했다.

"저 녀석들이 그렇게 오래 사는지 알고 싶단 말이지. 그럼, 까마귀 둥지에 든 새끼 한 놈을 잡아다가 표를 해두면 된다구. 문제는 우리가 태어날 때 까마귀가 손안에 없다는 거고, 또 태어나자마자는 그런 생각을 할 수도 없다는 거지. 백 살이 될 때까지 사는 사람들이 많지 않다는 건 빼놓고서라도 말이야."

"까마귀 얘기는 그만하자구."

카뮈가 부탁했다.

"어쨌든 내 생각에 놈들은 불행을 몰고 올 것 같아."

"그렇게 미신을 믿어서 쓰겠냐, 카뮈. 옛날 사람들도 아니고. 이제 우리는 문명인이라구. 과학이······."

아이들은 계속 걸어가고 있었고, 라 크리크는 르브라크가 지나가면서 밀쳤던 잔가지가 튕겨져 나오자 그것을 피하느라고 말을 멈추고, '현대 문명 예찬'을 잠시 미뤄두었다. 아이들은 숲을 빠져나가자 채석장으로 가기 위해 비스듬히 오른쪽으로 꺾어졌다.

"다른 아이들은 우리를 보지 못했지."

르브라크가 말했다.

"우리가 여기 온 줄 아무도 모를 거야. 아! 우리 요새는 정말이지 기가 막히게 숨어 있어!"

아이들이 다 같이 와글와글 떠들기 시작하였다. 이 주제만 건드리면 정말이지 이야기는 무진장으로 쏟아졌다.

"그 요새를 찾아낸 건 바로 나라구! 응!"

라 크리크가 시커멓게 멍든 눈을 하고, 입이 찢어져라 웃으면서 의기양양하게 말했다.

"들어가자."

르브라크가 말을 잘랐다.

네 아이에게서 동시에 경악에 찬 비명소리가 터져나왔다. 고뇌, 공포, 분노가 묻어 있는 무시무시한, 찢어지는 듯한 소리였다.

요새는 유린당하고, 약탈당하고, 파괴되고, 초토화되었다.

놈들이, 적이, 벨랑 놈들이 이곳에 왔었다! 틀림없어! 군자금은 사라졌고, 무기들은 부서지거나 없어졌고, 식탁은 내동댕이쳐져 있었고, 화로는 파괴되었고, 의자들은 뒤집어졌고, 이끼와 낙엽 침상은 불에 탔고, 그림들은 찢어졌고, 거울은 깨졌으며, 물주전자는 흙투성이에다가 구멍이 뚫렸고, 지붕은 내려앉았고, 빗자루가, 학교 창고에서 훔쳐낸 낡은 빗자루가, 그 어느 때보다도 더럽고 닳아빠진 빗자루가 난장판의 한복판에, 이 끔찍한 약탈의 산 증인인 양, 아이들을 조롱하듯 꽂혀 있었는데, 이는 극도의 모욕이었다.

하나씩 새로운 피해가 발견될 때마다, 다시금 분노의 외침과 욕설, 저주, 그리고 복수의 맹세가 뒤따랐다.

냄비들을 망가뜨려놓고 감자에…… 오줌을 갈겨놓았다!

틀림없이 벨랑 놈들 짓이다. 라 크리크는 명민한 직관을 발휘하며 평소처럼 논리적으로 그것을 승명해 보였다.

"봐, 만약 롱쥬베른느 사람이 우연히 이 요새를 발견했다면 웃고 말았을 거라구. 마을에 가서 이 요새에 대해 조잘거렸을 거고 사람들이 다 알게 되었겠지. 만약 외부인이었다면, 아무것도 들고 가지 않았을 거고 이 요새에 별 관심이 없었을 거야. 베두엥 영감은 이 요새를 혼자서 발견해 내기에는 너무 우둔하고, 게다가 저번 날 곤드레만드레가 되었던 이후로는 벌판을 쏘다니지 않고, 얌전한 노인네처럼 정원의 야채와 과일들을 가꾸고 있다구."

그러니 벨랑 아이들만 남았다.

"언제 그랬을까? 어제 그런 게 틀림없어! 왜냐하면 목요일에 요새는 말짱했고, 오늘은 네 시 이후에 여기에 와서 이렇게 난장판을 만들어놓을 만한 시간이 없었을 테니까. 놈들이 오늘 아침에 왔다면야 모르겠지만. 하지만 그 겁쟁이 녀석들이 감히 수업을 빼먹었겠어!"

"아! 우리가 어제 와보기만 했더라도."

르브라크가 한탄했다.

"그 생각을 안 했던 게 아닌데! 놈들은 모두 몰려올 수는 없었을 거야. 놈들 중에는 부상자들이 너무 많았다구. 놈들이 얼마나 호되게 당했는지는, 내 잘 안다구. 놈들은 우리보다도 훨씬 더 심하게 당한 게 틀림없다니까."

아! 녀석들과 맞닥뜨리기만 했더라도. 제기랄, 제기랄! 놈들 숨통을 조여 놨을 텐데!

"돼지 같은 놈들! 양아치! 날강도!"

"어쨌든, 놈들이 저지른 짓은, 너희들도 알지, 아주 비열하기 짝이 없어."

카뮈가 평가했다.

"무슨 수로 다시 전투를 하지?"

"녀석들 요새를, 우리도 찾아내야 해."

르브라크가 말을 이었다.

"그 수밖에 없어. 암. 그 수밖에 없다구!"

"그래. 하지만 언제? 네 시 이후에는 놈들이 숲으로 와서 망을 보고 있을 거구, 요새를 찾을 수 있는 시간은 수업 시간밖에 없는데, 적어도 일주일은 계속해서 수업을 빼먹어야 할 거야. 첫날 대뜸 그 요새를 찾는 건 거의 있을 수 없는 일이니까. 근데, 누가 감히 그 일을 하려고 하겠니? 아버지가 엄청나게 두들겨 팰 테고, 선생이 한 달은 방과 후에 남아 있으라고 할걸."

"강베트밖에 없어!"

"하지만, 더러운 놈들, 그놈들이 어떻게 요새를 찾아낼 수 있었을까? 요새는 이렇게 감쪽같이 숨어 있고, 요새가 있는지는 아무도 모르는 데다가, 놈들은 우리가 이곳으로 오는 걸 한 번도 본 적이 없는데!"

"그건 불가능해! 누군가 놈들에게 알려줬다구!"

"그럴까? 하지만 누가? 요새가 어디 있는지를 아는 사람들은 우리밖에 없는데! 그렇다면 배신자가 있다는 말이야?"

"배신자라!"

라 크리크가 곰곰이 생각에 잠겼다. 그러더니 갑작스럽게 떠오른 생각으로 눈을 번쩍거리며, 아픈 눈 따위는 상관없다는 듯 이마를 쳤다.

"맞았어! 그거야! 제기랄!"

라 크리크가 소리를 질렀다.

"그래, 배신자가 있어. 게다가 그게 누군지 알겠다, 그 더러운 놈, 누군지 알겠다구! 아! 다 확실해졌어. 이제 다 알겠다. 그 밥맛없는 놈, 유다 같은 놈, 썩을 놈!"

"누군데?"

카뮈가 물었다.

"누군데?"

나머지 두 아이도 물어왔다.

"바카이예! 틀림없어!"

"절름발이! 정말?"

"그렇다니까. 들어봐. 목요일, 놈은 우리와 함께 있지 않았다구. 아버지와 봄므 장에 갔었지, 그렇지! 기억나지? 마을로 돌아오면서 녀석이 어떤 얼굴을 하고 있었는지 떠올려보라구. 놈은 우리를 조롱하고, 완전히 무시하는 태도였어! 봄므에서 돌아오면서, 녀석은 아버지와 함께 벨랑을 거쳐 왔겠지. 둘 다 얼근히 취했었고, 그곳 누군가의 집에, 누군지는 모르겠지만, 누군가의 집에 들렀다구. 만약 그게 아니라면 내 너희들이 달라는 거 다 주겠다. 어쩌면 벨랑 놈들과 함께 봄므 장에서 돌아왔을 수도 있지. 그때 틀림없이 놈들에게 요새 얘기를 했을 거야. 우리 요새가 어디 있는지 말했을 거라구. 그러자 몸이 성한 벨랑 놈이 부상을 덜 당한 놈들을 데리고 이곳에 왔겠지. 자, 틀림없어, 그렇게 된 거라구!"

"돼지! 배신자! 악당!"

르브라크가 웅얼거렸다.

"만약 그게 사실이라면, 제기랄! 녀석, 조심해야 할걸! 피를 보고야 말겠다!"

"'만약 그게 사실이라면'이라니. 하나 더하기 하나가 둘이고, 내가 라크리크라고 불리고, 내 한쪽 눈이 냄비 바닥처럼 시커떻게 멍이 든 것처럼 확실하다구, 암!"

"그렇다면, 녀석의 가면을 벗겨야지!"

땡땡이 결론 내렸다.

"가자. 여기서 더 할 일이 없어. 이 광경을 보기만 해도 피가 거꾸로 돌고 마음이 찢어지는 것 같아."

카뮈가 구슬프게 말했다.

"내려가면서 얘기하자구. 무엇보다도 우리가 여기에 왔었다는 걸 애들이 알아서는 안 돼."

"내일은 일요일이지."

카뮈가 말을 이었다.

"내일 정체를 폭로하고, 자백을 받아내야지, 그러고 나서……."

카뮈는 말을 맺지 않았다. 하지만 불끈 쥐고 하늘을 향해 휘두르는 주먹이 그의 생각을 힘차게 말해 주었다.

내일 취할 가혹한 조처들에 대해 합의를 본 뒤, 아이들은 올 때와 똑같은 길을 따라서 마을로 돌아갔다.

처벌당한 배신자

> 내 영혼의 번뇌를 씻을 길 없으니
> 복수의 맹세는 정당한 것이오.
> ―말레르브 (「그 아들의 죽음에 관하여」)

"요새 한바퀴 돌아보고 올까?"

라 크리크가 넌지시 제안했다. 일요일 저녁 기도 뒤에 가축들이 물을 마시러 오는 건물 처마 밑에, 아이들 모두가 대장을 둘러싸고 모여 있을 때였다.

바카이예는 자신이 몰래 관찰당하고 있다는 것을 조금도 눈치 채지 못하고 기쁨으로 전율했다. 요컨대, 전날 요새로 산책 갔던 네 명을 제외하고는, 지뷔스 형제도, 강베트도, 그 어떤 아이도 요새가 어떤 상태인지 짐작도 못하고 있었다.

"오늘은 싸우지 말자."

카뮈가 충고했다.

"동제 길로 가자."

아이들은 이 제안들을 받아들였고, 단출한 롱쥬베른느 부대는 재잘거리며, 즐겁게, 앞으로 닥칠 재앙에 대해서는 생각도 못하고 요새 쪽 길로 접어들었다.

르브라크는 평소대로 선두에 섰다. 땡땡은 행렬 중간에 서서 아무 생각도 없는 듯한 표정으로, 바카이예에게는 눈길도 주지 않으면서 바카이예와 나란히 걸어갔다. 후위, 행렬 끝에는, 상처가 한창 나아가고 있는 라 크리크와 카뮈가, 혐의자에게서 잠시도 눈을 떼지 않으며 걸음을 옮기고 있었다.

바카이예는 여러 복잡한 생각으로 눈에 띄게 동요했는데, 벨랑 녀석들이 무슨 짓을 했는지 그도 전혀 몰랐기 때문이었다. 요새에서 뭘 발견하게 될까? 르브라크, 카뮈, 그리고 다른 아이들은 어떤 얼굴들을 할까? 만약…….

바카이예는 때때로 몰래 아이들을 훔쳐보았고, 두 눈은, 마음속에서 억누른 간교함과 꾹 참고 있는 쾌감, 그리고 가벼운 공포감으로 어쩌지 못하고 반짝거렸다. 녀석들이 눈치 챈다면! 하지만 어떻게 자기가 했다는 것을 알 것이며, 무엇보다 어떻게 그것을 입증할 수 있겠는가?

아이들은 숲길을 따라서 나아갔다. 라 크리크는 나무 타기 명수를 향해 몸을 기울이고 말했다.

"이봐, 카뮈, 어제 까마귀들, 너 기억하지……. 그런 말은 절대 믿지 않았을 텐데. 그 날짐승들이 때로는 화를 가져온다는 것이 어쨌든 사실인가봐!"

"바카이예한테 물어보라구."

왠지 모르겠지만 갑자기 태도가 돌변한 카뮈가, 심드렁해서 대꾸했다.

"녀석에게 오늘 아침에 까마귀를 보았냐고 물어봐. 놈은 우리가 알고 있는지, 무슨 일이 자기를 기다리고 있는지 전혀 눈치 채지 못하고 있다구. 녀석 좀 봐, 저 더러운 놈 꼴 좀 보라구!"

"저놈 좀 뻔뻔스럽지 않냐? 오! 놈은 안전하고 아무 문제 없을 거라구 믿고 있군!"

"알지, 놈이 달아나게 내버려둬서는 안 돼!"

"내가 그럴 것 같냐? 저런 절름발이 녀석을!"

"오! 하지만 녀석은 어쨌든 잘 뛴다구, 메뚜기 같은 놈!"

행렬의 또 다른 끝에서는 불로의 말소리가 들렸다.

"이해가 되지 않는 건, 우리가 그렇게 두들겨 팼는데도, 놈들이 또다시 돌아온다는 거야!"

"내 생각에는 놈들에게도 어디엔가 은신처가 있을 거라구."

르브라크가 대꾸했다.

"땡땡 바지를 되찾으러 갔을 때, 너희들도 봤잖아. 숲에서 나올 때, 놈들이 몽둥이를 들고 있지 않았지."

"맞았어. 놈들도 분명히 우리처럼 요새를 갖고 있다구."

작은 지뷔스가 말을 맺었다.

바카이예는 이런 말을 듣자 말없이 빈정거리는 표정을 지었는데, 그 표정은 라 크리크, 카뮈는 말할 것도 없고, 땡땡의 눈에도 띄었다.

"봐라! 이제 확실하지?"

라 크리크가 말했다.

"응!"

상대방이 대답했다.

"아! 천하의 흉측스러운 놈! 자백을 받아내야만 해!"

아이들은 숲에서 빠져나왔고, 요새는 멀지 않았다. 아이들은 낮게 내려앉은 길로 들어섰다.

"아! 제기랄!"

걸음을 멈춘 르브라크가 아이들과 입을 맞춘 대로, 전혀 아무것도 모르고 있었던 듯, 분노한 척, 놀란 척 소리를 질렀다.

아이들은 무슨 일인지 남보다 먼저 들여다보려고 밀쳐대며 법석을 떨었고, 끔찍스러운 비명을 질러댔으며, 곧 입을 모아 무시무시한 저주를 퍼붓기 시작했다.

"제기랄, 또 제기랄! 어떻게 이런 일이!"

"천하의 도야지 새끼들!"

"어떤 놈이 감히 이런 짓을 했지?"

"군자금은?"

"없어, 아무것도 없어!"

큰 지뷔스가 으르렁거렸다.

"지붕도, 우리들 검도, 주전자도, 그림도, 침대도, 거울도, 식탁도!"

"빗자루는?"

"벨랑 놈들이다!"

"물론이지! 놈들이 아니면 누구겠어?"

"누가 알겠어."

바카이예가 자기도 뭔가 한마디 해야겠기에 아무 말이나 한마디 했다.

모든 아이들이 대장의 뒤를 따라서 동굴 안으로 들어갔다. 카뮈와 라 크리크만이, 마치 잃어버린 천국의 문턱을 지키고 서 있는 천사장처럼, 음울한 표정으로 아무 말 없이 몽둥이를 움켜쥐고 문간에 버티고 섰다.

르브라크는 부하들이 한탄하고, 탄식하고, 마치 죽음의 냄새를 맡은 개처럼 울부짖게 내버려두었다. 르브라크 자신은, 무참하게 짓밟힌 것처럼, 안쪽, 군자금을 보관해 두었던 돌 궤짝 위에, 두 손으로 머리를 감싸 쥐고 앉아 있었다. 절망에 빠진 듯한 모습이었다.

어떤 아이도 동굴에서 나갈 생각을 하지 않았다. 아이들은 소리 지르고, 위협을 늘어놓았다. 그리고 나더니 들끓어 오르던 고함소리도 잦아들었고, 요란스럽기만 하고 아무 쓸모도 없는 분노 대신, 돌이킬 수 없는 재앙을 당한 뒤 생겨나는 엄청난 실망감이 들어섰다.

카뮈와 라 크리크는 여전히 문간을 지키고 서 있었다.

마침내, 르브라크가 고개를 들더니 몸을 일으켰는데, 얼굴은 초췌해 보였고 표정은 굳어 있었다.

"벨랑 놈들이 혼자서 이런 짓을 했다는 건 불가능해."

르브라크가 우렁찬 목소리로 말을 꺼냈다.

"요새가 어디 있는지 누군가 가르쳐주지 않았다면, 놈들이 우리 요새를 발견하는 일은 가능하지 않지! 그건 불가능해, 누군가 놈들에게 알려준 거야! 우리 중에 배신자가 있다!"

르브라크가 내뱉은 비난이, 어찌할 바를 모르는 가축 떼를 매섭게 내려치는 회초리처럼, 조용한 무리들 가운데 떨어졌다. 아이들 눈이 크게 벌어졌고 눈동자가 떨렸다. 더욱 무거운 침묵이 감돌았다.

"배신자!"

그런 일은 너무나 끔찍스럽고 불가능하다는 듯, 몇몇의 목소리가 따라했는데, 그 소리는 멀리서 희미하게 들려오는 메아리 같았다.

"그래! 배신자!"

이제 르브라크의 목소리가 천둥처럼 울렸다.

"배신자가 있고 어느 놈인지 나는 알지."

"놈은 여기에 있어."

라 크리크가 그놈을 처단하듯 검을 휘두르면서 날카롭게 외쳤다.

"둘러봐, 놈이 누군지 보일 테니까, 그 배신자 녀석!"

르브라크가 늑대의 눈초리로 바카이예를 응시하면서 말했다. 바카이예는 얼굴이 불그죽죽해지다가, 하얗게 질리다가, 푸르죽죽해지더니, 이 무언의 비난 앞에서 두 다리를 후들거리며 사시나무 떨듯 떨었다.

"아니야. 그건 사실이 아니라구!"

절름발이가 더듬거리며 대답했다.

"너희들 봤지. 놈이, 배신자 녀석이 스스로 자백하는 거. 배신자, 그건 바로 바카이예야! 자, 너희들 알겠어?"

"유다 같은 놈!"

극도로 흥분한 강베트가 울부짖었고, 큰 지뷔스는 부들부들 떨면서, 바카이예의 어깨를 움켜쥐고 자두나무 흔들듯 흔들어대었다.

"거짓말! 사실이 아니야!"

다시 바카이예가 항의했다.

"난 벨랑 녀석들을 본 적도 없고, 알지도 못하는데, 내가 어떻게 놈들에게 알릴 수가 있단 말이야!"

"입 닥쳐, 거짓말쟁이!"

르브라크가 말을 잘랐다.

"우린 모든 걸 알고 있다. 목요일에 요새는 멀쩡했어. 놈들이 요새를 쓸고 간 날은 금요일이야. 왜냐하면 어제 이미 이런 상태였으니까. 자, 어제 저녁에 나와 함께 요새에 왔던 사람들, 그런지 아닌지 어서 말해 봐!"

"그렇다는 걸 우리가 맹세한다."

오른손에 침을 뱉어 들어 올린 다음, 다시 땅바닥에 침을 뱉는 엄숙한 선서를 하면서, 카뮈, 땡땡, 그리고 라 크리크가 다 같이 말했다.

"자, 이제, 이 천하의 악당 녀석아, 어서 말을 해. 안 그러면 네 숨통을 조여놓을 테다. 내 말 들리지! 목요일에 봄므 장에서 돌아오면서 어떤 놈에게 알려줬는지 자백해! 네가 형제들을 팔아넘긴 날은 바로 목요일이라구!"

몸을 마구 흔들어대자, 얼이 빠져 있던 바카이예는 자신이 얼마나 무시무시한 처지에 놓였는지를 생각했다.

"거짓말이야, 암!"

바카이예는 계속해서 부인했다.

"너희가 정 이렇게 나오면 난 갈래."

"아무도 못 나가."

라 크리크가 몽둥이를 들어 올리면서 으르렁댔다.

"겁쟁이들! 너희들은 겁쟁이들이야!"

바카이예가 응수했다.

"악당! 교수형에 처할 놈!"

카뮈가 소리 질렀다.

"녀석이 우리를 배신했어. 우리 군자금을 도둑맞게 했어. 거기다가 우리를 모욕하기까지 하는군!"

"놈을 묶어라!"

르브라크가 매몰차게 명령을 내렸다. 그러고 나더니, 부하들이 미처 움직이기도 전에, 포로를 덥석 잡아 뺨을 철썩 올려붙였다.

"라 크리크, 넌 프랑스 역사를 꿰고 있으니까, 얘기 좀 해봐라."

르브라크가 심각한 표정으로 물었다.

"예전에는 죄인들의 자백을 받기 위해 어떻게 했지?"

"발가락을 구웠지."

"배신자 녀석의 신발을 벗겨라. 그리고 불을 지피고."

바카이예는 버둥거렸다.

"오! 그래 봤자 소용없어."

대장이 경고했다.

"넌 빠져나갈 수 없다구. 자, 이제 자백할 테냐? 이 악당 놈아."

한 무더기의 이끼와 마른 나뭇잎에서 벌써 흰 연기가 솟아오르고 있었다.

"그래."

대경실색한 바카이예가 말했다.

"말할게!"

노기등등하고 무시무시한 롱쥬베른느 전사들에게 둘러싸여서, 둘둘 만 손수건들과 노끈으로 묶인 채, 바카이예는 토막토막 끊어지는 말로, 사실 벨랑 마을의 보게 부자와 함께 장에서 돌아왔으며, 오는 길에 술을 마시기 위하여 보게네 들렸고, 술에 취한 관계로 얼마나 큰 잘못인지도 모르고 롱쥬베른느의 요새가 어디에 있는지를 말해 버렸다고 자백했다.

"얼렁뚱땅 넘어가려고 해봤자 소용없어. 너도 알지."

라 크리크가 말을 잘랐다.

"네가 봄므에서 돌아오면서 어떤 낯짝을 하고 있었는지 잘 봐두었지. 넌 네가 무슨 말을 하는지 잘 알고서 했다구. 그리고 좀 전에 이곳으로 오면서도, 네 표정을 잘 관찰했지. 넌 알고 있었다구!"

"타비가 카뮈를 더 좋아하니까 약이 올라서 한 짓이지? 너 같은 녀석을 무시한 타비가 옳고말고! 하지만 금요일 사건 이후로 우리가 너에게 뭐 잘 못한 거라도 있었냐? 우리가 너를 전투에 안 끼워주기라도 했냐? 도대체 왜 이렇게 비열하게 복수를 하는 거지? 네겐 '변명(변명)'의 여지가 없어!"

"자, 놈을 꽁꽁 묶어라. 이제 재판에 들어가겠다."

르브라크가 마무리를 지었다.

엄청난 침묵이 자리 잡았다. 험상궂은 두 간수인 카뮈와 라 크리크가 여전히 문간을 지키고 있었다. 아이들은 바카이예를 향해 주먹질을 하려고 했다. 간수들의 동정을 기대하기란 틀렸다는 것을 깨닫고, 최고형을 받을 시간이 다가오고 있다는 것을 느끼자, 바카이예는 절망적으로 처절한 반항을 해 보였고, 날뛰며, 버둥거리며, 물어뜯으려고 했다.

하지만 간수 노릇을 떠맡은 강베트, 지뷔스 형제는 튼실하고 다부진 시내 아이들인 데다가, 귓불까지 빨갛게 물들 정도의 분노로 더 기운이 났던 만큼, 호락호락 당할 리가 없었다.

바카이예의 손목은 쇠수갑을 채운 듯 시퍼렇게 멍이 들었고, 두 다리는 눈 깜짝할 사이에 더 바짝 묶여버렸다. 아이들은 요새 한가운데, 벨랑 아이들이 애를 썼지만 한 군데밖에 무너뜨리지 못했을 만큼 단단한 지붕 밑, 구멍 바로 아래에 넝마 조각인 양 바카이예를 던져놓았다.

대장으로서 르브라크가 말을 시작했다.

"요새는 작살났다. 놈들이 이제 우리 은신처를 알게 되었어. 모든 걸 다시 시작해야 해. 하지만 그런 건 아무것도 아니야. 사라진 군자금과 상처 입은 우리의 명예가 문제지. 명예, 명예는 다시 일으켜 세우면 된다고 해. 우리 주먹이 어떤지는 우리가 알고 있으니까. 하지만 군자금…… 군자금은 100수어치는 되었다구! 바카이예, 넌 도둑놈들과 한패고, 너도 도둑놈이야. 너는 우리에게서 100수를 훔쳐갔어."

르브라크가 근엄하게 말을 이었다.

"그 돈 갚을 수 있어?"

질문은 공식적인 절차일 뿐 르브라크도 그 사실을 모르는 것이 아니었다. 자기만의 돈 100수를, 부모가 모르고 있고, 부모가 와서 언제라도 빼앗아가지 않을 돈 100수를 가져본 아이가 일찍이 있었던가?

아무도 없었다!

"3수 있어."

바카이예가 징징거렸다.

"그 잘난 3수 어디다가 잘 놔두라고!"

강베트가 고함쳤다.

"여러분."

르브라크가 장엄하게 말을 이었다.

"여기 배신자가 있고, 이제 우리가 놈을 심판하여 가차 없이 처형할 것입니다."

"증오도, 두려움도 없이."

시민 교육 시간에 배운 몇 구절을 기억하고 있던 라 크리크가 덧붙였다.

"놈은 자신이 죄인임을 시인했습니다. 하지만 놈이 자백한 것은 별 다른 도리가 없었기 때문입니다. 우리가 놈이 저지른 죄를 알고 있었기 때문이죠. 놈을 어떤 형벌에 처해야 하겠습니까?"

"떡을 땁시다."

열 명 정도가 고함쳤다.

"목을 매답시다."

또 다른 열 명이 아우성쳤다.

"고자를 만듭시다."

몇 아이가 으르렁댔다.

"혀를 자릅시다!"

"우선 놈에게서 단추란 단추는 다 떼어냅시다."

화가 났음에도 현 상황과 자신들의 행위가 몰고 올 결과를 좀더 이성적으로 바라보고 있던 대장이 아이들의 말을 끊어버렸다.

"그것을 시작으로 군자금을 다시 모으고, 놈의 친구들인 벨랑 놈들이 우리에게서 훔쳐갔던 것을 일부나마 갚도록 합시다."

"일요일 외출복을?"

포로가 펄쩍 뛰었다.

"싫어, 안 돼! 부모님께 이를 테야!"

"계속 지저귀라구. 재미있으니. 그런데, 너도 알지. 다시 한 번 고자질만 했단 봐라. 내 경고하는데, 있는 대로 소리를 질러댔다간, 아즈텍에게 해준 것처럼 입을 손수건으로 틀어막아 줄 테야!"

이런 협박에도 바카이예가 계속 소리를 질러대자 아이들은 입에 재갈을 물리고 나서 단추들을 다 떼어버렸다.

"그걸로 그쳐서는 안 된다구, 제기랄!"

라 크리크가 말했다.

"배신자에게 그 정도로만 해주고 말 거라면, 정말이지 이럴 필요도 없다구! 배신자 놈을! 저 놈은 배신자라구! 젠장! 배신자 놈은 살 권리도 없는 거라구!"

"녀석에게 매질을 하자."

큰 지뷔스가 제안했다.

"각자 한 대씩 치는 거야. 놈이 우리 모두를 골탕 먹였으니까."

아이들은 엉덩이를 깐 바카이예를 망가진 테이블 널빤지에 다시 묶었다.

"시작해라!"

르브라크가 명령을 내렸다.

한 명씩 손에 개암나무 매를 들고, 마흔 명의 롱쥬베른느 전사들이 바카이예 앞을 줄지어 지나갔고, 바카이예는 매를 맞을 때마다 바위가 쪼개져라 비명을 질러댔다. 아이들은 바카이예의 등, 옆구리, 허벅지, 몸 전체에 경멸과 혐오를 표시하기 위해서 침을 뱉었다.

그동안 십여 명의 전사들은 라 크리크의 지휘 하에, 죄인의 옷을 들고 바깥으로 나갔다. 그 아이들은 매질이 끝났을 때 돌아왔고, 재갈과 묶었던 끈에서 풀려난 바카이예는 장대 끝에 걸어서 건네주는 옷가지들을 받았는데, 그 옷들은 롱쥬베른느의 열 명의 판관들이 될 수 있는 대로 너른 범위에 오줌을 갈기고 그 외의 배설물로 잔뜩 더럽혀놓은 상태였다.

"벨랑 놈들보고 단추 달아달라고 해라!"

아이들은 바카이예에게 이런 충고를 던지는 것으로 처벌을 끝냈다.

비극적 귀가

> 순교를, 처형을 당하는 이들의 울부짖음은
> 아마도 황홀한, 조화로운 울림······.
> —보들레르 (「악의 꽃」)

풀려난 바카이예는, 엉덩이에는 피 칠갑을 하고, 얼굴은 부어오르고, 두 눈은 공포로 뒤집어진 채, 악취가 물씬 풍기는 옷 꾸러미를 얼굴에 정통으로 맞았다. 모든 부대원들은, 바카이예를 그의 운명에 맡겨버리고, 대장을 따라서 당당하게 요새를 떠났는데, 이 위급한 상황에서 어떻게 해야 할까를 의논할, 인적 없고 외진 곳을 찾아서 좀더 멀리까지 나가보려는 것이었다.

정체가 드러나고, 처벌을 받고, 엉덩이에 매질을 당하고, 명예를 잃고, 악취를 풍기는 이 배신자의 운명이 어떻게 될지에 대해서 생각하는 아이는 단 한 명도 없었다. 그건, 녀석의 일이다. 자신들이 매장한 한 사나이가 분노에 치받쳐서 헐떡거리고, 꺽꺽거리며, 흐느끼는 소리가 들려왔지만, 아이들은 전혀 신경 쓰지 않았다.

곧, 바카이예가 정신을 수습하고 전속력으로 도망감에 따라서, 흐느끼며 울부짖고 고함을 지르는 소리도 차츰차츰 작아져갔고, 마침내 더 이상 아무 소리도 들리지 않게 되었다.

그러자 르브라크가 명령을 내렸다.

"요새로 가서 아직 쓸 만한 것들을 챙겨서 임시로 다른 데 숨겨야 해."

그곳에서 이백 미터쯤 떨어진 숲 속에 작은 동굴이 하나 있었는데, 바카이예 때문에 막 사라져버린 요새를 대체하기에는 부족했지만, 롱쥬베른느 부대가 건설했던 영광스런 궁전의 잔해들을 임시로 숨겨둘 만은 했다.

"모두 다 가져와야 해, 이곳으로."

르브라크가 결정했다. 즉각 대원들은 그 일에 매달렸다.

"돌벽도 가져오고."

르브라크가 보충 설명을 했다.

"지붕을 떼어오고 장작을 감춰야 해. 다시는 아무것도, 아무것도 보이지 않게."

병사들이 명령에 따라 당장 급한 일부터 하느라고 여념이 없는 동안, 르브라크는 주요 전사들, 그러니까 카뮈, 라 크리크, 땡땡, 불로, 큰 지뷔스, 강베트와 함께 회의에 들어갔다. 오랜 시간에 걸친 비밀스런 회의였다.

회의에서는, 아쉬움과 한탄이 없었던 것은 아니었지만, 과거에 비추어 미래와 현재를 이야기했고, 특히 군자금을 되찾는 문제를 놓고 이야기를 나누었다.

군자금은 틀림없이 벨랑 놈들의 요새에 있을 것이고 요새는 숲 속에 있을 터였다. 하지만 어떻게 요새를 찾아내며 특히 언제 그것을 찾으러 다닐 것인가?

그 일을 할 만한 사람으로는 라 코트 쪽에 사는 강베트와 가끔씩 방앗간에서 일을 하는 큰 지뷔스밖에 없었는데, 이 둘만이 선생님의 엄벌을 피할, 그럴듯한 결석 이유를 둘러댈 수 있었던 것이다.

강베트는 망설이지 않았다.

"될 수 있는 한 학교를 빼먹을게. 숲을 샅샅이 뒤져보지. 놈들의 요새를 작살내고 우리 주머니를 되찾을 때까지, 단 한 치의 땅도 그냥 넘어가지 않을 거라구."

큰 지뷔스는 강베트를 도우러 갈 수 있을 때마다, 학교 수업 시작 삼십 분 전에, 페피오네 채석장으로 가서 강베트와 합류하겠다고 말했다. 강베트의 수색이 성과를 거두어 군자금을 되찾게 되면, 즉시 다시 요새를 짓기로 했고, 마땅한 장소를 고르는 일은 그때 가서 하기로 했다.

당장 할 수 있는 일은, 베르누아로 돌아가는 지뷔스 형제를 호위하여, 므늘로네 모퉁이와 장-바티스트네 석회암 갱도까지 바래다주는 정도였다.

자재들을 옮기는 일이 끝났다. 아이들은 주요 전사들 주변으로 모여들었다. 르브라크는 지도자 회의의 결정에 의하여, 필요한 것들을 되찾을 때까지 라 소트의 전투를 연기하며 재개 날짜는 앞으로 알려주겠다고 말했다.

아이들은, 옛 요새에서부터 새 자재 창고로 이어진 흔적들을 될 수 있는 한 지웠다. 그리고 나자 해가 떨어졌고, 그 시각 마을에선 무슨 난리가 났을지 전혀 생각지도 않고 다시 마을로 향하였다.

작은 말뚝 넘어뜨리기 놀이를 하고 있던 신병들, 프리코네 주막에서 술을 마시고 있던 남자들, 이웃 여자와 수다를 떨려고 가던 수다쟁이 아줌마들, 커튼을 쳐놓은 창문 뒤에 앉아서 수를 놓거나 뜨개질을 하고 있던 처녀들, 놀고 있든 쉬고 있든 간에 모든 롱쥬베른느 마을 사람들은 한길에서 들려오는 소리에 대번에 끌려, 아니 차라리 빨려 들어갔는데, 그 소리는 한계에 이르러 금방이라도 황천길로 떠날 것만 같은 불행한 인간에게서 나오는 끔찍스러운 비명소리이자, 인간의 소리라고는 할 수 없는 껄떡거리는 소리인지

라, 모든 사람들이 불안으로 눈이 둥그레져서 도대체 무슨 일이 일어났을까 하는 생각을 했다.

그 어느 때보다도 더 절뚝거리며, 지를 수 있는 한 힘껏 비명을 질러대면서, 완전히 발가벗은, 아니 셔츠 하나 달랑 걸치고 끈 없는 구두를 신고 있었으니 거의 발가벗은 것에 가까운 바카이예가 길로 들어서는 것이 보였다. 바카이예는 옷 꾸러미 두 개를 들고 있었고, 한창 썩어 들어가는 시체보다도 더한 악취를 풍기고 있었다.

바카이예를 맞으러 맨 처음 달려왔던 사람들은 코를 틀어막으며 뒤로 물러섰고, 냄새에 약간 익숙해지고 나자, 어쨌든 가까이 다가가서 깜짝 놀란 채 질문을 던졌다.

"무슨 일이냐?"

바카이예의 엉덩이는 피범벅이었고, 아이들이 뱉었던 침이 허벅다리를 따라서 골을 이루며 흐르고 있었고, 뒤집어진 두 눈에서는 눈물조차 흐르지 않았고, 머리카락은 고슴도치처럼 뒤엉킨 채 빳빳하게 서 있었고, 막 가지에서 떨어져 나와 바람에 날려가는 낙엽처럼 덜덜 떨고 있었다.

"무슨 일이냐? 무슨 일이냐니까?"

바카이예는 아무런 말도 할 수 없었다. 아이는 딸꾹질을 하고, 꺽꺽거리고, 몸을 비비 꼬고, 머리를 꺼덕이다가 정신을 놓아버렸.

바카이예의 아버지와 어머니가 반쯤 정신을 잃은 아들을 집으로 들였고, 궁금증이 인 온 마을 사람들이 그 뒤를 따라갔다.

바카이예의 엉덩이를 붕대로 감고, 얼굴을 씻기고, 헛간 들통에 옷들을 담그고, 잠자리에 누인 뒤, 달군 벽돌, 더운 물을 담은 도기 물통, 금속제 물통을 침대 안에 넣어 몸을 덥혀주었다. 차를, 커피를, 설탕 탄 더운 술을 먹였고, 바카이예는 줄곧 딸꾹질을 하다가 서서히 안정이 되더니, 눈꺼풀이 슬며시 내려왔다.

십오 분쯤 뒤, 약간 진정이 된 바카이예는 눈을 뜨고 부모와 침대를 둘러싸고 있던 수많은 동네 여자들에게, 그런 야만스런 처사의 희생자가 되었던 원인, 즉 배신 행위에 대해서는 교묘하게 넘어가면서, 요새에서 방금 무슨 일이 일어났는지 모두 털어놓았다.

바카이예는 나머지 일에 대해서도 다 이야기하였다. 바카이예는 롱쥬베른느 부대의 비밀을 모두 팔았고, 라 소트로 몰래 빠져나가서 벌인 전투들에 대해서도 이야기했고, 훔쳐낸 단추들과 전쟁 회비를 거둔 일도 털어놓았고, 르브라크의 모든 수법들을 까발렸고, 그가 해준 충고들을 일러바쳤다. 바카이예는 될 수 있는 한 카뮈에게 책임을 뒤집어씌웠다. 훔쳐낸 널빤지들, 몰래 빼돌린 못들, 집에서 들어낸 장비들, 잔치, 코냑, 포도주, 사과, 훔쳐낸 설탕들, 야한 노래들, 귀가 길의 구토, 베두엥 영감을 골탕 먹인 일, 게농가의 아즈텍에게서 빼앗은 바지를 성 요셉 상에게 입혔던 일 등등 모두, 모두 이야기했다. 바카이예는 기운이 다 떨어졌고, 속을 다 털어놓고 복수를 하고 나자, 열이 오르고 악몽을 꾸면서 잠에 빠져 들었다.

동네 아줌마들은 발끝으로 살금살금 걸어서, 한 명씩 혹은 작은 무리를 이루어, 가끔씩 환자 쪽으로 눈길을 던지며 방에서 물러났다. 하지만 문간에 다시 모여 의논을 하기 시작했고, 열을 내고, 흥분하고, 머리끝까지 화가 치밀었다. 달걀을 훔치고, 단추를 빼앗고, 못을 훔쳐냈다구. 그것 말고도 우리가 모르고 있는 건 얼마나 많겠어! 곧 마을의 고양이 한 마리까지도 이 끔찍한 사건에 대해 모르는 것이 하나도 없게 되었다.

"망나니들! 천하의 망종들! 부랑아 놈들! 요 더러운 자식들!"

"들어오기만 해봐라! 내 손 좀 봐줄 테니."

"우리 아들놈, 요놈도 맛 좀 보게 될 거야!"

"그 나이 또래 아이들이 어떻게 그럴 수가!"

"이봐요, 글쎄, 애들이 아니라니까요!"

"요놈들, 들어오기만 해봐라!"

한편, 롱쥬베른느의 사내아이들은 집으로 돌아오는 데 조금도 서두르는 기색이 없었는데, 바카이예가 돌아가서 털어놓은 사실들 때문에 어머니들이 얼마나 흥분해 있는지 조금이라도 알았더라면 더욱더 그러했을 것이다.

"아직도 녀석들 보이지 않죠?"

"아직요! 어디서 또 무슨 바보짓들을 하고 있는 건지."

아버지들은 가축들을 우리에 집어넣고, 먹을 것을 주고, 물을 마시게 하고, 짚자리를 갈아주기 위하여 막 집으로 돌아왔다. 아버지들은 어머니들보다는 덜 소리를 질렀지만 어쨌든 얼굴 표정이 굳고 험악해졌다.

바카이예의 아버지는 병이니, 소송, 손해 배상에 대해서 말을 했는데, 이런! 돈주머니 끈을 풀게 생긴 마당에는, 조용히 넘어가기란 글렀다. 아버지들은 속으로, 심지어 큰 목소리로, 아들 녀석들에게 평생 잊을 수 없는 매질을 해주겠노라고 다짐했다.

"저기들 오네."

높이 돋아놓은 헛간 입구에 올라서서, 손으로 차양을 만들어 두 눈 위에 올려놓고 지켜보던 카뮈의 어머니가 알려왔다.

곧, 마을의 사내아이들이 평소처럼 앞서거니 뒤서거니 하면서, 무슨 이야기들인가를 나눠가며 샘터 근처에 모습을 나타내었다.

"어서 집으로 들어가거라."

샘터에서 가축들에게 물을 먹이고 있던 땡땡의 아버지가, 쌀쌀맞게 아들에게 말했다.

"르브라크, 그리고 카뮈 너도."

땡땡의 아버지가 말을 이었다.

"벌써 너희 아버지가 세 번이나 널 부르셨다."

"아, 그래요! 그럼 집으로 들어가지요."

두 전사는 무사태평으로 대답했다.

길모퉁이마다, 문간마다, 어머니나 아버지가 나타나더니 큰 목소리로 아들 녀석을 부르면서, 어서 집으로 들어오라고 일렀다.

지뷔스 형제와 강베트는 친구들이 자리를 뜨자, 그렇다면 자기들도 각각 집으로 돌아가야겠다고 결정했다. 그런데 언덕배기를 올라가던 강베트와, 마을 마지막 집을 막 지나쳤던 지뷔스 형제는 우뚝 걸음을 멈추었다.

집집마다에서 퍽, 툭, 탁, 발길질, 주먹질 소리와 와지끈 우지끈 의자, 가구들이 부서지는 소리가 비명소리, 울부짖음, 욕설, 헐떡거리는 소리에 뒤섞여 들려왔는데, 인간의 귀가 일찍이 꿈꾸었던 가장 끔찍스러운 야단법석으로, 혼비백산한 개들은 깨갱거리며 달아나고 고양이들은 야옹거리면서 빠져나가는 통에, 문짝 밑 부분에 내놓은 고양이 전용 출입문이 덜컹댔다.

사방에서 동시에 멱을 따고 있는 것 같았다.

강베트는 가슴을 졸이며, 꼼짝 않고 서서 귀를 기울였다.

저 소리는…… 틀림없어, 친구들 목소리야. 저건 르브라크가 울부짖는 소리, 저건 라 크리크가 귀청이 떨어져라 외치는 소리, 카뮈가 고함치는 소리, 땡땡이 부르짖는 소리, 불로의 새된 비명소리, 그 밖의 다른 친구들이 울며 이를 득득 가는 소리들이었다. 아이들을 때리고, 패고, 두들겨대고, 작살을 내고 있었다!

도대체 어떻게 된 일일까?

레옹네 담배가게에서는, 몇몇 철저한 독신주의자들이 곰방대를 뻑뻑 빨며, 아이들의 비명소리에 비례하여 아버지들의 주먹질을 평가하고, 우스개 삼아 어느 아버지의 주먹이 더 센가를 놓고 설왕설래하고 있었는데, 강베트는 감히 그 앞을 다시 지나칠 생각은 하지 못하고 과수원을 가로질러서 뒤쪽으로 돌아왔다.

강베트는 지뷔스 형제를 발견했는데, 지뷔스 형제 역시 두 눈은 휘둥그레지고 머리카락은 곤두선 채, 사냥 소리에 귀를 쫑긋거리고 있는 산토끼들처럼 멈춰 서 있었다…….

"너 들리니? 너희들 들리지?"

"아이들을 잡는군, 잡아! 왜 저러지?"

"바카이예!"

큰 지뷔스가 말했다.

"바카이예 때문이야. 내 장담한다구! 맞아, 조금 전에 놈이 마을로 들어갔잖아. 아마도 우리한테서 풀려난 그 상태대로, 옷에 똥오줌을 잔뜩 묻힌 채로였겠지. 놈이 다시 고자질을 한 게 틀림없어!"

"놈이 다 털어났나봐, 그 더러운 놈!"

"그렇다면 우리 역시, 집에서 알게 되면 두들겨 맞게 생겼군!"

"만약 놈이 우리 이름을 말하지 않았다면, 집에서 그 이야기를 할 때 우리는 거기에 없었다고 말해야지."

"들어봐! 들어봐!"

집집마다 새나오는 흐느낌, 헐떡거림, 비명, 욕설, 을러대는 소리가 서로 뒤섞이며, 넋을 빼놓을 정도의 불협화음으로, 끔찍스러운 야단법석으로, 지옥에 떨어진 영혼들의 합주로 길거리를 가득 메우고 있었다.

대장에서부터 일개 사병까지, 가장 큰 아이에서부터 가장 나이 어린 아이까지, 가장 영리한 아이에서부터 가장 얼뜬 아이까지, 모든 롱쥬베른느 부대원들, 모든 아이들이 매타작을 당했으며, 아버지들은 힘차게 주먹질을 하고 구두나 나막신을 신은 발로 발길질을 퍼붓고, 총채나 몽둥이를 휘두르며 인정사정없이 두들겨 팼다. 어머니들마저 기들었는데, 돈이 걸린 문제라서 사납고 인정머리 없었다. 은근히 아이들에게 동조했던 누이들은 마음 아파하며, 겨우 그런 일을 가지고 가여운 남동생을 죽일 수는 없다며 울고, 한탄하고, 애원했다.

마리 땡땡은 직접 말리려고 했다. 그러자 마리의 어머니는 대뜸 따귀를 올려붙이며 을러댔다.

"이 망할 계집애야, 어디 끼어드는 거야. 천하의 망종 르브라크하고 뭔가 꿍꿍이가 있다는 소리가 이웃을 통해서 한 번만 더 내 귀에 들어왔단 봐라. 네 나이에 어울리는 일이 뭔지 내 톡톡히 가르쳐주마."

마리는 어머니에게 대꾸를 하려고 했지만, 아버지가 따귀를 올려붙이자 만정이 떨어지고 말았고, 구석으로 가서 조용히 울기 시작했다.

혼비백산한 강베트와 지뷔스 형제는 각자 집으로 향했는데, 다음 날 큰 지뷔스가 학교에 가서 무슨 일이 벌어졌는지 정보를 수집하고, 화요일에 강베트와 함께 벨랑 놈들의 요새를 찾으러 갈 때 사정을 설명해 주기로 했다.

최후의 발언들

> 만약 한 명만이 남게 된다면, 바로 내가 그 자가 될 것이다!
> ―빅토르 위고 (『징벌』)

엄청난 주먹질과, 엉덩이에 정통으로 꽂히는 발길질이 저항할 수 없는 무게로 다가오자, 거의 모든 롱쥬베른느 전사들은 약속을, 선서를 내뱉지 않을 수 없었다. 다시는 벨랑 놈들과 싸우지 않겠다고 약속했고, 앞으로는 단추든, 못이든, 널빤지든, 달걀이든 간에 절대 훔쳐내지 않을 것이며, 잔돈푼을 훔쳐서 가계에 피해를 주는 일도 없을 거라고 다짐했다.

지뷔스 형제와 깅메드민이, 마을에서 멀리 떨어진 농가에 살고 있던 끼닭에 매질을 일시적으로 피해 갔을 뿐이었다. 여섯 마리 노새보다도 더 고집스러운 르브라크는, 그 어떤 위협과 몽둥이질에도 아무것도 자백하려고 하지 않았다. 르브라크는 아무 약속도, 또 아무런 맹세도 하지 않은 채, 잉어처럼 입만 뻐끔거렸다. 그러니까, 미친 듯이 몽둥이질을 당하는 동안에도, 르브라크의 입에서는 인간의 소리라고 할 만한 것이 전혀 나오지 않은 것이다. 하지만 반대로, 지구상의 모든 야수들이 질투를 느낄 정도로, 음매거리는 소처럼, 으르렁거리는 사자처럼, 히힝거리는 말처럼, 온갖 희한한 소리로 한껏 울부짖음으로써 모자란 부분을 너끈히 보충하였다.

당연히, 그날 저녁 롱쥬베른느 마을의 모든 사내아이들은 저녁을 못 얻어먹거나, 혹은 던져주는 마른 빵 조각과 물 한 컵으로 만족해야 했다.

다음 날, 아이들은 수업 전 놀이 시간을 빼앗겼고, 열한 시와 네 시가 되면 즉각 집으로 돌아오라는 명령을 받았으며, 친구들 간의 잡담도 금지되었다. 학부형들은 시몽 선생님에게 당부하기를, 숙제와 암기할 것을 잔뜩 내주고, 아이들을 흩어놓을 것이며, 누구든지 겁 없이 침묵을 깨거나 금지 사항들을 어기려고 하면, 호되게 벌을 주고 두 배로 처벌을 해달라고 했다.

아침 여덟 시 오 분 전에 아이들은 집에서 풀려났다.

학교로 가던 지뷔스 형제가 땡땡을 불렀지만, 두 눈이 벌겋고 어깨가 축 처진 땡땡은, 자신을 부르는 소리를 듣자 질겁을 해서는, 마치 고양이가 혀를 빼앗아 달아나기라도 한 것처럼 입을 꾹 다물고, 아버지의 눈길을 받으며 휑하니 학교로 달아나버렸다. 지뷔스 형제는 불로에게서도 그 이상의 반응을 얻어내지 못했다.

정말이지, 사태는 아주 심각했다.

모든 아버지들이 다들 문간에 나와 서 있었다. 카뮈 역시 땡땡 만큼이나 입을 꾹 다물고 있었고, 라 크리크는 어깨를 으쓱했는데, 그 동작은 무척이나 많은 것을 말해 주고 있었다.

큰 지뷔스는 학교 마당에 가면 상황이 달라지겠거니 생각했다. 하지만 시몽 선생님은 아이들이 학교 마당으로 들어가는 것을 금지했다. 교문 앞에 서 있던 시몽 선생님은, 아이들이 도착하는 대로 둘씩 짝지워 세워놓고, 입을 다물라는 명령을 내렸다.

큰 지뷔스는, 어쩐지 마을에서 벌어진 일에 대한 정보를 수집하는 일은 동생에게 맡기고 강베트를 따라나서고 싶더라니, 생각하면서 씁쓸하게 후회했다.

아이들은 교실로 들어갔다.

교단 위에 올라선 선생님은, 꼿꼿하게 서서 엄격한 표정으로, 손에 흑단으로 만든 자를 들고서, 자유, 평등, 박애가 신조인 공화국 국민으로서, 그리고 교화된 시민으로서 절대로 해서는 안 되는 일이라며, 어제 아이들이 저지른 야만스러운 행위를 격렬한 어휘를 사용하여 맹비난했다.

그러더니 시몽 선생님은 지구상에서 가장 끔찍스러우며 가장 타락한 창조물, 즉 아파치 인디언, 식인종, 고대 노예, 수마트라와 아프리카 적도의 원숭이, 호랑이, 늑대, 보르네오 토인, 잔인한 터키 병사, 옛 시대의 야만인에다가 아이들을 비교했는데, 가장 무서웠던 것은 시몽 선생님의 연설이 엄포로 끝을 맺었다는 것이다. 단 한 마디 말도 허용하지 않을 것이고, 교실에서든 학교 마당에서든 잡담을 하려는 시도가 눈에 띄기만 하면, 그 아이는 한 달간 방과 후 남아 되며, 역사 교과시니 지리 교괴서를 매일 져냑 열 쪽씩 베끼고 외워야 될 거라고 말했다.

모든 아이들에게 수업 시간은 아주 침울했다. 골이 난 듯 종이를 긁어대는 펜촉에서 나는 소름끼치는 소리, 가끔 나막신 굴리는 소리, 조심스럽게 책상 뚜껑을 들어 올릴 때 나는 가벼운 마찰 소리, 그리고 복습 시간에는 선생님의 거만한 목소리와 질문당한 아이가 머뭇거리며, 조심스럽게 암송하는 소리만이 들렸다.

지뷔스 형제로서는 자신들의 운명도 정해지고 마는 편이 더 좋았을 텐데, 언제 떨어질지 모르는 매타작이 다모클레스의 칼처럼 항상 그들의 머리 위에 드리워져 있기 때문이었다.

마침내 지뷔스 형제는, 옆에 앉은 아이들의 도움을 받아, 엄청나게 조심하면서, 르브라크에게 상황을 묻는 내용의 쪽지를 보내는 데 성공했다.

르브라크 역시 똑같은 방법으로 지븨스에게 답장을 보냈고, 폐부를 찌르는 몇 마디 말로 상황을 알려주면서 간결한 행동 지침을 내렸다.

'바카이예는 열이 나서 침대에 누버 있다. 놈이 모든 비밀을 다 터러놓았다. 우리 모두 두들겨 맞았다. 잡담 금지. 만약 어기면 다시 매타작. 되푸리 안켓다는 맹세. 하지만 상관 안 한다. 벨랑 놈들은 대까를 치러야 해. 어쩨 뜬 군자금 수새게 나서라.'

큰 지븨스로서는 알아야 할 것은 다 안 셈이었다. 선생님 눈에 띌 위험을 더 무릅쓸 필요가 없었다.

바로 그날 오후부터, 큰 지븨스는 학교를 빼먹고 강베트에게로 달려갔고, 작은 지븨스는, 일꾼 나르시스가 팔을 다치는 바람에 형이 잠시 방앗간 일을 대신하게 되었다며 선생님에게 형의 결석에 대해 변명하였다.

화요일, 수요일도 월요일과 마찬가지로 침울한 날이었고, 아이들은 공부만 했다. 차분하게 학과를 암기했고, 숙제는 공을 들여서 해왔다. 아이들은 그 어느 때보다도 고분고분했는데, 안 그러면 매우 심각한 일이 벌어질 터였다. 아이들은 고양이처럼 발톱을 감추고, 복종하는 태도를 취했다.

작은 지븨스는 매일 똑같은 내용의 쪽지를 르브라크에게 건네주었다.

'아무것도 없음!'

금요일, 감시가 조금 느슨해졌다. 아이들은 너무나 얌전했고, 완전히 버릇을 고친 게 분명한 듯했다. 게다가 바카이예가 자리를 털고 일어났다는 소식이 들려왔다.

환자가 회복함에 따라 재판, 손해 배상에 대한 근심이 엷어져갔고, 부모들의 화도 점점 묽어졌으며, 아이들에 대해 덜 불퉁스러웠다. 하지만 어쨌든, 사내아이들은 경계를 늦추지 않았다.

토요일, 바카이예가 문밖출입을 하게 되자, 긴장은 더욱 수그러들었다. 아이들은 학교 마당에서 놀아도 된다는 허락을 받았고, 놀이를 하는 동안 놀이 규칙에 대한 얘기 사이사이에 그들의 상황에 대한 말을 섞었다. 그 말들은 간단하고, 신중하며, 이중의 의미를 띤 몇 가지 문장들이었는데, 아이들은 감시당하고 있다는 느낌을 받았기 때문이었다.

일요일, 미사가 시작되기 전에, 아이들은 가축들에게 물을 먹이는 곳 주변에 모여 서서 마침내 자신들의 일에 관한 이야기를 나눌 수 있었다.

아이들은 완전히 회복된 바카이예가 새로 수선한 옷을 입고, 그 어느 때보다도 음흉한 표정으로, 아버지의 손을 잡고 지나가는 것을 바라보았다. 저녁 기도 뒤, 아이들은 집으로 놀아가라는 소리를 듣기 전에 자진해서 해산하는 것이 더 현명하며 신중한 처신이라고 생각했다.

실제로, 그러한 처신이 효력을 나타내서, 부모들과 선생님은 완전히 마음을 놓았고, 월요일에는, 매타작이 있기 전과 마찬가지로 아이들이 자유롭게 놀고 이야기를 나누게 내버려두었다. 네 시가 되자마자, 즉, 엄하게 추궁하는 귀와 악의로 가득한 눈에서 벗어나자마자, 아이들이 한 일도 바로 그것이었다.

하지만 화요일에, 아이들 모두는 굉장히 동요되었다. 큰 지뷔스가 동생과 함께 학교에 왔고, 강베트 역시 여덟 시가 되기 전에 라 코트 쪽에서 마을로 내려왔다. 강베트는 시몽 선생님에게 두 번 접은 꼬깃꼬깃하고 때 묻은 쪽지를 내밀었고, 선생님은 쪽지를 펼쳐 들고 적힌 글을 읽어 내려갔다.

> 선상님,
> 제가 관절염이 도지는 통에, 아이보고 지베 남아서 가축들을 돌보게 했다는 말씀을 전하기 위해서 이 그를 아이 편에 보냅니다.
> 장-바티스트 카사르

그 편지를 쓴 것은 강베트였고, 필체가 서로 다르라고, 강베트의 아버지 대신 서명을 한 사람은 큰 지뷔스였다. 쪽지는 아무 문제없이 넘어갔다.

강베트의 결석 건에 대해서는 전혀 걱정할 게 못 되었다. 강베트는 종종 일 때문에 집에 묶여 있어야 한다는 것을 누구나 알고 있었기 때문이다. 하지만 강베트가 큰 지뷔스와 함께 학교로 돌아왔다는 것은, 그가 벨랑 놈들의 요새를 찾았고, 군자금을 회수했다는 뜻이었다.

르브라크의 두 눈은 늑대의 눈처럼 불을 뿜었다. 반 아이들이라고 관심이 덜한 것은 아니었다. 아! 지지난 주 일요일의 매타작은 벌써 잊혀졌으며, 열두 살짜리 영혼은 강제로 내뱉을 수밖에 없었던 약속과 맹세 따위에 짓눌리지 않았다.

"잘됐어?"

르브라크가 물었다.

"응. 잘됐어."

강베트가 대답했다. 르브라크는 얼굴이 창백해지더니, 침을 꿀꺽 삼켰다. 대화를 들은 땡땡, 라 크리크, 불로도 역시 핏기가 가셨다.

르브라크가 결정을 내렸다.

"오늘 저녁에 모여야 해!"

"그래. 네 시에, 페피오네 채석장에 모이자. 걸리면 할 수 없고!"
"이렇게 하면 될 거야."
라 크리크가 설명했다.
"아무에게도 말하지 말고, 숨바꼭질을 하다 각자 알아서 그쪽으로 튀자."
"알았어!"

그날 저녁은 구름이 많이 낀 음울한 날씨였다. 북풍이 하루 종일 몰아치며, 거리의 먼지들을 쓸고 다녔다. 바람은 잠시 멈춘 상태였다. 쌀쌀한 대기가 들판을 내리누르고 있었다. 무거운 구름들, 커다랗고 아무렇게나 생긴 구름들이 지평선에 몰려다니고 있었다. 곧 눈이 내릴 것만 같았다. 하지만 채석장으로 달려온 주요 전사들 가운데 추위를 느끼는 아이는 아무도 없었다. 그들의 가슴 속에는 잉걸불이 타오르고 있었고 머릿속에는 환하게 불이 밝혀져 있었다.

"어디 뒀니?"
르브라크가 강베트에게 물었다.
"저 위, 새 은신처에."
강베트가 대답했다.
"알지? 군자금이 불어났어."
"아!"

늘 마지막으로 나타나는 불로가 도착하자, 아이들은 임시 요새를 향해 전속력으로 뛰어갔고, 강베트는 널빤지와 못을 잔뜩 쌓아둔 더미 아래에서 불룩 배가 나오고, 단추로 터질 듯한 데다가, 벨랑 전사들의 갖가지 무기들로 묵직해진 거대한 주머니를 끌어냈다.

"어떻게 찾았니? 놈들의 요새는 작살냈지?"

"요새라……."

강베트가 외쳤다.

"요새라구! 하! 요새가 어디 있냐. 놈들은 너무나 멍청해서 우리처럼 그런 요새를 만들지도 못한다구. 새장 하나도 만들지 못할걸. 바윗돌에 지지한 것 뭐 하나 기대어 세워놓았더라. 눈에 띄지도 않는다니까! 무릎을 꿇고도 겨우 들어갈 수 있을까 말까야."

"아!"

"그렇다니까. 놈들은 검, 몽둥이, 창을 그 안에 쌓아놓았더라. 그것들을 하나하나 자근자근 밟아서 꺾어놨는데, 나중에는 무릎이 다 아파오더라."

"주머니는?"

"내가 어떻게 그걸, 놈들의 그 잘난 요새를 발견했는지 말 안 했던가? 아, 친구들. 정말 고생 많았다구!"

"일주일 내내 찾아다녔지만 헛수고였어."

큰 지뷔스가 거들었다.

"엿 같아지기 시작했지!"

"어떻게 발견했는지 맞춰볼래?"

"모르겠는데. 내 혀는 고양이가 물고 갔나 봐."

라 크리크가 대답을 재촉했다.

"나도."

다른 아이들도 애가 달아서 말했다.

"너희들은 절대로 모를 거야. 위를 올려다보았던 게 정말 행운이었지!"

"?"

"암. 거기를 이미 네다섯 번도 더 지나갔었거든. 거기서 조금 떨어진 곳에 떡갈나무가 하나 있었는데, 그 위에 다람쥐 둥우리가 보이더라구. 큰 지뷔스가 내게 말했지.

'혹시 저 안에 있는 것 아닐까? 네가 한번 올라가 볼래?'

그래서, 둥우리를 쑤셔보려고 작은 막대기를 입에 물었지. 만약 다람쥐가 그 안에 있으면, 손을 집어넣었다가 손가락을 물릴 수도 있으니까. 나무 위로 올라가서, 더듬어봤지. 내가 뭘 발견했게?"

"주머니!"

"천만에. 아무것도 없었다구. 그래서 둥우리를 아래로 떨어뜨렸어. 아래쪽을 쳐다보다가, 약간 더 북쪽을 보았더니, 벨랑 도야지들의 그 잘난 요새가 있지 않겠어.

난 곧 아래로 쫓아 내려갔지. 큰 지뷔스는 다람쥐가 내 손가락을 물었다고 생각했대. 내가 귀신이라도 본 것처럼 굴러 내려왔으니까. 하지만 내가 뛰어가는 것을 보고서, 바로 뭔가 새로운 일이 생겼다는 걸 알아챘고, 그 다음엔 우리는 놈들의 보잘 것 없는 요새를 작살을 내놨지.

단추들은 맨 안쪽, 커다란 돌 밑에 놓여 있더라. 어두워서 거의 보이지 않았지만, 손으로 더듬다가 발견했지.

아! 얼마나 기분이 좋던지!

그런데 말이야, 그게 다가 아니라구. 떠나기 전에 난 놈들 요새 안쪽에 엉덩이를 까고 앉았지……. 그 다음에 다시 돌을 올려서 막아놓았다구. 그리고 부러진 검과 창들을 제자리에 갖다 놓았어. 만약 놈들이 돌 밑에 손을 넣었다가는, 놈들의 군자금이 어떻게 됐는지 직접 느끼게 될 거라구. 자, 내가 일을 잘 해치웠지?"

아이들은 강베트와 악수를 나누고, 강베트의 배를 치고 등을 주먹으로 때리면서, 으레 하듯 축하해 주었다.

"자!"

강베트는 입을 모아 칭찬하는 아이들을 진정시키면서 말을 이었다.

"그래, 너희들, 너희들은 두들겨 맞았겠구나?"

"아! 친구. 우리가 얼마나 끔찍한 일을 당했는데! 게다가 '까마귀'가 말이야."

르브라크가 덧붙였다.

"금년에도 나는 첫 영성체를 못할 거란다. 성 요셉의 바지 사건 때문에. 하지만 난 상관 안 해!"

"어쨌든, 우리네 부모란 사람들은 정말 너무하다구! 치사하기 짝이 없어. 마치 자기네들은 그런 일을 안 했던 것처럼 말야. 우리를 흠씬 두들겨 팼으니 모든 게 다 끝났다고, 우리가 다시는 그런 짓을 하지 않을 거라고 생각하는 것 같아."

"글쎄 말이야. 우리를 얼간이라고 생각하지! 아! 아버지 어머니가 아무리 말해도 소용없어. 이 사건이 좀 잊혀지면 나머지 아이들도 돌아오겠지."

르브라크가 말했다.

"그러면 다시 시작해야지!"

"오! 물론 몇몇 겁쟁이들은 다시 돌아오지 않을 걸 나도 안다구."

르브라크가 덧붙였다.

"하지만 너희들은, 모두 다시 돌아올 거구, 다른 아이들도 대부분 돌아올 거라구. 게다가 만약 나 혼자뿐이라 하더라도, 난 다시 돌아올 테야. 벨랑 놈들에게 옛……이라고 말할 테고, 놈들은 거시기 털이나 긁적이는 한심한 놈들이고, 젖도 못 내는 암소들이라구 말해 줘야지. 암! 놈들에게 그렇게 말하구말구!"

"우리도 돌아올 거야, 우리도. 물론 돌아와야지. 어머니 아버지한테는, 쫏! 할 수 없지, 뭐. 젊었을 때, 무슨 짓을 하셨는지 우리가 모르는 줄 아시는 모양이야!

저녁을 먹고 나면, 우리를 잠자리로 쫓은 뒤, 이웃하고 농담하고, 카드 놀이도 하고, 호두도 까서 먹고, 치즈도 먹고, 포도주와 코냑을 마시면서 예전에 저질렀던 일들을 서로 이야기하시지. 우리가 눈을 감고 있으니 자고 있다고 생각하시거든. 우리가 그 이야기를 주워들어서 다 알고 있다는 걸 모르시나봐.

난, 지난겨울 어느 저녁에, 아버지가 어머니를 만나기 위해 어떻게 했는지 다른 사람들에게 이야기하는 것을 들었거든.

아버지는 외양간으로 들어갔단다. 정말이야. 그리고는 어머니와 자려고, 온 식구가 잠자리에 들기를 기다리곤 했지. 그런데 어느 날 저녁, 할아버지가 가축들이 잘 있나 보려고 램프를 들고 오시는 통에, 하마터면 들통이 날

뻔했대. 암. 아버지는 구유 밑에 숨었고, 소들은 아버지 얼굴에 입김을 불어 댔지. 아버지는 그다지 떳떳한 처지가 아니었다구. 무척 초조했지.

할아버지가 램프를 들고 다가오더니, 마치 아버지를 발견하기라도 한 것처럼 아버지 쪽으로 돌아서시더래. 그래서 아버지는 할아버지가 이제 덮치려나보다고 생각했지.

하지만 천만에. 할아버지는 아버지가 있으리라고는 생각도 못하셨지. 할아버지는 단추를 끄르더니 태평스럽게 오줌을 누셨고, 아버지는 시간이 더럽게도 안 간다고 생각했대. 왜냐하면 목구멍이 간질간질한 게 기침이 나올 것 같았거든. 그래서 할아버지가 떠나시자마자, 벌떡 일어서서 편하게 숨을 쉬었고, 십오 분쯤 뒤, 다락방에서 엄마랑 같이 잤단다.

자, 바로 이런 짓을 하는 사람들이 우리 어머니, 아버지라구! 그런데 우리가 언제 그런 짓을 한 적이라도 있냐? 응! 너희들 생각은 어떠니? 우리는 계피빵이나 오렌지를 여자 친구에게 줄 때 가끔씩 입을 맞춰볼까 말까 한 정도 아니냐구. 그리고 배신을 하고 도둑질을 한 녀석을 조금 매질했을까 말까 했을 뿐인데, 마치 소가 죽어 나자빠지기라도 한 것처럼 호들갑을 떨고 야단법석들을 하니.”

“하지만 그 정도 혼났다고 우리가 해야 할 일을 안 하는 건 아니라구.”

“암, 제기랄! 부모를 가진 아이들을 불쌍히 여길지어다!”

이러한 성찰 뒤로 긴 침묵이 이어졌다. 르브라크는 다음번 선전포고를 할 때까지 군자금을 다시 숨겨두기로 했다.

아이들은 각자 엉덩이를 두들겨 맞은 일을 생각했다. 라 소트 관목들 사이를 되짚어 내려올 때, 몹시 감정이 흔들린 라 크리크가, 눈이 올 것 같은 날씨 때문인지 혹은 모든 환상이 사라지리라는 예감 때문인지 한껏 우수에 젖어서, 다음과 같은 말을 흘렸다.
"우리도 어른이 되면, 부모들처럼 그렇게 멍청해질까?"

작가의 말

책 제목만 보고 어린 아이들이나 청소년을 위한 작품이겠거니 생각하기 쉽겠지만, 프랑스가 낳은 위대한 작가 라블레의 작품을 읽으며 즐거워하는 사람이라면 누구나 나의 작품 『단추전쟁』을 반기리라고 생각한다.

이 거세된 시대는, 매사에 신경질적인 반응만 보이고 해악을 퍼뜨려가며, 위선의 너울을 쓴 채 정숙한 척 호들갑을 떨어대지 않는가!

우리 선조인 골 족의 전통과, 라블레의 전통에 닿아 있는 건강한 책 한 권을 쓰고 싶었다. 수액이, 생명이, 열광이 넘쳐흐르는 책. 우리 아버지들이 허리를 부여잡고 터뜨렸던 그 호쾌한 웃음이 넘치는 책 말이다.

그래서 노골적인 표현일지라도 감칠맛이 있다면, 야한 동작이라도 서사적이기만 하다면 조금도 마다하지 않았다.

나의 어린 시절의 한 순간을, 활기찬 어린 야만인들이 엮어가는 열광적이고도 거친 삶을, 그 꾸밈없고 영웅적인 모습 그대로, 다시 말해 가족과 학교의 위선에서 해방된 모습 그대로 되살리고자 했다.

작품 주인공들이 사용하는 대담한 말들과 원색적인 표현들에 대해 면죄부를 받고 싶다면, 나로서는 이야기의 진실성을 핑계로 내세우면 될 것이다. 하지만, 그 누구도 내 작품을 읽어야 할 의무를 지고 있는 것은 아니다.

요컨대, 이것이 내가 내세울 수 있는 최상의 변명거리이겠지만, 나는 이 책을 기쁨에 잠겨 구상하고, 절묘한 쾌감을 느끼며 써 내려갔으며, 몇몇 친구들이 이 책을 읽으며 재미있어 했고, 출판사 대표는 폭소를 터뜨렸다는 것이다(이것은 내 지레짐작이다). 그러니 이 책이, 성경에서 이야기하고 있는 '선한 사람들' 마음에 들 거라고 기대할 만하지 않은가. 그 나머지 문제에 있어서는, 등장 인물들 중 하나인 르브라크가 말해 버릇하듯, 엿……이라고 말하는 수밖에.

루이 페르고

| 작품 해설 |

세대를 가로지르는 프랑스 문학의 영원한 고전

웃음을 터뜨려가며 신나게 읽어 내려가다가 아쉬움을 느끼며 마지막 책장을 넘긴 독자라면, 이렇게 웃음과 즐거움을 선사하는 작품을 쓴 루이 페르고란 작가는 어떤 작가일까 호기심을 품는 게 당연할 것이다.

루이 페르고는 특이하게도 사람 대신 동물을 주인공으로 하는 콩트집 『구피에서 마르고까지』를 발표하여, 1910년 프랑스의 대표적 문학상인 공쿠르 상을 수상한다. 그 당시 공쿠르 상이 뭐 별거였겠냐고 생각할지도 모르는 대담한(!) 독자를 위하여, 루이 페르고와 경합을 벌였던 후보들 중에서 한국 독자들이 알 만한 작가만을 잠시 소개한다면, 프랑스 문학사에서 불멸의 명성을 누리고 있는 시인 아폴리네르, 소설가 콜레트 등을 들겠다. 이십 대에 첫 소설로 공쿠르 상을 거머쥔 이 전도 유망한 작가는, 파리 생활에 진력이 나던 터에 제1차 세계대전이 터지자 훌쩍 전선으로 떠났다가 그만 그곳에서 죽음을 맞이하고 만다.

1912년 발표된 이래, 프랑스의 국어 교과서에 꾸준히 오르내리고, 영화로도 만들어져 엄청난 성공을 누렸으며, 60여 개 국어로 번역이 되었고, 30여 종이 넘는 판본을 보유하고 있는 『단추전쟁』은, 지금이야 프랑스 사람이라면 누구나 한 번씩 접해 보기 마련인 작품으로 확고한 위치를 굳혔지만, 처음 출간될 당시만 해도 작품성 시비를 불러일으켰다. 「작가의 말」에서 짐작할 수 있듯이, 이 작품에 쏟아진 비난은 '어떻게 문학 작품에서 그다지도 천한 언어를 구사할 수 있느냐'와 '어떻게 이런 끔찍한 야만인들을 주인공으로 내세울 수 있느냐'로 압축된다. 이 비평가들은 사실, 어떻게 감히 시골뜨기 작가가 모든 사회의 필요악이라 할 수 있는 '위선'을, 그리고 이른바 '사회의 암묵적 동의'라는 것을 정면에서 조롱하고 나설 수 있느냐는 말을 하고 싶었는지도 모른다.

당시 프랑스 문단이 보여준 위선적 반응은, 라블레 문학에 뿌리를 두고 있는 건강한 해학의 맥을 끊어놓으며 등장한 고전주의 문학이 오랜 기간 프랑스적 정신의 대명사 노릇을 했고, 요즘도 그 정신은 교육 시스템을 통해 유지되고 있다는 사실을 생각하면, 당연하다고도 할 수 있다. 『단추전쟁』의 언어를 둘러싸고 벌어졌던 논란은, 순수하며 정련된, 추상적인 언어를 추구하는 고전주의 전통이 여전히 살아 있는 풍토에서 루이 페르고의 원색적이고, 질퍽하며, 생활이 노골적으로 묻어 있는 구체적이고 생생한 언어가 불러일으켰을 충격을 그대로 반영한 것으로 해석된다.

『단추전쟁』의 '어린 야만인들'을 걸고넘어지는 비평가들에게, 루이 페르고는 '요란스럽게 감탄사를 내지르고, 걸핏하면 눈물샘이나 자극하려 하고, 징징거리는 소리나 늘어놓는 것'에 문학의 본질이 있지 않다는 사실을 일깨운다. 루이 페르고는 이런 비난에 맞서 다음과 같은 반론을 편다.

진실에 접해서 느끼게 되는 감동은 강렬하게 다가온다. 진실을 재

구성해 내고 그럼으로써 뭔가를 느끼는 일은 독자의 몫이다. 정말이지, 작가의 임무는 독자의 머릿속에 사상을 쑤셔 넣고 억지로 감동을 불러일으키는 것이 아니다.

위의 글은, 루이 페르고가 겉으로야 어눌한 시골 학교 교사 출신일망정, 자신의 작품 『단추전쟁』이 갖고 있는 문학적 의의를 정확히 파악하고 있던 명민한 작가임을 잘 보여주고 있다.

한편, 『단추전쟁』은 1900년대의 시대상을 충실하게 반영하고 있는 작품이기도 하다. 이 작품은 보불전쟁(1870)에서 패전함에 따라 알자스, 로렌 지방을 독일에게 빼앗기고, 독일에 대한 복수심이 제1차 세계대전이 발발할 때까지 점점 높아지던 제3공화정을 배경으로 하고 있다. 이 당시, 독일에 대한 반감과 애국심 고취는 국가 차원에서 행해져서, 심지어 이 당시 어린 아이들이 배우던 블랑쉐의 역사책(이 작품의 주인공들의 역사 교과서이기도 하다)은 '훌륭한 학생, 훌륭한 병사, 훌륭한 시민, 애국자'를 모범으로 제시하며 끝을 맺고, 일부 학교에서는 군사 훈련을 시행했을 정도였다. 그러니, 롱쥬베른느 마을의 대장 르브라크와 아이들 사이에서, '독일놈 같은 자식'이나 '배신자'가 최고의 모욕으로 통하며, '너는 애국심도 없냐'는 한마디에 문제가 해결되기도 하는 것은, 이 시대상이 아이들 세계에 정확히 투영된 것이라고 하겠다.

작품의 또 다른 역사적 배경으로는, 1905년도에 정치와 종교의 분리를 명시하고 있는 법안이 공포됨에 따라, 국가가 교육 시스템을 장악하게 된 사실을 들 수 있다.

대대로 교육을 장악해 왔던 가톨릭 세력과, 가톨릭 지지자이자 반혁명 세력인 왕당파, 그리고 친혁명 세력인 공화파 간의 갈등은 교육 현장에서도 첨예하게 나타난다. 종교와 정치의 분리 원칙이 처음으로 교육에 적용되던 해에, 프랑슈-콩테 지방의 골수 왕당파 마을인 랑드레스에서 교사 생활을 시작한 페르고는, 가톨릭을 지지하는 모든 마을 주민이 들고일어나 아이들을 학교에 보내지 않는 통에, 단 한 아이만을 놓고 수업을 하는 희한한 경험을 하게 된다. 훗날 이 골수 왕당파 마을은 『단추전쟁』에서는 거꾸로 공화파 마을 롱쥬베른느로 둔갑을 하게 된다. 공화파와 왕당파 간의 갈등은 '붉은 기-혁명파-롱쥬베른느 마을'과 '백색기-왕당파-벨랑'의 대립 구도로 형상화된다.

두 마을 어린이들은 여러 가지 면에서 대조를 보이는데, 롱쥬베른느의 어린이들은 승리가로 '출전가'를 소리 높여 부르고, 적의 성당 문싹에 기질초풍할 문구를 적어놓고, 성상에 똥 묻은 적장의 바지를 입히는 등 불경한 행동을 서슴지 않고 저지른다면, 왕당파 벨랑 아이들은 찬송가를 승전가로 부르며, 전투를 하다가도 저녁 기도를 알리는 성당 종소리만 들려오면 즉각 퇴각하는, 롱쥬베른느 아이들의 말을 빌리자면, '독실한 신자입네 하는 녀석들'로 등장한다.

프랑스 사회, 특히 시골 마을에서 종교가 휘둘렀던 권력은 절대적이어서, 공화파라고 주장하는 롱쥬베른느 마을에서도 주민들의 삶은 성당과 종교 행사를 중심으로 돌아가고 있다. 이 절대 권력에 대한 페르고의 비판 의식은 『단추전쟁』 곳곳에서 나타나, '까마귀' 신부로 대표되는 가톨릭의 권위는 작품 내내 조롱의 대상이 된다.

부친 역시 평생 시골 학교 교사였고 그 자신 잠시 교육에 몸담았던 페르고는, 학교에서는 그다지도 멍청하지만 자연 속에 놓여나기만 하면 넘치는 창의력과 지력을 발휘하는 아이들과, 교육열로 불타오르나 아이들의 진정한 모습은 간파하지 못하는 시몽 선생과의 관계를 통해, 이 '어린 야만인'들을 길들여 사회로 배출하는 기능을 맡은 교육 체제에 대해 근본적인 의문을 제기한다.

교육의 또 다른 축인 가정 역시 작가의 비판에서 벗어나지 못하는데, 롱쥬베른느 아이들이 배신자 바카이예를 응징할 때 보여주는 야만적인 폭력성은, 아이들을 두들겨 패는 것 말고는 다른 교육 방법이라고는 모르는 부모들이 아이들에게 휘둘러온 폭력을 작가가 아이들 세계에 그대로 재현해 놓은 것으로 보인다.

페르고 자신이 밝히고 있듯, 이 '어린 야만인'들이 이끌어나가는 활기차고 건강한 이야기 뒤에서 번득이고 있는 작가의 비판 의식, 학교와 사회의 위선에 대한 풍자가 없었다면 이 작품은 그저 우스개 이야기로 그치고 말았을 것이다. 다른 한편으로는, 아이들에 대한, 시골 사람들에 대한 믿음과 애정에서 출발하는 해학과 유머가 없었다면, 그저 날카로운 풍자로만 그치고 말았을 것이다. 이 어린 야만인들에 대한 작가의 따뜻한 시선은 곳곳에서 드러나고 있지만, 특히 너무나 빨리 입에서 사라지는 통에 절절한 아쉬움을 느끼며 롱쥬베른느 아이들이 정어리 통조림을 '경건하게' 나누어 먹는 장면은, 작가의 따뜻한 시선에 실려 문학적 아름다움에 대한 고정관념을 흔들어놓기에 충분하다. 작가는 특유의 해학과 유머를 뒷받침하는 문학적 장치로 글 첫머리의 제사를 십분 활용하여 독자에게 웃음기 가득한 공모의 눈짓을 보내오니, 독자는 제사와 작가의 글 사이의 틈바구니에서, 이질적인 두 글 사이에서 번져나는 묘한 울림 안에서, 웃음의 파장에 몸을 싣지 않을 수 없다.

페르고는 '우리도 어른이 되면, 부모들처럼 그렇게 멍청해질까?'라는 말로 『단추전쟁』을 끝맺으며 자신의 유년 시절에 이별을 고했지만, 독자는 페르고의 『단추전쟁』을 통해 제각각 사라진 유년기가 의미하는 세계로 들어갈 비밀문을 되찾게 될 것이다.

옮긴이 정혜용

글쓴이 루이 페르고 Louis Pergaud

(1882~1915) 아버지가 초등학교 교사로 일하던 프랑슈-콩테 지역의 시골 마을에서 유년 시절을 보냈다. 자신도 시골의 초등학교 교사로 일했으며, 1915년 서른셋의 나이로 제1차 세계 대전에 참전했다가 전쟁터에서 삶을 마감했다.
시 창작으로 작가 생활을 시작했으나 곧 소설 창작으로 돌아서서, 처음 쓴 작품으로 대번에 프랑스 최고의 문학상인 공쿠르상을 거머쥔다. 1912년 발표한 『단추전쟁』은 작가 자신의 유년 시절과 시골 교사 경험을 되살려 시골 아이들의 활기찬 유년기를 따뜻하고 진솔하게 그리고 있다. 이 소설은 세 차례나 영화로 만들어졌으며, 1962년 이브 로베르에 의해 만들어진 영화는 천만 명 이상의 관객을 동원, 프랑스 영화사상 최고의 흥행작 가운데 하나로 기록돼 있다. 이후에도 『단추전쟁』은 만화를 비롯해 다양한 형태로 각색되며 오늘날까지 변함없는 사랑을 누리고 있다.

그린이 클로드 라푸엥트 Claude Lapointe

프랑스의 대표적 삽화가로 『톰 소여의 모험』 『파리 대왕』 등에 그림을 그렸다. 1982년 볼로냐 국제 아동도서전에서 일러스트레이션 부문 대상을 받았다.

옮긴이 정혜용

서울대학교 불어불문학과와 같은 학교 대학원을 졸업했고 파리 3대학 통번역 대학원에서 번역학 박사 학위를 받았다. 출판 기획·번역 네트워크 '사이에' 위원으로 활동하고 있다. 『번역 논쟁』을 썼고, 『마르틴과 한나』 『집착』 『산 자와 죽은 자』 『도시의 레오 시골의 레오』 『연보랏빛 양산이 날아오를 때』 『수화가 꽃피는 마을』 『한 여자』 『삐에르와 장』 『내가 죽었다고 생각해 줘』 등을 우리말로 옮겼다.